Reinhard Fuhr /
Martina Gremmler-Fuhr

FASZINATION LERNEN

Die Autoren:

Dr. Reinhard Fuhr

Studium in Anglistik, Geographie, Philosophie und Pädagogik. Staatsexamen für das Höhere Lehramt. Dozent in Lahore / Pakistan, Gymnasiallehrer, Didaktischer Leiter eines Gesamtschulversuchs. Seit 1975 Dozent am Pädagogischen Seminar der Universität Göttingen für den Studienschwerpunkt Beratung und für die Lehrerausbildung. Promotion in Pädagogik (Didaktik der Weiterbildung). Aus- und Weiterbildung in Gestaltpsychotherapie und Gestaltpädagogik.

Martina Gremmler-Fuhr

Studium in Biologie, Anthropologie, Germanistik und Pädagogik. Magisterdiplom in Pädagogik (Studienschwerpunkt Beratung). Mehrjährige Mitarbeit an Forschungs- und Praxisprojekten zum Thema »Bewußtseinsprozesse und Lernen« am Pädagogischen Seminar der Universität Göttingen. Weiterbildung in Personalentwicklung und Organisationsberatung.

Reinhard Fuhr / Martina Gremmler-Fuhr

FASZINATION LERNEN

Transformative Lernprozesse im Grenzbereich von Pädagogik und Psychotherapie

Edition Humanistische Psychologie
— 1988 —

Herausgeber:
Anna und Milan Sreckovic

Lektorat:
Milan Sreckovic

Umschlagentwurf: Robert de Zoete
— unter Verwendung eines Bildes von J..G. Dokoupil —

Vertrieb:
Moll & Eckhardt
Zülpicher Str. 174
5000 Köln 41

Satz:
HSH Fotosatz GbR
Industriestraße 31, 5138 Heinsberg

Gesamtherstellung:
Agentur Ulrich Himmels
Industriestraße 31, 5138 Heinsberg

ISBN 3-926176-14-8

Inhaltsverzeichnis

Vorwort

Lernen, das persönlich bedeutsam ist, gehört für uns zu den herausforderndsten und aufregendsten Lebensaufgaben. Mit dieser Grundüberzeugung verbinden wir die ethische Verpflichtung, unser Potential in einer subjektiv befriedigenden sowie sozial und ökologisch sinnhaften Weise immer wieder neu zu nutzen — wie eng oder weit die Lebens- und Arbeitsbedingungen auch jeweils sein mögen. In den meisten Bildungsbereichen hat Lernen jedoch seinen tiefen Sinn verloren. Als uns und unseren Lernpartnern dies bewußt wurde, begannen wir zunehmend, unter der Sinnlosigkeit zu leiden und uns dagegen zu wehren. Wir widmeten uns in den vergangenen Jahren in unserer Forschungsarbeit und pädagogisch-therapeutischen Praxis daher der Frage, wie sinnhafte Lernprozesse (wieder) erlebt, beschrieben und interpretiert werden können, und wie pädagogische Situationen so gestaltet werden können, daß sie zu einem Wandel im Denken, Fühlen und Handeln — und nicht nur zu Verhaltensänderungen — führen. Dabei kristallisierte sich in der Reflexion unserer eigenen Lernprozesse und durch das gemeinsame Erleben und Erforschen der Lernprozesse von Teilnehmern und Klienten in Seminaren, Beratungen und Supervisionen die uns heute sehr schlicht erscheinende Grundhypothese heraus, daß Lernprozesse als umfassende Kontaktprozesse verstanden werden können — wie immer gestört und unterbrochen diese auch sein mögen.

Kontaktprozesse sind *per se* Wandlungsprozesse. Solche Wandlungsprozesse lassen sich nicht willentlich herbeiführen, sie lassen sich nicht planen und steuern, sondern folgen ihrer eigenen Dynamik. Dennoch können Lernprozesse als Wandlungsprozesse (»transformative Lernprozesse«) durch die Einstellungen und Handlungsweisen von Lehrenden und Lernenden ermöglicht und unterstützt werden:

- Der Lehrer*, Leiter, Berater oder Therapeut von einzelnen oder Gruppen kann durch sein persönliches Wirken und durch das didaktische Arrangement, durch seine Vorschläge und Anleitungen, durch die Zeitstrukturierung sowie durch Themenvorschläge und Interventionen die Kontexte schaffen, die Kontaktprozesse im Lernen entstehen lassen und fördern können.
- Die pädagogische Arbeit kann sich auf die Vermeidungen und Unterbrechungen der Kontaktprozesse in allen Dimensionen pädagogischen Geschehens — also nicht nur die in der zwischenmenschlichen Beziehung — konzentrieren. Wenn diese Vermeidungen und Unterbrechungen bewußt werden, besteht die Chance, sie zu überwinden.
- Die Lernprozesse selbst können von den Lernenden bewußt erfahren und reflektiert werden. Dazu ist es hilfreich, diese Lernprozesse zu beschreiben und zu erklären. Obwohl solche Definitionsversuche immer erst nachträglich in der Reflexion von Lernerfahrungen sinnvoll sind, wirken sie auf das Bewußtsein der Lernenden zurück und erleichtern es ihnen, sich künftig auf solche Lernprozesse einzulassen und sie — langfristig gesehen — autonom zu initiieren und weiterzuführen.

In der *Psychotherapie* spielen zwischenmenschliche Kontaktprozesse eine zunehmend wichtigere Rolle, angefangen bei dem Konzept der Übertragung und Gegenübertragung der Psychoanalytiker, über jene existenzialistisch orientierten Therapeuten, die sich von Martin Buber und Paul Tillich beeinflussen ließen, wie beispielsweise Hans Trüb, J.L. Moreno, Laura Perls, Erving und Miriam Polster, Rollo May, Carl Rogers und viele andere bis hin zu dialogisch-systemischen Familientherapeuten wie Ivan Boszormenyi-Nagy oder Thea Bauriedl. Bei den zuletzt genannten Lehrern und Therapeuten haben die Beziehung und der Kontakt zu den Klien-

*Wir bitten die Leserin / den Leser, die »männliche« Ausdrucksweise als geschlechtsunspezifisch zu verstehen. Es ist uns einfach zu umständlich, jeweils die männliche und die weibliche grammatische Form auszuformulieren.

ten einen *Wert an sich* erhalten; sie sind der Ausdruck eines sinnhaften gemeinsamen Erlebens und Sich-Wandelns und werden nicht nur als eine Bedingung für die Heilung und Entfaltung der Persönlichkeit des Klienten verstanden.

Das für uns überzeugendste Konzept von Kontaktprozessen entstammt der Theorie der Gestalttherapie, die auf der Gestalttheorie der Frankfurter und Berliner Schule der 20er Jahre und dem holistischen Verständnis des Menschen, das der südafrikanische General Jan Smuts vom Menschen entwickelte, gründet. Dennoch finden sich in der heute verbreiteten Theorie und Praxis der Gestalttherapie nur einige wenige Stränge, die den Kontaktprozeß zwischen Therapeut / Leiter und Klienten / Teilnehmern in den Mittelpunkt ihrer Aufmerksamkeit stellen, und sich nicht nur auf die Arbeit an den Kontaktprozessen und -unterbrechungen der Klienten / Teilnehmer konzentrieren. Und selbst von dieser dialogischen Richtung in der Gestalttherapie sind die Möglichkeiten, die in der Grundannahme stecken, daß der Lernprozeß als umfassender Kontaktprozeß zu verstehen ist, bei weitem noch nicht ausgeschöpft. Überdies ist es für Kontexte im pädagogisch-therapeutischen Grenzbereich notwendig, das Gestalt-Verständnis von Kontakt um die Prozesse der Aneignung von inhaltlichem Wissen und von Kenntnissen, also um die Auseinandersetzung des Lernenden mit der gesellschaftlichen und ökologischen Umwelt sowie mit den religiösen (im weitesten Sinn des Wortes) Sinnbezügen zu erweitern.

Die *Pädagogik* schenkte der Beziehung und dem Kontakt zwischen Lehrer und Schüler und den Schülern untereinander seit jeher Beachtung.

Dabei lassen sich drei Strömungen erkennen:

● Die »gute« Lehrer-Schüler-Beziehung und das Beziehungsklima in der Klasse wird als wichtige *Bedingung* für effektive Lernprozesse angesehen. So enthält die Literatur zur Lehreraus- und -fortbildung eine Fülle von Anregungen über wünschenswerte Verhaltensweisen und Einstellungen der Lehrer zu den Schülern und zur Gestaltung eines günstigen sozialen Klimas, meist in der Form normativer Kataloge von Eigenschaften und Verhaltensweisen, von denen man annimmt, daß sie sich günstig auf den Lernprozeß und die Entwicklung der Schülerpersönlichkeit auswirken.

● Diese Position wird ergänzt durch kommunikationstheoretische und gruppendynamische Ansätze, die die Aufmerksamkeit auf die Fähigkeit zu aggressionsfreierer und kooperativerer Kommunikation der Lernenden lenkt und diesem Anliegen auch einen angemessenen Raum im Curriculum einräumt.

● Ansätze, die den Lernprozeß selbst als Kontaktprozeß oder Dialog verstehen, sind dagegen selten. Ruth C. Cohn leistete mit der Entwicklung der Themenzentrierten Interaktion und der Gleichgewichtung des »Ich« des einzelnen und des »Wir« der Gruppe gegenüber dem »Es« des Themas im Kontext des »Globe« Pionierarbeit. Paulo Freire machte unter starkem Einfluß des dialogisch orientierten Existenzialismus schließlich den Dialog selbst zum Kernstück seiner Bewußtseinsbildung, und in vielen alternativen pädagogischen Ansätzen finden sich Elemente eines Verständnisses von Lernen, die — auch wenn sie vielleicht nicht so genannt werden — Lernen als Kontaktprozeß begreifen.

Bei unserer persönlich und professionell motivierten Suche nach einem Lernverständnis, daß die Entfremdung und Sinnkrise in pädagogischen Situationen überwinden könnte, stießen wir auf die umfassende Bedeutung des Kontaktprozesses. Immer wenn wir uns auf Kontaktprozesse im Lernen wirklich einlassen konnten, wurde die Frage nach dem Sinn der Lernanstrengungen irrelevant: der Sinn lag im Prozeß selbst. Aber bei den Bemühungen, diese Erfahrungen und Einsichten für uns selbst und für unsere professionellen Aufgaben begrifflich faßbar und pädagogisch nutzbar zu machen, stießen wir auf deutliche Grenzen: Mit den herkömmlichen Denkweisen und Kategorien der Pädagogik und der Lerntheorien ließen sich solche umfassenden Kontaktprozesse weder hinreichend beschreiben noch erklären, denn Kontakt ist ja in erster Linie das, was *zwischen* dem Organismus und seiner Umwelt und was innerhalb des Organismus selbst zwischen den verschiedenen Komponenten geschieht. Das Verständnis der Kontaktprozesse wurde uns dann durch die Auseinandersetzung mit der holistischen Selbstorganisationstheorie erheblich erleichtert. Hier geht es um Wechselbeziehungen und die Strukturen und Muster von Prozessen — nicht um Eigenschaften, Verhaltensweisen und Bedürfnisse von isolierten Subjekten oder Objekten. Wir wollen die Konzepte dieser Selbstorganisationstheorie — soweit sie sich auch mit dem Phänomen Lernen beschäftigen — für die Beschreibung und Erforschung von Lernen als Kontaktprozeß nutzen.

Das Feld für unsere Erforschung transformativer Lernprozesse ist die Aus- und Fortbildung, Beratung und Supervision. Wir beschränken uns aus zwei Gründen auf diesen pädagogischen Kontext: Erstens ist dies der

Erfahrungsbereich, der uns in den letzten Jahren am nächsten stand und der überdies noch einige Freiräume für Experimente zuläßt, die im schulischen Bereich seltener existieren. Zweitens legt das Verständnis von Lernen als Kontaktprozeß Konsequenzen nahe, die vor allem den Lehrenden selbst betreffen, seine Sichtweise, Einstellung und Kontaktfähigkeit, also seine Fähigkeit, sich der Kontaktunterbrechungen und Störungen bei sich und in seinem Umfeld bewußt zu werden, und zwar — gemäß unserem erweiterten Kontaktverständnis — nicht nur im Hinblick auf die eigenen Gefühle, Ängste, Vorurteile, Gedanken und Phantasien, sondern auch im Hinblick auf Mitmenschen, Themen und Situationen. Ein denkbarer Wandel schulischen Lernens könnte also bei der Aus- und Fortbildung der Lehrenden und Schulorganisatoren ansetzen.

Unser Ziel ist es, Ansätze einer holistischen Didaktik zu erarbeiten, einer Didaktik also, die die Ganzheit des Individuums ebenso berücksichtigt wie sein Eingebunden-Sein in soziale, gesellschaftliche, ökologische und evolutionäre Prozesse. Wir gehen dabei nicht, wie in der Pädagogik sonst üblich, von Modellen der Lehre, von Bildungsinhalten oder Lernzielen, sondern von den Lernprozessen aus und konzentrieren uns auf jene Aspekte des Lernens, die Wandlungsprozesse im Denken, Fühlen und Handeln auslösen. Auf dieser Grundlage formulieren wir Möglichkeiten und Bedingungen dafür, wie solche transformativen Lernprozesse initiiert und unterstützt werden können.

Zur Begriffsverwendung

Die Begriffe Didaktik, Aus- und Weiterbildung, Beratung und Supervision verwenden wir pragmatisch. Weder wollen wir uns mit den verschiedenen (z.B. bildungstheoretischen, kommunikationstheoretischen, verhaltenstheoretischen oder systemtheoretischen) Didaktikbegriffen auseinandersetzen, noch mit den meist frustrierenden Versuchen, Aus- und Weiterbildung, Beratung und Therapie in theoretisch fundierter Weise voneinander abzugrenzen, sondern uns gerade die Überschneidungen dieser pädagogischen und therapeutischen Handlungsfelder zunutze machen.

Mit *Didaktik* meinen wir jene theoretischen Überlegungen und Praxiserfahrungen, die sich ganz allgemein auf die Gestaltung von Lernsituationen beziehen. Dies schließt die Organisation, Planung und Vorbereitung von Unterricht oder Beratungsgesprächen ebenso ein wie deren Durchführung und Auswertung; auch die Festlegungen der Rollenfunktionen der Lehrenden, der Teilnehmer und anderer Mitarbeiter sowie die Verwendung von Medien gehören zur Didaktik als einer Teildisziplin der Pädagogik.

Ausbildung ist jener Teil der Bildung, der auf grundlegender Allgemeinbildung aufbaut, also beispielsweise Seminare in sozialwissenschaftlichen Studiengängen der Universität, Zusatzausbildungen für Berater, Therapeuten, Organisationsentwickler etc.

Weiterbildung bezieht sich auf jene Personenkreise, die sich in einem erlernten Berufsfeld zusätzliche Kenntnisse und Kompetenzen aneignen, also beispielsweise Entwicklungshelfer vor der Ausreise in die Dritte Welt, Lehrer in der Fortbildung, Mitarbeiter von Institutionen oder Betrieben in Kommunikationskursen und Management-Trainings oder ältere Menschen, die noch einmal anfangen wollen, etwas Neues zu lernen.

Beratung ist für uns ein übergreifender Begriff. Darunter fallen alle Lernsituationen, die für diejenigen Menschen arrangiert werden, die private oder berufliche Probleme und Schwierigkeiten bearbeiten möchten und die persönliches Wachstum anstreben. Therapie ist demnach der Sonderfall einer langfristigen und intensiven Beratung, die von einem ausgebildeten Therapeuten durchgeführt wird.

Supervision schließlich nehmen unserem Begriffsverständnis nach diejenigen in Anspruch, die einzeln oder in Gruppen Unterstützung für ihre praktische berufliche Arbeit wünschen, sei es als Gruppen- oder Teamleiter, Lehrende oder Projektmitarbeiter, Berater oder Therapeuten. Dabei sind zwei Formen üblich: Jemand holt sich die Supervision außerhalb seines Berufsfeldes und bespricht mit dem Supervisor »Fälle« aus seiner beruflichen Praxis oder die Supervision findet im Berufsfeld oder Ausbildungskontext selbst unter Anwesenheit eines Supervisors statt.

In allen diesen Lernsituationen, in der Aus- und Weiterbildung ebenso wie in der Beratung und Supervision, und letztlich auch in der Therapie sind pädagogische Kompetenzen und Überlegungen seitens der Lehrenden, Leitenden, Mitarbeitenden und Beratenden notwendig. Für Beratung, Supervision und Therapie mag das auf Anhieb nicht einleuchten. Wenn es dort jedoch nicht nur darum geht, Teilnehmer und Klienten bei der Lösung von Problemen und bei ihrem persönlichen Wachstum zu unterstützen, sondern auch darum, sie zu eigenständigem Weiterlernen zu motivieren und anzuleiten, wenn also Lernen selbst zum Gegenstand des Lerngeschehens wird, sind immer auch pädagogische Kompetenzen erforderlich.

Zum Aufbau des Buches

Im ersten Teil des Buches erarbeiten wir ein Grundverständnis von transformativen Lernprozessen, und zwar auf dem Hintergrund unserer persönlichen und beruflichen Geschichte sowie unter Nutzung der erkenntnis- und evolutionstheoretischen Annahmen über Realität und Wandlungsprozesse sowie beispielhaft ausgewählter Ansätze in der pädagogischen Tradition. Im zweiten Teil untersuchen wir Theorien zur Bewußtseinsentwicklung und -evolution daraufhin, welche Erkenntnisse über Lern- und Kontaktprozesse sie bieten. Auf dieser Grundlage entwickeln wir ein Modell zur Erforschung von transformativen Lernprozessen in der pädagogischen Praxis. Dabei beziehen wir uns auf die Theorie der Gestalttherapie (Perls/Hefferline/Goodman), die transpersonale Psychologie (Wilber), die Evolutions- und Lerntheorie der holistischen Selbstorganisationstheorie (Jantsch und Bateson) sowie auf die Bewußtseinsbildung des politisch engagierten humanistischen Pädagogen Paolo Freire. Im dritten Teil beschreiben und reflektieren wir transformative Lernprozesse und die dabei auftauchenden Schwierigkeiten an Beispielen aus der Aus- und Weiterbildung, Beratung und Supervision und formulieren auf dieser Grundlage im vierten Teil Ansätze einer holistischen Didaktik mit konkreten Anregungen und Anleitungen für die Praxis.

Dieses Buch ist das Resultat unserer gemeinsamen theoretischen und praktischen Arbeit und persönlichen Erfahrung. Während der letzten fünf Jahre entwickelten und erprobten wir die einzelnen Konzepte und formulierten arbeitsteilig dann die Entwürfe für die Abschnitte des Buches. Die Textentwürfe für den I., III. und IV. Teil stammen von Reinhard Fuhr, der Textentwurf für den II. Teil kam aus der Feder von Martina Gremmler-Fuhr. Obwohl wir die Textentwürfe gemeinsam diskutierten und überarbeiteten, behalten wir die Ich-Form bei, um die Subjektivität dessen durchscheinen zu lassen, der die jeweiligen Passagen entworfen hat. Die Arbeit an diesem Buch war eine sehr faszinierende und lehrreiche gemeinsame Erfahrung für uns.

Danksagung

Bei der Entstehung des Manuskripts haben uns viele Menschen beeinflußt und angeregt: Freunde, Mitarbeiter, Kollegen — auch solche, die unseren Ansatz für völlig abwegig halten und uns durch ihre provozierende Kritik immer wieder zum Nachdenken gezwungen haben — Therapeuten, Ausbilder und Lehrer, und vor allem auch die vielen Teilnehmer an Seminaren, Supervisionen und Beratungen, die sich mit uns über unsere Entdeckungen oft mitgefreut, und die unter unseren anfangs recht unbeholfenen Versuchen der Anleitung zu transformativen Lernprozessen auch manchmal gelitten haben. Ihnen allen gilt unser Dank und unser Respekt.

Wir freuen uns, daß wir in Anna und Milan Sreckovic Verleger gefunden haben, die uns bei unserem Vorhaben nicht nur sehr unterstützten und ermutigten, sondern für die die Veröffentlichung eines solchen Buches ein gemeinschaftlicher, lebendiger Gestaltungsprozeß ist, an dem wir teilhaben konnten.

Göttingen, im September 1987

Martina Gremmler-Fuhr
Reinhard Fuhr

1. Kapitel

Auf der Suche nach dem Sinn des Lernens

Yentl ist — in dem gleichnamigen Film von Barbra Streisand — die Tochter eines jüdischen Gelehrten. Anstelle ihrer verstorbenen Mutter führt sie für ihren Vater den Haushalt. Sie lauscht den gelehrten Gesprächen ihres Vaters mit seinen Schülern, besorgt sich heimlich Bücher und hat nur den einen Wunsch: lernen zu können. Nachdem ihr Vater gestorben ist, bricht sie auf, um Zugang zum Wissen an einer Akademie zu erhalten — ein unerhörtes Ansinnen für eine Frau zu jener Zeit. Yentl scheut kein Risiko, sie nimmt tiefe Kränkungen in Kauf, verleugnet sogar ihre Identität als Frau, nur um lernen zu dürfen; denn Lernen, das ist für sie gleichbedeutend mit Leben und Freiheit:

»The more I live — the more I learn.
The more I learn — the more I realize
The less I know.
Each stcp I takc —
    (Papa, I've a voice now!)
Each page I turn —
    (Papa, I've a choice now)
Each mile I travel only means
The more I have to go.
What's wrong with wanting more?
With all there is — why settle for
Just a piece of sky?«

Die Faszination, die für diese junge Frau vom Lernen ausgeht, dürfte von kaum einem Schüler, einem Studenten, einem Auszubildenden oder einem Schulungs- und Umschulungsteilnehmer unserer Tage nachzuvollziehen sein. Für die meisten Lernenden in unseren Ausbildungs- und Fortbildungsinstitutionen hat Lernen nicht nur seine Faszination, sondern auch seinen Sinn verloren. Die Entwicklung von hochkomplexen und gut begründeten Lernkonzepten, die mit erheblichem Aufwand betrieben wurde und — trotz Einbrüchen in der Bildungsreform — immer noch betrieben wird, hat weder zu einer qualitativen Verbesserung pädagogischer Praxis in dem Sinn geführt, daß sich die fast unbegrenzten Lernmöglichkeiten in der individuellen Lebensbewältigung niederschlagen, noch haben sie kollektiv bewirkt, daß wir unsere gesellschaftliche und politische Situation lebens- und umweltfreundlich zu gestalten in der Lage sind.

Wenn ich mir die Entwicklung der Lehr- und Lernkonzepte und die Anhäufung von Wissen in unserer Zivilisation linear weitergeführt vorstelle, komme ich zu folgender Vision: Das Lernen in den Schulen wird immer effektiver, die Manager in den Betrieben lernen in Trainingsseminaren immer rascher, sich neue Technologien und Trends zunutze zu machen, und selbst alte Menschen lernen in Volkshochschulklassen, ihre Randexistenz mit einem Lächeln zu ertragen. Ich kann darin weder die Hoffnung erkennen, daß wir mit unseren persönlichen Sinnkrisen besser zurechtkommen, noch daß wir dadurch lernen, mit den kollektiven und globalen Krisen besser umzugehen. Diese Art von Lernprozessen führt — wie vielfältige therapeutische und pädagogische Erfahrung zeigt — eher dazu, daß sich die einzelnen Menschen und die menschlichen Gemeinschaften ruinieren, als daß etwas grundlegend Neues gelernt wird, es sei denn, es erfolgt ein radikaler Eingriff von außen, wie beispielsweise durch eine erfolgreiche Therapie, eine außergewöhnliche Lebenserfahrung oder eine globale Katastrophe.

Es gab in der Geschichte immer wieder Persönlichkeiten, die aus diesem Entwicklungsprozeß ausscherten und zum kreativen Neulernen fähig waren (vgl. *Keen* 1984). Und auch in der persönlichen Geschichte vieler »gewöhnlicher« Menschen lassen sich Erfahrungen aufspüren, durch die sie in dem Sinne umlernten, daß sich grundsätzliche Wandlungsprozesse vollzogen (vgl. *Jaffe* 1985, *Brachel / Oser* 1986). Bisher wurden diese Lernprozesse in der Pädagogik vernachlässigt, eher als Episoden im Leben genialer Menschen abgetan oder verschwiegen, da man leicht in den

Verdacht kommt, nicht ganz normal zu sein, wenn man anderen von seinen eigenen Grenzerfahrungen erzählt. Durch das Studium von therapeutischen Prozessen, denen sich viele Menschen heute unterziehen, von Extremsituationen, wie der Begegnung mit dem Tod, oder ungewöhnlichen Erfahrungen, wie sie beispielsweise von Astronauten bei einem Weltraumflug berichtet werden, oder von Erfahrungen mit östlichen Wegen der Erkenntnis, aber auch durch die theoretischen Erkenntnisse über Evolutions- und Bewußtseinsprozesse des Menschen wissen wir heute sehr viel mehr über die Möglichkeit eines Lernens, das grundlegenden Wandel bewirkt und das wir nutzen können. Ich gehe also davon aus, daß es möglich ist, jene weitreichenden Lernerfahrungen, die wir »transformatives Lernen« nennen, in Lernsituationen in und außerhalb organisierter Bildung zu verwirklichen. Diese Lernprozesse will ich so genau und gleichzeitig so praxisnah wie möglich beschreiben und analysieren sowie die Bedingungen formulieren, die günstig für solche Lernprozesse sind.

»Transformative Lernprozesse« lassen sich aber nicht nach herkömmlichen Kategorien des Denkens beschreiben, jedenfalls nicht hinreichend. Mit solchen Lernprozessen geht auch ein grundlegender Wandel des Denkens einher. Dieses Denken ist holistisch, orientiert sich viel mehr an den Spielregeln, nach denen Prozesse in lebendigen Systemen und nach denen die Evolution abzulaufen scheint, als an mechanistischen, kausal-logischen Fortschrittsmodellen, und dadurch wird ein wechselseitiger Prozeß initiiert: Der Wandel des Denkens wird durch transformative Lernprozesse begünstigt und gleichzeitig ist der Wandel im Denken eine begünstigende Voraussetzung für transformatives Lernen.

Ich setze zunächst bei der Beschreibung der Grundlagen eines evolutionären Verständnisses von Lebensprozessen und der Modi holistischen Denkens an, weil ich auf diese Weise eine Begrifflichkeit gewinne, die es mir ermöglicht, transformative Lernprozesse zu beschreiben. Die Schwierigkeit, vor der ich stehe, ist nun folgende: Es scheint fast unmöglich zu sein, daß der Leser, der sich bisher keine transformativen Lernprozesse eingestanden oder sie bewußt erlebt hat, die Aussagen über evolutionäre Prozesse und holistisches Denken im Zusammenhang mit transformativem Lernen ohne starke Verzerrungen begreift. Andererseits hoffe ich, daß die Möglichkeit zu transformativem Lernen erhöht wird, wenn es gelingt, holistische Denkprozesse, die mit transformativem Lernen verbunden sind, in nachvollziehbarer Weise darzustellen. Denn ich gehe davon aus, daß jeder über das Potential zu transformativem Lernen verfügt, ganz gleich, ob er solche Lernerfahrungen schon einmal bewußt gemacht hat oder nicht.

Sinnkrise als Herausforderung

Viele Jahre lang war ich bestrebt, zur Verbesserung der Lernmöglichkeiten von Schülern, Studenten und Erwachsenen beizutragen. Ich wurde darin durch Fortbildungen und Forschungsarbeiten zur Entwicklung didaktischer Modelle sowie durch die Ausarbeitung pädagogischer Methoden zur »Handhabung« von Klassen, Seminaren und Gruppen immer kompetenter und in gewisser Weise auch immer effektiver.*

Heute vermute ich, daß von Anfang an Zweifel am Sinn dieser Rationalisierung des Lernens in mir arbeiteten. Aber es bedurfte wohl einer unausweichlichen Herausforderung, bis ich es zuließ, die Fragwürdigkeit meiner Anstrengungen in mein Bewußtsein treten zu lassen. Ein tragisches persönliches Ereignis war ein wichtiger Anstoß, denn ich wurde mir meiner Unfähigkeit bewußt, mit diesem Ereignis umzugehen. Meine pädagogische Kompetenz, die ich in vielen Jahren erworben hatte, erwies sich plötzlich als sinnlos; sie stand mir bei der Verarbeitung meiner tiefgreifenden Erschütterung sogar im Wege. Ich hatte viele Kenntnisse erworben, aber nur wenige Erkenntnisse, die für mein Leben wirklich bedeutsam waren. Ich hatte all die Jahre mit Lernzielformulierungen und -begründungen, mit der Entwicklung von Curricula und Evaluationsmethoden sowie von pädagogischen Handlungskonzepten Erfahrungen gesammelt, auch über die Rolle des Lehrers und Gruppenleiters, nur nicht über mich als Person.

Als ich mich dann in den folgenden Jahren in den Strudel der Selbsterfahrungsbewegung ziehen ließ, schlug das Pendel in die andere Richtung

---

*vgl. *Fuhr* 1971, 1972, 1975, *Fuhr u.a.* 1977, *Fuhr / Kayser* 1979, *Fuhr* 1979 a, b, 1980, *Fuhr / Clemens-Lodde* 1980, *Fuhr / Westermann* 1981, *Fuhr / Kayser* 1982, *Fuhr u.a.* 1984, *Fuhr* 1984, 1986.

aus: nur noch ich als Subjekt mit meinen Gefühlen und Bedürfnissen zählte, alles andere war unwichtig. Ich betrachtete die von mir geleiteten Gruppen als eine Ansammlung von Individuen, die lernen sollten, ihre Gefühle zu zeigen und so tief wie möglich in ihren persönlichen Problemen zu »wühlen«. Harte Konflikte mit einzelnen und mit Institutionen sorgten mit dafür, daß dieser Pendelausschlag nur von kurzer Dauer war. Aber was nun? Gab es eine Möglichkeit des kreativen Umgangs mit dem Konflikt zwischen der Notwendigkeit, »objektive« Lernanforderungen erfüllen zu müssen einerseits und dem bohrenden Bedürfnis andererseits, einen Sinn in den eigenen Lernanstrengungen wiederzuentdecken und zwar für heute und nicht erst für eine ohnehin ungesicherte Zukunft?

Dieser Widerspruch zwischen Anforderung und Bedürfnis provozierte mich dazu, mein Verständnis von Lernen, das all diesen Optimierungsversuchen in der Curriculumreform, der Hochschulreform und der Weiterentwicklung der Erwachsenenbildung zugrunde lag, in Frage zu stellen: Von welchen Annahmen über die inneren Prozesse im lernenden Individuum gehe ich überhaupt aus, welche Lernmöglichkeiten traue ich mir und anderen überhaupt zu und welche gesellschaftlichen und kulturellen Strukturen spiegeln sich in meinem Verständnis von Lernen wider?

Neue Trends in der Pädagogik

Unterstützt wurden diese Fragen und Zweifel durch gesellschaftliche Strömungen, die mich als Pädagogen nicht unberührt ließen. Die neue Bewußtseinsbewegung, die spätestens seit dem Erscheinen der deutschen Übersetzung von Marilyn Fergusons Buch »Die sanfte Verschwörung« einige Gemüter bewegte, entfachte zunächst euphorische Heilserwartungen. Die wuchernden Aktivitäten religiöser und sektiererischer, therapeutischer und spiritistischer Gruppen im »Grenzbereich der Aquarier« (*Roszak* 1985) schwappten aus den USA in die Bundesrepublik herüber, und mit ihnen wurde die Zeit eines »Neuen Lernparadigmas« als Antwort auf die »pädogene Krankheit« angekündigt (*Ferguson* 1982, 327 ff). Unterstützt wurde die Bewegung durch die Mahnungen besorgter Wissenschaftler über die katastrophalen Folgen der Wachstumsideologie, die in Berichten des »Club of Rome« ihren Niederschlag fanden und auch dort in der Forderung nach einem neuen Lernverständnis mündeten (*Peccei* 1980).

Ein weiterer Anstoß kam von den pädagogischen Praktikern. Die Teilnehmer von Lehrerfortbildungskursen, denen ich neue Lehrmethoden und Differenzierungsmodelle zu vermitteln hatte, lebten in den 70er Jahren noch in der Hoffnung auf eine schrittweise Veränderung der Schulorganisation, die es ihnen erlauben würde, ihre Unterrichtsmethoden zu verändern. Mit dem politischen Ende der Reformbewegung schmolz diese Aussicht, und ich mußte mir immer häufiger den Vorwurf der Praxisferne meiner didaktischen Vorstellungen gefallen lassen. Ich wehrte mich lange Zeit gegen diesen Vorwurf, denn ich hatte als Lehrer mit neuen Unterrichtsformen und Lehrmethoden noch zu einer Zeit experimentieren können, als die politische Brisanz veränderten Unterrichtens noch nicht erkannt und daher mehr oder weniger stillschweigend geduldet worden war. Als mir die Ernsthaftigkeit des Vorwurfs der Praxisferne endlich bewußt wurde, fehlte mir zunächst jede Antwort.

Auch die berufliche Perspektivlosigkeit der angehenden Lehrer und Pädagogen, die ich auszubilden hatte, leistete ihren Beitrag zu einer grundlegenden Verunsicherung über den Sinn der Lernanstrengungen in unseren Bildungsinstitutionen; denn während früher die Studenten mit dem wie immer fragwürdigen Versprechen vertröstet werden konnten, daß sich die Mühen des Aneignens von Qualifikationen in der Zukunft schon auszahlen würden, war jetzt keine Motivation mehr für ein Lernen auf Vorrat zu erwarten, wenn kaum noch ein angehender Lehrer oder Pädagoge Aussichten auf eine Anstellung in seinem Qualifikationsfeld hatte. Viele Studenten reagierten darauf mit verbissenem Eifer und dem verzweifelten Versuch, sich durch gute Leistungen doch noch Chancen auf dem Arbeitsmarkt zu sichern. Andere suchten Hilfe in der »Psychoszene«.

Doch auch die Ergebnisse der Arbeit an sich selbst in Selbsterfahrungs- und Therapiegruppen waren keineswegs immer ermutigend. Zwar wandelte sich das Klima von Jahr zu Jahr : Die Teilnehmer von Seminaren und Erwachsenenbildungskursen waren offener für Selbstreflexion und das Thematisieren unmittelbarer Erfahrungen in den Gruppen. Doch die Lernerfahrungen in diesen Gruppen waren nur schwer auf die Alltagsrealität übertragbar. Es bildeten sich Gruppen von »Insidern«, die schon an ihrem »Psychojargon« erkennbar waren, und »Outsidern«, denen es nicht schwer fiel, die Realitätsferne solcher persönlichkeitsorientierten Lernerfahrungen nachzuweisen. Außerdem begegneten mir Menschen in den Gruppen, die trotz jahrelanger Therapieerfahrungen zwar ihr Verhalten erheblich geändert hatten, in der Bewältigung ihrer Lebensprobleme blieben sie aber genauso ratlos wie jene, die sich nie einer Selbsterfahrung gestellt hatten. Überdies empfand ich es manchmal schwerer, mit solchen Selbsterfahrungsexperten in Kontakt zu treten und produktiv zu arbeiten, als mit unbedarften Teilnehmern : sie hatten sich die Methoden der therapeutischen Kommunikation angeeignet und setzten sie zur Abwehr von — auch begründeten — Lernanforderungen ein.

Andere Erfahrungen wiederum bestärkten mich in der Suche nach einem neuen Verständnis von Lernen. Die Erfahrungen in einer Therapieausbildung und den damit verbundenen eigenen Lernprozessen sowie die Zusammenarbeit mit Studenten, Institutionen, Kursteilnehmern, Freunden und vor allem in der eigenen Partnerbeziehung ließen mich allmählich ahnen, daß es Möglichkeiten gibt, mein Verständnis von Lernen grundlegend zu verändern, ohne in sektiererische Sphären abzudriften und auf Erleuchtungserlebnisse warten zu müssen. Aus diesen Erfahrungen heraus entstand der Wunsch, das veränderte Verständnis von Lernen konzeptionell zu erfassen und zu beschreiben, wobei sich die Tragweite und Umsetzungsfähigkeit solch eines Konzepts vorerst nur umrißhaft abzeichnete. Mir kommt es darauf an, diejenigen Lernprozesse in selbsterfahrungsorientierten pädagogischen Situationen aufzuspüren, die einen grundlegenden Wandel der Welt- und Selbstsicht bewirken können statt einer Veränderung des Verhaltens und Erweiterung des Wissens. Ich will aber nicht nur eine neue Methode, sondern umfassendere Vorstellungen darüber entwickeln, wie die Erkenntnisse über solche Lernprozesse im pädagogisch-therapeutischen Grenzbereich und auch im Alltag genutzt werden können.

Es ist somit die bewußte Erfahrung solcher Lernprozesse und ihre Reflexion, an der ich interessiert bin. Ich möchte also eine Konzeption transformativen Lernens entwerfen, die sich immer wieder neu aus der Praxis entwickelt und wieder in diese Praxis zurückfließt. Diese Konzeption wird sich mit neuen Erfahrungen und Erkenntnissen ständig weiterentwickeln, und es ist daher nur konsequent, wenn sich fur mich gegenwartig ebenso viele Fragen wie Antworten zu diesem Lernverständnis ergeben. Insbesondere beschäftigen mich die Schwierigkeiten bei der Integration solchen Lernens in den Alltag, den beruflichen ebenso wie den privaten, sowie die Möglichkeiten, mit den Konflikten umzugehen, die durch dieses Lernverständnis in der Praxis institutionalisierter Lehr- und Weiterbildungsveranstaltungen entstehen. Denn die bewußte Fähigkeit zu transformativem

Lernen läßt das Leben zwar intensiver, aber keineswegs leichter werden. Die erhöhte Sensibilität für die vorherrschenden Strukturen und meine Mitverantwortung bei der Aufrechterhaltung dieser Strukturen und dem meist lebensfeindlichen Umgang mit der Umwelt führen zu oft zu nur schwer erträglichen Spannungen. Wie kann es gelingen, diese Spannungen immer wieder kreativ zu nutzen, statt in Resignation zu fallen und in die Isolation zu geraten? »Denn«, schreibt der schweizerische Schriftsteller Adolf Muschg in seinen lesenswerten Essays über »Literatur als Therapie«, »wer sich auf diesen Weg begibt, gleicht jenen 'Enterbten', die jede große Umkehr der Welt erzeugt und denen, nach Rilkes Wort, nicht mehr das Frühere und noch nicht das Nächste gehört.« (*Muschg* 1981, 153 f.)

Wandel und Veränderung

Transformatives Lernen soll eine Bezeichnung für Wandlungsprozesse durch Lernen sein. Veränderungen können Begleiterscheinungen der Prozesse sein, sie sind jedoch sekundär. Aber wie lassen sich »Wandel« und »Veränderung« voneinander abgrenzen?

> Früher arbeitete ich übermäßig viel, sodaß mir nur wenig Zeit für Familie, Entspannung und Hobbys blieb. Dieses Verhalten störte mich und meine Umwelt. Ich fing an, meine Arbeit besser zu planen, überlegte, welche Verpflichtungen ich abgeben und wie ich meine Arbeitszeit effektiver nutzen konnte. Damit hatte ich Erfolg, denn ich arbeitete jetzt weniger. Für Familie und Freunde hatte ich trotzdem keine Zeit, weil ich ein reizvolles Hobby entdeckt hatte. Ich hatte mein Verhalten geändert und lebte sogar etwas gesünder.

Ich hätte — was ich damals versäumte — die Überarbeitung zum Anlaß nehmen können, um über mich und mein Leben nachzudenken; ich hätte die Überlastung als ein Anzeichen dafür betrachten können, daß in meinem Leben und den Strukturen, in denen ich tätig war, etwas nicht stimmte. Diese Selbsterforschung hätte schon damals zu einer veränderten Einstellung mir selbst und meiner Umwelt gegenüber führen können. Ob sich dabei meine Überarbeitung reduziert hätte oder nicht, wäre zweitrangig gewesen, denn wahrscheinlich hätte ich etwas viel Wichtigeres entdecken können: daß etwas in meinen Beziehungen gestört war, daß ich den Sinn meiner beruflichen Tätigkeit grundsätzlich in Frage stellte und daß eine tiefe Resignation in mir steckte. Die Arbeitsüberlastung war ein »Symptom«, das auf tiefergehende Konflikte in meinem Leben hindeutete.

Veränderung ist *ziel- und ergebnisorientiert.* Ich entwickle ganz bestimmte Vorstellungen darüber, was sich an meinen Verhaltensweisen, Denkstrukturen und Einstellungen ändern soll. Ich versuche, die Prozesse zu steuern und zu kontrollieren. Ich schneide einen Teil aus einem kontinuierlichen Prozeß heraus, untersuche ihn genauer, um ihn zu ersetzen oder zu verbessern. Das führt häufig dazu, daß ich »mehr von dem Gleichen« tue: Ich entwickle immer neue Strategien zur Verbesserung der Situation und strebe Perfektion an, die kurzfristig erfolgreich sein mag, langfristig aber scheitern muß (vgl. auch *Müller* 1984, 16).

In unserer Gesellschaft läßt sich dieses Bestreben nach Veränderung an vielen Stellen beobachten:

Der Schüler, der seine Hausaufgaben nicht macht, wird bestraft oder erhält Hausaufgabenhilfe, ohne daß seine grundlegenden Schwierigkeiten mit den Lernanforderungen gemeinsam mit ihm aufgedeckt werden.

In den Schulen wächst der Widerstand der Schüler gegen den Unterricht; deshalb werden die Herrschaftsformen verfeinert, um die vorgeschriebene Schuldidaktik durchzusetzen; die Frage nach der Sinnhaftigkeit der heutigen Institution Schule bleibt dagegen unberührt.

Autofahren wirkt sich schädlich auf die Umwelt aus; daher werden Technologien entwickelt, um die Abgase zu entgiften; dabei wird es versäumt, die Absurdität des Individualverkehrs unter heutigen Lebensbedingungen bewußt zu machen.

Oder: Mit Nahrungsmittellieferungen versuchen die reichen Länder, die Hungerkatastrophen in der Dritten Welt zu lindern, ohne die weltweiten Ausbeutungsstrukturen zum Thema zu machen.

Die Rüstung verschlingt riesige Summen und bedroht die Menschen; die Reaktion darauf besteht in Forderungen nach Rüstungskontrolle und dem Versuch, das eigene Territorium durch Hochtechnologien immer sicherer gegen feindliche Angriffe zu machen.

So werden »Symptome« mehr oder weniger erfolgreich im privaten wie im öffentlichen Leben kuriert.

Wandel dagegen ist *prozeßorientiert.* Ich orientiere mich an jenen — wie immer unvollkommenen — Einsichten in die ökologischen und evolutionären Prozesse, an denen ich teilhabe. Im Verlauf der Wandlungsprozesse kann ich zwar auch konkrete Veränderungen anstreben, die ich jedoch immer wieder an den sich ständig wandelnden Beziehungen zwischen mir und meiner Umwelt überprüfe. Denn der Wandlungsprozeß bringt niemals Ergebnisse hervor, auf denen ich mich ausruhen könnte. Vielmehr ist Wandel ein kontinuierlicher Prozeß, der sich nur in sehr engen Grenzen steuern und kontrollieren und nie vollständig vorausberechnen läßt. Alternative Sichtweisen und Handlungsmöglichkeiten kommen zutage, die mich kontinuierlich zu Entscheidungen veranlassen. Wandel setzt an tieferen und gleichzeitig umfassenderen Schichten meiner Existenz an : Ich betrachte die Lebensausschnitte, die ich verändern möchte (wie beispielsweise meine Überarbeitung), im Zusammenhang größerer Systeme und stoße dabei auf Wechselwirkungen zwischen meinen Verhaltensweisen und den mich umgebenden größeren Systemen (beispielsweise Familie, berufliche Umwelt oder Lebensgeschichte). Die Erfahrungen, die ich beim Überschreiten meiner selbstgesetzten Grenzen machen und reflektieren kann, stellen mein bisheriges Selbst- und Weltbild in Frage. Wandel führt also zur Neuinterpretation der Realität. Dies schließt die Notwendigkeit einer genauen Untersuchung von Teilausschnitten meines Lebenszusammenhangs und den Entwurf von Strategien keineswegs aus; die Untersuchungen dienen aber nicht dazu, Einzelprobleme zu lösen und bestimmte Ziele zu erreichen, sondern um die Prozesse immer wieder kreativ mit den jeweils umfassenderen Systemzusammenhängen abzustimmen. Die Leitfrage für Wandlungsprozesse ist also : Welche Bedeutung haben meine Verhaltensweisen, Einstellungen, Absichten und Strategien in einem größeren Kontext ? Wandel ist demnach in erster Linie ein Bewußtseinsprozeß, der auf jeweils verschiedenen Ebenen unserer Realität gleichzeitig wirksam wird, den individuellen, gesellschaftlichen und gesamtökologischen Ebenen.

Ich möchte den Unterschied von Wandel und Veränderung noch einmal an einem Beispiel verdeutlichen, das meine etwas mystifizierenden Definitionsversuche auf den Boden alltäglicher pädagogischer Erfahrungen zurückholt:

> Helmut* erzählt mir von einer Supervisionserfahrung. Er hatte ein Problem mit seinem Vorgesetzten und wollte ihm seine Schwierigkei-

* In diesem wie in allen folgenden Beispielen sind die Namen der Beteiligten sowie Einzelheiten so abgeändert, daß der persönliche Vertrauensschutz der Betroffenen gewahrt bleibt.

ten und seine Forderungen vortragen. Der Supervisor bat ihn, sich den Vorgesetzten an seinem Schreibtisch sitzend vorzustellen und ihm das zu sagen, was er ihm sagen wollte. Als Helmut sein Anliegen vorgetragen hatte, machte ihn der Supervisor auf seine gebückte, eingefallene Haltung aufmerksam. Es leuchtete Helmut unmittelbar ein, daß er auf diese Weise nicht viel Eindruck auf den Vorgesetzten machen konnte. Der Supervisor schlug ihm dann vor, die wichtigsten Forderungen nocheinmal in aufrechter Haltung vorzutragen. Helmut fühlte sich viel besser dabei und gewann auch den Eindruck, daß er auf diese Weise wirksamer sein würde.

Eine sehr ähnliche Situation erlebte ich selbst in einer Weiterbildungsgruppe.

Auch Gerhard hat mit seinem Vorgesetzten Schwierigkeiten. Ich bitte ihn, sich den Mann vorzustellen und ihm sein Anliegen vorzutragen. Er beginnt mit leiser Stimme und geduckter Haltung zu sprechen. Ich unterbreche ihn, weil ich ihn schlecht verstehen kann. Es geht mir nicht so sehr darum, daß Gerhard lauter sprechen soll, sondern ich bin neugierig, wie und weshalb er auf einmal so leise wird, wenn er mit dem Vorgesetzten spricht. Nach einer Besinnungspause sagt Gerhard: »Ich habe kein Recht darauf, meinem Vorgesetzten gegenüber solche Forderungen zu stellen,« und er sieht sehr betroffen aus. Auf die Idee, selbst Forderungen zu stellen, komme er gar nicht, er erwarte vielmehr vom Vorgesetzten, daß er von sich aus wisse, was Gerhard von ihm brauche, um seine Arbeit sinnvoll und effektiv leisten zu können. Im weiteren Gespräch wird uns deutlich, daß Gerhard dem Vorgesetzten keine Chance gibt, ihn mit seinen Ansprüchen überhaupt wahrzunehmen. Einige Gruppenmitglieder (Arbeitskollegen von Gerhard) äußern, daß sie Gerhard schon oft gerne unterstützt hätten aber nicht wußten wie, weil sie sich nicht erinnern konnten, daß er je eine Forderung an sie gestellt hätte. Ich schlage Gerhard vor, in der Gruppe die Erfahrung zu machen, wie es für ihn ist, konkrete Forderungen zu stellen. Dabei spürt er, welche Mühe es ihn kostet, Silvia um eine Tasse Kaffee zu bitten und Alfred aufzufordern, sein Radio im Nebenzimmer von ihm im Tagungsheim abends etwas leiser zu stellen. Seine Stimme wird ein wenig klarer, vor allem aber ist er erstaunt, daß die angesprochenen Leute ihm seine Forderung nicht rundweg ablehnen. In einer späteren Arbeitsphase wird Gerhard dann noch bewußt, wie seine demütige Erwartungshaltung mit einem ihm schon bekannten Lebensmuster zusammenhängt; er ist bestürzt, daß dieses Muster in solch kleinen Situationen durchschlägt und nimmt sich vor, an diesem Thema nach dem Kurs weiterzuarbeiten.

Im Fall von Helmut handelte es sich um die Veränderung eines Verhaltens. Bei Gerhard ist vermutlich ein Wandlungsprozeß in Gang gesetzt oder zumindest unterstützt worden. Veränderungsprozesse sind kurzfristig wirksam im Verhalten, Wandlungsprozesse können längerfristig Veränderungen hervorrufen, aber es läßt sich nicht absehen, wie diese Veränderungen konkret aussehen werden. Ich halte es nicht für ganz ausgeschlossen, daß die Verhaltensänderungen von Helmut irgendwann einmal in einer Veränderung seiner Haltung sich selbst und anderen, insbesondere Vorgesetzten gegenüber, mündet. Es könnte aber auch sein — und viele Erfahrungen aus der Selbsterfahrungs- und Therapieszene bestätigen mich darin — daß relativ leicht zu erzielende Verhaltensänderungen Widerstände gegenüber Wandlungsprozessen erzeugen (vgl. auch *Kepner* 1987, 62 ff.). Es ist wie bei einem Menschen, der über 40 Grad Fieber hat. Natürlich ist es sinnvoll, ihm ein fiebersenkendes Medikament zu geben. Vielleicht wird er auf diese Weise nach einigen Tagen auch wieder gesund. Aber wenn er bei jeder Störung im Organismus eine Medizin (Verhaltensverschreibung) erhält, gewöhnt er sich daran, solche Störungen nicht als »Symptome« zu betrachten, die ihn auf grundlegende Lernmöglichkeiten hinweisen.

Dieser prinzipielle Unterschied zwischen einer Orientierung an Veränderung oder Wandel ist auch in den verschiedenen Therapiekonzepten und -stilen nachweisbar. Die prominentesten Vertreter dieser beiden Richtungen beispielsweise in der Gestalttherapie sind Fritz und Laura Perls. Während es Fritz Perls in erster Linie an seiner Wirkung auf den Klienten ankam, (und damit löste er oft erstaunliche Heilerfolge aus), geht es seiner Frau Laura Perls vor allem um die Begegnung mit dem Klienten (vgl. auch *Friedman* 1985, 88 ff.). Ähnliche Unterschiede gibt es auch in der Familientherapie. Während beispielsweise die Mailänder Schule um Mara Selvini-Palazzoli möglichst kurzfristig Erfolge mit den Familien erzielen will, liegt das primäre Interesse etwa von Ivan Boszormenyi-Nagy oder Thea Bauriedl bei der Arbeit in der Beziehung mit der Familie und den dabei gemeinsam erlebten Wandlungsprozessen.

Schöpferische Anpassung

Wer sich auf Wandlungsprozesse eingelassen hat, kann meist nicht genau sagen, worin dieser Wandel besteht: Er hat zwar das deutliche Empfinden, daß sich seine Einstellungen sich selbst und seiner Umwelt gegenüber verändern; sensible Menschen mögen das an seinem Gesichtsausdruck, seiner Körperhaltung oder seiner Stimme beobachten. Aber es finden selten spektakuläre Veränderungen statt, jedenfalls nicht kurzfristig.

Einige Aspekte von Wandlungsprozessen durch transformatives Lernen sind also beschreibbar, sogar überprüfbar, andere sind nur schwer oder gar nicht verbal auszudrücken. Genauere Definitionsversuche von transformativem Lernen klingen deswegen immer ein wenig pathetisch oder geheimnisvoll. Ich möchte es dennoch weiter versuchen:

Transformatives Lernen ist der Begriff für bewußte inner- und zwischenmenschliche sowie ökologische Wandlungsprozesse. Aber welcher Sinn soll mit solchen bewußten Wandlungsprozessen erfüllt werden? Die Antworten, die mir einfallen, klingen sehr allgemein, fast hohl, und deshalb werde ich sie zu füllen haben: Transformatives Lernen ist schöpferische Anpassung. Dieser Begriff aus der Theorie der Gestalttherapie bezeichnet die Funktion von Wachstumsprozessen durch den Organismus-Umwelt-Kontakt; schöpferische Anpassung gewährleistet Überleben und Entfaltung des Organismus im jeweils übergreifenden System (vgl. *Perls u.a.* 1951, 456 ff.). »Ich nehme nun an«, schreibt Gregory Bateson jedoch nicht ohne sarkastischen Unterton, »daß die letzten hundert Jahre empirisch gezeigt haben, daß der 'Fortschritt' eines Organismus oder einer Ansammlung von Organismen, die sich bei ihrer Entwicklung ausschließlich an ihrem eigenen Überleben ausrichten und glauben, das sei der richtige Weg, um ihre adaptiven Züge zu wählen, dahin führt, daß die Umgebung zerstört wird« (*Bateson* 1981, 579). Wir sind Organismen, die in einem fortlaufenden evolutionären Prozeß stehen, wir beeinflussen diesen Prozeß und werden von ihm beeinflußt. Und so stellen sich unseren individuellen und kollektiven Anpassungsversuchen ständig neue Aufgaben, die wir zu lösen versuchen. Die Lösungen, die wir im Wechselspiel von Anpassung und Beeinflussung gegenwärtig schaffen, sind wenig kreativ; sie sind überwiegend disfunktional und zerstörerisch für das ökologische System, dessen Teile wir sind, und bedrohen daher in zunehmendem

Maße unsere eigene Existenz. Und wir sind persönlich oft sehr unglücklich über die Lösungen, die wir finden; denn wir erzeugen mit diesen Lösungen neue Symptome und Konflikte. Der Schüler, der bei seinen Hausaufgaben Kopfschmerzen bekommt, »löst« durch diese Schmerzen den Widerspruch zwischen seinen Spielbedürfnissen und den Leistungsanforderungen; die Arbeitskräfte, die sich im Betrieb unerträglichem Lärm oder einem kalten Betriebsklima ausgesetzt fühlen, »lösen« ihren Konflikt durch häufige Fehlzeiten; der Manager »löst« seine Eheprobleme durch Alkoholkonsum.

Ich gehe davon aus, daß jedem Menschen ein Selbstverwirklichungs- oder Wachstumspotential eigen ist, das sich in oft recht skurriler Weise Ausdruck verschafft. In Wachstumsprozessen entstehen deshalb immer wieder wechselseitige Anpassungsschwierigkeiten, die wir als Konflikte erleben. Diese Konflikte lösen wir durch die Beseitigung ihrer Symptome, wie beispielsweise durch Schmerzmittel, Alkohol, Konsum oder Therapie. Damit verhindern wir, daß die widerstreitenden Wünsche und Interessen zum Potential für schöpferische Anpassung werden. Jeder Versuch, diese Konflikte auf eine solche Weise zu lösen, boykottiert vielmehr den Prozeß der schöpferischen Anpassung, solange wir unsere existenzielle Situation nicht erkennen und akzeptieren.

Allen großen Lehren zufolge, vom Christentum über die mystischen Traditionen bis hin zur Psychoanalyse und den ernstzunehmenden humanistischen Konzeptionen für persönliches Wachstum, hängt unsere Unfähigkeit zu kreativeren Lösungen damit zusammen, daß wir es vermeiden, uns unserer existenziellen Situation gewahr zu werden, denn diese Begegnung mit uns selbst ist schmerzlich. Der Schmerz gehört aber zum lebendigen Prozeß der schöpferischen Anpassung, da immer wieder die Zerstörung unseres alten Selbst- und Weltbildes erforderlich ist und damit die Einsicht in die Unvollkommenheit, Begrenztheit und Endlichkeit unserer Existenz. Das Erleben von Schmerz ist für den Wachstumsprozeß unverzichtbar. Aber Leiden trägt seinen Sinn nicht in sich selbst, sondern in der Art, wie ich damit umgehe. Wird Leiden zum Selbstzweck, wie in manchen Ideologien und religiösen Überzeugungen, führt es zur Lähmung und Isolation statt zum Wandel. Arnold Künzli hat in seiner 1948 erschienenen Analyse des Lebens von Sören Kierkegaard sehr eindrücklich dargestellt, wie die Unfähigkeit dieses Religionsphilosophen, sich ganzheitlich mit sich und seiner lebendigen Wirklichkeit auseinanderzusetzen, zur religiösen Überhöhung des Leidens führte: »Je tiefer er sich ängstigt, desto größer ist der Mensch« (*Künzli* 1948). Leiden wird auf diese Weise zum Dogma, das Faszination auslöst und unsere masochistischen Tendenzen anspricht. Das Bewußtwerden des existenziellen Leidens kann also auch zum Widerstand gegen Lernen werden, wenn man an diesem Leiden festhält in der utopischen Hoffnung, es irgendwann einmal für immer durchgestanden zu haben. Daran wird mir deutlich, daß transformatives Lernen ein dialektischer Prozeß sein muß:

Transformatives Lernen erzeugt immer wieder neues Leiden, das zum Anlaß für neue Lernprozesse wird, im ständigen Wechsel von Chaos und Struktur, Gefangensein und Befreiung. So kann der Prozeß der schöpferischen Anpassung als Kampf begriffen werden, aber ein Kampf, an dem wir uns nicht festhalten müssen: der Kampf kann immer mehr zum Spiel werden, er ist Kampf und doch nicht Kampf. Dieses Grundprinzip sehe ich in den östlichen Kampfsportarten verwirklicht, wie z.B. im Aikido, Tai Chi oder Bogenschießen, zumindest in seiner ursprünglichen Form: Die Partner kämpfen miteinander, aber der Kampf wird durch ständige Wiederholung zu einem Tanz, zu einem Spiel, und doch bleibt es ein Kampf, dessen Qualität sich durch eine gewandelte Einstellung der Kämpfenden zueinander verändert.

Bleiben wir noch einen Moment bei der Bedeutung des Schmerzes für den transformativen Lernprozeß: Im bewußt erlebten Schmerz, der sich hinter den oberflächlichen Konflikten und Symptomen verbirgt, liegt offensichtlich das Potential verborgen, das organismische Wachstumsprozesse auslösen kann. Dieser Schmerz ist der Hinweis darauf, daß meine Lösungsversuche im Wechselspiel von Anpassung und Beeinflussung zu Brüchen führt. Der individuelle Wachstumsprozeß erzeugt ebenso wie der evolutionäre Prozeß eine begrenzte Zahl von Zufällen, aus denen wir auswählen müssen. In der Evolutionstheorie wird dies als stochastischer Prozeß bezeichnet (vgl. *Bateson* 1981, 181 ff.). Die Auswahl aus diesen uns zufällig erscheinenden Varianten, die wir treffen, erweist sich oft als Irrtum und es gibt keine Möglichkeit, dem Leiden, das durch die Notwendigkeit des Entscheidens und des möglichen Irrtums entsteht, zu entgehen. Alle Versuche, diesem Leiden zu entkommen oder an ihm festzuhalten, statt es als Herausforderung für neue kreative Prozesse zu betrachten, verhindern den Wandel durch transformative Lernprozesse (vgl. auch *Bauriedl* 1984, 124 ff. und 189 und *Richter* 1986, 129 ff.). Die modernen medizinischen und therapeutischen Möglichkeiten, physisches ebenso wie psychisches Leiden mit Medikamenten und Schnellheilmethoden rasch zu beseitigen, züchten eine Illusion von der Leidensfreiheit des Lebens. Diese Illusion wird durch den ständig wachsenden Schmerzmittelmarkt genährt und macht süchtig. Letztlich führt die unreflektierte Schmerzbeseitigung aber immer zu chronischen körperlichen und psychischen Leiden, die nicht mehr behebbar sind (vgl. *Habs / Klimpel* 1986).

Transformatives Lernen, so kann ich jetzt meine ersten Annäherungen an eine Begriffsbestimmung weiterführen, *setzt immer wieder an den schmerzlichen Herausforderungen im organismischen Wachstumsprozeß an, die als Symptome , Konflikte oder Widersprüche in Erscheinung treten.* Schöpferische Anpassung kann auf diese Weise zwar niemals sichergestellt, aber immer wieder ermöglicht werden. Und obwohl man die schöpferische Anpassung nur geschehen lassen, nicht planen kann, sind dennoch bewußte Entscheidungen des Lernenden für das Risiko des Wandels eine Bedingung für transformatives Lernen. Der Anstoß für diese Entscheidungen geht vom bewußten Leiden an den Irrtümern und von Mangelerfahrungen im organismischen Wachstumsprozeß aus, und zwar auch an solchen Mangelerfahrungen, die sich nicht nur auf den einzelnen, sondern auf die umfassenderen Systeme, deren Teil das Individuum ist, beziehen. Transformatives Lernen ist also alles andere als ein neues Wundermittel, das rasche Heilung bewirkt, oder individuelles Glück herbeizaubert, denn es geht in diesem Prozeß um die Kontinuität des Lebendigen, des evolutionären Geschehens, in das jeder einzelne eingebunden ist.

Anknüpfungen in der pädagogischen Tradition

Die Gedankengänge, die unserem Konzept transformativen Lernens zugrunde liegen, sind natürlich nicht neu, aber sie fristeten in der pädagogischen Tradition eine Randexistenz gegenüber den übermächtigen Bewegungen der zielorientierten Lehrplan- und Curriculumentwicklung, der behavioristischen und kognitiven Lerntheorien sowie der Entwicklung didaktischer Modelle, die letztlich alle einer Optimierung der Wissensaneignung durch Schüler, Studenten und Erwachsene dienen. Ich möchte drei Beispiele aus der pädagogischen Tradition herausgreifen, deren Lernkonzeptionen nicht auf Veränderung, sondern auf Wandel abzielen, und die den Lernenden in größeren, lebendigen Systemzusammenhängen verstehen.

Friedrich Copei

In seiner Dissertation untersucht der Pädagoge Friedrich O. Copei den »fruchtbaren Moment« im Bildungsprozeß *(Copei* 1930). Er greift auf den »sokratischen Dialog« zurück, um nachzuweisen, daß Bildung mehr sein kann als die Aneignung von vorgefertigtem Wissen. Der Prozeß des Lernens wird motiviert durch die Sehnsucht nach Erkenntnis, die dazu führt, daß die Sicherheit des bisherigen Weltbildes zertrümmert wird. Der eigenen Erkenntnis geht jeweils die Verlegenheit und die Ratlosigkeit des Nicht-Wissens voraus. Copei zitiert Alkibiades, einen Gesprächspartner von Sokrates: »... ich glaubte, es lohne sich nicht zu leben, wenn ich bliebe, wie ich bin.« Solche, das eigene Weltbild immer wieder erschütternde Erkenntnis wird möglich durch die Konfrontation des eigenen Denkens und Wahrnehmens mit den ganz anderen Möglichkeiten der Erkenntnis, über die der Lehrer verfügt, aber nicht etwa, damit der Schüler die Erkenntnisse des Lehrers übernimmt. Der Prozeß der Erkenntnis liegt ganz in der Verantwortung des Schülers: »tua res agitur«. Wie könnte der Lehrer auch den Schüler zur Übernahme seiner Erkenntnis veranlassen, wenn er doch selbst ein Suchender ist. Der sokratische Dialog endet daher auch immer mit einem Fragezeichen, nicht mit einem Punkt.

Dem fruchtbaren Moment, so läßt uns Copei aufgrund seiner Untersuchung solcher Lernprozesse wissen, gehe immer eine Phase des Suchens und gedanklichen Durchdringens voraus, die durch Qual, Spannung und Unruhe, aber auch höchste Aufmerksamkeit gekennzeichnet sei. Dieser Phase folgt eine Ruhephase, in welcher der Schüler von seinen bisherigen, vergeblichen Bemühungen, eine Lösung des Problems zu finden, losläßt. Dem Aufblitzen der Lösung nach dieser Phase des Loslassens muß nun noch die Integration, d.h. der rationale Nachvollzug folgen, der es erst ermöglicht, die neue Erkenntnis in die Denkstrukturen zu integrieren. Auf diese Weise wird das Weltbild nachhaltig umgeformt und bisherige Selbstverständlichkeiten fallen in sich zusammen.

Martin Wagenschein und Horst Rumpf

Auch für den Physiker und Physiklehrer Martin Wagenschein geschieht im »genetischen Lernen« ein Vorgang, der den ganzen Menschen erfaßt und kontinuierlichen Wandel bewirkt: »In diesem Sinne ist Bildung nicht Besitz und nicht einmal Zustand, sondern, wie dieses kostbare und unübersetzliche Wort unserer Sprache aussagt, ein Prozeß, ein Vorgang. Es gibt also keine »abgeschlossene Bildung«. Im Gegenteil, die Schule kann zufrieden sein, wenn es ihr gelingt, diesen Vorgang des selbsttätigen Greifens nur zu wecken« (*Wagenschein* 1975, 13). Der Erwerb von Wissen sollte nicht dadurch geschehen, daß die Schüler dem Lehrer auf »Lernschnellwagen« (*Rumpf* 1972) in vorgespurten Bahnen folgen. Vielmehr kommt es darauf an, daß die Schüler die Naturphänomene erst einmal sinnlich erfassen, einen ganzheitlichen Bezug zum Thema herstellen, ihre Assoziationen und Lösungsversuche für ein Problem verfolgen, um selbst herauszufinden, ob sie sich geirrt haben oder nicht. Denn, »wer, durch Probleme motiviert, selber denkt, der begeht fast notwendig Irrtümer. Wer nicht selbständig geirrt hat, weiß gar nicht, was sicheres Wissen ist.« So folgert der Erziehungswissenschaftler Horst Rumpf, der an die Erkenntnisse Wagenscheins anknüpft und immer wieder auf die katastrophalen Folgen der Abspaltung des Wissens von den sinnlichen, uns mit der Welt in Beziehung setzenden Erfahrungsmöglichkeiten hinweist: »Alles kommt darauf an, daß wir den Menschen *ganz* sein lassen, daß das Staunen und Sich-Wundern nicht verloren geht, auch dann nicht, wenn die Beherrschung des äußeren Ablaufs zum Übermut geneigt macht.« (*Rumpf* 1985, 751). Dieser Übermut, der in dem Aberglauben begründet liegt, wir könnten die Lebens- und Evolutionsprozesse allein durch rationale Erklärungen kontrollieren, führt zur »Zerspaltung der Person in eine wissende, aber tote Hälfte und eine geheime, gläubige, kindliche, lebendigere Hälfte, und eine geheime, gläubige, kindliche, lebendigere Hälfte, von der anderen gewaltsam geschieden« (*Wagenschein* 1983, 62).

Der ganzheitliche Lernprozeß, der Wandel initiiert und unterstützt, führt zum Staunen vor dem Unerklärlichen. Horst Rumpf schildert sehr eindrücklich, wie sich Kinder noch vom Geheimnisvollen berühren lassen können. Sie staunen über die Pfütze, die über Nacht eine Eisschicht bekommen hat, nehmen Umweltereignisse in einer nicht vertrauten und unkultivierten, schroffen Art und Weise wahr. Dabei erleiden sie Verletzungen und Verunsicherungen: das Vertraute wird durch neugierige Fragen, Verwunderungen und Verfremdungen ver-rückt. In dieser — von der Wissenschaft gar nicht zugelassenen — Erkenntnisweise liegt eine »Kraft, die in die Realität eindringt, die sich nicht begnügt mit den Lehrsätzen der

Könner, die genau wissen, was normal und richtig ist«, und sie führt nicht nur zum Staunen und Bewundern, sondern auch zum »Entsetzen über eine aus den Fugen befindliche, eine gar nicht normale Welt.« (*Rumpf* 1985, 751 f.)

Paulo Freire

Diese aus den Fugen geratene Welt hat der brasilianische »Volkspädagoge« Paulo Freire als persönliche Herausforderung akzeptiert, um ein Bildungskonzept zu entwickeln und zu realisieren, das zum Markenzeichen für politische Befreiung in Ländern wie Brasilien, Chile, den ehemaligen portugiesischen Kolonien in Afrika, Nicaragua und in kleinen Ansätzen auch in der Bundesrepublik wurde (vgl. z. B. *Lange* 1972, *Bendit / Heimbucher* 1977). Wir verdanken Freire wichtige Anstöße für unser Konzept transformativen Lernens und werden seine Bildungstheorie später noch genauer untersuchen. Vorweg möchte ich sein prinzipielles Verständnis von Lernen kurz charakterisieren.

Für Freire setzt ein befreiender Lernprozeß an der eigenen existenziellen Situation des Lernenden an, im Hier-und-Jetzt, von wo aus man zu »Verallgemeinerungen von Zeit und Raum gelangt« (*Freire* 1981, 232). Im Gegensatz dazu steht ein allgemein verbreitetes Lernkonzept, das sich in den Bildungsinstituten der Dritten Welt zu einer perversen Kopie des westlichen Vorbilds entwickelt hat, und das Freire drastisch als »Bankierskonzept der Erziehung« charakterisiert, in welchem die Schüler zu 'Anlage-Objekten' degradiert werden, ohne sich je ihrer selbst bewußt zu werden. (*Freire* 1973, 57 f.)

Um sich seiner eigenen existenziellen Situation bewußt werden zu können, muß sie zum Thema des Lernprozesses werden. Doch die abhängigen, entfremdeten Menschen können für ihre Situation keinen sprachlichen Ausdruck finden. In der Dritten Welt sind sie gefangen in der »Kultur des Schweigens«. In den Industriegesellschaften ist die »Kultur des Schweigens« zur »Kultur des Lärms« geworden, die die Menschen ebenso zum Schweigen bringt: sie nehmen ihre Situation als gott- oder expertengegeben hin und haben verlernt, im eigentlichen Sinn des Wortes zu reden und damit die erlebte Wirklichkeit zu bezeichnen (*Freire* 1973, 136). Befreiendes Lernen bezieht sich auf Situationen, die durch zwischenmenschliche Beziehungen und Herrschaftsstrukturen gekennzeichnet sind und kann sich daher auch in der Unterrichtssituation nur im Dialog zwischen dem Lehrenden und dem Lernenden sowie den Lernenden untereinander entfalten. »Dialog ist die Begegnung des Menschen, vermittelt durch die Welt, um die Welt zu benennen.« (*Freire* 1973, 73). An diesen Dialog werden hohe Anforderungen gestellt, die nur auf der Grundlage einer religiösen Einstellung einlösbar sind. Für den Christen Freire ist diese Einstellung durch Liebe, Demut, Glaube, Vertrauen, Hoffnung und kritisches Denken charakterisiert. Liebe heißt für ihn, die Realität, wie sie ist und die Menschen, wie sie sind, zu akzeptieren; demütig sein heißt, von der Annahme auszugehen, daß es weder totale Ignoranten noch vollkommen Weise gibt, sondern nur Menschen, die zu dem, was sie schon wissen, etwas hinzulernen wollen; Dialog erfordert den Glauben an die Kraft der Menschen, etwas Neues zu schaffen im gegenseitigen Vertrauen, das aus einer horizontalen Beziehung erwächst, und die Hoffnung, daß die eigenen Anstrengungen etwas nützen; das kritische Denken schließlich schützt davor, daß sich das Denken vom Handeln ablöst und so zu einer statischen Größe wird statt zu einem transformativen Prozeß beizutragen. Da wir als geschichtliche und bewußte Wesen immer unvollkommen bleiben, muß der zyklische Prozeß des befreienden Lernens im Wechselspiel zwischen Praxis und Theorie fortwährend andauern. Freire sagt dazu »daß das Wissen keine Tatsache ist, sondern ein Prozeß; ein Prozeß, der aus der Praxis der Menschen bei der Veränderung der Wirklichkeit erwächst.« (*Freire* 1981, 73) Andernfalls entsteht nur wieder ein Markt, auf dem vorhandenes Wissen verkauft wird. Im Prozeß befreienden Lernens reflektiert der Lernende immer wieder seine Rolle im historischen Geschehen, d.h. er ist kein neutraler Beobachter, der seine Schlüsse aus objektiven Analysen zieht, sondern Beteiligter und daher immer auch parteilich. Diese Selbstreflexion ist, so Freire, sehr schmerzhaft: Wir werden uns nicht nur unserer Angst vor der Freiheit bewußt, sondern beginnen auch, die »Gründe der eigenen Entfremdung« zu entdecken. Aber der schlimmste Moment ist der, sagt Freire, wenn man überhaupt erst einmal entdeckt, daß man entfremdet ist. Wir haben die Tendenz, vor diesem Wissen zu fliehen, indem wir beispielsweise die Befürworter solcher Lernkonzeptionen heftig angreifen (*Freire* 1981, 140).

Sicher ließen sich noch mehr Beispiele in der pädagogischen Tradition finden, in denen die Idee des transformativen Lernens zumindest in Teilbereichen ausformuliert und in die Praxis umgesetzt wurde. Es wäre eine eigene Forschungsarbeit wert, solche Konzepte aufzuspüren und vor allem zu untersuchen, an welchen Widerständen die Ansätze zu transformativem Lernen gescheitert sind: Pestalozzi, die Reformpädagogik, die Ansätze »Humanistischer Pädagogik« (z.B. die »Educreation« Paul Ritters, die »Confluent Education« von George I. Brown, die humanistische Lehrerausbildung von Arthur Combs, der »Self-Science-Ansatz« von Gerald Weinstein und Al Alschuler — vgl. *Fatzer* 1984 und 1987), die vielbekämpften »Freien Schulen«, der Projektunterricht im Rahmen der Schulreform, die Gestaltpädagogik (vgl. z.B. *Zeuner* 1983 und 1987) sowie einige Konzepte außerschulischer Didaktik (vgl. z.B. *Fuhr* 1986).

Gemeinsamkeiten

Die vorgestellten Beispiele mögen vorerst genügen, um deutlich zu machen, welches die unverwechselbaren Gemeinsamkeiten dieser Ansätze sind und welche politische Brisanz in ihnen enthalten ist. Gemeinsam ist diesen Ansätzen, daß von der existenziellen Situation und der lebendigen Erfahrung der Lernenden ausgegangen wird. Das Bewußtwerden der eigenen Situation ist mit schmerzhaften Erlebnissen und gleichzeitig mit einem hohen Maß an Aufmerksamkeit oder Bewußtheit verknüpft. Lernen wird als ein zyklischer Prozeß verstanden, der sich dialektisch zwischen Erleben (Praxis) und Reflexion (Theorie) bewegt, also unlösbar vom (politischen) Handeln ist. In diesem Prozeß kommen notwendigerweise Irrtümer, Umwege und Irritationen vor, und zwar nicht als lästige Nebenerscheinung, sondern als Herausforderungen an das für selbstverständlich gehaltene Welt- und Selbstbild. Die auch notwendigen rationalen Interpretationen der Realitätserfahrungen führen nicht zu der Fehleinschätzung, daß wir das Leben kontrollieren könnten, sondern zur Ehrfurcht vor dem Geheimnisvollen, Unerklärlichen und zum Akzeptieren der Unvollkommenheit des Menschen. Der ganzheitliche Prozeß des Lernens wird letztlich von einem nicht-rationalen Wissen begleitet, sei es, daß dieses Wissen Glauben heißt (wie bei Freire), Staunen und Sich-Wundern (bei Wagenschein und Rumpf), oder schlicht als Phase des Loslassen beschrieben wird (wie bei Copei).

2. Kapitel

Holistische Systemtheorie

Bei der Erarbeitung eines vorläufigen Verständnisses von transformativem Lernen habe ich Spuren eines »anderen« Lernens in der pädagogischen Tradition aufgedeckt. Sie erinnerten mich nicht nur mit Wehmut an die äußerst seltenen Situationen, bei denen ich als Schüler solche lebendigen Lernsituationen erleben konnte und die viel häufigeren Erfahrungen, in denen Lernen eher in die Nähe von Arbeitsdiensten in einer offenen Strafanstalt rückte, sondern führten sie mir auch die Fragwürdigkeit meiner vielen Versuche, als Lehrer einen »effektiven« Unterricht zu gestalten, vor Augen. Mit diesen schmerzlichen Einsichten war aber auch das Feld vorbereitet für neue, tiefgreifende Lernerfahrungen und ihre Reflexion, die schließlich Prozesse des Wandels in Gang setzten. Dabei wurden die Grundfesten meiner bisherigen Denkmodelle, meines Realitätsverständnisses und damit verbunden auch meines Welt- und Selbstbildes erschüttert. Es ist mir nicht möglich, den Prozeß dieser Umorientierung nachzuzeichnen, zum einen, weil dieser Prozeß kontinuierlich weitergeht — und immer wieder Rückschläge erleidet, zum anderen, weil er von vielen inneren, durch Lebenserfahrungen und fremde Denkanstöße genährte Vorgänge begleitet war und ist, die mir nur teilweise bewußt sind und mir für eine Veröffentlichung auch nicht immer geeignet erscheinen. Ich möchte aber einige vorläufige Ergebnisse dieses Umdenkprozesses darstellen. Sie bilden quasi den Rahmen für das Bild vom transformativen Lernen, das wir durch die Untersuchung von Bewußtseinstheorien (in Teil II) und die Reflexion von praktischen Erfahrungen (Teil III) nachzeichnen wollen. Zunächst will ich die wichtigsten erkenntnis- und evolutionstheoretischen

Annahmen, die ein anderes Lernverständnis begründen helfen können, verdeutlichen und dann die mit diesen Sichtweisen verknüpften Modi des Denkens charakterisieren und schließlich die Konsequenzen aufzeigen, die sich daraus für die Erkenntnisweisen und die Erforschung transformativer Lernprozesse ergeben.

Die Realität als Metapher

Nach einem Sprichwort der Sufis, der Mystiker des Islam, sehen wir Menschen nur das, was wir glauben. Es gibt inzwischen genügend psychologische Untersuchungen, die die Voreingenommenheiten unserer Wahrnehmung von Wirklichkeit bestätigen: Robert A. Wilson bezeichnet sie — in Anlehnung an die Theorie der »Schaltkreise« des umstrittenen amerikanischen Psychologen Timothy Leary — als »Realitätstunnel«, die das, was wir als Wirklichkeit wahrnehmen, bestimmen und einengen (*Wilson* 1985). Demnach ist das, was wir als Wirklichkeit bezeichnen, lediglich eine Metapher, die sich im historischen Prozeß wandelt. Es gibt Anzeichen dafür, daß wir gegenwärtig am Beginn eines Wandels von der »mechanistischen Metapher« zur »partizipierenden Metapher« stehen. Darauf verweisen u.a. die Ergebnisse der historischen Analyse durch Morris Berman (*Berman* 1984). Die z.Zt. noch vorherrschende Metapher zur Wahrnehmung und Erforschung der Welt, sagt Berman, ist mechanistisch, rational und objektivierend. Ihre wissenschaftlichen Grundlagen wurden von Descartes und Newton im 17. Jahrhundert gelegt und führten in unserem Jahrhundert zu einer Wissensexplosion, die unserer Kontrolle entglitten ist. Die »mechanistische Metapher« ist gekennzeichnet durch eine starke Trennung von Geist und Körper, Subjekt und Objekt, Individuum und Gesellschaft, Mensch und Umwelt. Der Bezugspunkt aller wissenschaftlichen Erklärungen sind die Konzepte von Materie und Bewegung, und in diesen Kategorien werden letztlich alle Erscheinungsformen der Wirklichkeit erklärt, selbst Phantasie, Gefühle und sogar Geist. Die Anhänger dieser Metapher behaupten, die Realität annähernd wertfrei und objektiv beschreiben zu können.

Das Gegenstück, die »partizipierende Metapher«, herrschte laut Berman während des weitaus längsten Teils der Geschichte bis zum Beginn des 17. Jahrhunderts vor. Diese Metapher ist viel schwerer zu beschreiben, weil in ihr Geist und Materie nicht getrennt sind, aber wir haben alle einen uns meist nicht bewußten Zugang zu dieser Metapher. Berman stellt das so dar: »Das Hauptmerkmal der mythologischen Periode und zu einem geringeren Maß des Mittelalters ist die vergleichsweise wenig ausgeprägte Trennung von Subjekt und Objekt. Das scheint zunächst schwer begreiflich zu sein. Wenn Sie sich im Raum umsehen, empfinden Sie sich selbst als eine Einheit, ein Ganzes, von einer Haut umgeben und verschieden von anderen Einheiten um Sie herum. Sie sind sich z.B. darüber klar, daß Sie nicht ich sind, oder die Person links von Ihnen, oder das Mobiliar im Raum. Wenn Sie jetzt Ihre Gedanken ein wenig schweifen lassen, wenn Sie Ihre Vorstellungskraft spielen lassen, können Sie sich vielleicht in eine andere Art der Wahrnehmung hineinversetzen. Stellen Sie sich vor, daß alles um Sie herum wie ein Gewand ist, das Sie tragen: nicht ganz Sie selbst, aber auch nicht völlig verschieden von Ihnen. Stellen Sie sich Ihre Umgebung als eine Art Erweiterung Ihrer Person vor, so als ob Sie Ihre Umgebung »tragen«. Bei genügend Übung werden Sie immer leichter den Eindruck gewinnen, wie Ihre Konturen weicher werden, und Sie erlangen ein deutlicheres Gefühl der Verbundenheit mit Ihrer Umgebung.« (*Berman* 1984, 33 f.) Wenn man in dieser Metapher lebt, dann ist die Welt lebendig und in sich zusammenhängend und man ist »ein Teil dieses Gewebes von Entsprechungen« (*Berman* 1984, 38). Der Geist wohnt der Materie inne, kann sie bewegen und beeinflussen. Mit Geist wird der Prozeß bezeichnet, der die »Teile« der Welt verbindet; er ist der »Klebstoff« des Universums. Und weil wir nur einen geringen Teil dieses Geistes erfassen können, gibt es auch keine wertfrei zu beschreibende Realität.

Berman weist nun nach, daß unser Erkenntnisprozeß dieser partizipierenden Metapher zwangsläufig folgt: Wir identifizieren uns mit dem neuen Erkenntnisobjekt, fühlen uns in dieses ein, bevor wir — uns wieder distanzierend und reflektierend — seine Strukturen und Eigenschaften wahrnehmen. Der Erkenntnisvorgang erfordert das Eintauchen in den Erkenntnisgegenstand, »die leiblich-poetisch-erotische Identifikation«, die Mimesis, bei der das Selbst vergessen wird. Erst *nachdem* das Wissen über den Körper erlangt worden ist, beginnt die sich vom Erkenntnisgegenstand distanzierende Vernunft eine Rolle zu spielen (vgl. *Berman* 1985, 121). Aber der Phase des Eintauchens, der Mimesis im Prozeß des Erkennens, wird keine Bedeutung zuerkannt, und sie bleibt daher meist unbemerkt, nur die distanzierende Reflexion ist gültig: Wir halten »die Speisekarte für das Menü«. »Sachliches« oder »objektives« Wissen, wie es in unseren Bildungseinrichtungen gelehrt und geprüft wird, ist demzufolge ein Widerspruch in sich, denn es ignoriert den inneren, sinnlichen Prozeß des Lernenden bei jeder Art der Wissensaneignung. Die destruktiven Folgen dieser Ignoranz wurden vielfach auch mit herkömmlichen psychologischen Methoden nachgewiesen und können von jedem, der sich an die Schulzeit erinnert, leicht nachvollzogen werden (vgl. *Vester* 1978).

Die Vorherrschaft der »mechanistischen Metapher« in unserer gegenwärtigen Gesellschaft bestimmt nun nicht nur unser Weltbild, sondern auch unser Selbstbild. Wir erleben uns selbst als von unserem Körper und von der Umwelt abgetrennt und isoliert. Die Dichotomie zwischen »hier drinnen« und »da draußen« hat ein sehr zerbrechliches Identitätsgefühl zur Folge. Wir leiten unser Selbstbewußtsein davon ab, wieviel Anerkennung, Zuwendung und Bestätigung unserer Einzigartigkeit wir von anderen erhalten. Peter Russell, Physiker und Psychologe, bezeichnet dies in seinem Buch *Die erwachende Erde* (*Russell* 1984) als »derivates Selbst«, ein Selbst, das seine Identität von der Anerkennung anderer ableitet, und das in seinen Handlungsweisen auf diese Anerkennung abzielt (im Gegensatz zum »partizipierenden oder transzendenten Selbst«). Für das Überleben des Gesamtorganismus ist das sehr ungünstig, denn das derivate Selbst orientiert seine auf kurzfristige Erfolge angelegte Bedürfnisbefriedigung nicht unbedingt am Interesse der Gemeinschaft und der Umwelt.

Was immer wir auch als Realität ansehen — nichts davon ist objektiv oder eine Annäherung an die objektive Wahrheit, sondern eine Metapher, die dem historischen Wandel unterliegt. Dabei haben sich nach den Untersuchungen von Gerhard Portele zunächst drei unterschiedliche Theorien für Realitätsauffassungen herausgebildet (*Portele** 1987b, 31)

— Unser Gehirn repräsentiert die Realität. Man nimmt an, daß es eine objektive Realität gibt, die durch unser neurologisches System mehr oder weniger exakt abgebildet wird. Das ist die gängigste Auffassung (Repräsentationstheorie).

---

* Gerhard Portele stellte uns das Manuskript seines erst 1988 erscheinenden Buches im Austausch zu unserem Manuskript zur Verfügung. Wir danken ihm für viele sehr wichtige Anregungen und Klärungen.

— Das, was wir wahrnehmen und denken, ist isomorph zur Realtiät. Das Gehirn funktioniert wie ein Hologramm. Es beinhaltet die Welt wie ein kleiner Ausschnitt eines holographischen Bildes, in welchem das Gesamtbild enthalten ist (*Pribram* 1986, *Bohm* 1985). In unserer Realitätswahrnehmung ist die universale Realität »eingefaltet« (Isomorphietheorie).

— Jeder einzelne Mensch konstruiert seine Realität, die völlig unabhängig von einer äußeren Realität existiert, und es gibt keine Möglichkeit zu überprüfen, ob und wie diese Realitätswahrnehmung einer äußeren Realität entspricht (radikaler Konstruktivismus).

Ich neige dazu, das Problem der Realitätsauffassung vom radikalen Konstruktivismus her anzugehen, und zwar in der Weise, daß die beiden anderen Realitätsauffassungen integriert werden können. Die radikalen Konstruktivisten behaupten mit guten Gründen, daß unser Gehirn ein abgeschlossenes System ist, das zwischen innen und außen nicht unterscheiden kann (*Maturana / Varela* 1987). Die Unterscheidung zwischen »innen« und »außen« beruht auf einem kulturellen Konsens, den wir verinnerlicht haben. Diese Hypothese gibt mir die Freiheit, mich zwischen den verschiedenen Realitätsauffassungen zu entscheiden: ich kann die von mir wahrgenommene Realität als Repräsentation einer objektiven Realität, als isomorphen Teil der universalen Realität oder als reine Konstruktion betrachten. Welches dieser Realitätsverständnisse relevant ist, hängt vom Kontext der Situation sowie vom Standort, den ich einnehme, und von meiner Perspektive ab: Wenn ich in eine gerichtliche Auseinandersetzung über einen Verkehrsunfall geraten bin, bemühe ich mich um objektive Aufklärung des realen Sachverhalts; ich nutze also die Annahmen der Repräsentationstheorie. Dabei nehme ich den Standort und die Perspektive eines Beobachters ein, der das Verhalten der anderen (von denen auch ich einer sein kann als Beobachter meiner selbst) in Relation zu der jeweiligen Umwelt wahrnimmt. Will ich dagegen meine traumatischen Erfahrungen während des Unfallgeschehens aufarbeiten, nutze ich die Realitätsauffassung der radikalen Konstruktivisten: meine Erfahrung ist die für mich gültige Realität; ob sie objektiv richtig ist oder nicht, ist dabei ohne Bedeutung. Will ich schließlich meine Erfahrungen in einem weitergehenden Lernprozeß nutzen, dann suche ich nach Entsprechungen oder Diskrepanzen meiner Erfahrungen zu der anderer Menschen oder zu ähnlichen Erfahrungen in meiner Lebensgeschichte. Ich nutze also die Annahmen der Isomorphietheorie.

Die grundlegende Alternative ist also die, ob ich Realität als objektiv gegeben oder als Konstruktion annehme. Ich entscheide mich für die Position der Konstruktivisten: es sind immer meine Konstruktionen, die ich mir von der Realität mache; die subjektive und universelle Qualität meiner Erfahrungen sind ebenso von mir geschaffene Realitäten wie die objektive Beschreibung des Unfallgeschehens. Das Entscheidungskriterium für die Angemessenheit einer Realitätskonstruktion ist nicht ihre Nähe zu einer objektiven Wahrheit, sondern der Grad der »Passung«: inwieweit ist mein Realitätsverständnis der Situation und meinen Absichten angemessen, und inwieweit ist es in dem Sinne nützlich, daß die gewonnenen Erkenntnisse der Kontinuität des Lebendigen dienen?

Was aber dient der Kontinuität des Lebendigen? Hierfür brauchen wir eine (objektive) Orientierung. (Da die Objektivität immer eine Konstruktion ist und auf Konsens beruht, setze ich sie, in Anlehnung an den Vorschlag von Maturana, in Klammern). Transformatives Lernen haben wir definiert als einen Aspekt des Wandels. Prozesse des Wandels werden seit jeher von den Evolutionstheoretikern erforscht. Ich erwarte mir daher von den Ergebnissen evolutionstheoretischer Untersuchungen grundlegende Einsichten über Möglichkeiten der Erforschung transformativen Lernens, wobei ich mich auf jene Evolutionstheoretiker beziehe, die nicht ausschließlich der Repräsentationstheorie verhaftet sind. Zuviel spricht dagegen, daß die Annahme einer objektiven Realität (ohne Klammern) zur Kontinuität des Lebendigen etwas beitragen kann, und sie steht im Widerspruch zu den Erkenntnissen der modernen Physik (z.B. *Jantsch* 1982, *Bohm* 1985, *Zukav* 1985) der Neuropsychologie (z.B. *Maturana / Varela* 1987) und der Anthropologie (z.B. *Bateson* 1981, *Böhme* 1985).

Evolutionäre Prozesse

Mensch sein heißt, Geschichten erzählen, meint Gregory Bateson. Welche Art von »Geschichten« über die komplexen Prozesse der Evolution, sofern sie für das Verständnis von transformativem Lernen relevant sind, können auf dem Hintergrund einer holistischen Systemtheorie, wie sie von Gregory Bateson, Erich Jantsch, Humberto Maturana und Franscesco Varela, Peter Dell und anderen entwickelt wurde, erzählt werden?

Lebende Systeme

Zunächst einmal: Lernende Individuen können als lebende Systeme beschrieben werden. Systeme ganz allgemein bestehen — der klassischen Systemtheorie zufolge — aus Elementen und den Beziehungen zwischen den Elementen. Die Summe der Elemente und ihre Wechselbeziehungen sind mehr als die Summe der einzelnen Elemente. Ein System hat also Eigenschaften, die nicht aus den Eigenschaften seiner einzelnen Komponenten erklärt werden können. In der Systemtheorie spricht man von »emergenten Eigenschaften von Systemen«. »Emergent, das heißt: nicht vollständig auf ein Körpergeschehen zurückführbar, aber widerspruchsfrei und bruchlos aus diesem hervorgehend — so wie die Bedeutung dieses Satzes die emergente Qualität seiner Wörter ist« (*Wilke* 1982, 98). Das Isolieren von einzelnen Komponenten eines komplexen Systems zum Zweck seiner Erforschung kann demnach keine befriedigenden Aussagen zutage fördern.

Dieses Systemverständnis muß erweitert werden. Es entspricht schon nicht dem der Gestaltpsychologen (z.B. Wertheimer, vgl. *Portele* 1987a), noch läßt es sich selbstorganisationstheoretisch aufrechterhalten. Demnach sind lebende Systeme etwas *qualitativ anderes* als die Summe ihrer Elemente: sie sind sich selbst regulierende Organismen.

Systeme sind jeweils von einer Umwelt abgrenzbar, sie haben eine »Haut«. Lebende Systeme stehen darüber hinaus mit der Umwelt in mehr oder weniger intensiven, kontinuierlichen Austauschprozessen; sie sind somit mehr oder weniger abhängig von ihrer Umwelt. Dennoch sind sie strukturell abgeschlossen und autonom. Das bedeutet, daß lebende Systeme nicht durch Einwirkungen ihrer Umwelt verändert werden, sondern sie wandeln sich ihrer eigenen Strukturdeterminiertheit folgend. Die Umwelt kann Wandlungsprozesse des Systems auslösen, aber nicht verursachen. Demnach gibt es keine »instruktive Interaktion«, wie sich Maturana ausdrückt (*Hargens* 1987): Ein Lehrer kann bei einem Schüler nie etwas bewirken, er kann diesen lediglich anregen, selbst etwas zu tun.

Die Hypothesen von der strukturellen Abgeschlossenheit lebender Systeme und die von der Einbindung allen Lebendigen in universale Prozesse erscheinen zunächst widersprüchlich: Wie kann ich strukturell abgeschlossen und damit autonom sein und gleichzeitig in wechselseitiger Abhängigkeit mit meiner Umwelt stehen? Dieser Widerspruch löst sich auf, wenn wir unsere kausale Herangehensweise überwinden: Indem ich mich selbst als autonomes Wesen begreife, kann ich mir überhaupt erst meiner Beziehung zur Umwelt bewußt werden. Dies ist eine sich wiederholende Erfahrung beispielsweise in Partnerberatungen: Langjährige Partner haben fast immer Schwierigkeit, sich als eigenständige Menschen zu verstehen, deshalb erleben sie auch keine lebendige Beziehung zueinander. Erst wenn es ihnen gelingt, sich voneinander abzugrenzen, werden sie empfänglich für das, was ihnen die Beziehung zum anderen bedeutet.

Die Merkmale lebender Systeme können nicht mehr wie üblich als Eigenschaften dargestellt werden, wohl aber als Qualitäten von Situationen. Aggressivität beispielsweise ist ein Merkmal der Situation, nicht die Eigenschaft eines einzelnen Menschen. Den »faulen« Schüler gibt es ebenso wenig wie das »magersüchtige« Kind. Um Merkmale von lebenden Systemen beschreiben zu können, müssen wir die prozeßhaften Wechselbeziehungen charakterisieren, sowohl die Wechselbeziehungen zwischen den Komponenten eines Systems, als auch die zwischen System und Umwelt. Aus der unendlichen Vielzahl von Wechselbeziehungen werden diejenigen ausgewählt, die wir für die Funktion des Systems für relevant halten und als Strukturen erfaßt werden können.

Es bereitet mir allerdings Schwierigkeiten, die Strukturen eines lebenden Systems prozeßhaft und nicht statisch zu verstehen. Beispiele sind mir eine Verständnishilfe (vgl. auch *Ferguson* 1982, 191): Ich stelle mir einen Strudel in einem Bach vor. Dieser Strudel ist ein komplexer Prozeß mit einer erkennbaren Struktur, die durch das Fließen des Wassers (also die Wechselbeziehungen zwischen den Wassermolekülen und zwischen den Elementen eines Wassermolekühls) zustande kommt. An der Struktur des Strudels gibt es nichts Festes, sie ist eine Gestalt, die durch Prozesse zustande kommt wie die Gestalt einer Kerzenflamme oder einer Wolke.

Es scheint gleichgültig zu sein, ob wir von Eigenschaften der Individuen (»fauler Schüler«, »aggressiver Mitarbeiter«) oder von immer wiederkehrenden Merkmalen einer Situation sprechen. Aber nach systemischer Denkweise gibt es beispielsweise keinen »depressiven« Menschen, ohne daß mindestens ein anderer Mensch am Depressiv-Sein mitwirkt (vgl. *Dörner / Plog* 1984, 197 ff.). Diese Einsicht erhöht die Möglichkeiten des Umgangs mit der Situation um ein Vielfaches: Ich kann mir meiner Mitverantwortung für die Situation mit dem Merkmal »depressiv« bewußt werden und die Struktur der Wechselbeziehungen verändern, ohne den als depressiv bezeichneten Menschen ursächlich verändern zu wollen.

Die Merkmale lebender Systeme auf der Grundlage biologischer Erkenntnisse treffen uneingeschränkt für Individuen, aber nur in eingeschränkter Weise für Gruppen zu. Ich möchte, in Anlehnung an die Auffassung von Maturana und Laing nur dann von einer Gruppe als lebendes System sprechen, wenn nicht nur die Handlungen und der Informationsaustausch, also die Transaktionen *zwischen* den Individuen zur Beschreibung herangezogen werden, sondern auch die Besonderheiten der einzelnen Menschen in der Gruppe (vgl. *Hargens* 1987, *Laing* 1967). Die persönlichen und jeweils einzigartigen Erfahrungen der Individuen müssen mit erfaßt werden. Wenn man beispielsweise nur die Kommunikationsstrukturen einer Familie ohne Berücksichtigung der individuellen Wünsche, Intentionen und Gefühle betrachtet, wie es häufig in der Kommunikationstheorie und Systemtherapie geschieht, behandelt man die Familie nicht als soziales, lebendes System, sondern als eine zwar hochkomplexe, aber dennoch »triviale Maschine«, deren Störungen etwa mit Hilfe paradoxer Interventionen durch außenstehende Therapeuten beseitigt werden können.

Evolution lebender Systeme

Lebende Systeme *evolvieren.* Ein genaueres Verständnis der Evolution von lebenden Systemen ist deshalb wichtig, weil transformative Lernprozesse als evolutionäre Prozesse charakterisiert wurden. Für das Verständnis der Spielregeln der Evolution sind einige Konzepte der Selbstorganisationstheorie aufschlußreich.

Die *Selbstorganisation* eines lebenden Systems erfolgt über die Beziehungen zwischen den Komponenten des Systems und zwischen System und Umwelt. Diese Beziehungen sind in lebenden Systemen nicht linear zu verstehen, wie bei einer »trivialen Maschine«, die einen Input und einen Output hat (vgl. *Portele* 1987b, 14 ff.), sondern bilden Kreisläufe, also geschlossene Bahnen oder Netze von Bahnen. Auf diesen Bahnen werden Unterschiede übertragen, und diese Unterschiede haben Wirkungen. Bateson nennt diese »Unterschiede, die einen Unterschied machen«, Informationen.

Die *Energie* für einen solchen Selbstorganisationsprozeß stammt in einem lebenden System nicht, wie etwa die Stromversorgung eines Elektromotors, aus einer Energiequelle (oder mehreren voneinander unabhängigen Energiequellen), sondern auch oder sogar in erster Linie von den reagierenden Komponenten des Systems. Es bilden sich Kettenreaktionen von Energieauslösungen, wobei die ursprünglich einen Prozeß initiierende Energie sehr gering sein und dennoch große energetische Wirkungen haben kann.

Bateson schildert die Merkmale der Selbstorganisation eines lebenden Systems durch Informationen und ihre Umwandlungen sowie durch Energieketten an einfachen Beispielen: Ein Mann fällt mit der Axt einen Baum. Der Mann, die Axt und der Baum bilden eine Einheit, ein lebendes System, und es ist unsinnig zu fragen, wo der Mann (Subjekt) aufhört und der Baum (Objekt) anfängt. Die Axt schlägt eine Kerbe in den Baumstamm. Das macht für den Mann einen Unterschied (zum glatten Stamm), der einen Unterschied macht, der also Wirkungen auslöst auf die Anspannung der Muskeln des Mannes, auf die Richtung und Stärke des nächsten Schlages usw. Oder: wenn ich mit meinem Fuß nach einem Hund, der mich verfolgt, trete, dann bilden Mensch-Fuß-Hund ebenfalls ein lebendes System. Der Fußtritt (aus meiner Energie) ist für den Hund eine Information, die eine Reaktion auslöst, indem er mich zum Beispiel anbellt oder beißt. Diese Reaktion wird von der Energiequelle des Hundes gespeist, nicht von meiner, obwohl die energetische Reaktion durch meine Information für den Hund ausgelöst wurde. Und die Reaktion des Hundes löst bei mir wiederum eine Energie aus, die es mir ermöglicht, wegzulaufen oder den Hund zu verscheuchen.

Selbst-Rückbezüglichkeit

Lebende Systeme steuern sich selbst im Gegensatz zu trivialen Maschinen, deren Energie- und Flüssigkeitsströme durch Sollwerte und Regler, letztlich also immer von außen, gesteuert werden, selbst wenn es sich um einen sich selbst programmierenden Computer handelt. In einem Organismus wirkt jede Änderung eines Zustands auf sich selbst zurück: er ist *selbst-rückbezüglich* (vgl. *Dell* 1986, 36 f.): Je mehr ich esse, desto dicker werde ich, und meine Gewichtszunahme wirkt wieder auf meinen Nahrungsbedarf zurück usw. Es bilden sich rekursive Zirkel, und daher ist es nicht sinnvoll von Ursachen und Wirkungen zu sprechen, weil zwischen Ursache und Wirkung nicht mehr unterschieden werden kann: Die Häufigkeit von Unfällen ist die »Ursache« für die Vielzahl von Rettungsdiensten. Aber die Vielzahl der Rettungsdienste kann auch als eine »Ursache« der vielen Unfälle angenommen werden (weil schnelle Hilfe möglich ist, kann man auch mehr riskieren). Die Zustandsänderungen des Organismus beziehen sich jeweils auf die vorhergehenden Zustände. Der sich selbst steuernde Organismus ist also vergangenheitsbezogen. Rekursive Zirkel sind Merkmale lebender Systeme, auch wenn sie vom Standort eines Beobachters aus als statisch erscheinen mögen, sie evolvieren immer; sie können gar nicht anders, solange sie existieren.

Autopoiese und dissipative Strukturen

Die Steuerung lebender Systeme kann mit Hilfe des Konzepts der *Autopoiese* von Maturana und Varela genauer beschrieben werden. Autopoietische Systeme erzeugen und erneuern sich selbst. In ihrer Selbsterzeugung sind sie nicht von der Umwelt abhängig, sondern von sich selbst, obwohl sie in ständigem Austausch mit der Umwelt stehen. Die Arten der Verarbeitung neuer Informationen aus der Umwelt können in Anlehnung an C. und E. von Weizsäcker mit »Erstmaligkeit« und »Bestätigung« charakterisiert werden. Verarbeitet das System neue Informationen aus der Umwelt zur Umstrukturierung, sprechen wir von Erstmaligkeit. Interpretiert das System neue Informationen dagegen so um, daß sie mit alten Informationsbeständen verträglich sind und keine Veränderung der Struktur erfolgt, sprechen wir von Bestätigung. Beim Vorherrschen von Bestätigung ist das System ausbalanciert und der Energieverbrauch gering. Trotzdem wird das System durch neue Informationen aus der Umwelt ständig »in Atem gehalten« (*Jantsch* 1982, 87 ff.), kommt also niemals zum Stillstand, denn dieser Zustand kommt nach den Erkenntnissen des Anthropologen Markl in der gesamten Evolution des Lebens nicht vor (*Markl* 1983, 47).

Autopoiesis ist — in der Interpretation von Jantsch — durch Instabilität und Fluktuation gekennzeichnet. Damit verfügt sie über die Voraussetzungen zu evolutionären Sprüngen. Wie es zu diesen evolutionären Sprüngen kommt, war das besondere Interesse von Erich Jantsch. Zur Erklärung dieses evolutionären Phänomens bediente er sich des Konzepts der *dissipativen Strukturen* von Prigogine. Der Chemo-Physiker Prigogine und seine Mitarbeiter hatten dieses Phänomen bei der Erforschung der Evolution chemischer Strukturen entdeckt: Aus dem Chaos bilden sich neue Strukturen ohne kausale Einwirkungen von außen. Auch wenn umstritten ist, ob dissipative Strukturen ein Aspekt der Autopoiese lebender Systeme sind, halte ich dieses Konzept für eine hilfreiche Metapher bei der

Erklärung transformativer Lernprozesse.

Ein lebendes System ist ständigen Störungen ausgesetzt. Diese Störungen stammen aus der Umwelt oder aus den Schwankungen der Fluktuation innerhalb des Systems. Solange ein bestimmter Schwellenwert nicht überstiegen wird, stellt das System wieder den Gleichgewichtszustand her (»Fließgleichgewicht« oder »dynamische Stabilität« — *Markl* 1983, 47). Überschreiten die Störungen den Schwellenwert, tritt zunächst einmal Chaos, also ein Höchstmaß an Unordnung und Energieverbrauch (Entropie) ein, bis das System sich in eine neue, höhere Ordnung »flüchtet« oder zusammenbricht. Erich Jantsch veranschaulicht dissipative Strukturen am Strahl eines Wasserhahns: Bei leichtem Aufdrehen fließt der Wasserstrahl glatt und durchsichtig; die Wasserpartikel verteilen sich nach dem Zufallsprinzip und bilden eine einfache Säule. Bei weiterem Aufdrehen verändert der Wasserstrahl seine Form, er wird chaotisch-schäumend und nimmt dann plötzlich eine strähnige Struktur an, die an Muskelstränge erinnert. Die gleichmäßige Ordnung des glatten Wasserstrahls am Anfang weicht einer turbulenten Strömung, die zu einer höheren, d.h. komplexeren Ordnung findet, indem einzelne Wasserstrahlen zu Bündeln zusammengefaßt werden. Diese höhere Ordnung zeichnet sich durch ein höheres Maß an Verbundenheit der Komponenten des Systems aus (»Kohärenz«), durch höheren Energiedurchfluß und damit ein größeres Maß an Fluktuation und Instabilität. Wenn es also um den Aufbau einer neuen Struktur geht, scheut die Evolution keine Kosten (beispielsweise an Energie) und kein Risiko, denn es ist bei lebenden Systemen nicht vorherbestimmbar, welche neuen Strukturen gebildet werden. Das lebende System evolviert also nach den Spielregeln der Autopoiese und kann evolutionäre Sprünge ohne ursächliche Einwirkungen von außen vollziehen. Trotz dieser Strukturveränderungen kann das System seine Identität durch seine »Organisation« erhalten. Diese Organisation wird durch die sich wandelnden Elemente des Systems *und* die sich wandelnden Wechselbeziehungen zwischen den Elementen garantiert.

Geist als evolutionäres Prinzip

Das Prinzip der evolutionären Selbstorganisation wird von Bateson, aber auch von anderen bedeutenden Naturwissenschaftlern wie Erich Jantsch oder Carl Friedrich von Weizsäcker als »Geist« bezeichnet: »Geist ist immanent, aber nicht in einer soliden räumlichen Struktur, sondern in den

Prozessen, in denen sich das System selbst organisiert, erneuert und weiterentwickelt — eben evolviert.« (*Jantsch* 1982, 228) Das klang für mich zunächst überraschend, weil ich Geist als einzigartiges Charakteristikum des Menschen angesehen hatte. Immer mehr Ergebnisse der Erforschung von Prozessen unseres Universums deuten aber darauf hin, daß das Grundprinzip des Universums, »das Eigentliche des Wirklichen« (C.F. von Weizäcker, zit. nach *Berendt* 1985, 95) nicht Materie, sondern Geist ist, während Materie sowie Raum und Zeit lediglich seine Erscheinungsformen sind (vgl. auch *Russell* 1984, 66 ff. und *Zukav* 1985, 313). Der Bewußtseinsforscher Kenneth R. Pelletier nimmt sogar ein einheitliches, organisierendes Prinzip des Universums quasi »hinter« Geist und Materie an (in Analogie zu Konstrukten in der subatomaren Physik, die auch mit nicht beobachtbaren Komponenten arbeitet). Geist und Materie sind sich ergänzende Aspekte dieses einheitlichen Prinzips (*Pelletier* 1982, 65). Erich Jantsch bezeichnet dieses Prinzip als *organismischen Geist,* der sich im Verlauf der Evolution beim Menschen zum *reflexiven Geist* des Cortex oder limbischen Systems und zum *selbstreflexiven Geist* des Neocortex weiterentwickelte (*Jantsch* 1982, 236 ff. — s. auch S. 5, 103 ff.*).

Dieses einheitliche Prinzip ist zunächst nur ein gedankliches Konstrukt, daß sich nicht empirisch beweisen, wohl aber subjektiv erfahren läßt. Ich möchte mich in der Begrifflichkeit für die Aspekte dieses einheitlichen Prinzips teilweise an Batesons Terminologie anlehnen: Bateson nennt das einheitliche Prinzip »GEIST« (Groß-Geist), während das vom Menschen bewußt erfahrbare Prinzip »Geist« (Klein-Geist) genannt wird. »Geist« ist demnach identisch mit unserem Bewußtsein. Dieses Bewußtsein betrachte ich als einen Aspekt des einheitlichen Prinzips (»GEIST«) der Selbstorganisation des Universums und seiner lebenden Teilsysteme. »Geist« umfaßt dabei nicht nur die Selbstreflexion, sondern auch die unmittelbare, intuitive Kommunikation mit der Umwelt (»organismisches Bewußtsein«) sowie das subjektive Erleben unserer Innenwelt, mit dem wir in Beziehung zur Umwelt treten (»reflexives Bewußtsein« nach *Jantsch* 1982, S. 228 ff.). Über die drei Dimensionen unseres Bewußtseins (organismisches, reflexives und selbstreflexives Bewußtsein) können wir

*Die Seitenangaben ohne Autor beziehen sich auf dieses Buch.

an der Selbstorganisation des Universums teilhaben. Diese Teilhabe am universellen GEIST ist sehr begrenzt. Mit unserem Bewußtsein können wir nur einen minimalen Ausschnitt der universalen Prozesse der Selbstorganisation, in die wir eingebunden sind, erfassen und mitsteuern. Dies veranlaßt mich zu Demut und Respekt gegenüber den Prinzipien der Evolution, die immer nur sehr partiell intuitiv erspürbar, erfahrbar und aufklärbar sind, hält aber auch den Wunsch in mir nach immer tieferer Einsicht in diese Prinzipien wach.

Selbstorganisationstheorie und Lernen

Lernen kann mit Hilfe der Sichtweise der holistischen System- oder Selbstorganisationstheorie neu begriffen werden: Der Lernende ist ein ganzheitliches, autopoietisches System, das sich selbst erzeugt und erneuert. Dieses System ist selbst-rückbezüglich und strukturell abgeschlossen, kann also nicht ursächlich von außen verändert werden, außer um den Preis seiner (teilweisen) Zerstörung. Der individuelle Lernprozeß ist in jedem Moment vergangenheitsbezogen und nicht exakt vorhersagbar. Der Lernende betont Bestätigung, d.h. er hält eine dynamische Stabilität aufrecht, indem er neue Informationen nicht an sich herankommen läßt oder uminterpretiert, oder er betont Erstmaligkeit, indem er neue Informationen aufnimmt und verarbeitet. Letzteres kann zu evolutionären Sprüngen (dissipative Strukturen), also zu Wandel führen, wobei aus dem anfänglichen Chaos neue Strukturen entstehen, und zwar ohne direkte, kausale Einwirkung von außen. Diese neuen Strukturen sind komplexer, vielfältiger und instabiler aber auch kohärenter als die jeweils vorhergehenden. Evolutionäre Sprünge sind sehr risikoreich und erfordern einen hohen Energieaufwand. Der Geist, der bei diesen evolutionären Prozessen wirksam wird, ist ein Aspekt jenes GEISTES, der als universales Prinzip des Universums angesehen wird, von dem uns jedoch nur ein minimaler Ausschnitt über unser organismisches, reflexives und selbstreflexives Bewußtsein zugänglich ist.

Dieses Lernverständnis steht im scharfen Kontrast zu demjenigen, das in unseren Bildungsinstitutionen vorherrscht und das wir weitgehend verinnerlicht haben: Danach kann Lernen auf einzelne Elemente des lebenden Systems beschränkt werden (z.B. Körpererziehung oder kognitives

Lernen), es bedarf der ursächlich verstandenen Einwirkung von außen (z.B. durch ein Lehrsystem), es ist steuerbar und vorhersagbar, und es wird nach Aufwand und Erfolg bzw. Kosten und Nutzen bewertet. Dieses Lernverständnis ist aus selbstorganisationstheoretischer Sicht Gewaltanwendung, entweder mir selbst gegenüber oder durch ein äußeres Lehrsystem (Lehrer, Schule, Akademie usw.); es führt zur teilweisen oder totalen Zerstörung. Bildungsplaner, Curriculumentwickler und Lehrer, die für die Schüler Lernzielkataloge formulieren, die Belohnungen und Strafen einsetzen, damit die Schüler die vorherbestimmten Lernziele erreichen, müssen sich den Vorwurf dieser Art von Gewaltanwendung und Zerstörung des Lebendigen ebenso gefallen lassen wie der Lernende, der sich selbst unter Leistungsdruck und Erfolgszwang setzt und sich an äußeren Maßstäben orientiert.

Ich sehe jedoch eine Möglichkeit, mich mit dem vorherrschenden Lernverständnis unter bestimmten Bedingungen zu arrangieren. Ich kann mich nämlich auch einmal dazu entscheiden, mich eine Zeitlang dem gewaltsamen Lernen zu unterwerfen, indem ich etwa einen zielorientierten Informatikkurs belege und mich anschließend einer Prüfung unterziehe. Ich behandle mich dann selbst wie eine triviale Maschine oder lasse mich als solche behandeln. Diesen Eingriff in meinen Organismus kann ich vielleicht relativ unbeschadet überstehen, wie ich ja auch den medizinischen Eingriff mit Antibiotika bei einer Angina ganz gut ertrage. Die dauerhafte Einwirkung nach diesem Lernverständnis aber richtet unweigerlich Schaden an, besonders dann, wenn der Lernende das Lernverständnis der Bildungsinstitutionen soweit verinnerlicht hat, daß er keine Alternative mehr kennt und sich nicht bewußt entscheiden kann. Der Schaden besteht in der Zerstörung des Lebendigen.

Es wäre unzureichend, wollte ich mich bei der Beschreibung transformativer Lernprozesse allein auf holistische Erklärungsmodelle für lebende Systeme beschränken. Allzu leicht nehmen die Beschreibungen transformativer Lernprozesse dann den Charakter von Leerformeln und Beschwörungen an, wie etwa: 'Der im ständigen Austauschprozeß mit seiner Umwelt befindliche Lernende gelangt durch krisenhafte Turbulenzen zu plötzlichen Einsichten auf neuen Bewußtseinsebenen und vollzieht dabei einen grundlegenden Wandel seiner Persönlichkeitsstruktur'. Wer sich bei der Beschreibung solcher Lern- und Wachstumsprozesse auf systemische Konzepte aus der Evolutionstheorie, der subatomaren Physik oder

der Biologie beschränkt, gerät in die Gefahr, daß er Begriffe wie »holistisch«, »systemisch«, »ökologisch« und »evolutionär« zur Begründung beliebiger Ideologien im Rahmen des New-Age-Trends mißbraucht. Er beschreibt und bewertet Lernsysteme dann nämlich ausschließlich unter dem Aspekt des organismischen Bewußtseins als naturwissenschaftlich begründetes evolutionäres Prinzip.

Ich möchte bei der Untersuchung transformativer Lernprozesse die Aspekte des reflexiven und selbstreflexiven Bewußtseins, also beispielsweise die Prozesse und Ergebnisse soziokultureller Evolution, ebenso berücksichtigen wie die des organismischen Bewußtseins. Mir geht es also bei dem Rückgriff auf die holistische Systemtheorie um grundlegende Annahmen über unsere Realität und um die Art des Denkens, die mir auch für das Verständnis pädagogischer, beraterischer und therapeutischer Situationen und Prozesse angemessen erscheint. Die erkenntnistheoretischen Grundannahmen, die Selbst- und Weltmodelle, die der holistischen Systemtheorie zugrunde liegen oder durch ihre Erkenntnisse nahegelegt werden, fordern mich dazu heraus, meine bisherigen Vorstellungen und Denkansätze grundsätzlich zu überprüfen und zu transformieren. Die Erklärungsmodelle der holistischen Systemtheorie bieten mir also zunächst eine globale Orientierung, die mir neue Suchrichtungen eröffnet und mich zu Annahmen über Lernsituationen und -prozesse anregt, die quer zu herkömmlichen Lernkonzepten und Theorien, aber auch zu pädagogischen Alltagsauffassungen verlaufen. Ich möchte die Erklärungsmodelle jedoch ergänzen um diejenigen Ansätze der Lern- und Bewußtseinstheorien, die teilweise aus anderen Quellen schöpfen, aber mehr oder weniger ausdrücklich eine holistische Denkweise zugrunde legen oder zumindest mit dieser Sichtweise vereinbar sind. Dazu zählen die Bewußtseinstheorien der transpersonalcn Psychologie von Francis Vaughan und Ken Wilber, die lerntheoretischen Ansätze der Gestalttherapie, die Lerntypologie Gregory Batesons, das Konzept der Bewußtseinsevolution von Erich Jantsch und die politisch orientierte Theorie der Bewußtseinsbildung von Paolo Freire. Diese Ansätze ermöglichen es uns, wie wir später zeigen werden, die Aussagen über transformative Lernprozesse um die Dimensionen des reflexiven und des selbstreflexiven Bewußtseins zu erweitern und zu spezifizieren sowie psychologische, pädagogische und politische Bezüge transformativer Lernprozesse auszuweisen.

Ein ausschließlich holistisch-systemisch konstruiertes Lernverständnis wäre also in ähnlicher Weise reduktionistisch wie die meisten klassischen Lerntheorien. Diese konstruieren ihr Lernverständnis ausschließlich in der Dimension des selbstreflexiven Bewußtseins, beispielsweise die kognitive Entwicklungstheorie von Piaget, die Theorie der Entwicklung des moralischen Bewußtseins von Kohlberg, die Lerntheorie von Bruner oder die kognitive Handlungstheorie von Leontjev (vgl. auch *Böhme* 1985, 68 ff.). Es geht uns in diesem Buch erst einmal darum, einen konzeptionellen Rahmen für transformative Lernprozesse zu erarbeiten, mit dessen Hilfe alle drei Dimensionen des Bewußtseins integriert werden können. Deshalb klammern wir die klassischen Entwicklungs- und Lerntheorien vorerst aus. Für die Detailanalyse transformativer Lernprozesse kann es in einem künftigen Schritt durchaus nützlich sein, die herkömmlichen Lerntheorien auf spezielle Aspekte und Differenzierungsmöglichkeiten eines Konzepts für transformative Lernprozesse hin zu untersuchen.

Bevor wir im II. Teil die Lern- und Bewußtseinstheorien, die mit den Grundannahmen der Selbstorganisationstheorie verträglich sind, zur Untersuchung transformativer Lernprozesse heranziehen, möchte ich noch die Modi des Denkens charakterisieren, die aus der holistisch-systemischen Sichtweise hervorgehen oder mit dieser verbunden sind. Auch diese Vorgehensweise ist selbst-rückbezüglich : Selbstorganisationstheoretische Erklärungsansätze implizieren holistisches Denken, und die Modi holistischen Denkens wirken zurück auf diese Erklärungsansätze. Nach den Gesetzen der Logik ist dies tautologisch. »Nach meiner Meinung«, sagt Bateson, »ist die Creatura, die Welt der geistigen Prozesse, sowohl tautologisch als auch ökologisch. Ich meine, daß sie eine langsam sich selbst heilende Tautologie ist.« (*Bateson* 1982, 253) Hoffentlich behält Bateson recht.

Holistisches Denken

Lineares versus zirkuläres Denken

Die Erkenntnisse über die Selbstorganisation lebender Systeme legen grundsätzlich andere Modi des Denkens nahe, als sie noch in weiten Bereichen der wissenschaftlichen Diskussion üblich sind, genauer gesagt, als sie als Grundlage anerkannt werden : nämlich »zirkuläres« Denken, einen Wechsel von »lockerem und strengem« Denken, »transzendentes« sowie

»ganzheitliches« Denken.

Beim linearen Denken gehen wir von Ursache-Wirkungs-Zusammenhängen aus: Etwas wirkt auf etwas anderes ein. Dieses Denken ist gekoppelt an Wertentscheidung wie »mehr — weniger« oder »besser — schlechter«, denn es ist linear, d.h. auf »Fortschritt« ausgerichtet. Eine der Haupttätigkeiten wissenschaftlichen und alltäglichen Denkens ist konsequenterweise darauf konzentriert, die Ursachen (in sozialen Zusammenhängen spricht man dann von den Schuldigen) zu ermitteln, welche den »Fortschritt« bremsen. Ökologisch gesehen ist »mehr« aber durchaus nicht immer besser, und der Mensch ist im ökologischen Gesamtsystem nicht »besser« als das Tier. Wenn der Mensch sich selbst ausrottet, würden sich höchstens ein paar Regenwürmer fragen, was sie jetzt anfangen sollten, die übrige Schöpfung würde wohl aufatmen, meint Bateson in zynischer Anspielung an die menschliche Überheblichkeit und Fortschrittsgläubigkeit. Zirkuläres oder zyklisches Denken ist vernetzt und selbstrückbezüglich. Es gibt keine isolierbaren Ursachen und keine Schuldigen, sondern nur Wechselwirkungen. Jede Wirkung ist gleichzeitig Ursache für eine Wirkung, deshalb ist die Unterscheidung in Ursache und Wirkung sinnlos. Ich möchte die Wirkungsweise von linearem und zyklischem Denken an einem Beispiel aus der pädagogischen Praxis verdeutlichen.

> In einem Supervisionsseminar für Gruppenleiter leitet Karin eine Sitzung über gesunde Ernährungsmöglichkeiten mit gekeimten Körnern und Samen. Sie erklärt die Bedeutung dieser Ernährung und demonstriert sie an mitgebrachten Proben, die wir auch selbst kosten können. Die Gruppe ist in diesem Unterrichtsabschnitt sehr engagiert und neugierig. Zum Abschluß ihres Lehrexperiments möchte Karin die vorgestellte pflanzliche Ernährungsweise in den Zusammenhang der Welternährungssituation stellen und sie referiert über die Nahrungsgrundlagen in den Industrieländern und den unterschiedlichen Produktionsbedarf von fleischlicher und pflanzlicher Ernährung. Das Gespräch in der Gruppe wird im Nu »akademisch« abstrakt, Argumentationsketten werden gegeneinander ausgespielt: ob es weltweit einen Sinn hätte, die Ernährung in den Industrieländern überwiegend auf Pflanzennahrung umzustellen; wie die Menschen motiviert werden könnten, bewußter und gesünder zu essen usw. Andere werfen ein, es würde ja doch nichts an der Hungerkatastrophe ändern, wenn ein paar Leute mehr

Körner essen würden. Oft fallen Phrasen wie »wir sollten, ...«, »man müßte...«. Das Gruppenklima wirkt während dieser Diskussion lähmend und bedrückend; es ist ein Schlagabtausch mit langen Monologen der Hauptkontrahenten, einige werden aggressiv, andere ziehen sich zurück.

In der darauffolgenden Auswertung wurde uns deutlich, daß die Struktur dieses Gruppengesprächs über die Welternährungssituation sowohl inhaltlich als auch prozeßmäßig den linearen Denkstrukturen folgte. Wir argumentierten über den Hunger in der Dritten Welt nach dem Ursache-Wirkungsmodell: Weil wir soviel Fleisch essen, und weil die Bevölkerung so stark wächst und überdies noch ausgebeutet wird von den multinationalen Konzernen und unseren luxuriösen Lebensgewohnheiten, deshalb gibt es den Hunger in der Dritten Welt. An diesem Ursache-Wirkungs-Denken änderte sich auch dadurch nichts, daß wir nicht nur eine Ursache, sondern einen ganzen Komplex von Ursachen aufführten. So klang auch die Behauptung der Gruppenleiterin, mit ihrer Art der Ernährung könnte sie wenigstens einen minimalen Beitrag zur Hungerkatastrophe leisten und brauche nicht ganz zu resignieren, zwar tröstlich, blieb aber dennoch im linearen Denkschema und wirkte auf mich nicht sehr überzeugend.

Diesem Grundmuster entsprach auch der gruppendynamische Prozeß während der hitzigen Diskussion: Letzlich ging es darum, wer die besseren und moralisch wertvolleren Argumente gegen den anderen »ins Feld führen« konnte. Die Kontrahenten schaukelten sich gegenseitig hoch, bis die meisten Diskussionsteilnehmer einschließlich der Leiterin frustriert waren. Unser Gruppensystem hatte »durchgedreht«.

Wie kann uns der Modus des zyklischen Denkens aus diesen Teufelskreisen linearer Denkschemata herausführen? — Die Welternährungssituation ebenso wie unsere persönliche Ernährungsweise können als vernetzte Wechselwirkungen angesehen werden: Der Hunger in der Dritten Welt ist dann nicht nur Wirkung, sondern auch Ursache unserer Ernährungsweise, weil die hungernden Menschen beispielsweise zu billigstem Lohn auf den Plantagen für *cash crops* arbeiten, mit denen wir uns fehlernähren; unsere Zivilisationskrankheiten sind selbst auch Ursachen (und nicht nur Wirkungen) unseres ungesunden Nahrungskonsums. Ernährungsweise-Krankheit-Hunger bilden einen sich selbst verstärkenden Kreislauf. Meine Bevorzugung pflanzlicher Nahrung kann ich jetzt damit begründen, daß sie für mich eine subjektiv sinnvolle Handlungsweise in meiner zivilisierten Umgebung und auch angesichts der weltweiten Ernährungssituation darstellt. Ich mache also meine Handlung nicht von angeblich voraussehbaren Wirkungen abhängig, sondern begründe sie mit einer Sinnstruktur, die manche Menschen mit mir teilen mögen, und über die ich mit anderen Menschen in Austausch (statt in Rivalität) treten kann.

Lockeres und strenges Denken

Zyklisches Denken widerspricht oft den Regeln der formalen Logik, denn wir haben es mit Wechselbeziehungen zu tun, bei denen sich nicht das eine zwangsläufig aus dem anderen ergibt. Die unendliche Vielfalt von Wechselwirkungen fordert uns heraus, Zusammenhänge zu erfassen und neue, ungewohnte Verknüpfungen herzustellen. Wieder möchte ich Bateson zitieren, der für die Verbindung von Phantasie und Strenge in seinem Denken bekannt wurde (vgl. *Holl* 1986): »Ich möchte hervorheben, daß wir immer dann, wenn wir uns rühmen, einen neueren, strengeren Weg des Denkens oder der Darstellung gefunden zu haben; wenn wir anfangen, zu stark auf »Operationalismus«, symbolische Logik oder irgendein anderes dieser sehr wesentlichen Systeme von Denkschienen zu pochen, etwas von der Fähigkeit einbüßen, neue Gedanken zu denken. Und wir verlieren natürlich ebenfalls etwas, wenn wir gegen die sterile Strenge formalen Denkens und formaler Darstellung rebellieren und unsere Ideen wild schweifen lassen. Nach meiner Ansicht kommen die Fortschritte im wissenschaftlichen Denken von einer Verbindung lockeren und strengen Denkens, und diese Kombination ist das wertvollste Werkzeug der Wissenschaft.« (*Bateson* 1981, 116 f.) Dieser mir so plausibel erscheinende Denkmodus einer Verbindung von Phantasie und Strenge stößt in meinem pädagogischen Alltag auf Skepsis und Abwehr. Ich habe kaum jemals erlebt, daß in irgendeiner Arbeits- oder Diskussionsgruppe ein »Brainstorming«, also ein freies, unzensiertes Sammeln von Ideen, möglich gewesen wäre, ohne daß nicht auf die ersten spontanen Ideen hin Einwände (»Killerphrasen«) gekommen wären von der Qualität: »Aber wenn du das so siehst, dann ...« oder: »Aber in der Praxis ist es doch nicht möglich, daß ...«. Durch solche Einwände wird der Strom kreativer Gedanken sehr schnell abgewürgt. Die Schwierigkeit in der pädagogischen und wissenschaftlichen Praxis, auch lockeres, unpräzises und unbestimmtes Denken für eine Zeit lang zuzulassen und auszuhalten, hat vermutlich tieferliegende Gründe, als daß sie nur mit einseitigen Denkgewohnheiten zu erklären wären. In unserer existenziell sehr ungesicherten Situation und einem auf Anerkennung angewiesenen »derivaten Selbst« (Russell) herrscht große Angst vor Kontrollverlust und nur geringer Mut zum Chaos. Das Wechselspiel von Phantasie und Strenge ist daher wohl nicht nur eine wichtige Bedingung, sondern selbst auch Inhalt transformativen Lernens.

Transzendenz

Die Selbstorganisation lebender Systeme tendiert nicht nur zur Selbsterhaltung, sondern auch zur Selbsttranszendenz (*Jantsch* 1982, 253 ff. und 411 ff.). Wenn ein lebendes System die Grenzen seiner eigenen Identität überschreitet, wird es schöpferisch. Im Prozeß der Evolution lösen sich die Strukturen lebender Systeme immer wieder in Chaos auf, um eine neue Ordnung zu finden. Dieser evolutionäre Prozeß führt zu höherer Komplexität, Autonomie und Kohärenz, gleichzeitig aber auch zu größerer Instabilität und damit höherer Anfälligkeit für Störungen und Zerstörungen*. Die Entfaltung des universellen Prinzips ist nach holistischer Denkweise der Sinn der Evolution, ist ihr GEIST. Aber unsere Welt- und Selbstbilder hinken dieser Erkenntnis weit hinterher. Wie H.E. Richter in seiner eindrucksvollen historischen Analyse aufzeigt, wurde der GEIST aus der auch unseren Lebensalltag beherrschenden wissenschaftlichen Denkweise eliminiert (*Richter* 1979). Das Verständnis evolutionärer Prozesse wurde auf die willkürliche Variation oder Mutation physischer Strukturen reduziert, wie sie sich den Erfordernissen einer gleichgültigen Umwelt anpassen (*Roszak* 1985, 139).

Indem wir vom Überleben oder dem drohenden Untergang »von etwas«, also einer bestimmten Vogel- oder Pflanzenart, eines Volkes (wie den Indianern) sprechen, verschließen wir uns einer Sichtweise, die die Grenzen unseres Selbst, unserer Gemeinschaft bzw. der Menschheit insgesamt transzendiert. Wir treiben unsere Umwelt in den Wahnsinn, indem wir sie zubetonieren und mit Abfällen ersticken; damit liefern wir uns

*Der evolutionäre Prozeß führt jedoch keineswegs kontinuierlich zu immer komplexeren, autonomeren und kohärenteren Strukturen. Es gibt erhebliche Verzögerungen und Rückentwicklung in Systemen, die auf Stabilität und Gleichgewicht ausgerichtet sind (vgl. *Jantsch* 1980).

langfristig selbst dem Wahnsinn aus. Transzendenz heißt für mich also, daß ich mich selbst als Teil eines größeren Ganzen empfinde und reflektiere. Gregory Bateson, der gewiß nicht im Verdacht steht, ein New-Age-Schwärmer zu sein, auch wenn er zuweilen von solchen vereinnahmt wird, schreibt: »Die kybernetische Erkenntnistheorie, ..., würde einen neuen Zugang nahelegen. Der individuelle Geist ist immanent, aber nicht nur dem Körper. Er ist auch den Bahnen und Mitteilungen außerhalb des Körpers immanent; und es gibt einen größeren Geist, von dem der individuelle Geist nur ein Subsystem ist. Der größere Geist läßt sich mit Gott vergleichen, und er ist vielleicht das, was einige Menschen mit »Gott« meinen, aber er ist doch dem gesamten in Wechselbeziehung stehenden sozialen System und der planetaren Ökologie immanent. (...) Was ich sage, erweitert den Geist nach außen hin. Und beide Veränderungen reduzieren die Reichweite des bewußten Selbst. Eine gewisse Demut erweist sich als angemessen, die gemildert wird durch die Würde oder Freude, Teil von etwas viel Größerem zu sein. Ein Teil — wenn Sie so wollen — von Gott.« (*Bateson* 1981, 593 f., vgl. auch *Jantsch* 1982, 412). Poetischer noch hat es für mich einer der geistigen Väter des »Neuen Paradigmas«, Alan W. Watts beschrieben: »Wenn eine Blume (...) einen Gott hätte, wäre dieser keine transzendentale Blume, sondern ein Feld, und zwar ein Feld, wie es die Physik beschreibt, ein integriertes Energiefeld, das nicht nur blüht, sondern das auch 'erdet, regnet, sonnt, schmetterlingt, wurmt und bient'. Eine sensible Blume würde durch ihre Wurzeln und durch ihre Membranen dieses ganze Feld erspüren und sich auf diese Weise selbst als eine wunderbare Manifestation des Ganzen erfahren.« (*Watts* 1979, 145).

Transzendentes Erleben und Denken hat wesentliche Konsequenzen für das Verständnis des Selbst und für die Einsicht in evolutionäre Prozesse, wie sie sich ja auch in jedem einzelnen von uns und in jeder Gruppe abspielen oder abspielen können: Das »derivate«, von der Anerkennung anderer abhängige Selbst erlebt sich als abgespalten von seinen unbewußten Anteilen (seinen »Schatten«), seinem eigenen Körper, seiner gesellschaftlichen Umwelt und der Gesamtökologie. Es ist auf Anerkennung und Zuwendung von außen angewiesen und fürchtet den Tod. Das partizipative oder transzendente Selbst ist sich seiner Endlichkeit und Unvollkommenheit bewußt; es erlebt sich in Beziehung zu den größeren Systemen und hat mit seinen schöpferischen Kräften teil am universalen Geist.

Das Gewahrwerden des transzendenten oder partizipativen Selbst wird von vielen Autoren als mystische Erfahrung beschrieben, und zwar keineswegs nur von den Menschen, die sich mit spirituellen Traditionen und Entwicklungen beschäftigen, sondern ebenso von »harten« Naturwissenschaftlern wie Biologen oder Physikern (vgl. *Kakuska* 1984). Durch die Untersuchung der Prozesse der Selbstorganisation in der Natur und die Entdeckung der »speziellen Relativitätstheorie«, der »Heisenbergschen Unschärferelation«, der »Theorie der Einschließung« von Richard Prosser (wonach das Universum aus Wellenmustern besteht, die sich überall aufheben, nur dort nicht, wo ein Elementarteilchen auftritt) oder der Theorie David Bohms von der »impliziten Ordnung« werden jene verbindenen Muster immer deutlicher, die die Grenzen zwischen Subjekt und Objekt transzendieren, sogar die zwischen lebenden Systemen und »toter« Materie. Das mystische Erlebnis des transzendenten Selbst kann unter dieser Perspektive zu einer ganz alltäglichen, deshalb aber nicht weniger überwältigenden Erfahrung werden.

Transzendenz als wesentliches Merkmal transformativen Lernens ist das Bewußtsein von der Teilhabe an der Ökologie, also auch an der Zerstörung der Umwelt und an den Dysfunktionalitäten in den sozialen und politischen Strukturen, sowie an den universellen Prozessen der Evolution. Diese Teilhabe ist subjektiv erlebbar und fordert zur Stellungnahme und zum ethischen Handeln heraus. Transzendente Erfahrung und transzendentes Denken ist »das verschleierte Bild der verborgenen Weisheit auf der Rückseite jenes Filters, das unsere Gedanken beherrscht.« Sie entwirft Visionen von der Evolution, die mehr sind als ein »Glücksspiel mit der Aminosäure« (*Roszak* 1985, 140).

Ethisches Handeln orientiert sich an der Mitverantwortung für unsere gesamte Umwelt und nicht einseitig an einmal gesetzten moralischen Normen. Es ist keineswegs eine Flucht in »höhere« Sphären, auch wenn sie von einigen Sekten und Gruppierungen als Möglichkeit verkauft wird, mit dem mörderischen Leben fertig zu werden: Dann steht die private Seligkeit über allem Elend dieser Welt. Die Grundidee der Transzendenz ist seit Menschengedenken kein weltverneinender Sprung in eine andere Dimension der Realität jenseits irdischer Grenzen, vielmehr wird das Geheiligte in und durch die allgemeine Lebenssituation erfahren. Transzendenz bedeutet Durch-Blick durch die Illusion der jeweils wahrgenommenen Realität und ermöglicht es uns, unsere Denkfiguren als ein kreatives Spiel mit vielen Möglichkeiten zu betrachten.

Diese Erlebnis- und Denkmöglichkeiten faszinieren mich, und gleichzeitig ist mir bewußt, wie wenig ich über die Prozesse weiß, die transzendentes Erleben und Denken in unserem westlichen, kulturellen Kontext ermöglichen oder verhindern. Welche Bedeutung haben beispielsweise frühkindliche Sozialisationserfahrungen für die Entwicklung des Urvertrauens als Basis transzendenter Erfahrungen, wie wird der Zugang zu diesen Erfahrungen durch die gesellschaftliche Kommunikationsstrukturen verschüttet oder eröffnet, wie kommen ethische Urteile auf der Grundlage einer »partizipativen« Ethik zustande? Sicher bin ich mir zunächst nur, daß transzendentes Denken und Erleben in transformativen Lernprozessen eine entscheidene Rolle spielt und ich sie daher auch nicht aus der Erforschung dieser Lernprozesse ausklammern will, nur weil sie traditionellerweise den religiösen Glaubensfragen zugeordnet werden und sich der Beschreibung durch herkömmliche wissenschaftliche Methoden weitgehend entziehen.

Ganzheitliches Denken

Von Indianern stammt die Weisheit, daß das Aufheben eines Grashalms ein Erdbeben auslösen kann. Sie wird von den Erkenntnissen in der subatomaren Physik insofern bestätigt, als es eine Verständigung zwischen den subatomaren »Teilchen« gibt, die schneller vor sich geht als Lichtgeschwindigkeit, die also keiner Zeit und keines Transportmediums bedarf: ein Teilchen »weiß« vom anderen. Außerdem hat jedes Teilchen seine Erinnerungen an vorherige Existenzzustände, die es abrufen kann (*Berendt* 1985, 93). Von Physikern, wie z.B. dem Einstein-Schüler David Bohm, wird die Welt wie ein Hologramm verstanden: In jedem ihrer Teile ist das Ganze »eingefaltet«; jeder Teil ist ein Ausdruck der zeit- und raumlosen »impliziten Ordnung« der Natur. Die für uns wahrnehmbaren Teile der Welt können in ihrer Ausschnitthaftigkeit als ein Widerschein verstanden werden, der auf die Ganzheit hindeutet. Insofern ist die Ganzheit in jedem Teil, den wir wahrnehmen, vollkommen gegenwärtig (Isomorphiethese).

Diese Denkweise bietet mir die Möglichkeit, praktisch jede Erfahrung für transformative Lernprozesse zu nutzen. In jedem Ereignis sind potentiell alle Lebensprozesse enthalten. Die Strukturen der Prozesse, die in diesem Moment beim Schreiben des Textes wirksam werden, weisen auf bedeutsame Lebensmuster hin. Beispielsweise wird mir in der Tatsache, daß ich beim Ausformulieren meiner Gedanken oft sehr ungeduldig werde, bewußt, daß ich mich unter einen Erfolgszwang stelle, der weder durch Terminvorgaben noch durch berufliche Qualifikationsanforderungen gerechtfertigt ist. Ich forsche weiter und entdecke, daß dieser Erfolgszwang sowohl einen Teil meines Selbstbildes als auch der Erwartungshaltung an mich in der Gemeinschaft der Wissenschaftler entspricht. Ich erlebe auch die Wut auf all die Menschen in meinem Leben, die mich immer nur »gesehen« haben, wenn ich erfolgreich war; ich dringe noch weiter vor in existenzielle Grunderfahrungen der Lebensbedrohung, die ich in meiner frühesten Kindheit gemacht habe, und die mich auch heute noch dahingehend beeinflussen, daß ich glaube, meine Existenzberechtigung ständig unter Beweis stellen zu müssen.

Auf denjenigen, der nicht selbst in vielen Lernsituationen solche Zusammenhänge von kleinsten Alltagserfahrungen und Lebensthemen durchlebt und durchlitten hat, mag solch eine Assoziationskette bewußter Erfahrungen naiv und an den Haaren herbeigezogen wirken. Auch entbehrt es nicht einer gewissen Komik, wenn ich mir bewußt werde, wie ich an der Schreibmaschine mit den Tasten um meine Existenzberechtigung kämpfe, aber gerade durch die Komik kann ich dieser Sichtweise auch etwas Spielerisches abgewinnen. Es ist ein Spiel mit den Möglichkeiten, nicht ganz ernst, aber doch nicht folgenlos.

Ich mache mit dieser Arbeitshypothese (die ja auch eine der Grundlagen beispielsweise der Gestalttherapie ist) immer wieder erstaunliche Erfahrungen in der pädagogischen Arbeit: Kleinste Ereignisse in Lernsituationen ermöglichen das Bewußtwerden bedeutsamer Lebensmuster, und je existenzieller die Erfahrungen eines Lernenden sind, die ihm bewußt werden, desto eher ist es für die Mitlernenden möglich, diese Erfahrungen zu teilen und auf diese Weise intensiv mitzulernen. In den tieferen Strukturen unseres Selbst scheinen wir uns sehr ähnlich zu sein, und deshalb ist auf dieser Ebene auch viel eher eine Verständigung über alle individuellen Unterschiede hinweg möglich. In den Tiefen unseres Selbst werden die Grenzen des Subjekts durchlässig für echte Partizipation und Mitempfindung am ökologischen und evolutionären Geschehens. Wer sich auf transformative Lernprozesse einläßt, muß also damit rechnen, daß sich der Wandlungsvorgang auf allen Ebenen seiner Existenz durchzusetzen versucht und dabei auch auf vielfältige Widerstände bei sich und anderen stößt. Die Transzendenz evolutionärer Lebensprozesse und die »Einfaltung« des Ganzen in jedem Ereignis macht es unmöglich, Wandel auf kleine Lebensausschnitte zu begrenzen und den Rest unberührt zu lassen.

3. Kapitel

Holistische Erkenntnisweisen und Forschungsmethoden

»Verzeih diese abstrusen Ausdrücke! Man hat sich von jeher in solche Regionen verloren, in solchen Sprecharten sich mitzuteilen versucht, da, wo die Vernunft nicht hinreichte und wo man doch die Unvernunft nicht wollte walten lassen.« Dies schreibt Goethe in einem Brief an Zelter am 19.3.1827. Das Dilemma, in das ich gerate, wenn ich auch andere als ausschließlich die rationale Erkenntnismöglichkeiten in der wissenschaftlichen Arbeit gelten lassen will, ist also keineswegs neu. Nun wird Goethe vor allem als Dichter geschätzt, weniger als Wissenschaftler, und es fällt daher nicht schwer, ihm die »Narrenfreiheit« zuzugestehen, daß er auch auf andere als rationale Erkenntnisweisen zurückgreift. Wie aber ist es möglich, als wissenschaftlich arbeitender Mensch andere Erkenntnisweisen nicht nur zulassen, sondern auch bewußt im Forschungsprozeß zu nutzen, ohne daß man sich sogleich dem Vorwurf aussetzt, ein Schwärmer zu sein oder gar Gefahr läuft, aus der Gemeinde der Wissenschaftler exkommuniziert zu werden? Ich will die wissenschaftlichen Möglichkeiten, die holistisch-systemisches Denken erfordert, im folgenden erkunden.

Von der Forderung, daß Wissenschaft der Aufklärung dienen soll, will ich nicht abrücken. An diese Zielsetzung ist seit der Epoche der Aufklärung die Hoffnung geknüpft, daß sich der Mensch mit Hilfe seiner geistigen Fähigkeiten aus seiner »selbstverschuldeten Unmündigkeit« befreien kann. Entscheidend aber ist, was unter Aufklärung im Rahmen holistischen Denkens zu verstehen ist. Jedenfalls kann sich diese Aufklärung nicht auf die Erkenntnismöglichkeiten des bewußten Verstandes beschränken. Denn rationale Aufklärung wird subjektiv bedeutungslos und objektiv gefährlich, wenn man das eigene Subjekt aus dem Erkenntnisprozeß ausklammert und ignoriert, daß Rationalität in einer Wechselbeziehung zur Irrationalität steht. Das zwingt mich überdies anzuerkennen, daß meine Erkenntnisse immer unvollkommen sein werden.

Objektives und subjektives Wissen

Jede auf eine pädagogische Erfahrung bezogene Erkenntnis, auch wenn sie sich auf überprüfbare Tatsachenbeschreibungen beschränkt, ist subjektiv. Schon die Auswahl der Tatsachen und der Details ist von Voreingenommenheiten des beschreibenden Subjekts abhängig (vgl. auch *Maslow* 1977). Ginge ich davon aus, daß ich pädagogisch-therapeutische Praxis in einer Art und Weise beschreiben könnte, daß sie von subjektiven Voreingenommenheiten und Vorentscheidungen möglichst frei ist, dann würde ich mich in die übergeordnete Position eines neutralen Beobachters begeben, der von seinem erhöhten Standort aus die Lebenswelt betrachtet und erforscht. Als neutraler Beobachter bin ich dann — oder versuche es zumindest — persönlich unangreifbar. Zwar können die von mir benutzten Methoden des Erfassens von Lebenswelten und die logische Argumentation über Ursache-Wirkungs-Zusammenhänge kritisiert und verteidigt werden; dies ist jedoch nur möglich — und wird in fast allen wissenschaftlichen Diskussionen auch ausdrücklich gefordert — unter Aussparung des eigenen Subjekts, seiner Vorurteile und Vorlieben, seiner Befangenheiten und persönlichen Interessen. Durch die Ausklammerung des Subjekts wird die Wirklichkeit auf Distanz gehalten, um sie möglichst objektiv beschreiben, analysieren — und letztlich beherrschen zu können. Die Position des neutralen, objektiven Beobachters finde ich inzwischen sehr unbefriedigend. In dieser Position stehe ich auf einem Podest, werde bewundert und beneidet oder abgelehnt und gefürchtet. Die Gefühle der Kälte und Einsamkeit können durch die Allmachtsvorstellungen, die die Position mir auch vermittelt, nicht aufgewogen werden.

Die Einbahnstraße rationaler und objektiver Erkenntnis muß nach dem Verständnis einer holistischen Systemtheorie letztlich in die Sinnlosigkeit und die Verzweiflung führen. Nehmen wir einmal an, in einem bestimmten Erfahrungsbereich könnte alles restlos rational aufgeklärt werden, d.h. auch das »unbewußte Wissen« aller am Aufklärungsprozeß beteiligten Subjekte, dann wären die Aussagen über diesen Erfahrungsbereich insofern sinnlos, als sie keine bedeutungsvollen Informationen mehr enthielten. Denn bedeutungsvolle Informationen wären ja die wirksam werdenden *Unterschiede* zwischen diesen Aussagen und dem, was die Subjekte zu diesen Aussagen assoziieren, was ihnen also bisher nicht bewußt war. Da es bei restloser rationaler Aufklärung nichts Unbewußtes mehr geben kann, gibt es also auch nichts mehr, was jemand neu dazu assoziieren könnte. Jede Information über den Erfahrungsbereich wäre somit bedeutungslos. Solche Informationen kann man sich nur als totes Wissen, als Know-how aneignen. Das gilt für alles generalisierte Wissen mit dem Anspruch auf weitestgehende Objektivität (darunter fiele wohl auch das meiste Schulwissen).

Unter der Allmachtsphantasie des »Rationalisten« brütet die Verzweiflung. Sie rührt von einem tiefsitzenden Empfinden des Unvermögens her: Die lebendigen Erfahrungen — soweit er ihrer fähig ist — in eben dem Bereich, der angeblich weitestgehend rational aufklärbar ist, würden ihn sehr schnell belehren, daß das rational erworbene Wissen nur einen kleinen Teil des Erlebten zu erklären vermag; denn jede Erfahrung ist — neben allen verallgemeinerbaren Elementen — subjektiv, einzigartig und neu. Der Rationalist müßte seinen Sockel verlassen und sich in der dialogischen Beziehung mit anderen Subjekten auf die immer auch undurchsichtige und verwirrende Realität lebendiger Prozesse einlassen. Davor ängstigt er sich. Er müht sich daher lieber damit ab, noch mehr und noch genauere Forschungsergebnisse zu erhalten, in der Illusion, doch noch einmal alles erklären zu können.

Dieser Rationalist existiert auch in mir. Er ist ein Bestandteil meines Daseins als Wissenschaftler. Um ihn ertragen zu können, will ich das Subjektive in den wissenschaftlichen Erkenntnisprozeß soweit wie möglich einbeziehen. Solange die objektiven (immer »in Klammern«) Erkenntnisse über eine Erfahrung nicht von den Subjekten in der für sie zutreffenden Weise nachempfunden werden, bleibt das objektive Wissen entweder subjektiv bedeutungslos, oder es setzt sich als Herrschaftswissen gegen die Subjekte durch. Das Einbeziehen des Subjektiven in den Erkenntnisprozeß hat nichts mit Subjektivismus zu tun, sondern im Gegenteil: Es ist der Versuch, mehr Objektivität (in Klammern) zu sichern, indem die Subjekte als »Träger von Erfahrungen« in die wissenschaftliche Arbeits- und Erkenntnisweise eingeführt werden (*Thiemann* 1985, 13 ff.). Denn nur auf diese Weise kann erziehungswissenschaftliches Forschen im Sinne holistischen Denkens für mich sinnvoll werden. Sinnvoll, indem sich die Subjekte der Bedeutungen, die ein pädagogisches Ereignis und seine Erforschung für sie hat, bewußt werden, und indem diese subjektive Bedeutung mit den generalisierten Wissensbeständen kontrastiert werden, die sich in der erziehungswissenschaftlichen Forschung zu eben diesem Forschungsgegenstand etabliert haben. Eine Bedingung für diese Vorgehensweise ist Selbstbewußtheit: die am Forschungsprozeß Beteiligten müssen sich ihrer Motive und Voreingenommenheit sowie der Strukturen ihrer Beziehungen zu ihrer Umwelt im Forschungsfeld soweit wie möglich in einem die Forschung begleitenden Selbsterfahrungsprozeß bewußt werden. Diesem Forschungsverständnis zufolge ist Selbsterfahrung und -reflexion also nicht eine *Voraussetzung,* die der Forscher erfüllen muß, um sich seiner Vorannahmen und Motive bewußt zu werden und sie aus seinen wissenschaftlichen Interpretationen herausfiltern zu können, sondern ein wesentlicher Bestandteil des Forschungsprozesses selbst.

Digitales und analoges Wissen

Dem Bewußtwerden meiner Subjektivität sind ebenso Grenzen gesetzt wie den Aufklärungsmöglichkeiten der zu untersuchenden pädagogischen Erfahrung in einem kommunikativen Prozeß. Es erweist sich nämlich, daß meine subjektiven Motive und Voreingenommenheiten von anderen Menschen nur teilweise nachvollzogen werden können. Das gleiche gilt folglich auch für die Wahrnehmung und Interpretation einer pädagogischen Situation: In dieser Situation läßt sich vieles beobachten und dokumentieren. Anderes nehmen wir intuitiv wahr, ohne jede dieser Wahrnehmungen überprüfen und rational nachvollziehen zu können. Das Streben nach größtmöglicher rationaler Aufklärung einer pädagogischen Situation führt uns also selbst an die Grenzen dieser Erkenntnismöglichkeit, an den von uns selbst errichteten Zaun, der das »Rationale« und »Wirkliche« vom »Irrationalen« und »Unwirklichen« trennt. Analoges Wissen — so verstehe ich die Untersuchungsergebnisse von Hans Peter Duerr im »Kultbuch« *Traumzeit* — ist nur demjenigen zugänglich, der —

wie die Hexen und Schamanen — diesen von der Zivilisation insgesamt und von der Wissenschaft im besonderen errichteten Zaun zwischen Zivilisation und Wildnis überschreitet, und der sich dessen bewußt ist, daß es diesen Zaun nicht *gibt,* sondern daß er eine Realitätskonstruktion ist (vgl. *Duerr* 1985). Es gibt rationale Erkenntnisse (kurz »digitales Wissen«), und es gibt Erkenntnisse, die unsere Empfindungen, unseren kreativen, inneren Prozeß nutzen (kurz »analoges Wissen«). Das analoge, »irrationale« Wissen ist — darauf weisen Berman und Bateson immer wieder hin — potentiell jedem Menschen zugänglich. Es entzieht sich jedoch weitgehend rationaler Kontrolle und quantitativ-empirischer Überprüfung. Wissenschaftlich nutzbar ist es trotzdem. So besteht beispielsweise die Möglichkeit, das analoge Wissen der am Forschungsprozeß Beteiligten zur Sprache zu bringen, bis eine gemeinsame Interpretation des Wahrgenommenen erzielt wird. Aus der gemeinsam untersuchten Erfahrung kann eine Struktur herausgearbeitet werden, die die Übereinkunft aller Betroffenen findet; sie beruht nur teilweise auf rationaler Argumentation. Diese Vorgehensweise hat unter den Begriffen der »kommunikativen Validierung« und des »dialogkonsenstheoretischen Wahrheitskriteriums« — wenn auch nicht widerspruchslos — Eingang in die Forschungsmethodologie gefunden (vgl. *Heinze/Thiemann* 1982, *Klüver* 1984 und *Sader* 1986, 25 ff.). Die Erkenntnisse, die sich auf diesem Wege etwa über die anonymen, sehr subtilen und oft nur intuitiv wahrnehmbaren Herrschaftsstrukturen in unseren Schulen herauskristallisiert haben, sind für mich sehr beeindruckend und erschreckend zugleich (vgl. *Thiemann* 1985).

Die Schwierigkeit liegt im »Zur Sprache-Bringen« der ganzheitlichen Empfindungen und bildhaften Eindrücke, die in einer pädagogischen Erfahrung bei den Beteiligten (einschließlich des Forschenden) ausgelöst werden. Denn analoges Wissen ist nur in kodierter Form mitteilbar. Kodierung ist also die verschlüsselte Ausdrucksform analogen Wissens, wobei natürlich digitales Wissen mit integriert wird. Solche Kodierungen sind z.B. Geschichten, Gleichnisse, bildhafte Ausdrucksformen und Praxisbeispiele. Die großen Lehrer der Geschichte nutzten solche überzeugenden Kodierungen, um sich verständlich zu machen, wobei die eigene Lebensführung die überzeugendste Kodierung analogen Wissens ist, wie beispielsweise bei Jesus oder Ghandi: Jesus lehrte mit Gleichnissen, und auch sein Tod am Kreuz ist, ganz gleich ob wir ihn als historische Wirklichkeit oder Mythos akzeptieren wollen, ein Gleichnis (vgl. *Dieckmann*

1986). Ghandi lehrte durch seine anspruchslose Lebensführung; seine Hungerstreiks, das Spinnrad, der Marsch zu den Salzgewinnungsstätten waren überzeugende Kodierungen seines Wissens, die weit mehr bewirken konnten, als seine Erziehungstheorie. Auch die Zen-Lehrer nutzen fast ausschließlich kodierte Formen der Mitteilung ihrer Weisheit (vgl. z.B. *Herrigel* 1983).

In unserer Forschungsarbeit werden wir uns mit sehr viel bescheideneren Mitteln der Kodierung begnügen müssen, wie sie uns unser eigenes kreatives Potential zur Verfügung stellt. Die Tatsache jedoch, daß meine eigene Handlungs- und Lebensweise als Lernender, Lehrender oder Wissenschaftler auch — ob ich will oder nicht — eine Kodierung meines Wissens ist, stellt eine wichtige Lernherausforderung dar, vielleicht die wichtigste überhaupt. Ich leite daraus allerdings nicht die Forderung nach einer vorbildlichen Lebensführung ab, wie sie mir im Konfirmandenunterricht nahegelegt wurde, sondern die nach Bescheidenheit und Demut gegenüber dem »universalen Wissen«, von dem ich nur immer einen winzigen Ausschnitt zu fassen bekommen kann.

Integration der Erkenntnisweisen

Entscheidend ist nun, daß keine der beiden Erkenntnisweisen, die rationale und digital mitteilbare und die nichtrationale, analog vermittelbare für sich genommen die alleinige Gültigkeit beanspruchen kann, und daß sie sich nicht wechselseitig ersetzen können. Beide Erkenntnisweisen sind komplementär, können sich ergänzen und stützen und sich auch gegenseitig überprüfen. Mit dem Versuch, die beiden Erkenntnis- und Ausdrucksmöglichkeiten im Forschungsprozeß zusammenspielen zu lassen, begeben wir uns in Neuland, wenngleich nicht ganz ohne Vorbilder. Dieser Versuch schlägt sich auch in unserer Vorgehensweise nieder : wir nutzen rationale und objektivierbare Theorieansätze und Erklärungsweisen neben intuitiven Erkenntnissen und analogen Mitteilungsformen, die in einem Prozeß gegenseitiger Verständigung validiert werden. Wir greifen auf etablierte Theorien ebenso zurück wie auf spekulative oder spirituelle. Diese Theorien dienen uns als Entdeckungshilfen für die Strukturen und Muster sowie für die Prozesse transformativer Lernerfahrungen. Wir überprüfen unsere theoretischen Einsichten an den subjektiven Erfahrungen der jeweils Beteiligten. Die als Entdeckungshilfe genutzten Theorieansätze werden durch diese Überprüfung immer wieder ergänzt, erweitert und modifiziert. Wir folgen in unserem Vorgehen also einem zyklischen, selbstrückbezüglichen Erkenntnisprozeß: Von der Theorie zur Praxis zur Theorie usf. Dieser Prozeß ist immer unabgeschlossen, und daher sind alle Aussagen über transformative Lernprozesse nicht mehr als Momentaufnahmen, die durch die subjektiven Erfahrungen des Lesers ergänzt, erweitert und fortentwickelt werden müssen und für ihn erst dadurch bedeutsam werden können.

II. Teil

Lernen als Kontaktprozeß: Theorieansätze und Modellentwicklung

4. Kapitel

Theorien zur Bewußtseinsentwicklung

Transformatives Lernen löst Wandlungsprozesse aus, die den ganzen Menschen in seinen Wechselbeziehungen zwischen sich selbst und seiner zwischenmenschlichen, gesellschaftlichen und ökologischen Umwelt erfassen. Diese Wandlungsprozesse sind als sich selbst organisierende evolutionäre Prozesse zu verstehen, in dem alte Strukturen zunächst zerstört werden, um dann in evolutionären Sprüngen neu zu entstehen. Dieses evolutionäre Geschehen folgt einem universellen Prinzip, das als GEIST, innere Ordnung oder evolutionäres Bewußtsein bezeichnet werden kann. Aspekte dieses universellen Prinzips sind über das menschliche Bewußtsein zugänglich, das den umfassenden GEIST allerdings nur in winzigen Ausschnitten erfassen kann. Dies sind Erkenntnisse, die die Ergebnisse der holistischen Selbstorganisationstheorie nahelegen. In der pädagogischen Tradition gibt es Ansätze eines Lernverständnisses, das einem holistischen Verständnis von Wandlungsprozessen nahe kommt; sie führen jedoch ein Randdasein in der erziehungswissenschaftlichen Forschung und der pädagogischen Praxis.

Wir möchten die Wandlungsprozesse, die durch Lernen ausgelöst werden können, weiter erforschen, damit wir theoretische Anregungen für eine holistische Didaktik erhalten, die in der pädagogischen Praxis überprüft, differenziert und weiterentwickelt werden können. Die Brücke zwischen der evolutionären Selbstorganisation und den Lernprozessen, die Wandel auslösen, ist das Bewußtsein. Das menschliche Bewußtsein ist der wahrscheinlich am höchsten entwickelte Aspekt des universellen Bewußtseins; jedenfalls nehme ich das solange an, bis uns intelligentere Wesen in diesem Universum begegnen. Welche Theorieansätze können uns Aufschlüsse über menschliche Bewußtseinsprozesse geben, die sowohl mit evolutionären Prozessen als auch mit Lernprozessen in Zusammenhang gebracht werden können?

Die meisten Bewußtseinstheorien dieser Art, wie z.B. die von Kohlberg oder Piaget, legen kein holistisches Menschenbild zugrunde, beschränken sich also fast ausschließlich auf kognitive Prozesse in den Entwicklungsprozessen des Menschen. Diese Theorieansätze könnten zu einem späteren Zeitpunkt zu weiteren Differenzierungen eines transformativen Lernverständnisses beitragen. Um jedoch erst einmal einen grundlegenden theoretischen Rahmen erarbeiten zu können, ziehen wir jene Theorien über Bewußtseinsprozesse zu Rate, die von einem holistischen Verständnis des Menschen ausgehen, die also den Menschen als Ganzheit von Körper, Geist und Seele und diese wiederum als Teil einer größeren Ganzheit verstehen. Solche Theorieansätze finden wir in der Gestalttherapie, bei transpersonalen Psychologen wie Frances Vaughan und Ken Wilber, in der Lerntypologie von Gregory Bateson, in der Theorie der Bewußtseinsevolution von Erich Jantsch und schließlich in dem Konzept der Bewußtseinsbildung von Paolo Freire.

Bewußtseinsprozesse nach der Theorie der Gestalttherapie

Die Gestalttherapie wurde von Fritz und Laura Perls begründet. Die theoretischen Grundlagen wurden dann vor allem von Paul Goodman in Zusammenarbeit mit Fritz Perls ausformuliert (*Perls u.a.* 1981 a,b). Die Theorie der Gestalttherapie geht davon aus, daß jedem Organismus eine Tendenz innewohnt, die Selbstbehauptung und Selbstverwirklichung anstrebt (vgl. z.B. *Perls* 1974, 45 und *Perls* 1982, 111 f.). Diese Tendenz bezieht sich auf die unabgeschlossenen Situationen, die sich immer wieder von neuem einem lernenden und wachsenden Wesen stellen. Es gibt viele Möglichkeiten, das Auftauchen dieser unabgeschlossenen Situationen zu unterdrücken. Letztendlich führt das jedoch nicht zu einer befriedigenden Lösung, weil sich ein »vitales Bedürfnis« immer wieder melden wird. Auch wenn sie auf eine bestimmte Art und Weise — z.B. rein kognitiv oder verbal — längst bewältigt scheint, wird die »unabgeschlossene Gestalt« wieder an die Oberfläche dringen und umfassendere Bedeutung verlangen. Dieses wird sich solange wiederholen, bis das Auftauchen der unfertigen Situationen nicht mehr mit erneutem Vermeiden beantwortet wird. Sobald die Bereitschaft für das Wahrnehmen und Akzeptieren der unbefriedigten Bedürfnisse vorhanden ist, kann sich mit der Vollendung der unabgeschlossenen Situationen der Wachstumsprozeß des Organismus vollziehen.

Diesen Wachstumsprozeß beschreiben Perls / Hefferline / Goodman als Prozeß der schöpferischen Anpassung, der sich im *Kontaktzyklus* realisiert (*Perls* u.a. 1981 a, 190ff.). Diese Autoren sehen den Untersuchungsgegenstand der Psychologie in der »Wirkungsweise der Kontaktgrenze im Organismus-Umwelt-Feld (*Perls* u.a. 1981, 11). Hier ist mit dem Begriff 'Grenze' nicht das Abtrennen zwischen Organismus und Umwelt, sondern das gleichzeitige Begrenzen und Berühren des Organismus von / mit der Umwelt gemeint. Somit stellt sich die Kontaktgrenze weniger als ein »Teil des Organismus« dar, vielmehr ist sie das Phänomen »einer besonderen Beziehung von Organismus und Umwelt«. Dieser Beziehung wohnt primär ein Wachstumspotential inne, das in dem Zyklus der »schöpferischen Anpassung« des Selbst zum Ausdruck kommt. Das »Selbst« wird nicht struktural verstanden als Einheit verschiedener Komponenten wie z.B. Ich, Es, Über-Ich, sondern prozessual: Es steht für die ganze Person. »Ich«, »Es« und »Persönlichkeit« sind Funktionen des Selbst, »only process, happening« (*Bünte-Ludwig* 1984, 250). In der schöpferischen Anpassung wird das Selbst mit dem 'Neuen' in Berührung gebracht, und macht zusammen mit der Gegenwärtigkeit in der Situation eben das wachsende »Selbst« aus.

Der Prozeß des Kontakts mit dem Neuen (die schöpferische Anpassung) wird als einheitliches Ganzes gesehen, kann aber modellhaft in Phasen aufgegliedert werden. Zu deren besserem Verständnis müssen zunächst noch die in der Gestalttheorie zentralen Begriffe »Figur« und »Hintergrund« eingeführt werden: »Figur« meint das Zentrum der Aufmerksamkeit — einen Gegenstand, eine Form, eine Person, eine Empfindung usw. — wohingegen der »Hintergrund« das Umfeld ist, vor dem sich die »Figur« abzeichnet (*Perls* u.a. 1981 b, 39). Die Beziehung zwischen Figur und Hintergrund entspricht einem dynamischen Wechselspiel: So kann ein bestimmter Hintergrund bei sich wandelndem Interesse und sich verschiebender Aufmerksamkeit immer andere Figuren hervorbringen. Oder eine komplexe Figur kann in Details aufgesplittert werden, von denen eines nun die alleinige Aufmerksamkeit auf sich zieht und zur Figur wird, und die ursprüngliche komplexe Figur jetzt den Hintergrund bildet. Figur und Hintergrund zusammen ergeben das, was die Gestalttheorie eine »Gestalt« nennt. Eine »gute« Gestalt hat eine klare Figur vor einem blassen Hintergrund.

Die schöpferische Anpassung

Der Wachstumsprozeß geschieht nach dem Konzept des Kontaktzyklus. Die Störungen in diesem Kontaktzyklus sind — nach Auffassung der Gestalttherapie — die Lernherausforderungen, für deren Bewältigung das Bewußtsein (in der Form von »awareness«, Bewußtheit oder Gewahrsein) eine entscheidende Rolle spielt. Um die Bewußtseinsprozesse beim Lernen herausarbeiten zu können, ist das Verständnis des Kontaktzyklus in seiner ungestörten Form Voraussetzung. Dieser Kontaktzyklus wird in vier Stadien (mit zwei differenzierbaren Phasen im zweiten Stadium) unterteilt:

1. VORKONTAKT

Der Kontaktzyklus beginnt damit, daß sich auf dem Hintergrund des Körpers ein Bedürfnis oder Umweltreiz abhebt (vgl. *Bünte-Ludwig* 1984, 249). Dabei ist aus der Sicht des Selbst der Körper oder die Umwelt der Hintergrund, und das Bedürfnis oder der besondere Reiz die Figur (vgl. *Hartmann-Kottek-Schroeder* 1983, 300). Der entscheidende Aspekt des Selbst ist in dieser Phase das 'Es' (lat. *id*): »Das Es ist der gegebene Hintergrund, der sich in seine Möglichkeiten auflöst; er umfaßt organische Erregungen, unerledigte frühere Situationen, deren wir gewahr werden, die unbestimmt wahrgenommene Umwelt und die unausgegorenen Gefühle, die den Organismus mit der Umwelt verbinden« (*Perls* u.a. 1981 a, 167).

2. KONTAKTNEHMEN

a) Die Erregung eines Verlangens oder ein Umweltreiz waren im Stadium des Vorkontakts die Figur. Jetzt wird diese Figur zum Hintergrund. Der ursprüngliche Hintergrund, der Körper, verblaßt; (es sei denn, er ist es, der zur Figur wird, z.B. beim Schmerz). Als Figur bildet sich nun ein zum Hintergrund passendes Phantasieobjekt heraus, welches ein aktuell wahrgenommenes Objekt, oder eine Gruppe von Möglichkeiten erhellt.

Dies geschieht in der Form, daß ein wahrgenommenes Objekt vom Selbst spontan untersucht, erinnert oder antizipiert wird. Das hat zur Folge, daß sich aus dem ursprünglich wahrgenommenen Objekt nun ein aus Wahrnehmung *und* Phantasie geschaffenes Objekt herausbildet: ein 'Suchbild' entsteht und ist als Figur bereits gestaltete Realität. Mit dem Ablauf dieses Prozesses beginnt das Auftreten von Gefühlen (die Erregung steigert sich), die von nun an den Prozeß der schöpferischen Anpassung begleiten.

b) Das aus Wahrnehmung und Phantasie geschaffene Objekt, also das Suchbild, gestattet nun das Auswählen und Verwerfen von Möglichkeiten, um zur Bedürfnisbefriedigung zu gelangen. Hindernisse auf dem Weg zur Bedürfnisbefriedigung werden durch »ad-greddi« (Aggression) angegangen und überwunden. Es kommt zu absichtlichem Sich-Orientieren und zum Ergreifen *einer* Möglichkeit der Bedürfnisbefriedigung. In der ersten Phase vollzieht sich eine *Identifizierung* (Prozeß der Auswahl über Projektion), während in der zweiten Phase eine *Entfremdung* (Ergebnis der Auswahl über die Entscheidung für eine Möglichkeit als neue Figur) des Ichs stattfindet (vgl. *Perls u.a.* 1981 a, 193; *Hartmann-Kottek-Schroeder* 1983, 300; *Bünte-Ludwig* 1984, 249).

3. KONTAKTVOLLZUG

»Nun sind Umwelt und Körper zum uninteressanten Hintergrund geworden, während als Figur im Vordergrund die Berührung« (Kontakt mit der einen ausgewählten Möglichkeit) »erlebt wird. Das Absichtliche des Ichs löst sich wieder und setzt sich in der Spontaneität des Selbst fort, mit den dazugehörigen Qualitäten von Wahrnehmung, Bewegung und Gefühl« (*Hartmann-Kottek-Schroeder* 1983, 300). »Das Gewahrsein besitzt am meisten Leuchtkraft in der Figur des Du« (*Perls u.a.* 1981 a, 194).

4. NACHKONTAKT

»Das Selbst verblaßt. Die Organismus-Umwelt-Interaktion fließt ineinander, verliert ihre Schärfe. Der Prozeß ist zu Ende gekommen« (*Perls u.a.* 1981 b, 167). Die Kontakterfahrung wird vom Organismus assimiliert. »In der Begegnung und Identifikation mit einem 'Nicht-Selbst', mit dem Identifikation möglich ist, geschieht Wachsen und Reifen. 'Kontakt' bedeutet eine Begegnung an der Grenze. Die Kontaktgrenze hat verbindende und begrenzende Funktionen zwischen zwei Identitäten. Sie ist das Wahrnehmungsorgan des Selbst« (*Hartmann-Kottek-Schroeder* 1983, 301). »Die Persönlichkeit ist die geschaffene Figur, zu der das Selbst wird und die es an den Organismus assimiliert, vereinigt mit den Ergebnissen früheren Wachstums« (*Perls u.a.* 1981 a, 167), sie ist »die Verantwortungsstruktur des Selbst« (ebd. 172). Die Persönlichkeit ist somit das Resultat eines immer wieder abgeschlossenen Figur / Grund-Prozesses.

Ziel der schöpferischen Anpassung ist der Kontaktprozeß (Stufe 3), aber der Zweck oder die Funktion liegt in der Integration und im Wachstum (Stufe 4 — vgl. *Perls u.a.* 1981 a, 207).

Das Konzept des Kontaktzyklus in der Theorie der Gestalttherapie ist so kompliziert, daß ich mich überfordert fühle, wenn ich den Anspruch erhebe, das Verständnis des Kontaktzyklus im aktuellen Lerngeschehen als Reflexionshilfe präsent zu haben. Deshalb möchte ich den Versuch machen, das Konzept auf die Kernpunkte zu reduzieren und zu veranschaulichen:

1. VORKONTAKT

Der Körper spürt ein Defizit in Form eines ungerichteten Interesses oder Bedürfnisses. Es besteht ein diffuses Unwohlsein.
Beispiel: Ich spüre eine Unruhe in mir.

2. KONTAKTNEHMEN

a) Das diffus empfundene Defizit bzw. die Mangelsituation konkretisiert sich, ein Bedürfnis wird deutlich.
Beispiel: Ich brauche körperliche Bewegung.

b) Es werden Möglichkeiten der Bedürfnisbefriedigung erwogen.
Beispiel: Ich könnte spazierengehen, radfahren, schwimmen oder im Garten arbeiten.
Es wird eine bewußte Entscheidung für *eine* Möglichkeit der Bedürfnisbefriedigung getroffen. Dieser Prozeß der Auswahl geschieht über Projektion, indem man sich vorstellt, wie bestimmte Realisierungen des Bedürfnisses z.B. bisher erlebt wurden, oder jetzt erlebt werden würden.
Beispiel: Ich werde im Garten arbeiten, weil ich mich dabei körperlich ausagieren kann und hinterher schon oft eine angenehme Ausgeglichenheit verspürt habe.

3. KONTAKTVOLLZUG

Die ausgewählte Möglichkeit wird realisiert. Das Selbst erlebt den Kon-

takt mit der einen ausgewählten Möglichkeit und es kommt zur Bedürfnisbefriedigung.
Beispiel: Ich bin ganz versunken in das, was ich gerade tue: graben, pflanzen, Unkraut jäten etc. und genieße mein Tun.

4. NACHKONTAKT
Die vollzogene Bedürfnisbefriedigung wird in die Persönlichkeit integriert und führt zusammen mit vergangenen Erfahrungen dieser Qualität zu einem Wachstums- und Reifungsprozeß.
Beispiel: Ich fühle mich entspannt und spüre neue Energie.

Diese stark vereinfachte Darstellung sollte zunächst nur den Ablauf des Prozesses der schöpferischen Anpassung veranschaulichen. Da aber die besondere Qualität des Prozesses in dieser Darstellung nicht zum Ausdruck kommt, will ich ein weiteres zentrales Konzept der Gestalttheorie genauer beschreiben.

Gewahrsein (awareness)

Zum Erreichen sowohl des Zieles, als auch für die Erfüllung der Funktion der schöpferischen Anpassung ist der Bewußtseinszustand des *Gewahrseins (awareness)* unerläßlich. Das Gewahrsein ist durch *Kontakt, Sinneswahrnehmung, Erregung* und *Gestaltbildung* gekennzeichnet; diese Begriffe bedürfen der Erläuterung:

KONTAKT
Kontakt als solcher ist auch ohne Gewahrsein möglich, wohingegen umgekehrt gilt, daß Gewahrsein ohne Kontakt unmöglich ist. Dieser das Gewahrsein begleitende Kontakt kann sich — als »in Berührung sein mit« — auf ein Objekt, sich selbst, eine Person etc. oder auch auf die Interpretation eines Objekts, sich selbst, einer Person etc. richten (*Perls u.a.* 1981 b, 12).

SINNESWAHRNEHMUNG
Die Wahrnehmung dessen, was die Sinne empfangen, seien es Signale außerhalb des Organismus (Gehör, Tastsinn, Sehen) oder innerhalb des Organismus (Eigenwahrnehmung — Fühlen, Spüren der Träume und Gedanken) ist Voraussetzung und Natur des Gewahrseins (vgl. *Perls u.a.* 1981 b, 12).

ERREGUNG

Erregung meint die erhöhte Mobilisierung von Energie, die immer dann auftritt, wenn starkes Interesse und starker Kontakt bestehen. Sie kann in erotischer, aggressiver, schöpferischer oder sonstiger Natur auftreten. Die Erregung bezieht sich demnach sowohl auf physiologische Reize wie auch auf undifferenzierte Gefühle.

GESTALTBILDUNG

Betrachtet man das Gewahrsein in seiner Funktion, einem Organismus Orientierung und Differenzierung im Organismus-Umwelt-Feld zu ermöglichen und damit Wachstum und Entwicklung zu fördern, so ist offensichtlich, daß dies nur dann möglich wird, wenn der Organismus das von ihm Wahrgenommene zu einer abgeschlossenen Gestalt verarbeitet. Denn nur die Integration einer abgeschlossenen Gestalt kann dem Organismus Wachstums- und Entwicklungsmöglichkeiten bieten. Jede unverarbeitete Eingliederung von unabgeschlossenen Gestalten steht für »unerledigte Situationen«, zieht unnötig Aufmerksamkeit auf sich und stört die Bildung einer neuen lebendigen Gestalt. Statt zu wachsen und sich zu entwickeln verharrt der Gesamtorganismus in Stagnation und Feindseligkeit (vgl. *Perls u.a.* 1981 a, 12).

Aus dieser Beschreibung des Prozesses der schöpferischen Anpassung und der Qualität des Gewahrseins wird jetzt deutlich, was 'Gestalt' eigentlich bedeutet: 'Gestalt' ist die bewußt wahrgenommene Figur in einem Kontext (Hintergrund), der Kontaktprozeß im Organismus-Umwelt-Feld. Wenn entweder das organismische Bedürfnis nicht klar ist bzw. gar nicht wahrgenommen wird, oder die Ressourcen des Kontextes nicht zur Vervollständigung der Figur genutzt werden, haben wir eine »schwache Gestalt« (»a weak gestalt« — *Perls* 1981, 278). Das Auftauchen einer Figur in einem Kontext — als Prozeß bewußter Wahrnehmung von Impulsen, die sich mit Hilfe der Ressourcen des Feldes auf eine Figur konzentrieren — ist das 'Öffnen' einer Gestalt. Die Assimilation / Integration der Figur durch Kontakt ist das 'Schließen' einer Gestalt.

Fazit: Prozeßbewußtsein

Dem Gewahrsein (awareness) als Ausdruck einer bestimmten Qualität von Bewußtsein kommt in der Gestalttheorie und -therapie eine zentrale

Bedeutung zu. Es zeichnet sich dadurch aus, daß es von 'Kontakt' begleitet ist. Damit steht das Gewahrsein in Zusammenhang mit der schöpferischen Anpassung, in der es, sofern keine Unterbrechungen auftreten, zum Kontakterlebnis und damit zum Wachstum, kommt.

Das Aufspüren von Unterbrechungen im Gewahrsein deutet auf Unterbrechungen im Kontaktzyklus hin, die sowohl das Freisetzen kreativer Potentiale, als auch den Wachstums- und Reifungsprozeß verhindern. Aus dem Vorhandensein des Gewahrseins läßt sich also auf die Existenz von Kontakt zurückschließen (Gewahrsein bedeutet auch Kontakt; eine Unterbrechung oder Störung des Gewahrseins bedeutet auch eine Unterbrechung oder Störung des Kontakts). Um jedoch überhaupt merken zu können, ob man sich im Prozeß des Gewahrseins befindet, bedarf es einer übergreifenden Funktion, denn das Empfinden von Kontakt kann nicht als alleiniger Indikator für Gewahrsein gelten, da Kontakt durchaus ohne Gewahrsein vorkommen kann.

Während der Bewußtseinsprozeß des Gewahrseins mit der Bewußtseinsform Ähnlichkeit haben könnte, die Wilber das 'nunc fluens' nennt (vgl. S. 99), müßte die übergreifende Funktion die Qualität haben, ganze Prozesse überschauen zu können, weshalb ich diese Bewußtseinsform vorläufig »Prozeßbewußtsein« nennen möchte. Ein solches Prozeßbewußtsein kommt in der Theorie der Gestalttherapie zwar nicht explizit vor, ein Gestalttherapeut muß jedoch darüber verfügen können, da er sonst nicht konstruktiv und verantwortlich intervenieren kann. Diese Art von Bewußtsein hat jedoch nicht nur für Therapeuten einen Nutzen. Jedem am Wachstum interessierten Menschen eröffnet das Prozeßbewußtsein die Möglichkeit, seine Erfahrungen auch selbständig und eigenverantwortlich zu sinnvollen Lernerfahrungen zu machen, indem er sie auf dem Hintergrund seines Wissens um den Prozeß auswertet. Ein solches Prozeßbewußtsein kann beim Lernenden beispielsweise dadurch ausgelöst werden, daß er entdeckt, wie sich die Inhalte des Gewahrseins ständig wandeln.

Auch im Kontaktszyklus kann es über das Gewahrsein hinaus zu einem übergeordneten Bewußtsein kommen: Nämlich dann, wenn sich das Auswählen eines Interesses zur Befriedigung nicht nur auf den Grad der Intensität bzw. Erregung, mit dem es zur Figur wird, sondern auch auf die Frage bezieht, wie umfassend das Feld (bzw. der Hintergrund ist, aus dem das Interesse zur Figur wird. Das engere oder weitere Umwelt-Feld muß in

Einklang mit einem individuellen Interesse gebracht werden, damit der Kontaktprozeß des Selbst zu einem Kontaktprozeß mit anderen Menschen und der Umwelt werden kann. Dabei kann es zu inneren Konflikten kommen, die jedoch in einem gesunden Organismus vorübergehender Natur sind und durch Prioritätsentscheidungen gelöst werden; d.h. der Organismus unterstützt das auch für sein Wachstum förderlichste Interesse oder Bedürfnis gegenüber anderen Bedürfnissen oder Impulsen (vgl. *Perls* 1981, 410). Je umfassender nun der Blickwinkel ist, unter dem man sich für die Befriedigung eines Interesses entscheidet, und je mehr Unterstützung dem Selbst zur Realisierung seiner Interessen zur Verfügung steht, desto weitreichender sind auch die Konsequenzen, die sich daraus ergeben. Wird z.B. einem Interesse nachgegangen, das sowohl auf die individuelle Person als auch auf andere Menschen und die Umwelt abgestimmt ist, so wird sich eine solche Interessenwahrnehmung kaum als sozial und ökologisch unverträglich erweisen. Vielmehr wird sie die Interessen der Gesamtpersönlichkeit in Einklang mit den Interessen der sozialen und ökologischen Umwelt bringen können. Im Idealfall könnte solch ein Umgang mit eigenen Interessen Ähnlichkeit haben mit dem Phänomen der »Synergie«, wie es Russell beschreibt (vgl. *Russell* 1984, 119 ff.).

Die Theorie der Gestalttherapie kann mit ihrem Konzept des Kontaktzyklus einen wesentlichen Beitrag zur *Struktur der Bewußtseinsprozesse* leisten, die beim transformativen Lernen eine Rolle spielen. Die zwei zuletzt aufgegriffenen Aspekte der Bewußtseinsprozesse sind jedoch noch wenig differenziert: Der eine Aspekt bezieht sich auf die Qualität des Bewußtseins, die für die Prozeßwahrnehmung verantwortlich gemacht werden kann: Welche Qualität hat dieses Bewußtsein vom Prozeß, das nicht im Prozeß selbst in Form von »awareness« aktiviert wird? Der zweite Aspekt, der für Lernprozesse im pädagogischen Kontext besonders aufschlußreich sein könnte, betrifft die Bewußtseinsqualität, die für die Wahrnehmung von und die Abstimmung mit den näheren und weiteren Umwelt-Feldern des Selbst stehen kann. Wie kann der Lernende sich als Teil einer differenzierten Ganzheit verstehen, die von seiner unmittelbaren Umgebung bis hin zum Kosmischen reicht, und wie kann er sein Bewußtsein um die Wahrnehmung der Ganzheiten erweitern? Wie können die Grenzen des Selbst im Kontaktprozeß mit denen anderer Selbste sowie der Umwelt so aufeinander abgestimmt werden, daß eine Berührung an den jeweiligen Grenzen möglich ist? Mit diesen Fragen beschäftigt sich vor allem die transpersonale Psychologie sowie die Theorie der Evolution des menschlichen Bewußtseins. Aus diesen Theorieansätzen greife ich die von Ken Wilber heraus, da sie sich unmittelbar auf Lernprozesse beziehen läßt.

Bewußtseinsentwicklung nach der transpersonalen Psychologie (Ken Wilber)

Die Entwicklung des Bewußtseins

Der Bewußtseinsforscher Ken Wilber entwickelte einen umfassenden, interdisziplinären Ansatz zur Bewußtseinsentwicklung in Analogie zu den Stufen in der Geschichte der Menschheit. In Anlehnung an den Philosophen Jan Smuts, für den die Welt aus »hierarchischen Ganzheiten« — d.h. jedes Ganze ist gleichzeitig ein Teil eines höheren Ganzen — besteht, geht Wilber davon aus, daß auch der menschliche Geist und die Psyche in dieser Weise strukturiert sind (*Wilber* 1985, 117). Außerdem nimmt er aufgrund umfangreicher archäologischer und historischer Untersuchungen der Erscheinungsformen des Bewußtseins in verschiedenen Kulturen an, daß sich das menschliche Bewußtsein in einem fortlaufenden Prozeß weiterentwickelt, indem das Ganze auf einer Entwicklungsstufe jeweils zum *Teil* des Ganzen auf der nächsten Entwicklungsstufe wird. Aus dieser Sicht der Bewußtseinsentwicklung entwirft Wilber eine allgemeine Hierarchie des Bewußtseins. Diese Hierarchie reicht vom Urzustand der Verschmolzenheit über das Bewußtsein des eigenen Körpers, des Geistigen, des Psychischen, des Feinstofflichen, des vollkommen Transzendenten bis hin zum All-Einheitsbewußtsein. Der Entwicklungsprozeß des Bewußtseins von einer »Struktur« zur nächsten verläuft nach einem sich wiederholenden Grundschema:

1. Eine höher geordnete Struktur taucht im Bewußtsein auf.
2. Das Ich identifiziert sich mit dieser Struktur.
3. Das Ich identifiziert sich nicht mehr ausschließlich mit dieser Struktur, wenn eine nächsthöhere Struktur auftaucht, mit der sich das Ich jetzt identifiziert (Disidentifikation von der alten Struktur).
4. Von der höheren Struktur aus kann das Ich bzw. das Bewußtsein auf die niedere Struktur einwirken, und sie so handhaben.
5. Alle vorangegangenen Ebenen können jetzt in das Bewußtsein und letztlich *als* Bewußtsein integriert werden.

Der Prozeß der Höherentwicklung des Bewußtseins erfolgt also im Wechselspiel von Identifikation und Disidentifikation. Indem wir uns mit einer Struktur identifizieren, sie uns aneignen, schaffen wir die Bedingung dafür, daß wir uns von ihr disidentifizieren, also nicht-bewertend loslassen können, um uns mit einer nächsthöheren Struktur zu identifizieren (vgl. auch *Vaughan* 1985). Das Überschreiten der Grenzen von einer Stufe zur nächsten bezeichnet Wilber als ein *Transzendieren im Prozeß der Selbstverwirklichung* (vgl. *Wilber* 1985, 125).

Eine etwas konkretere Vorstellung von diesem Prozeß des Transzendierens ermöglicht die Unterscheidung Wilbers zwischen einer *Oberflächen-* und einer *Tiefenstruktur.* Wilber wählt diese Termini in Anlehnung an die Sprache der Linguistik. Bezogen auf die Bewußtseinsstufen wird unter der Tiefenstruktur die definierende Form oder das Paradigma verstanden, das die Beschränkungsprinzipien der jeweiligen Stufe enthält. Die Oberflächenstruktur ist die Manifestation der Tiefenstruktur. Die Bewegung der Oberflächenstruktur nennt Wilber »Übersetzung« oder »Veränderung« (»Translation«), die Bewegung der Tiefenstruktur nennt er »Verwandlung« (»Transformation«). Zur Veranschaulichung kann das Bild von einem Haus mit mehreren Stockwerken dienen. Die Stockwerke entsprechen den Tiefenstrukturen, die jeweilige Einrichtung und Art der Zimmer entspricht der Oberflächenstruktur. Ein Umstellen von Möbeln innerhalb eines Stockwerks wäre dann eine »Veränderung«, ein Umzug in ein höheres Stockwerk dagegen eine »Verwandlung«. Mit jeder »Verwandlung« nach oben taucht eine höhere Ebene des Bewußtseins und damit eine neue Tiefenstruktur auf, in der sich neue »Veränderungen« (oder Oberflächenstrukturen) entfalten und wirksam werden. So ist Evolution letztendlich eine Serie von Verwandlungen oder Umgestaltungen der Tiefenstruktur, »vermittelt durch Symbole (oder Formen im Bewußtsein), deren niedrigste der Körper ist, die nächste der Geist (Verstand), dann das Feinstoffliche und so weiter.« (*Wilber* 1985, 125). Dabei ist der Zugang zur Oberflächen- und Tiefenstruktur von unterschiedlicher Art: Während die Tiefenstruktur *erinnert* wird, ist die jeweilige Oberflächenstruktur *erlernt.* Die Tiefenstruktur taucht also im Bewußtsein auf (wird erinnert), während die Oberflächenstruktur über einen Lernakt erworben wird.

Diese Unterscheidung liefert uns ein wichtiges Kriterium für die Beschreibung des Bewußtseinsprozesses beim transformativen Lernen. Wenn die Oberflächenstruktur erlernt ist, dann kann sie auch wieder in der Weise neu gelernt werden, daß sie das Grundmuster der Tiefenstruktur angemessener und unverfälschter symbolisiert. Eine solche Veränderung der Oberflächenstruktur kann durchaus die Verwandlung der Tiefenstruktur zur Folge haben, und zwar dann, wenn sich durch die Annäherung der Aussage der Oberflächenstruktur an die Aussage der Tiefenstruktur herausstellt, daß letztere nicht mehr dem Bedürfnis entspricht und verwandelt werden muß. Diesen Weg des Verwandelns über bewußtes, vielfaches Verändern werde ich bei der Darstellung der Lerntypologie Batesons aufgreifen. Zunächst möchte ich aber auf jene Konzepte Wilbers eingehen, die Bewußtseinsentwicklung nicht nur als Prozeß der Identifikation und Disidentifikation sowie als Verwandlung der Tiefenstrukturen abbilden, sondern auch als Erweiterung des Bewußtseins im Selbst-Umwelt-Feld.

Das Spektrum des Bewußtseins

Wilber beschreibt ein Bewußtseinsspektrum, in dem verschiedene Bewußtseinsstufen hierarchisch nach dem Ausmaß dessen, was jeweils vom Bewußtsein *abgetrennt* wird, angeordnet sind. Er geht davon aus, daß das Hindernis auf dem Weg zum angestrebten 'All-Einheitsbewußtsein' (das Selbst ohne Einschränkung oder Begrenzung) darin besteht, daß die Menschen die Welt in zerlegter Form wahrnehmen, daß sie Grenzen ziehen zwischen Subjekt / Objekt, Leben / Tod, Leib / Seele, Inneres / Äußeres usf. Das heißt, das Gewahrsein ist in Teile aufgespalten. Da sich der Mensch immer nur *eines* Teils, oder eines Ausschnitts der ihn umgebenden Polaritäten gewahr ist, kann er auch nur diesen einen Teil erleben. Das bewirkt nicht nur, daß ein Erleben des anderen Teils der Polarität nicht stattfindet, sondern daß es sogar durch das Erleben der einen Seite bekämpft wird, was für Wilber nichts anderes bedeutet, als daß sich das Leben selbst bekämpft. Die Ursache für solche Kämpfe (in Form von Konflikten, Ängsten, Leiden und Verzweiflungen) sieht Wilber in den *Grenzziehungen,* die das menschliche Bewußtsein vornimmt (vgl. *Wilber* 1984 b, 7). Jede Grenze, die im Erleben gezogen wird, führt also zu einem eingeschränkten Bewußtsein. Wilber hat mit seinem 'Spektrum des Bewußtseins' ein Modell erarbeitet, bei dem sich verschiedene Ebenen des Bewußtseins herausbilden, für die jeweils qualitativ unterschiedliche Grenzziehungen typisch sind. Außerdem ordnet Wilber einer jeden solchen Ebene mit einer bestimmten Grenzziehung eine bestimmte Therapie zu, die genau an dieser Grenzziehung ansetzt.

Bevor ich dieses Modell von Wilber genauer darstelle, möchte ich noch einige seiner grundsätzlichen Vorannahmen zu seinem Verständnis von Bewußtsein und den darin vollzogenen Grenzziehungen wiedergeben. So sieht Wilber das normale Wachbewußtsein als eine besondere Form des Bewußtseins an, jenseits dessen potentielle Formen des Bewußtseins liegen, die ganz anders sind (*Wilber* 1984 b, 12). Was die Grenzziehungen angeht, so geht Wilber davon aus, daß jede Grenzziehung Gegensätze herstellt, die nicht an sich in der Natur existieren, sondern erst durch die Grenzziehung geschaffen werden. Nach Wilber schafft jede Grenze Trennungen (Konflikte), wo eigentlich keine sind, und ist somit reine Illusion (*Wilber* 1984 b, 64).

Die Ebenen des Spektrums des Bewußtseins repräsentieren die fortschreitende Entfernung vom Einheitsbewußtsein. Entwicklungsgeschichtlich beginnt es mit der *Uroborus / Typhon Ebene* (sie entspricht der mythologischen Gestalt des 'Kentauren'), von der aus immer mehr abgespalten wird, bis wir heute die Ebene des *solaren Ego* erreicht haben. Der Weg zum Erreichen des All-Einheitsbewußtseins besteht nun darin, die abgespaltenen Teile wieder zu integrieren. Das kann z.B. durch Therapien gelingen, die sich vorrangig mit einer bestimmten Ebene (einer Grenze, einer Abspaltung) beschäftigen. Dem Prozeß der fortschreitenden Abspaltung folgt also in umgekehrter Richtung ein Prozeß der Integration der abgespaltenen Teile hin zur Ebene des All-Einheitsbewußtseins.

Der Verlust der Einheit

Mit dem Entstehen der *Urgrenze* (Subjekt / Objekt-Trennung) ist das Herausfallen aus dem All-Einheitsbewußtsein vollzogen. Organismus und Umwelt bilden keine Einheit mehr, sie erscheinen als unvereinbare Gegensätze. Der Mensch identifiziert sich nur noch mit seinem Organismus und grenzt sich dadurch von seiner Umwelt ab. Der Organismus wird also als »Selbst« empfunden, wohingegen die Umwelt das »Nicht-Selbst« ist. Diese Trennung an der Urgrenze hat zur Folge, daß die Ebene des All-Einheitsbewußtseins für den Menschen verloren ist, und er sich nun auf der Ebene des *Gesamt-Organismus* befindet. Die Urgrenze hebt also die Organismus-Umwelt-Einheit auf und schafft daraus ein unvereinbares Gegensatzpaar. Auf diesem ersten grundsätzlichen Gegensatzpaar beruhen alle folgenden Grenzen (vgl. *Wilber* 1984 b, 102ff.).*

Universum		Bewußtsein der Einheit
Gesamtorganismus	Umwelt	Kentauren-Ebene

Befindet sich ein Individum auf der Stufe des Gesamt-Organismus, so ist es in der vollen Identifikation mit dem Organismus, d.h. es existiert in der Zeit und ist auf der Flucht vor dem Tod. Denn das Individuum ist nicht mit der Einheit von Geburt und Tod identifiziert und lehnt den Tod folglich ab. Die Ablehnung des Todes führt zu der größtmöglichen Furcht, die das Individuum erleben kann. Außerdem bedeutet das Ablehnen des Todes auch die Weigerung, ohne Zukunft zu leben. Um dem Tod zu entgehen, schafft sich der Mensch durch sein Planen über die Gegenwart hinaus die Illusion von einer unbegrenzten Zukunft ohne Tod (vgl. *Wilber* 1984 a, 109ff.)** Die Angst vor dem Tod erzeugt im Menschen eine starke Empfindung der Zeit (vgl. *Wilber* 1984 b, 105). Auf dieser Entwicklungsstufe ist der Mensch jedoch noch in Kontakt mit seinem psychophysischen Wesen, für das Wilber als Sinnbild den 'Kentauren' — einen Reiter, der mit seinem Pferd eins ist und somit eine sich selbst beherrschende und bestimmende psychosomatische Einheit bildet (vgl. *Wilber* 1984 b, 108) — anführt. Entsprechend nennt er diese Ebene des Bewußtseinsspektrums die Stufe des *Gesamtorganismus* oder die Stufe des *Kentauren*.

Die nächste Grenzziehung führt nun durch das kentaurische Bewußtsein hindurch und löst den bisher vorhandenen Kontakt mit der Leib / Seele-Einheit auf.

Gesamtorganismus		Kentauren-Ebene
Ich	Körper	Ich-Ebene

*Diese und die folgenden Graphiken in Anlehnung an *Wilber* 1984 b, Abb. 1.

**Dies entspricht in der Menschheitsgeschichte der Entwicklung des 'Ackerbaubewußtseins' als bedeutendste Transformation vor etwa 12000 Jahren.

Ein wesentlicher Grund für diese erneute Abspaltung liegt wiederum in der Furcht vor dem Tod. Die auf der Kentauren-Ebene angewandte Strategie, nämlich den Tod durch Planen in die Zukunft zu verdrängen, erweist sich jetzt als unzureichend. Zu sehr erinnert der Körper den Menschen daran, daß er sterblich ist. Des Menschen Wunsch nach Unsterblichkeit konzentriert sich nun auf sein 'Ich'. Getrieben von der Sehnsucht nach einem unveränderlichen, unerschütterlichen Selbst — also nach einem *statischen Selbst* — macht sich der Mensch nun ein *Bild,* eine *Vorstellung* seiner selbst für sich selbst. Mit dieser geistigen Abstraktion entfernt sich der Mensch von seinem vergänglichen Körper als Teil seines Selbst. Sein Selbst, seine Identität ist nun an einem Bild von sich orientiert, das jeden Bezug zum Körper bzw. zum Tod verweigert. Damit befindet sich der Mensch auf der *Ich-Ebene,* er identifiziert sich mit einem »geistigen Spiegelbild seines Gesamtorganismus« (*Wilber* 1984 b, 110). Dieses Selbstbild auf der Ich-Ebene kann zwar kindliche, emotionale, rationale und irrationale Aspekte des Organismus mehr oder weniger einbeziehen. Doch selbst ein gesundes 'Ich', das die Aspekte des Organismus integriert und harmonisiert, kann letztlich nur zu einem ungenauen Selbstbild kommen.

Wenn es nun aber dem Menschen überhaupt nicht gelingt, einzelne Aspekte seines Organismus in sein Selbstbild einzubeziehen, deutet sich die nächste Grenzziehung, eine Spaltung im 'Ich', an:

Ich		Ich-Ebene
Persona	Schatten	Persona-Ebene

Zu dieser Grenzziehung kommt es dadurch, daß der Mensch z.B. Wünsche und Begierden seines Ichs nicht zulassen kann, weil für ihn das Eingeständnis, einen Impuls zu *haben,* gleichbedeutend damit ist, auch nach diesem Impuls zu *handeln.* So gesteht er sich z.B. seinen vorübergehenden Impuls, einem anderen Menschen Gewalt anzutun, nicht ein, weil er befürchtet, sich dann nicht mehr entscheiden zu können, ob er diesen Impuls realisiert oder nicht. Da der Mensch also meint, keine Entscheidungsfreiheit mehr über die Konkretisierung seiner Impulse zu haben, werden sie für ihn bedrohlich. Als Ausweg aus dieser Bedrohung leugnet der Mensch einfach die Existenz seines Impulses. Die eigentliche Abspaltung ist jedoch erst dadurch vollzogen, daß der Mensch sich *nicht bewußt* ist, daß er seinen *Impuls verleugnet,* also auch vergißt, daß dies sein Impuls ist (vgl. *Wilber* 1984 b, 111).*

Das Leugnen solcher Wünsche oder Impulse macht derartige Bedürfnisse aber nicht gegenstandslos, sie werden durchaus noch wahrgenommen, nur *außerhalb* des Ich. Der Impuls wird nicht als eigener Impuls wahrgenommen, sondern auf jemand anderen *projiziert.* Damit erfährt das Ich des Menschen eine starke Eingrenzung, denn es existieren nun geächtete Impulse, die als nicht zugehörig zum Selbst empfunden werden, also für das Selbstbild unannehmbar sind. Deshalb werden, um zu einem annehmbaren Selbstbild zu kommen, alle unannehmbaren Aspekte des Ich nach außen projiziert. Das auf die annehmbaren Aspekte des Ich reduzierte, verzerrte Selbstbild, wird zur *Persona,* die unannehmbaren Aspekte werden als *Schatten* projiziert und bilden als *Persona-Ebene* die letzte Stufe des Wilberschen Bewußtseinsspektrums. Jede der beschriebenen, aufeinander folgenden Grenzziehungen oder Abspaltungen — erst die der Umwelt, dann die des Körpers und schließlich die des Schattens — führt zu einer Verringerung des Selbstgefühls des Menschen. In der Betrachtung der aufeinander folgenden Grenzziehungen entfaltet sich das Spektrum des Bewußtseins in folgender Weise:

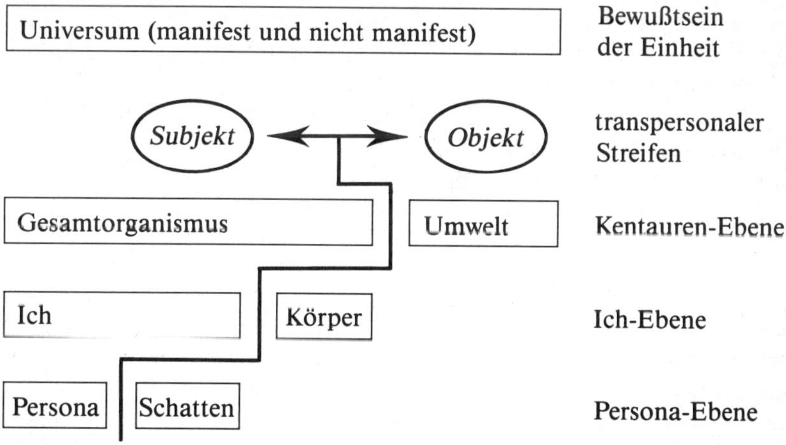

*Dieses Phänomen werden wir unter dem Konzept der Reaktionsbildung wieder aufgreifen, s.S. 191 ff.

Die Wiedergewinnung der Einheit

Da auf jeder Ebene des Bewußtseinsspektrums die jeweils abgespaltenen Aspekte des Selbst nach außen projiziert werden, kann man versuchen, sie wieder in das Selbst zu integrieren. Einen Ansatzpunkt hierzu sieht Wilber im Erkennen falscher Grenzen. Das bewußte Leiden an diesen Grenzen kann uns zu einem Prozeß der Bewußtseinserweiterung motivieren. Ich will die Integrationsmöglichkeiten auf den verschiedenen Ebenen des Bewußtseins, wie sie Wilber sieht, skizzieren, um Anhaltspunkte für eine allgemeine Beschreibung der Bewußtseinsprozesse beim transformativen Lernen zu erhalten.

Integration auf der Persona-Ebene: Auf dieser Ebene existiert kein gesundes Ich. Die Eigenschaften oder Gefühle, die wir auf den Schatten projizieren, nehmen wir zwar noch wahr, jedoch so verzerrt, daß wir sie nicht als unserem Selbst zugehörig ansehen können. Wir projizieren den Schatten auf andere Menschen und sehen unsere Projektionen in den Verhaltensweisen und Reaktionen der anderen Menschen stets bestätigt. Diese Wahrnehmung, von den anderen Menschen im Sinne der Projektion behandelt zu werden, löst bei dem Projizierenden bestimmte Symptome aus. Das bewußte Wahrnehmen oder die Bewußtmachung eines solchen Symptoms könnte der Beginn des Entdeckens unbekannter Facetten des Schattens sein. In der Regel werden die Symptome jedoch lediglich als lästig empfunden und demzufolge bekämpft. Das Bekämpfen des Symtoms ist im Grunde gleichbedeutend mit dem Bekämpfen des Schattens, wodurch ja ursprünglich die Abspaltung überhaupt erst auftrat. Der Kampf gegen das Symptom oder den Schatten führt also nicht zu einer erfolgreichen Veränderung der Situation. Vielmehr liegt der erste Schritt der Integration des Schattens im *Akzeptieren des Symptoms.* Oft ermöglicht dies auch das Akzeptieren eines großen Teils des im Symptom verborgenen Schattens.

Eine weitere Möglichkeit besteht darin, die Symptome in ihre ursprüngliche Form zurückzuübersetzen. Denn Symptome sind, so sagt Wilber, »unfehlbare Signale einer projizierten Tendenz« (*Wilber* 1984 b, 134). Dabei bilden Symptome und projizierter Schatten Gegensatzpaare, wie z.B. Trauer (Symptom) und Wut (Schatten). Vereinfacht gesagt besteht der Schatten also »aus den unbewußten Gegenteilen dessen, was man an sich selber bewußt akzeptiert« (*Wilber* 1984 b, 135).

Integration auf der Ich-Ebene: Sind die wesentlichen Schattenseiten akzeptiert, so ist ein gesundes Ich entstanden, von dem jedoch der Körper abgespalten ist. Die Integration des Körpers kann sich allerdings nicht über die bloße Kenntnis von den energetischen Prozessen oder durch Denken an den Körper vollziehen, sondern verläuft über bewußtes Fühlen der Blockierungen im Körper, denn diese Blockierungen deuten auf innere Kämpfe an der Grenzfront hin. Sie sind das Ergebnis unterdrückter Impulse, die auf der Ich-Ebene z.B. projiziert wurden, aber dennoch im Körper existent bleiben. Da sie nicht ausgelebt werden dürfen, ist Muskelkraft nötig, um sie zurückzuhalten, was zu einem »Kampf der Muskeln« führt (vgl. *Wilber* 1984 b, 149). Diese Blockierungen sind nicht unwillkürlich geschaffen, da an ihnen die gleichen Muskeln beteiligt sind, die auch willentlich bewegt werden können. Demzufolge ist die Frage danach, wie eine Blockierung *beendet* werden kann, nicht sehr effektiv, weil sie deren Entstehungsgeschichte vernachlässigt. Blockierungen wurden von Menschen selbst verursacht und sind keine lästige Heimsuchung, die sich ein Opfer gesucht hat. Der Mensch muß also zuerst Verantwortung dafür übernehmen, daß er aktiv zum Entstehen von Blockierungen beiträgt. Deshalb ist es nach Wilber vielversprechender zu erforschen, wie die Muskeln aktiv angespannt werden, um dann den Druck oder die Spannung noch zu verstärken, wodurch der vergessene Partner der miteinander kämpfenden Muskeln wieder bewußt wird. »Dieses durch und durch gespürte Verstehen setzt Energie aus dem Kampf der Muskeln frei. Energie, die ich dann nach außen, auf die Umwelt lenken kann, anstatt nach innen, gegen mich selbst« (*Wilber* 1984 b, 154).

Insgesamt betrachtet führt das Wiederentdecken und Integrieren des Organismus als Einheit zu einer umfassenden Veränderung der Bewußtheit. Diese Bewußtheit setzt Potentiale frei, die die Summe der Teile (Ich, Körper) übersteigt. Im allgemeinen sind diese erweiterten Potentiale der »Ganzheit« unter Begriffen wie »Selbstverwirklichung« (*self-actualization* — Goldstein, Maslow), »Autonomie« (Fromm, Riesman), oder »Sinn des Lebens« (May) bekannt (*Wilber* 1984 b, 159). Schon an diesen Begriffen wird deutlich, daß die nun folgende Ebene, auf der wiederum eine Grenzziehung stattfindet, sich in grundsätzlicher Weise von den bisherigen Ebenen unterscheidet.

Integration auf der transzendentalen Ebene: Auf dieser Ebene wird zunächst der Gesamtorganismus (der Kentaur) als abgetrennt von der Umwelt erlebt. Während das Ziel auf der vorangegangenen *Ich-Ebene* in der *Identifikation* mit dem leibseelischen Gefüge lag, muß jetzt auf der Ebene des *Gesamtorganismus* diese Beziehung oder Bindung durch *Disidentifikation* wieder aufgehoben werden. Denn das ausschließliche Identifizieren mit den jeweiligen Problemen, Schmerzen und Nöten führt zu einer Bindung daran; und nach Wilber ist jetzt nicht mehr das Problem an sich, sondern das Gebunden-Sein daran das eigentlich Beunruhigende. Die Disidentifikation soll mit Hilfe eines »transpersonalen Zeugen« erfolgen (vgl. *Wilber* 1984b, 171), wodurch die Beziehung zu dem leibseelischen Gefüge ähnlich der Beziehung zu allen anderen Objekten werden soll. Beim Betrachten der Ereignisse im leibseelischen Gefüge aus der Perspektive des transpersonalen Zeugen wird dann deutlich, daß die betrachteten Ereignisse (wie z.B. Probleme oder Schmerzen) »lediglich *Objekte* des Gewahrseins sind — (. . .) Objekte des transpersonalen Zeugen. 'Ich *habe* Leib und Seele und Emotionen, aber ich *bin nicht* Leib und Seele und Emotionen'« (*Wilber* 1984b, 175f). Damit ist nicht gemeint, daß man den Organismus mit der gleichen Geringschätzung behandeln sollte, die oft den Umweltobjekten zukommt. Vielmehr sollen die Umweltobjekte jetzt auf eine Weise behandelt werden, als wären sie das eigene Selbst. Das gilt darüber hinaus natürlich auch für die Beziehung zu anderen Menschen. Wilber belegt das am elementaren Lehrsatz Christi, der nicht bedeute »'Liebe deinen Nächsten, wie du dich selber liebst, sondern liebe deinen Nächsten als dein Selbst', und nicht nur deinen Nächsten, sondern deine ganze Umwelt« (*Wilber* 1984b, 178).

Auf der Ebene des transpersonalen Zeugen bildet sich ein transpersonales Selbst. Das Bewußtsein dieses transpersonalen Selbst geht über das individuelle Leib-Seele-Bewußtsein hinaus, d.h. es ist »im wesentlichen in allen bewußten Lebewesen ein und dasselbe« (*Wilber* 1984b, 179). Aus der Einsicht des Eins-Seins aller transzendentalen »Iche« (ebd., 181) folgt, daß das transzendente Selbst unsterblich sein muß. Denn bei aller Veränderung der Gedanken, des Gedächtnisses, der Seele, des Körpers, der Erfahrung, der Umgebung, der Gefühle, der Konflikte, der Empfindungen oder Stimmungen bleibt etwas unberührt, und das ist das transpersonale Selbst. Der transpersonale Zeuge ist demnach die Funktion des transpersonalen Selbst.

Einen Zugang zu diesem transpersonalen Selbst zu haben bedeutet nun aber nicht, den Zugang zu den vorhergehenden Stufen des Bewußtseins zu verlieren. Sie erhalten jedoch einen anderen Stellenwert. Die Konflikte auf den vorhergehenden Stufen verfügen nicht mehr über die gleiche Macht über und Bindung an das Bewußtsein, die sie vor der Entdeckung des transpersonalen Selbst / Zeugen innehatten. Zwar vollzieht sich noch eine Identifikation, aber da sie auf dem Hintergrund eines transpersonalen Selbst / Zeugen geschieht, hat sie eine andere Qualität als auf den vorangehenden Stufen. Gelingt es dem Menschen, »fortwährend der Sehende, der Zeuge, das (transpersonale) Selbst (zu) bleib(en)«, nimmt er eine gelassene Haltung zu den Einschränkungen und Problemen ein, die es ihm schließlich ermöglicht, aus ihnen herauszutreten (*Wilber* 1984 b, 183).

Das All-Einheitsbewußtsein als höchster Bewußtseinszustand: Diese Bewußtseinsstufe zeichnet sich nicht durch besondere Erlebnisse oder spektakuläre Erfahrungen aus, sondern kann ganz schlicht mit »gegenwärtigem Erleben« umschrieben werden (*Wilber* 1984 b, 190). Der Versuch, den Weg zu diesem Bewußtsein hin zu beschreiben, ist schwierig, weil er »das große Paradoxon des Bewußtseins der All-Einheit« enthält. So kann einerseits nichts Konkretes getan werden, um diese Bewußtseinsstufe zu erreichen; andererseits bedeutet 'nichts zu tun', daß sich nichts verändert und alles bleibt, wie es ist.

Von zentraler Bedeutung für das Erreichen des All-Einheitsbewußtseins ist wiederum die Beschäftigung mit einer besonderen Art von *Widerstand,* die ja grundsätzlich bei jedem bewußtseinserweiternden Schritt eine wichtige Rolle spielt. Schon auf der Kentauren-Ebene (Gesamtorganismus / Umwelt) zeichnet sich der letzte Widerstand, der Widerstand gegen das All-Einheitsbewußtsein, ab. Diesen letzten Widerstand nennt Wilber auch den »Ur-Widerstand«. Der Weg zum All-Einheitsbewußtsein führt also (wie bei allen bisherigen Schritten) auch hier nicht über das direkte Anstreben des erwünschten Zustands, sondern über den jeweiligen Widerstand, hier den Ur-Widerstand. Dieser Ur-Widerstand ist eine »gegenwärtige Aktivität, etwas, daß Sie tun, ohne es zu merken« (*Wilber* 1984 b, 202). Es besteht ein »allgemeiner Widerstand gegen die ganze Qualität des gegenwärtigen Erlebens«, womit nicht nur der für die Kentauren-Ebene typische Widerstand gegen die »verstreichende Gegenwart, das *nunc fluens* (. . .), sondern ein Widerstand gegen die ewige Gegenwart, das nunc stans, die das Bewußtsein der All-Einheit ist« gemeint ist (*Wilber* 1984 b, 202). Obwohl ein Mensch im Grunde nichts anderes will, als im Bewußtsein der All-Einheit zu leben, lebt er also im Widerstand gegen dieses Bewußtsein.

Die Sehnsucht nach der All-Einheit wird in der Regel in einer Welt von Grenzziehungen durch Ersatzbefriedigungen zu stillen versucht. Wilber bezeichnet diese Form der Bedürfnisbefriedigung an anderer Stelle als »Atman-Projekte« (vgl. *Wilber* 1984 a). Die entscheidende Grenzziehung, die den Übergang zum All-Einheitsbewußtsein vereitelt, ist die, daß die All-Einheit nicht im gegenwärtigen Erleben vermutet wird, und daß man sich deshalb in der Hoffnung auf eine andere, bessere Gegenwart von dieser Gegenwart entfernt. Zunächst bedeutet das Entfernen vom gegenwärtigen Erleben die Errichtung einer Grenze zwischen dem Erlebten und dem Erlebenden. Hier herrscht also noch der kentaurische Zeitbegriff von der verstreichenden Gegenwart: das 'nunc fluens' wirkt als Widerstand gegen die ewige Gegenwart, das 'nunc stans'. Denn das Bewußtsein vom 'nunc fluens' ist noch gebunden an die Vorstellung einer Zukunft und ist somit eine lineare Denkstruktur. Sie erfüllt den Zweck, dem Menschen die Illusion zu geben, daß er eine Zukunft hat. Da im Bewußtsein des 'nunc fluens' noch die Angst vor dem Tod besteht (gleichbedeutend mit der Angst, keine Zukunft zu haben), benötigt der Mensch auf dieser Bewußtseinsstufe das Eingebundensein in Zeitvorstellungen.

Das Auflösen des Ur-Widerstands beginnt mit dem Erkennen, daß man sich ständig von der umfassenden Gegenwart entfernt. Allerdings ist bei diesem letzten Widerstand auf dem Weg zum All-Einheitsbewußtsein der Schritt vom Erkennen hin zum Auflösen des Widerstands ungleich schwerer, als es bei den bisherigen Widerständen der Fall war. Bislang konnte der Widerstand der einen Ebene durch einen subtileren Widerstand auf der nächsten Ebene ersetzt werden. So wird z.B. der auf der Persona-Ebene aufgelöste Widerstand gegen den Schatten auf der folgenden Ich-Ebene durch den Widerstand gegen den Körper abgelöst. Bei dem letzten Schritt zum All-Einheitsbewußtsein muß der Ur-Widerstand jedoch gänzlich aufgelöst werden. Würde er, wie es bei den bisherigen Widerständen der Fall war, lediglich durch andere Widerstände ersetzt oder abgelöst werden können, so hätte man auf diese Weise eben noch nicht die Stufe des All-Einheitsbewußtseins erreicht, denn im All-Einheitsbewußtsein existieren keine Widerstände mehr. Das Erkennen der Ur-Grenze bzw. des Ur-Widerstands liefert also keine Alternativen bzw. Ausweichmöglichkeiten mehr, sich zu verhalten. Jede Bewegung des Menschen, jedes Verhalten wird jetzt erkannt als Zeichen des sich Entfernens vom All-Einheitsbewußtsein. Das Aufgeben des letzten Widerstands vollzieht sich jedoch »von selbst, spontan, wenn er (der Mensch) erkennt, daß nichts, was er tun oder nicht tun kann, funktioniert, weil das Bewußtsein der All-Einheit immer schon vorhanden ist«.

Fazit: Grenzbewußtsein

Wir leiden an den Grenzen, die Kampffronten widerstreitender Kräfte darstellen und sich gegenseitig blockieren. Jede dieser Grenzziehungen ist ein Akt des Menschen, der sich in seiner Vorstellung von der Welt vollzieht. Die Grenzen existieren also nicht an sich, sondern werden erst von uns zu solchen gemacht. (Auch Wilber ist also ein Konstruktivist.) Jeder aktuelle Konflikt und jedes Symptom stellt somit ein Wachstumspotential dar, wenn diese als Manifestation einer tieferliegenden Grenzziehung im Selbst des Menschen verstanden werden, für das wir Verantwortung übernehmen können.

Wenn man wirklich akzeptiert, daß man eine lästige Grenze selbst geschaffen hat, besteht auch die Möglichkeit, sie wieder aufzulösen. Der Prozeß der Auflösung verläuft über die Identifikation mit den Konflikten und Symptomen in der Oberflächenstruktur und mit der entsprechenden Grenzziehung in der Tiefenstruktur sowie über die Disidentifikation. Auf diese Weise erhalten wir Zugang zum transpersonalen Zeugen, der die Integration der Abspaltung im transzendenten Selbst ermöglicht.

Grenzziehungen existieren nach Wilber auf verschiedenen Bewußtseinsebenen, je nachdem, wie umfangreich die Abspaltung nicht-akzeptierter Teile bzw. wie groß dann die Distanz der entsprechenden Bewußtseinsebene zum All-Einheitsbewußtsein ist. Die Auflösung einer Grenze erfolgt zwar im Prinzip auf jeder Ebene in der dargestellten Weise. Sie zieht jedoch einen noch subtileren Widerstand gegen das Bewußtwerden der Grenze auf der nächsten Ebene nach sich. Die Integration eines abgespaltenen Teils des Selbst auf einer Ebene wird auf der folgenden Ebene zu einer neuen Lernherausforderung. Stellen wir uns dieser nicht, dann wird der weitere Lernprozeß verzögert oder kommt zum Stillstand.

Der Prozeß der Bewußtseinsentwicklung ist nicht im linearen Sinn als eine nacheinander folgende, endgültige Bearbeitung der Ebenen, sondern im zyklischen Sinn als ein wiederholtes Durcharbeiten von Widerständen auf allen Ebenen zu verstehen. Lernen ist demnach ein kontinuierlicher

Prozeß der Selbstverwirklichung, in dem sich das Selbst auf immer neue, umfassendere Bereiche der Persönlichkeit und der personalen und transpersonalen Umwelt ausdehnt.

Wilbers Vorstellung, daß sich die Grenzen in den Prozessen der Selbstverwirklichung auflösen müßten, steht allerdings im Widerspruch zur Konzeption der Gestalttherapie, wonach Kontakt überhaupt nur an den Grenzen im Organismus-Umwelt-Feld möglich ist. Ich halte diesen Gegensatz jedoch für teilweise überbrückbar: In organismischen Kontaktprozessen nach der Theorie der Gestalttherapie geht es darum, Grenzen wahrzunehmen und durchlässig werden zu lassen. Dies geschieht im Kontaktzyklus in der Phase des Kontaktvollzugs, wobei sich die Grenzen der Kontaktpartner auflösen, bevor der Organismus die neuen Erfahrungen im Nachkontakt innerhalb seiner Grenzen assimiliert und integriert. Was Wilber als Grenzen bezeichnet, sind dagegen Abspaltungen und Trennungen, im Sinne der Gestalttherapie also Kontaktunterbrechungen, die es zu überwinden gilt.

Wilber liefert eine Fülle von Anregungen für das Verständnis der Bewußtseinsprozesse beim transformativen Lernen. Doch vieles bleibt mir bei genauerem Nachdenken unklar, nicht zuletzt, weil sich die Begrifflichkeiten gegenüber nachvollziehbaren Erfahrungen im Lernprozeß verselbständigen. Ich möchte die Anregungen dennoch nutzen, und will diesen Prozeß der Verwertung der transpersonalen Bewußtseinstheorien für meine Fragestellung mit einem Bild veranschaulichen: Wilber — in ähnlicher Weise wie auch Frances Vaughan (*Vaughan* 1985) — bietet mir ein gerahmtes Bild an, auf dem ich noch wenig Konkretes erkennen kann. Den Rahmen finde ich jedoch sehr nützlich und die unklaren Konturen auf dem Bild erwecken meine Neugier. Sie regen mich an, selbst zum Pinsel zu greifen und die Konturen der verschwommenen Gestalten, die ich auf dem Bild erkenne, nachzuziehen. Bei diesem Versuch, ein klareres Bild zu entwickeln, orientiere ich mich an anderen »Meistern«. Zu diesen Meistern zähle ich zunächst einmal Erich Jantsch und Gregory Bateson. Diese beiden Denker beschäftigten sich nicht mit menschlichen Lernprozessen im engeren Sinn, sondern mit evolutionären Lernprozessen im umfassenden Sinn. Sie beziehen dabei Aspekte mit ein, die bei den transpersonalen Psychologen eine untergeordnete Rolle spielen, nämlich jene Aspekte des Bewußtseins, die allen lebendigen Systemen und deren Wechselbeziehungen eigen sind. Der Mensch wird von Jantsch und Bateson nicht nur als ein Vernunftwesen begriffen, sondern auch als ein lebendes System, das den Gesetzmäßigkeiten evolutionärer Prozesse in ähnlicher Weise folgt wie einzelne Zellen, Pflanzen und Tiere. Damit leisten sie einen Beitrag zur Überwindung des Anthropozentrismus, von dem die transpersonale Psychologie gekennzeichnet ist.

Manifestationen des evolutionären Bewußtseins nach der Selbstorganisationstheorie (Erich Jantsch, Gregory Bateson)

Bewußtsein als evolutionäres Prinzip bei Jantsch

Der österreichische Astrophysiker, OECD-Berater und Mitbegründer des »Club of Rome« Erich Jantsch stellt die Theorie der Selbstregulation des Universums und dessen Evolution bisher am umfassendsten dar (vgl. *Jantsch* 1982). Der Evolution des Geistes mißt er besondere Bedeutung zu, denn für ihn ist es eine Überlebensfrage, wie wir die Möglichkeiten des menschlichen Geistes als einen Aspekt des universellen Geistes künftig nutzen werden.

Wie schon im I. Teil (S. 54 ff.) angedeutet, haben wir Menschen durch unser Bewußtsein (klein geschriebener »Geist« nach Bateson) Teil am universalen Prinzip der Selbstregulation und Evolution des Universums (groß geschriebener »GEIST« nach Bateson). Aber wir haben natürlich auch Teil an den uns nicht bewußten Selbstregulationsprinzipien der Organismen, aus denen wir bestehen. Jantsch gelangt über die Betrachtung der Evolution des Geistes auf dem Hintergrund holistischer Theorien der Selbstorganisation zur Auffächerung von drei Dimensionen des Geistes oder — unserem Begriffsverständnis zufolge — des Bewußtseins (*Jantsch* 1982, 227 ff.):

Organismisches Bewußtsein: Damit ist der Selbstausdruck des Organismus in seiner Ganzheit im Zusammenspiel von genetisch und tradigenetisch bedingtem »Verhalten« gemeint. Der Organismus drückt sich unmittelbar selbst aus. Diese Dimension des Bewußtseins ist eine Funktion des ganzen Körpers, nicht nur des Stammhirns, da der Regulationsmechanismus der Einzeller auch im Menschen noch voll wirksam ist (vgl. auch *Koepchen* 1984, 231ff.). Kunst als hochentwickelte Form des Selbstausdrucks des Organismus hat vermutlich viel mit diesem organismischen Bewußtsein zu tun.

Reflexives Bewußtsein: Es ist verantwortlich für die Abbildung der

Realität. Aber dieses Abbild der Realität dringt nicht einfach von außen in den Organismus ein, sondern entsteht im Wechselspiel von Sinneseindrücken einerseits und Modellen, die nach außen projiziert werden andererseits. Das reflexive Bewußtsein verfügt über die Fähigkeit zur Bildung alternativer Modelle von der Realität (Apperzeption), die im Laufe des Lernprozesses eines Menschen immer realistischer werden. Aber auch Tiere höherer Evolutionsstufen verfügen über diese Fähigkeit des reflexiven Bewußtseins wie etwa Katzen, die in ihrer Umwelt nach einem bestimmten Geruch suchen und die ihre Geruchserwartung auch verändern können.

Selbstreflexives Bewußtsein: Mit Hilfe dieses Bewußtseins können wir aktiv ein Modell der Umwelt entwerfen, wobei wir selbst ein Bestandteil dieses schöpferischen Entwurfs von der Realität sind. Das selbstreflexive Bewußtsein ist dabei unabhängig von unmittelbaren Sinneseindrücken, es kann die Außenwelt zunächst in Gedanken und Vorstellungen und schließlich auch in der physischen und sozialen Realität manipulieren. Wir verdanken dem schöpferischen Bewußtsein also das, was wir Zivilisation nennen. Das wesentlich neue Element dieser Bewußtseinsdimension ist die Antizipation: die Erwartung künftiger Erfahrungen und die schöpferische Gestaltung der Zukunft. Selbstreflexives Bewußtsein scheint bei Tieren schon rudimentär vorhanden zu sein, kommt aber erst im Menschen zur vollen Entfaltung.

Jeder dieser drei Dimensionen des Bewußtseins entspricht eine eigene Form der Informationsübertragung und der Evolution durch Lernen. Das organismische Bewußtsein lernt durch Imitation, also durch unmittelbare Kommunikation zwischen den Organismen. Mit dem reflexiven Bewußtsein wird die Symmetrie zwischen der Innen- und Außenwelt eines Organismus erstmals gebrochen: Modelle von der Realität werden auf eben diese Realität projiziert und dadurch entstehen Symmetriebrüche zwischen Innen- und Außenwelt, denn die Modellvorstellung und die Realität decken sich niemals vollständig. Schon die Sinneseindrücke werden immer selektiv vom Hirn verarbeitet und ermöglichen uns nur eine unvollständige Wahrnehmung der Realität. Wir senden den Frequenzen der Umwelt, die auf uns einwirken, ein subjektives Modell entgegen, das sie ordnet. Zwischen Innen- und Außenwelt findet also ein Rückkopplungsprozeß statt, der zur schöpferischen Evolution führen kann: wir lernen eine Situation »mit neuen Augen« zu sehen, und damit wandelt sich auch unsere emotionale Haltung unserer Umwelt gegenüber. Lernen in dieser

Dimension des Bewußtseins ist nicht nur Imitation wie beim organismischen Bewußtsein, sondern schöpferisches Experimentieren, »Lernen durch Tun«. In der Dimension des selbstreflexiven Bewußtseins schließlich werden die Informationen, die den Organismus aus der Außenwelt erreichen, geordnet, abstrakt symbolhaft verarbeitet, und damit besteht die Möglichkeit, den Symmetriebruch zwischen Innen- und Außenwelt durch Umgestaltung der Außenwelt zu überwinden. Lernen in dieser Dimension des Bewußtseins bedeutet: schöpferische Gestaltung der Organismus-Umwelt-Beziehung.

Durch die Evolution des Bewußtseins vom organismischen Bewußtsein bis hin zum selbstreflexiven Bewußtsein wird immer höhere Autonomie des Organismus von der Umwelt und immer größere Flexibilität erreicht: Das selbstreflexive Bewußtsein scheint wie geschaffen, die größte Vielfalt von Ansichten, Konzepten, Plänen und Ideen zu erleben und zu erproben und uns damit ein höchst intensives, kreatives Leben zu ermöglichen (vgl. *Jantsch* 1982, 247). Aber das selbstreflexive Bewußtsein ist natürlich nicht unabhängig von den evolutionär älteren Dimensionen des Bewußtseins, die sehr viel starrer und von der Umwelt abhängiger sind. Dem selbstreflexiven Bewußtsein werden Zügel angelegt durch die Gefühlsmuster des limbischen Systems (reflexives Bewußtsein) und sogar durch die »fixen Ideen« des Reptilienhirns und die Stereotypen des Selbstausdrucks des Organismus (organismisches Bewußtsein). Für Jantsch wird diese Einengung des »neuralen Geistes« am deutlichsten in der Wissenschaft sichtbar, die ja doch die höchste Ausprägung des selbstreflexiven Bewußtseins darstellt. Mit ihrer Einengung auf bestimmte Lehren und mit ihrem Anspruch, Wissen allein und absolut zu repräsentieren, gerät sie in die »Stabilitätsfallen« des limbischen Hirns und teilweise sogar in die des Reptilienhirns: »Es liegt nicht wenig Ironie darin, daß gerade eine sich als 'objektiv' aufspielende Wissenschaft dem subjektivsten (der Außenwelt gegenüber autonomsten — d.V.) Aspekt der Evolution, dem selbstreflexiven Geist, entstammt.« (*Jantsch* 1982, 248).

Doch auch das selbstreflexive Bewußtsein selbst ist mit seiner Lokalisierung im Neokortex zur Kreativität und Flexibilität fähig, wie die Hemisphärentheorie nachweist. Danach gibt es im Hirn eine gewisse Arbeitsteilung in eine analytisch, digital und verbal arbeitende (meist linke) Hirnhälfte und eine analog und ganzheitlich arbeitende (meist rechte) Hemisphäre. Die Fähigkeit des Neokortex zur Kreativität ermöglicht die Verarbeitung von *Erstmaligkeit,* die nicht nur für den einzelnen, sondern für die Menschheitsevolution insgesamt von zentraler Bedeutung ist. Die Verarbeitung von Erstmaligkeit ist aber abhängig davon, ob es gelingt, die Erstarrungen des limbischen und des organismischen Systems in den Dimensionen des reflexiven und organismischen Bewußtseins zu lösen (vgl. *Jantsch* 1982, 250). Das ist das, was Jantsch unter Bewußtseinserweiterung durch Lernen versteht. Ziel solcher Lernprozesse wäre nicht mehr die Anpassung neuen Wissens an bestimmte Formen (Bestätigung), »... sondern die Bildung lebendiger Beziehungen zu einer vielfältigen und in vielen Formen erfahrbaren Realität — es wäre schöpferisches Spiel mit der Realität.« (*Jantsch* 1982, 382).

Hier deutet sich — um einen gedanklichen Bezug zu Bateson vorwegzunehmen — eine Nähe des Verständnisses von »wirklichem« Lernen bei Jantsch zum »Lernen III« in der Typologie Batesons an: Bewußtseinserweiterung durch Lernen ermöglicht das Bewußtwerden der erstarrten Muster, die unser Fühlen und unser unmittelbares Reagieren auf Umwelteinflüsse bestimmen und damit in indirekter Weise auch unser Denken, unsere Phantasien und unsere fixen Modelle von der Realität lenken. »Wirkliches« Lernen ist an die Fähigkeit geknüpft, ein hohes Maß an Erstmaligkeit zu verarbeiten.

Die Erfahrung von Erstmaligkeit ermöglicht intensive und kreative Lebenserfahrungen, die gekoppelt sind sowohl an das Erlebnis von Unbestimmtheit und Instabilität als auch an das von Freiheit (vgl. *Jantsch* 1982, 312). Mit dieser Vorstellung von einem Lernen, das wir als transformativ bezeichnet haben, nähern wir uns dem »ursprünglichsten aller Prozesse der Evolution (...) mit all ihren unergründeten Gesetzmäßigkeiten, welche das Lebendige in unendlicher Vielfalt, einer herrlich-erschütternd-grandiosen Form- und Farbenpracht, hervorgebracht hat. Dieser unaufhaltsame, immer weiter voranschreitende Prozeß, mit seinen manieristischen Variationen, Mutationen, Modulationen und Transformationen, ist der schöpferische Prozeß in *statu nascendi*... und das, was wir täglich als 'schöpferisch' zu bezeichnen gewohnt sind, ist nur ein schwacher Abglanz jener Kräfte, die uns selbst hervorgebracht haben.« (*Jantsch* 1982, 385, zit. nach Roland Fischer).

Wir Menschen können lernen, an dieser evolutionären Kreativität teilzuhaben, und zwar in einem Prozeß, der vom Alltags-Ich zum transpersonalen Selbst führt. Dieses Selbst bezeichnet Jantsch als den selbstorganisierenden Aspekt der Gesamtperson; das Selbst ist das Sehende, Erkennende, Bilderproduzierende; das Ich dagegen ist das, was gesehen, erkannt und imaginiert wird, nämlich die Welt (vgl. *Jantsch* 1982, 393). Jantsch unterscheidet zwei grundsätzlich verschiedene Wege dieser Bewußtseinserweiterung durch Lernen: den östlichen Weg der Ruhe und Meditation und den westlichen Weg, der über verschiedene Erregungszustände und Angst letztlich zur Ekstase führt. Kennzeichen beider Wege ist es, daß die Dimensionen des Bewußtseins zusammenarbeiten, also die bewußten organismischen und emotionalen Erfahrungen und ihre kognitiv-rationale Verarbeitung. Anzustreben ist ein gleichzeitiges Vibrieren verschiedener Schichten des Bewußtseinskontinuums vom organismischen zum selbstreflexiven Bewußtsein. (vgl. *Jantsch* 1982, 395).

Fazit: Evolutionäre Kreativität

»Evolution ist die Geschichte einer sich entfaltenden Komplexität, nicht die Geschichte zufälliger Prozesse.« (*Jantsch* 1982, 313). Die Geschichte der Bewußtseinsevolution des Menschen vom organismischen Bewußtsein über das reflexive Bewußtsein bis hin zur höchsten, komplexen Dimension des selbstreflexiven Bewußtseins erlegt uns eine besondere Verantwortung auf, da wir die Evolution aktiv mitgestalten. An dieser Mitverantwortung orientiert sich transformatives Lernen.

Die holistische Theorie der Selbstorganisation Erich Jantschs kann also einen wesentlichen Beitrag leisten zur *ethischen Orientierung* unserer Vorstellungen und Handlungen, die die Konsequenz transformativer Lernprozesse sind. Die Orientierung ergibt sich aus dem Bewußtsein unseres Eingebundenseins in umfassendere evolutionäre Prozesse auf unserem Planeten und letztlich im ganzen Universum. Transformatives Lernen steht damit nicht in *erster* Linie im Dienst des Überlebens des einzelnen, der Gemeinschaften oder der Menschheit insgesamt, sondern im Dienst des Gesamtorganismus und der Kontinuität des Lebendigen. Mit unserem Bewußtsein — selbst wenn es im hochsten Maße erweitert wäre — können wir jedoch nur einen minimalen Teilausschnitt der Komplexität der evolutionären Prozesse der lebenden Systeme erfassen. Wir sind daher weder vor Irrtümmern in unseren Entscheidungen sicher, noch können wir uns anmaßen, die Prozesse kontrollieren zu können. Dennoch bedeutet transformatives Lernen eine bewußte Einflußnahme auf diese Prozesse und berührt immer das Ganze, auch wenn es sich um sehr individuelle Lernprozesse von geringer Reichweite handelt.

Das bedeutet nach Jantsch immer auch eine *Rückbindung an unsere Ursprünge*, eine Re-ligio. Die Subtilität der Einstimmung auf die vielfältige Dynamik einer unteilbaren Evolution, wie sie durch transformative Lernprozesse ermöglicht werden soll, dieses Streben nach evolutionärer Verbundenheit bedeutet *Sinngebung* (vgl. *Jantsch* 1982, 324 und 399). Transformative Lernprozesse ermöglichen demnach die Erfahrung von Sinnhaftigkeit unserer Existenz.

Transformative Lernprozesse sind nach den Einsichten von Erich Jantsch immer mit einer Zunahme an Komplexität, an Instabilität, an Unsicherheit und damit an Erregung und Angst verbunden, da sie sich auf das Zulassen und die Verarbeitung von *Erstmaligkeit* konzentrieren müssen. Abgesehen von der Verantwortung für die evolutionären Prozesse, die zu transformativen Lernprozessen motivieren könnte, ist der mögliche Ertrag solcher Lernprozesse selbst ein Ansporn, immer wieder das Risiko einzugehen, das zu einer Intensivierung und Vertiefung der Lebenserfahrungen und der Erhöhung unserer Freiheitsgrade führt.

An transformativen Lernprozessen ist die *Ganzheit des menschlichen Organismus* beteiligt, also sowohl die »primitivsten« Formen des Selbstausdrucks (beispielsweise durch unsere Körperhaltung, unsere Muskelpanzerungen, unsere unwillkürlichen Gesten) als auch die emotionalen Muster, die unser Bild von der Realität beeinflussen, sowie die evolutionär am höchsten entwickelten Ausprägungen des Bewußtseins, die es uns gestatten, Theorien zu denken, Pläne zu entwickeln und die Zukunft zu gestalten. Ansatzpunkte für transformative Lernprozesse liegen in jenen Bereichen, die die Erfahrung und Verarbeitung von Erstmaligkeit — und damit die von schöpferischer Gestaltung unserer Beziehungen zur Umwelt im Kontaktprozeß — verhindern, also dort, wo ein Übergewicht an Bestätigung in Form von Erstarrungen und Fixierungen zu vermuten ist: im Bereich des organismischen Bewußtseins und des reflexiven Bewußtseins, aber ebenso in den Einschränkungen des selbstreflexiven Bewußtseins durch eben diese starren Muster.

Durch die Theorie der Bewußtseinsevolution von Erich Jantsch wird mein Verständnis von Bewußtseinsprozessen beim transformativen Lernen um Dimensionen des Bewußtseins erweitert, die bei den transpersonalen Psychologen nicht ausdrücklich vorkommen: das organismische und das reflexive Bewußtsein. In der Gestalttherapie spielen diese Dimensionen des Bewußtseins zwar eine große Rolle, indem beispielsweise dem Selbstausdruck des Menschen und den Es-Funktionen (organismisches Bewußtsein) und seinen reaktiven Verhaltensweisen (reflexives Bewußtsein) Beachtung geschenkt wird; die Begründung, die mir dafür bisher fehlte, liefert mir Jantsch. Außerdem bietet er mit seinem Hinweis auf das Vorherrschen von Bestätigung in erstarrten Lebensmustern eine Möglichkeit zur Reduktion der Komplexität der Wechselbeziehungen in und zwischen lebendigen Systemen an. Erstarrte Muster (fixierte Gestalt) und Symmetriebrüche sind Wegweiser zu den Störungen im Prozeß der schöpferischen Anpassung. Der transformative Lernprozeß kann sich hierauf konzentrieren, um die Störungen zu überwinden. Dazu ist es erforderlich, daß der Lernende von einem Bewußtseinszustand in einen anderen, erweiterten Bewußtseinszustand überwechselt.

Die einleuchtendste Darstellung der *Übergänge* von einem Bewußtseinszustand zum nächsten finde ich nun in Batesons Lerntypologie. Diese in hohem Maße abstrakte und die Komplexität noch weiter reduzierende Darstellung erweist sich, wie wir noch zeigen wollen, als eine der wirkungsvollsten für die Gestaltung pädagogischer Praxis.

Stufen des Bewußtseins bei Bateson

Gregory Batesons Denken ist stark von der Arbeit seines Vaters William Bateson geprägt, der seine Ausbildung bei dem antidarwinistischen Denker Samuel Butler erhalten hatte. William Bateson war trotz seines wissenschaftlich hohen Niveaus (1906 prägte er den Begriff der 'Genetik') Träger einer alten, nichtprofessionellen wissenschaftlichen Tradition mit einer Betonung auf »ästhetischer Sensibilität« (*Berman* 1984, 171). Wahre Erziehung hieß für ihn »Erwecken zur Ekstase«. Von dieser Vorstellung ging auch Gregory Bateson in seiner eigenen Theorie des Lernens aus. Für ihn wurde das Zusammenführen von Wissenschaft und Kunst, zwischen denen sein Vater einen Bruch sah, zur zentralen Aufgabe. Sein Lieblingszitat stammt von Descartes' Erzrivalen Blaise Pascal: »Das Herz besitzt seine eigene Vernunft, von der der Verstand nichts weiß.«

Für Bateson ist das, was Bestand hat, nicht die Materie, sondern die *Form* oder das *Muster,* was er später *GEIST* nannte. Bateson schrieb im Jahr 1940: »Ich nahm ein vages mystisches Gefühl wahr, daß wir in allen Bereichen natürlicher Phänomene nach derselben Art von Prozessen suchen müßten — daß wir damit rechnen könnten, dieselbe Art von Gesetzen in der Struktur eines Kristalls wie in der Struktur der Gesellschaft wirken zu sehen, oder daß die Zellteilung eines Regenwurms tatsächlich mit dem Prozeß vergleichbar sein könnte, durch den sich Basaltsäulen herausbilden« (zitiert nach *Berman* 1984, 174).

An anderer Stelle spricht Bateson in diesem Zusammenhang von einem *»Muster, das verbindet«*. Dieses verbindende Muster *»ist ein Metamuster.* Es ist ein Muster von Mustern. Und genau dieses Metamuster definiert die weitreichende Verallgemeinerung, daß es in der Tat *Muster sind, die verbinden«* (*Bateson* 1982, 19). Gleichbedeutend mit dem, was Bateson hier unter dem Begriff »Metamuster« versteht, benutzt er in einer anderen Quelle die Wendung von einer »Metastruktur«, der »Struktur, die alles verbindet (...) eine(r) Struktur der Strukturen« (*Bateson* 1978, 61).

Batesons Begriff des »GEISTES« wird von Berman anhand eines Kreises erläutert, der an seinem oberen Scheitelpunkt von einer Ebene geschnitten wird (vgl. *Berman* 1984, 134f.). Oberhalb dieser Schnittebene bleibt ein kleiner Abschnitt des Kreisbogens sichtbar, unterhalb dieser Ebene setzt sich der Kreisbogen fort und macht fast den ganzen Kreis aus. Der kleine Ausschnitt oberhalb der Schnittebene entspricht dem, was Bateson »mind« (»Geist«) oder den »bewußten Geist« nennt, der große Teil unterhalb der Schnittebene entspricht dem »unbewußten Denken«. Erst der gesamte Kreis, also »bewußter Geist« und »unbewußtes Denken« macht das aus, was Bateson »Mind« oder »GEIST« nennt. Bateson sah das Problem der heutigen Zeit in der gestörten Wahrnehmung des Zusammenhangs von »mind« und »Mind«. D.h. der bewußte Geist sieht sich nicht als Teil eines größeren Kreises und versucht daher, alle Probleme nur mit den ihm zur Verfügung stehenden Mitteln zu bewältigen. Das gelingt ihm nicht, und er begreift nicht einmal, was dabei mißlingt. Damit liegt ein Kurzschluß in der Verhaltens- bzw. Denkweise von »mind« vor, den Bateson *»Schismogenese«* nennt. Diese Denkweise führt dazu, Interpretationen vorzunehmen und beispielsweise eigene Verhaltensweisen als Reaktionen auf Ursachen zu verstehen, ohne sich dessen bewußt zu sein, daß die Interpunktion eine willkürliche Fragmentierung eines kontinuierlichen Prozesses ist. »Schismogenetische Systeme haben die Eigenschaft 'davonzulaufen', wie die Kybernetiker sagen. Das Gegenteil von Schismogenese, (...) besteht im Erkennen des Kreislaufs, in diesem Erkennen und in der Einsicht, daß der Teil nicht die Kontrolle über das Ganze erlangen kann, sondern sich einfügen muß. Dieses Anerkennen der Kreisläufigkeit, (...) trägt einen anderen Namen, nämlich Weisheit« (*Berman* 1984, 135).

In seinen Feldstudien auf Bali und Neuguinea führt Bateson seine Untersuchungen zur Schismogenese fort, indem er Überlegungen über das Wesen der dort vorherrschenden sozialen und psychologischen Spannungen anstellte. In diesem Zusammenhang definierte er Schismogenese als »einen Differenzierungsprozeß in den Normen individuellen Verhaltens, der sich aus der kumulativen Interaktion zwischen Einzelnen ergibt« (zitiert nach *Berman* 1984, 183). Mit dem Begriff 'kumulativ' ist jedes Verhalten gemeint, das nach einem Höhepunkt strebt. Fehlt dabei ein stabilisierendes Element, endet dieser Prozeß in einer Explosion oder im Verfall (bzw. in einer Situation, die außer Kontrolle gerät). Bateson unterscheidet zwischen 'symmetrischer' und 'komplementärer' Schismogenese. Bei der symmetrischen Schismogenese treten Verhaltensformen auf, die identisch sind und danach streben, die Opposition auszustechen bzw. zu übertreffen. Im Fall der komplementären Schismogenese ist die Rivalität reziprok. Dann provoziert z.B. dominierendes Verhalten des einen Partners unterwürfiges Verhalten des anderen, was wiederum noch stärkere Dominanz bei ersterem provoziert und sich so zu einer stetigen Eskalation aufschaukelt. Entscheidend dabei ist, daß das Verhalten des einen mit dem Verhalten des anderen verzahnt ist, d.h. das Verhalten eines jeden unterstützt die Gewohnheiten des anderen. Demzufolge hält Bateson es für falsch, zu behaupten, daß beispielsweise Mann und Frau zur Dominanz bzw. zur Unterwürfigkeit erzogen werden. Dominanz und Unterwürfigkeit sind komplementär, es gibt weder reine Dominanz noch reine Unterwürfigkeit. So ist eine von dem gewöhnlichen Verhalten abweichende Persönlichkeit noch nicht dem Druck ihrer Gemeinschaft entronnen, denn ihre Abweichung ist eine Reaktion auf diesen Druck. Auch der Wahnsinn ist eine solche Reaktion auf kulturelle Normen. Statt eine 'Krankheit' zu sein, die das Opfer wie aus heiterem Himmel befällt, stellt der Wahnsinn eher eine strukturierte, 'logische' Antwort dar, die sich auf recht wirksame Weise in eine umgebende Familienstruktur eingliedern kann. Bateson kommt zu dem Schluß, daß Schismogenese kein dem menschlichen Verhalten inhärentes Merkmal, sondern erlernt ist. So weist z.B. das Verhalten der Bevölkerung Balis keine schismogenetischen Merkmale auf.

Batesons Lerntheorie

Die Suche nach Grundmustern, die allem Lebendigen gemeinsam sind, kennzeichnet auch Batesons lerntheoretische Erkenntnisse. Batesons Einstieg zu seiner Lerntheorie begann mit der Frage: Gibt es so etwas wie eine 'wahre' Ideologie, bzw. wie werden Ideologien (Wahrnehmungen, Weltanschauungen, 'Wirklichkeiten') und Gefühlsmuster (Dominieren / Unterwerfen, Autonomie / Abhängigkeit) von Individuen oder Gesellschaften gebildet? Von dieser Frage ausgehend entwickelte er logische Kategorien von Lernen und Kommunikation (vgl. *Bateson* 1981, 363 ff.; geschrieben 1964, Kapitel Lernen III 1971 angefügt). Analog zu der logischen Typenlehre der Philosophen Russell und Whitehead entwarf Bateson eine Typologie des Lernens.

Bateson bezeichnet mit »Lernen« eine Veränderung irgendeiner Art. Als einfachste und bekannteste Form der Veränderung nennt Bateson 'Bewegung'. Noch weiter abstrahiert bedeutet Veränderung 'Prozeß'. Prozesse sind nun aber selbst der Veränderung unterworfen: der Prozeß kann sich beschleunigen, kann sich verlangsamen, oder er kann andere Typen der Veränderung durchlaufen, sodaß gesagt werden kann, daß es sich nunmehr um einen anderen Prozeß handelt.

In seiner im Folgenden wiedergegebenen *Lerntypologie* beschreibt Bateson Lernen als verschiedene, hierarchisch angeordnete Formen dieser Art der Veränderung oder Prozesse.

»*Lernen 0* ist durch die *spezifische Wirksamkeit der Reaktion* charakterisiert, die — zu Recht oder zu Unrecht — keiner Korrektur unterliegt.
Lernen I ist *Veränderung in der spezifischen Wirksamkeit der Reaktion* durch Korrektur von Irrtümern der Auswahl innerhalb einer Menge von Alternativen.
Lernen II ist *Veränderung im Prozeß des Lernens I,* z.B. eine korrigierende Veränderung in der Menge von Alternativen, unter denen die Auswahl getroffen wird, oder es ist eine Veränderung in der Art und Weise, wie die Abfolge der Erfahrung interpunktiert wird.
Lernen III ist die *Veränderung im Prozeß des Lernens II,* z.B. eine korrigierende Veränderung im System der Mengen von Alternativen, unter denen die Auswahl getroffen wird.
Lernen IV wäre *Veränderung im Lernen III,* kommt aber vermutlich bei keinem ausgewachsenen Organismus auf dieser Erde vor. Der Evolutionsprozeß hat jedoch Organismen hervorgebracht, deren Ontogenese sie zum

Lernen III bringt. Die Verbindung von Ontogenese und Phylogenese erreicht in der Tat Ebene IV« (*Bateson* 1981, 379).

Für das Verständnis der Bewußtseinsprozesse beim transformativen Lernen sind die Lernstufen II und III relevant. Ich will sie daher genauer ausführen.

LERNEN II:

Alle Phänomene, die im Lernen II auftreten, sind Veränderungen von Lernen I in der Art, *wie* der Handlungs- und Erfahrungsstrom durch Veränderungen in der Verwendung von Kontext-Markierungen in Kontexte unterteilt oder interpunktiert werden kann. Die beim Lernen I beobachtbaren Phänomene schließen eine große Menge von verschiedenen strukturierten Kontexten ein (z.B. Kontext der klassischen Konditionierung: Wenn Reiz und ein gewisser Zeitablauf — dann Verstärkung; oder Kontext der instrumentellen Belohnung: Wenn Reiz und eine bestimmte Verhaltenseinheit — dann Verstärkung). Lernen II ist dann anzutreffen, wenn die Erfahrungen des Lernenden, (mit z.B. einem instrumentellen Kontext aus der Stufe Lernen I) dazu führen, daß er sich in irgendeinem späteren Kontext so verhält, als hätte er es wieder mit einem instrumentellen Kontext zu tun. Wenn also Erfahrungen aus einem Lernen-I-Kontext den Lernenden veranlassen, in einem späteren Kontext so zu handeln, als läge der gleiche Lernen-I-Kontext vor, dann spricht Bateson von Lernen II. Diese Art von Lernen II ist jedoch nur dann sinnvoll, wenn sich die Annahme, der neue Kontext sei dem von der Lernen-I-Stufe vertrauten Kontext *ähnlich*, als richtig erweist. Denn nur dann kann in dem späteren Kontext schneller gelernt werden. Liegt bei der Übertragung der Kenntnisse des alten Kontextes auf die spätere Situation dagegen ein Irrtum vor, wird sich das Lernen II in der neuen Situation verzögern.

Als Veranschaulichung können die vom behavioristischen Denken beherrschten Pawlowschen und Skinnerschen Experimente herangezogen werden. Ivan Pawlows Experimente mit dem Hund bestanden darin, einen Beziehungskontext zu schaffen. Immer folgte dabei dem Klingeln Nahrung, bis allein schon das Geräusch ausreichte, um beim Tier Speichelfluß auszulösen. Auch bei Skinners Experimenten, z.B. mit Ratten, mußten diese sich mit den Regeln auseinandersetzen, die sich zwar von denen unterschieden, die Pawlows Hund betrafen, aber wiederum kam einem kausalen Beziehungskontext eine zentrale Rolle zu (ein Geschehnis tritt ein — Futter erscheint). Bei all diesen Versuchen trat eine zunehmend schnellere Lernrate bei den Tieren ein, Hund und Ratte hatten die Spielregeln schnell verstanden. Ein solches Lernen, das die einfache Lösung eines Problems zum Ziel hat, entspricht dem Lernen I oder, wie es Bateson auch nannte, dem *»Proto-Lernen«*. Beim *»Deutero-Lernen«* (von Bateson definiert als »fortschreitende Veränderung innerhalb des Proto-Lernens« (vgl. *Bateson* 1981, 230) dagegen entdeckt das Subjekt das Wesen des Kontexts selber, d.h. es löst nicht nur die ihn konfrontierenden Probleme selber wie bei Lernen I, sondern wird generell in der Problemlösung geschickter. Es nimmt die Gewohnheit an, die Kontinuität einer bestimmten Abfolge oder eines Kontextes zu erwarten, und dadurch »lernt es zu lernen« (vgl. *Bateson* 1981, 378f.). Demnach ist Proto-Lernen also das Lösen eines Problems in einem bestimmten Kontext, wohingegen Deutero-Lernen bedeutet, herauszufinden, was dieser Kontext selber ist bzw. die Spielregeln zu lernen.

Beispiele für LERNEN II:

Im Prozeß des Lernens II wird etwas erworben, was Bateson *Charakter* und *»Realität«* nennt (vgl. *Bateson* 1981, 384ff; *Berman* 1984, 188f.). Mit Charakter meint er den Erwerb von Persönlichkeitsmerkmalen, der bei jedem Lernen, insbesondere jedoch beim Deutero-Lernen stattfindet. Das, was dann schließlich Charakter genannt wird, setzt sich aus genau den Prämissen zusammen, die im Lernkontext erworben wurden. Beispielsweise sind alle Adjektive, die den Charakter eines Menschen beschreiben, »abhängig«, »abweisend«, »nachlässig« usw. mögliche Ergebnisse des Lernens II. Neben der Bezeichnung eines Charaktermerkmals sind sie jedoch auch Definitionsarten der Wirklichkeit. Der Prozeß des Lernens II formt also auch die Weltsicht, wodurch klar wird, daß das, was als Realität wahrgenommen wird, eine Glaubenssache ist: Auf der Grundlage einer bestimmten Weltsicht wird die Umwelt daraufhin überprüft, welche Bestätigungen der Weltsicht sie bietet. Das Fehlen solcher Bestätigungen führt jedoch keineswegs zum Aufgeben der Weltsicht. Vielmehr wird die fehlende Resonanz als eine Anomalie abgestempelt. Die Art und Weise des Umgangs mit der Bedrohung der Weltsicht stellt gleichzeitig die Charakterstruktur dar. Bateson geht davon aus, daß das gesamte Verhalten des Menschen durch Lernen II kontrolliert wird und den gesamten Kontext so formt, daß er zu diesen Erwartungen paßt.

Als Beispiel für ein solches Muster führt Bateson psychotherapeutische Situationen an, bei denen das Phänomen der Übertragung auftritt: Der

Klient bringt bewußt oder unbewußt Vorstellungen über seine Beziehung zum Therapeuten durch seine Art zu sprechen oder zu handeln zum Ausdruck. Damit zwingt er den Therapeuten, auf eine Weise zu reagieren, die z.B. dem entspricht, wie jener von seinem Vater behandelt wurde. In der Sprache der Lerntypologie heißt das: »der Patient wird versuchen, seinen Austausch mit dem Therapeuten nach den Voraussetzungen seines (des Klienten) früheren Lernens II zu gestalten« (*Bateson* 1981, 388).

Übertragungsmuster und Beziehungsverhalten der Menschen sind ein wesentlicher Teil des Lernens II. Im allgemeinen wird angenommen, daß diese a) in der frühen Kindheit angelegt sind und b) unbewußt verlaufen. Bateson geht davon aus, daß diese Annahmen zutreffen, und begründet dies mit der besonderen Natur der Phänomene, die beim Lernen II eine Rolle spielen. So liegt u.a. ein entscheidender Lerninhalt von Lernen II in der *Interpunktionsweise von Ereignissen.* Wenn z.B. zwei Menschen miteinander interagieren, so kann eine bestimmte Einzelheit im Verhalten von A für B sowohl ein Reiz, als auch eine Reaktion auf vorheriges Verhalten von B, sowie eine Verstärkung von B's vorherigem Verhalten sein. Es kann aber auch der Fall auftreten, daß diese Einzelheit im Verhalten von A ein Reiz, eine Reaktion, oder eine Verstärkung für A selbst ist. Das bedeutet, daß die fortlaufende Sequenz der Interaktion zweier Personen nur durch die individuelle Interpunktion der Abfolge als eine Reihe von Kontexten strukturiert ist, wobei jeder Kontext in den nächsten übergeht.

In welcher Art und Weise die Abfolge nun von einer bestimmten Person strukturiert bzw. interpunktiert wird, hängt von den jeweiligen vorausgegangenen Lernen-II-Erfahrungen ab. Die lebenslange Wirksamkeit dieser Interpretation von Kontexten als Folge von Lernen II wird durch die folgende Argumentation deutlich: Eine bestimmte Interpunktionsweise kann nicht den Bewertungskategorien von »richtig« oder »falsch« unterzogen werden, weil sie nicht an der Realität überprüft werden kann, da es sich ja gerade um eine Art und Weise handelt, die Realität zu konstruieren. Deshalb wirkt sich auch eine fehlende Verstärkung der Interpunktionsweise auf diese nicht so aus, daß sie aufgegeben wird. Vielmehr verfügen die die Interpunktionsweise beherrschenden Leitsätze über die Eigenschaft, sich selbst zu bestätigen. Angewendet auf das, was bisher »Kontext« genannt wurde, heißt das folgendes: Der Kontext setzt sich aus dem Verhalten eines Subjekts und aus äußeren Ereignissen zusammen. Da das Verhalten jedoch durch früheres Lernen II bestimmt ist, wird das Subjekt dazu tendieren, den *gesamten* Kontext dergestalt zu formen, daß er zu der erwarteten Interpunktion paßt. Eine Auswirkung dieses selbstbestätigenden Charakters der Inhalte von Lernen II ist, daß solches Lernen fast unauslöschlich ist. Daraus folgt, daß sich in der Kindheit erworbenes Lernen II über ein ganzes Leben lang behaupten kann, und daß umgekehrt viele wichtige Charakteristika der Interpunktionsweise von Erwachsenen aus der frühen Kindheit stammen.

LERNEN III

Aus dem beschriebenen selbstbestätigenden Charakter des Lernens II wird deutlich, wie schwierig und selten eine *Veränderung im Prozeß des Lernens II,* also *Lernen III,* ist. Obwohl Bateson die Warnung von Zen-Buddhisten, abendländischen Mystikern und Psychiatern kennt, die sagen, daß Erfahrungen von der Qualität des Lernens III verbal nicht auszudrücken seien, versucht er mittels der logischen Zusammenhänge zwischen den verschiedenen Lernstufen, über die Stufe des Lernens III zu spekulieren.

So besteht zwischen Lernen I und Lernen II folgender logischer Zusammenhang, der am Beispiel des »Umkehrungslernens« deutlich wird (dabei wird zunächst eine binäre Unterscheidung als Kriterium gelernt und in einem zweiten Schritt wird die Bedeutung der Reize umgekehrt (vgl. *Bateson* 1981, 382f., 390). Dieses Lernen, nämlich eine gegebene Voraussetzung zu einem gegebenen Zeitpunkt zu lernen (Lernen I), und die umgekehrte Voraussetzung zu einem späteren Zeitpunkt zu lernen, besteht aus zwei Lernschritten: Der erste Lernschritt ist immer vom Typ Lernen I, während der zweite Lernschritt (die Umkehrung) vom Typ Lernen I *oder* Lernen II sein kann. Lernen II liegt dann vor, wenn die Lernrate bei wiederholtem Umkehrungslernen ansteigt. Tritt dagegen im zweiten Lernschritt keine Steigerung der Lernrate ein, so bedeutet das, daß vom Proto-Lernen des ersten Lernschritts nicht im zweiten Lernschritt profitiert wurde; der zweite Lernschritt weist dann kein Deutero-Lernen, sondern lediglich Proto-Lernen auf. Das heißt, daß hier einfach eine Einheit des Lernens I durch eine andere Einheit des Lernens I ersetzt wurde.

Dieses Phänomen des bloßen Ersetzens von Lerninhalten des gleichen Typs anstelle eines qualitativen Sprungs, wie soeben an der Schwelle von Lernen I zu Lernen II beschrieben, ist an der Schwelle von Lernen II zu Lernen III ebenso relevant. Auch hier ist es möglich, daß auf der Ebene des Lernens II lediglich Prämissen ersetzt werden, ohne daß es zum Lernen III kommt. Allerdings liegt schon in dem bloßen Ersetzen von Prämissen, die auf der Ebene des Lernens II erworben wurden, eine nicht zu unterschätzende Leistung, wenn man den selbstbestätigenden Charakter und die meist unbewußte Natur der Lernen-II-Inhalte berücksichtigt.

Ein wichtiges Charakteristikum von Lernen III ist das *In-Frage-Stellen* der auf Lernen II-Ebene vorhandenen ungeprüften Prämissen. Mögliche Veränderungen, die als Lernen III bezeichnet werden können, sieht Bateson darin, daß das Individuum lernen kann,

a) bereitwilliger jene Gewohnheiten zu bilden, deren Bildung 'Lernen II' genannt wird;

b) sich selbst die »Auswege« zu verbauen, die es ihm erlauben würden, Lernen III zu umgehen;

c) die Gewohnheiten zu ändern, die durch Lernen II erworben wurden;

d) sich bewußt zu sein, daß es das Lernen II unbewußt erreichen kann und dies auch tut;

e) sein Lernen II einzuschränken und zu steuern;

f) Lernen II als ein Erlernen der Kontexte für Lernen I zu sehen und analog dazu, Lernen III als ein Erlernen der Kontexte dieser Kontexte zu erfahren (vgl. *Bateson* 1981, 392).

Diese Aufzählung enthält zwei widersprüchliche Folgen des Lernens III: So kann das 'Lernen über das Lernen II' (= Lernen III) einerseits zu einer Verstärkung des Lernens II, andererseits zu einer Einschränkung des Lernens II führen. In jedem Fall bewirkt Lernen III jedoch eine größere »Flexibilität bei den Vorausetzungen..., die durch den Prozeß des Lernens II erworben wurden — nämlich in einer *Freiheit* von ihrer auferlegten Knechtschaft« (*Bateson* 1981, 393).

Daraus folgt, daß eine tiefgreifende Neudefinition des Selbst notwendig wird. Auf der Ebene des Lernens II besteht das »Ich« aus den jeweiligen Gewohnheiten, wie in Kontexten gehandelt wird und wie sie wahrgenommen und gestaltet werden, also aus dem, was gemeinhin »Charakter« genannt wird, und aus den Glaubenssätzen, die die Prämissen dieser Gewohnheiten sind, also die »Weltbilder«, nach denen die Realität konstruiert wird. Wenn ein Mensch Lernen III erreicht, lernt er, im Rahmen der Kontexte von Kontexten wahrzunehmen, wodurch das »Selbst« insofern irrelevant wird, als es seine Funktion in der Interpunktion von Erfahrungen verliert. Berman drückt diese Gedanken folgendermaßen aus: »Beim Lernen III lernt das Individuum, Gewohnheiten zu ändern, die beim Lernen II erworben wurden, jene schismogenen Gewohnheiten, die uns alle im double-bind halten. Es lernt, daß es ein Wesen ist, das unbewußt das Lernen II erreicht, oder es lernt, sein Lernen II einzuschränken oder zu steuern. Das Lernen III bedeutet, etwas *über* das Lernen II, über den eigenen 'Charakter' und die eigene Weltsicht zu lernen. Es ist ein Freisein von der Unterjochung der eigenen Persönlichkeit — ein 'Erwachen zur Ekstase', wie William Bateson einmal die echte Erziehung definierte« (*Berman* 1984, 203).

Die Frage nach der Motivation einzelner Menschen, überhaupt die Ebene des Lernens III anzusteuern, beantwortet Bateson dahingehend, daß sie aus der Wahrnehmung widersprüchlicher Erfahrungen auf der Ebene des Lernens II resultiert. Diese widersprüchlichen Erfahrungen sind ja auch der Anknüpfungspunkt der antithetischen Interventionsmöglichkeiten eines Therapeuten. Auf der Ebene Lernen III löst sich ein zuvor erfahrener Gegensatz auf, was sehr unterschiedliche Formen annehmen kann. Für manche Menschen kann der Versuch, die Lernen III-Ebene zu erreichen, in einem Zustand enden, der von der Psychiatrie mit dem Begriff 'psychotisch' umschrieben wird. Andere Menschen führt die Auflösung von Gegensätzen »zur Offenbarung einer Einfachheit, in der Hunger direkt zum Essen führt und das identifizierte Selbst nicht mehr für die Organisation des Verhaltens verantwortlich ist. Sie sind die unbestechlichen Unschuldigen dieser Welt«. Für wieder andere, für »Kreativere, offenbart die Auflösung der Gegensätze eine Welt, in der die persönliche Identität in all den Beziehungsprozessen einer umfassenden Ökologie oder Ästhetik der kosmischen Interaktion aufgeht.« (*Bateson* 1981, 395).

Ein Hauptproblem beim Lernen III sieht Bateson in dem Phänomen der *Übertragung,* der blinden Ergebenheit einem Guru oder Lehrer gegenüber. Das wird besonders dadurch begünstigt, daß bei Praktiken wie Meditation, Atmen oder beim Singen von Mantras, die äußeren Sinneseindrücke reduziert werden, wodurch das Ich-Bewußtsein selbst zum Untersuchungsobjekt wird. All das, was vorher vom Individuum für die Realität gehalten wurde, verliert jetzt seine Gültigkeit und bekommt eine fließende Qualität. Das bedeutet auch, daß das Ich selbst als sterbend wahrgenommen wird und keine Vorstellung darüber besteht, was dessen Auflösung verhindern könnte. An dieser Stelle des Prozesses tritt häufig große Angst auf. Hier empfindet der Betroffene seine Situation als aussichtslos, und dadurch wird jetzt die Existenz eines Guru oder Lehrers bedeutsam. Dieser kann nun die Funktion haben, als Beispiel dafür zu gelten, daß es etwas gibt, was den Auflösungsprozeß überlebt; und das kann den Betroffenen unterstützen, die Grenze zwischen Bewußtem und Unbewußtem zu überschreiten. Dieses Wahrnehmen des Einsseins von Bewußtem und Unbewußtem kann dann sehr klar und als etwas ganz und gar Wirkliches empfunden werden. Ist der Prozeß von Lernen III erfolgreich verlaufen, so wird der Betroffene auch weiterhin eine Lücke zwischen Bewußtem und Unbewußtem empfinden; seine Angst vor dem Verlust des Ich-Bewußtseins wird jedoch verschwinden oder zumindest geringer werden. Das Ich-Bewußtsein erscheint nun lediglich als ein Instrument, das brauchbar ist (z.B. für Problemlösungen / Lernen I, Lernen II), das aber keine letztlich gültige Realität abbildet: es ist nicht sinngebend. Ist dieser Prozeß einmal durchlaufen, so wird sich das Leben des Betroffenen unwiderruflich verändern. Denn er hat jetzt die Erfahrung gemacht, wie unbewußt das ist, was er bislang für sein Bewußtsein gehalten hat.

Doch hier setzt auch die Gefahr des »Guruismus«, wie es Berman nennt (vgl. *Berman* 1984, 254f.), ein. Der Lehrer wird als *Vater* gesehen, und absolut und blind für die Erfahrung oder 'Befreiung', die er ermöglichte, verehrt. Was ursprünglich als ein Prozeß der Befreiung begann, kann so in einer Abhängigkeit enden. Der Betroffene oder 'Schüler' nimmt dann jede Äußerung des Lehrers als Gesetz. Wird dies vom Lehrer unterstützt, so trägt er dazu bei, ein Guru zu werden. Er lehrt dann, daß sein Wort Gesetz ist; und diese von ihm gelehrten Gesetze verfolgen, besonders im Kontext einer manipulativen Gesellschaft, einen verborgenen Plan, bei dem es um Macht und um Geld geht. Dem Schüler wird also zunächst die Möglichkeit gegeben, die Stufe des Lernens II zu verlassen, und Erfahrungen auf der Ebene Lernens III zu machen (das Einssein von Bewußtem und Unbewußtem). Die Verarbeitung dieser Erfahrung sieht jedoch im Guruismus so aus, daß an die Stelle der alten Struktur, des alten Lernens II, lediglich eine neue Lernen-II-Struktur gesetzt wird, die, wie Berman es sieht, komplett vom Guru vorfabriziert und genormt wurde. In diesem Fall geht es nicht mehr um die Erfahrung von Lernen III (Erfahrung des erweiterten Bewußtseins), sondern um Abhängigkeit gegenüber demjenigen, der diese Erfahrung mit initiiert und begleitet hat. Und damit ist wieder die Stufe des Lernens II erreicht. Im günstigeren Fall bleibt die inhaltliche Erfahrung von Lernen III im Mittelpunkt des weiteren Prozeßverlaufs: »Was sich im Verlauf des Prozesses von Lernen III entwickelt, ist nicht die Verehrung des Schamanen, sondern die Verehrung des Geheimnisses, das er manifestiert: das innere Göttliche und das Ökosystem, das es reflektiert.« (*Berman* 1984, 261, in Anspielung auf die letzte Lektion Carlos Castanedas bei seiner Initiation durch Don Juan).

Fazit: Befreiung aus Gewohnheiten oder Pseudo-Lernen

Batesons Lerntypologie ermöglicht es, transformatives Lernen als Überschreiten der Schwelle von Lernen II zu Lernen III zu definieren. Die in Lernen II erworbenen Interpunktionsweisen der Handlungen oder Erfahrungen, also die Sichtweise dessen, was als Realität angenommen wird, entspricht den festen Gewohnheiten im Denken, Fühlen und Handeln. Transformatives Lernen heißt nun, diese Strukturen oder Muster aufzubrechen, indem sie bewußt werden. Solche Bewußtwerdung kann in therapeutischen und pädagogischen Situationen durch Interventionen begünstigt werden. All diesen Interventionen ist gemeinsam, daß sie den Lernenden mit den Gewohnheiten konfrontieren, von denen er beherrscht wird. Die Motivation für den Lernenden, sich auf einen solchen Prozeß einzulassen, sieht Bateson hauptsächlich im Auflösen der Gegensätze oder Widersprüche der auf der Lernen-II-Ebene erworbenen Prämissen.

Zur Erläuterung dieser Aussage Batesons ziehe ich Morris Berman heran. Aus Bermans Ausführungen zur Batesonschen Lerntypologie geht hervor, daß auf der Lernen-III-Ebene Gewohnheiten aufgebrochen werden, die auf der Lernen-II-Ebene erworben wurden. Alle diese Gewohnheiten haben schismogenen Charakter und halten die Menschen im *double-bind*. Die Auflösung der widersprüchlichen Prämissen als Ergebnis von Lernen III geht also davon aus, daß alle auf Lernen-II-Ebene erworbenen Verhaltensweisen die Qualität eines *double-bind* haben.

Eine Schwierigkeit besteht darin, sichere Kriterien zur Unterscheidung oder Bestimmung der einzelnen Lerntypen zu gewinnen. Denn es gibt keine spezifischen Interventionen, die z.B. den Vollzug des Übergangs von Lernen II zu Lernen III garantieren. Alle auch von Bateson vorgeschlagenen Interventionen können den Erwerb der Fähigkeit, auf die Lernen-III-Ebene zu kommen, im besten Fall begünstigen, jedoch niemals garantieren. Vielmehr können Interventionen sogar Lernen III verhindern, wenn sie vom Lernenden nur dazu genutzt werden, alte Muster oder Gewohnheiten durch neue Muster zu ersetzen, ohne daß sich die Lernenden bewußt dafür entschieden hätten. Eine zusätzliche Schwierigkeit liegt darin, daß es oft schwer zu durchschauen ist, ob dieses Ersetzen bewußt oder unbewußt geschieht, und damit die Lernebene zu bestimmen, auf der das Ersetzen vollzogen wurde, nämlich Lernen II oder Lernen III. Bateson ist der Auffassung, daß wiederholtes Lernen II zu Lernen III führen kann. Das trifft meiner Meinung nach jedoch nur für den Fall zu, bei dem das Ersetzen auf der Grundlage einer bewußten Entscheidung erfolgt. Werden alte Muster dagegen unbewußt durch neue Muster der gleichen Ebene ersetzt, so handelt es sich lediglich um ein Pseudo-Lernen, das es dem Lernenden umso mehr erschwert, auf die Ebene von Lernen III zu kommen, je umfangreicher er diese Art des Ersetzens praktiziert. Denn je mehr Ersatz-Strategien zum Erreichen eines bestimmten Zieles zur Verfügung stehen, desto geringer wird der Anreiz, diese Strategien in Frage zu stellen, weil sie einander fortlaufend ablösen, bevor sie sich als grundsätzlich ineffektiv herausstellen.

Die Tatsache, daß jemand über ein umfangreiches Repertoire von Lernen II-Strategien oder -Mustern verfügt, besagt also nicht, daß er auf der Ebene von Lernen III ist. Entscheidend für Lernen III ist das *Bewußtsein* darüber, daß es *Muster* sind, die eingesetzt werden. Das beinhaltet auch das Wissen darum, daß es sich bei diesem Muster um eine von verschiedenen möglichen Kontextwahrnehmungen (z.B. der Beziehung) handelt, die auf Grund einer gewählten und nicht zwingend notwendigen Sichtweise oder Interpunktion dieser wahrgenommenen Realität entstanden ist.

Mit den Ansätzen und Modellen der Theoretiker der Gestalttherapie, der transpersonalen Psychologie und der Selbstorganisationstheorie habe ich eine Fülle von Hinweisen über die Beschreibungsmöglichkeiten transformativen Lernens erhalten. Diese charakterisieren und interpretieren Bewußtseinsprozesse als organismische Wachstumsprozesse, als Bewußtseinsevolution und als verschiedene Möglichkeiten der Realitätskonstruktion. Im Zentrum dieser Darstellungen steht das lernende Individuum. Mit der Pädagogik von Paolo Freire will sich dieses Spektrum noch um eine Dimension erweitern. Der Brasilianer Freire kommt aus einer anderen kulturellen Tradition, in der das 'Wir' einen viel zentraleren Stellenwert besitzt als das 'Ich', und in der die Möglichkeiten der Selbstverwirklichung noch viel stärker auf die Widersprüche des politischen Systems stoßen, als dies in westlichen Kulturen der Fall ist.

Bewußtseinsbildung in der Pädagogik der Befreiung (Paulo Freire)

Für Freire ist Erziehung immer das Umsetzen einer Erkenntnistheorie in die Praxis. Diese Sichtweise erfordert Auseinandersetzungen mit Fragen danach, was eigentlich 'Erkennen' ist, wie man erkennen kann und wofür und wem es nützlich ist oder schadet. Schon diese Fragen machen deutlich, daß Erziehung nicht neutral, d.h. nicht unparteiisch sein kann. Jeder Erkenntnisakt ist ein Prozeß, in dem Subjekte (die Erkennenden) und Objekte (das, was erkannt werden soll) beteiligt sind. Dabei sind sowohl die Lehrenden als auch die Lernenden in diesem Sinne Subjekte, also Personen, die am Erkenntnisakt teilhaben.

In der Beziehung zwischen Lehrenden und Lernenden wirkt das Erkenntnisobjekt vermittelnd. Denn ein Lehrender in Freires Sinn versteht sich nicht als Besitzer eines Erkenntnisobjekts, das er einem Lernenden überträgt, sondern als Teilnehmer am Erkenntnisprozeß. Jedes Erkenntnisobjekt muß in einem Vermittlungsprozeß zwischen Lehrendem und Lernenden neu erschaffen werden, weil es erst dann begriffen werden kann und im Gedächtnis gespeichert wird. In einem solchen Vermittlungsprozeß kann auch der Lehrende immer wieder zum Lernenden werden, weil er sich zusammen mit den Schülern in einem gemeinsamen Prozeß des Wiederentdeckens befindet.

Auch Freire geht nicht von einem dualistischen Weltbild aus, in dem Subjekt und Objekt als voneinander unabhängige Größen gesehen werden. Er begreift das Verhältnis zwischen Subjekt und Objekt — also auch zwischen erkennendem Subjekt und Erkenntnisobjekt — ebenso wie das Verhältnis von Bewußtsein und Realität, Denken und Sein, Theorie und Praxis, jeweils als dialektische Einheit. Dadurch versucht er einerseits, dem »subjektivistischen Irrtum« eines »anti-dialektischen, vorhegelianischen Idealismus« zu entgehen, in dem Objektivität negiert wird, weil sie den Bewußtseinskräften untergeordnet wird (vgl. *Freire* 1981, 51); andererseits distanziert er sich damit vom »ebenso anti-dialektischen mechanistischen Objektivismus«, der die Wirklichkeit des Bewußtseins negiert, indem letzteres als einfaches Abbild der Objektivität verstanden wird.

In seinem Buch »Pädagogik der Unterdrückten« (*Freire* 1973) entwirft Freire ein Konzept, mit dem er am Beispiel von Alphabetisierungsprojekten in Brasilien einen Bildungsansatz realisiert, der sich zwischen dem subjektiven Idealismus und dem mechanistischen Objektivismus bewegt. Dabei ist die Alphabetisierung eher ein Nebenprodukt des eigentlichen Zieles, der *conscientizaçao* (Bewußtmachung) der Zusammenhänge in einer entfremdeten Wirklichkeit (vgl. *Freire* 1981, 133).

Zur Bedeutung des Bewußtseins in Freires pädagogischem Konzept

Das pädagogische Konzept Freires zielt auf »die fortgesetzte Veränderung der Wirklichkeit um der Befreiung der Menschen willen« (*Freire* 1973, 84). Zum Erreichen dieses primär gesellschaftspolitischen Zieles greift Freire auch auf »Bewußtseinsbildung« zurück, die die Wirklichkeit entschleiert und dem »humanistische(n) Befreiungsprozeß« dient (s. *Freire* 1981, 81). Freire unterstreicht jedoch immer wieder, daß für ihn Bewußtsein allein nicht ausreicht, um gegebene Situationen zu verändern. Um sein eigentliches Ziel zu erreichen, nämlich gegebene Situationen, die den Bedürfnissen eines Volkes oder einer Gruppe zuwiderlaufen, zu verändern, bedarf es unbedingt auch der *Aktion* (vgl. *Freire* 1973, 82). Der fortlaufende Prozeß von Aktion und Reflexion (als Bewußtmachung) bedeutet nach Freire »die Welt benennen, um sie zu verändern« (*Freire* 1973, 71). D.h. Aktion und Reflexion ergeben die Möglichkeit, die Welt geistig und verbal zu erfassen, in ihr zu handeln, also zur Praxis zu gelangen. In der Regel nehmen die Menschen ihre Situation als gegeben, nicht als durch Handeln veränderbar wahr. Derartigen Situationen liegen dann *Widersprüche* zugrunde. Diese Widersprüche deuten auf eine Situation hin, die von den Menschen als *»Grenzsituation«* empfunden wird (vgl. *Freire* 1973, 82, 84). In diesen Grenzsituationen stoßen die Menschen schnell an die Grenzen ihres Handelns. Die Bedeutung solcher Grenzen für die Menschen hängt nach Freire nun von der Art der Einstellung bzw. dem *Bewußtsein* gegenüber diesen Grenzsituationen ab. So kann eine Grenzsituation begriffen werden als unüberwindbare Barriere, als unveränderbar gegeben, und auf diese Weise wird eine Atmosphäre der Hoffnungslosigkeit geschaffen.

Diese Betrachtungsweise entspricht dem, was Freire (in Anlehnung an Lucien Goldmann, The Human Sciences and Philosophy, London 1969, 118) *»wirkliches Bewußtsein«* nennt (*Freire* 1973, 95). Noch vor dieser Bewußtseinsstufe liegt der Zustand der *»Semi-Intransitivität des Bewußtseins«* (*Freire* 1977, 23). Hier verfügen die Menschen über keinerlei Möglichkeit, Probleme zu erfassen, die jenseits von biologischen Bedürfnissen liegen. Sämtliches Interesse ist auf das Überleben konzentriert, es existiert kein Verständnis für Fragen auf einer geschichtlichen oder politischen Ebene (vgl. *Freire* 1977, 23). In dieser Bewußtseinsstufe sind die Menschen anfällig für magische Erklärungen ihrer Autoritätspersonen, weil sie nicht imstande sind, wahre Kausalität, also Zusammenhänge, zu begreifen. Im wirklichen Bewußtsein dagegen deckt der Mensch Widersprüche seiner Wirklichkeit auf. Er versucht, sie durch Handeln aufzuheben, trifft aber auf Widerstände und muß Umwege in Kauf nehmen. Dies führt dazu, daß er keine Handlungsmöglichkeiten mehr sieht, die diese Grenzsituation durchbrechen könnten.

Die im wirklichen Bewußtsein wahrgenommenen Widersprüche können also dort nicht in Aktion umgewandelt werden. Sie werden zur Verwirklichung an das *»potentielle Bewußtsein«* weitergegeben (vgl. *Freire* 1973, S. 95). Denn mit dem potentiellen Bewußtsein ist der Mensch (im Gegensatz zur Verfügbarkeit über das wirkliche Bewußtsein) in der Lage, die Grenzsituation zu transzendieren und zu entdecken, daß jenseits dieser Situation (und vom wirklichen Bewußtsein aus betrachtet: im Widerspruch zur Grenzsituation) eine *»unerprobte Möglichkeit«* liegt (*Freire* 1973, 85, 95). Die unerprobte Möglichkeit läßt »sich wahrnehmen mit Hilfe der 'prüfenden Aktion‘, die ihre bisher unbegriffene Möglichkeit offenbart«. Der grundlegende Unterschied zwischen »wirklichem« und »potentiellem Bewußtsein« liegt also in der Interpretation einer Grenzsituation: wird sie als unüberwindliches *oder* als überschreitbares Hindernis wahrgenommen.*

Diese beiden Sichtweisen existieren allerdings nicht unabhängig voneinander: das Potential bzw. die schöpferische Kreativität oder Motivation des politischen Bewußtseins, bisher unerprobte Möglichkeiten wahrzunehmen und zu realisieren, resultiert aus dem Leidensdruck der auf der Stufe des wirklichen Bewußtseins empfundenen Widersprüche. Häufig muß dieser bestehende Leidensdruck jedoch erst wieder bewußt werden. Freire berücksichtigt das in seiner Arbeit insofern, als er seine Seminarteilnehmer mit ihrer Tendenz konfrontiert, über ihren Leidensdruck hinwegzugehen. Ein zentrales menschliches Thema, das oft in dieser Weise verdrängt wird, ist die Entfremdung. Freire konfrontiert die Schüler mit

---

*Die Analogien zu den evolutionären Entwicklungsstufen des Bewußtseins bei Erich Jantsch sind auffällig. Demnach wäre das semi-intransitive Bewußtsein analog zum organismischen, das wirkliche Bewußtsein analog zum reflexiven und das potentielle Bewußtsein analog zum selbstreflexiven Bewußtsein zu verstehen.

der Tatsache, daß man entfremdet ist, und unterstützt sie beim Entdekkungsprozeß der Gründe für diese Entfremdung. Dabei ist er sich der Schmerzhaftigkeit dieses Erkenntnisaktes bewußt, hält diesen Weg jedoch für erforderlich : Es geht darum, die »...Menschen dazu (zu) bewegen, sich vor sich selber zu enthüllen, indem wir die Wirklichkeit enthüllen, in der sie sich befinden« (*Freire* 1981, 139).

Dieses differenzierte Verständnis Freires von Bewußtsein ist wesentlich, um den Weg zur politischen Veränderung durch Bewußtseinsbildung aufzeigen zu können und um Hinweise zu erhalten, wie Bewußtseinsbildung in die Irre führen kann. Freire setzt sich daher auch mit einigem Unmut mit jenen Menschen auseinander, die sein Konzept der Bewußtseinsbildung nur für ihre Zwecke und mißbräuchlich nutzen. Er zählt dazu solche Gruppen von Menschen, die allein in dem Begriff 'Bewußtseinsbildung' eine Art magischer Hilfe für die Lösung ihrer persönlichen und gesellschaftlichen Probleme sehen. Da sich ihre Hoffnungen bei diesem Verständnis von Bewußtseinsbildung nicht erfüllen lassen, wenden sie sich schließlich enttäuscht ab. Andere sehen im Konzept der Bewußtseinsbildung eine Möglichkeit, zwischen Unterdrückern und Unterdrückten zu vermitteln und sie zu versöhnen, ohne die politischen und sozialen Realitäten anzutasten. Und schließlich gibt es Freire zufolge Gruppen, die sich absichtlich und in vollem Bewußtsein gegen Bewußtseinsbildung sperren, weil sie deren revolutionäres Potential sehr treffend einschätzen. Da dies ihren Interessen zuwiderläuft, verleumden sie jene Menschen, die sich für Bewußtseinsbildung engagieren.

Fazit : Entmythologisierung der Bewußtseinsbildung

Freires Erziehungs- bzw. Bildungskonzepte haben die Veränderung der Wirklichkeit zum Ziel. Dazu bedarf es der *conscientizaçao* ebenso wie dem Umsetzen der Ergebnisse der Bewußtmachung in Form von Aktionen, die wiederum reflektiert werden. Beide zusammen, Aktion und Reflexion, bewirken nach Freire die Veränderung der Wirklichkeit durch 'Handeln'. Einen Zusammenhang zwischen 'Handeln' (als Konsequenz aus Aktion und Reflexion) und Bewußtsein sieht Freire darin, daß die Art des Bewußtseins über eine gegebene Situation wichtig und mitverantwortlich dafür ist, ob Handlungsmöglichkeiten gesehen werden oder nicht. Er geht jedoch nicht so weit zu behaupten, das Bewußtsein allein reiche aus, die Veränderung zu bewirken. Vielmehr kommt er auf Grund von eigenen

Beobachtungen von Bewußtseinsbildungsangeboten zu einer Analyse der vielfältigen Erscheinungsformen, Verständnisse und Nutzung der Bewußtseinsbildung. Diese Analyse läuft auf eine »Entmythologisierung« der Bewußtseinsbildung hinaus. Damit relativiert Freire zum einen die Überbetonung des Bewußtseins als alleinige Garantie für Veränderung; zum anderen weist er nach, daß Bewußtseinsbildung in einer Art genutzt werden kann, die — bewußt oder unbewußt — das eigentliche Ziel des Ermöglichens von Veränderung geradezu verhindert, und in diesem Sinn also kontraproduktiv ist.

Darüber, wie die Bewußtseinsprozesse, die ein Handeln ermöglichen, initiiert werden können, macht Freire wenig Aussagen, zumal er sich vorwiegend auf die Situation von Entwicklungsländern bezieht. In zwei Punkten lassen sich seine Aussagen jedoch auf einen allgemeineren Kontext übertragen und pädagogisch konkretisieren: Bewußtseinsbildung wird von Freire stärker unter einem gesellschaftspolitischen Aspekt, als unter einem primär selbsterfahrungsorientierten Interesse betrachtet. Diese Gewichtung ist verständlich auf dem Hintergrund, von dem aus Freire argumentiert. Sein Interesse als politisch-engagierter Brasilianer liegt notwendigerweise stärker bei der Entwicklung eines selbstbestimmten »Wir«, das eher über Möglichkeiten der Veränderung der einschränkenden Systembedingungen verfügt, als es einzelnen 'entwickelten' Individuen möglich wäre. Übertragen auf unsere pädagogischen Kontexte bedeutet das, nicht nur selbsterfahrungsorientiert zu arbeiten, sondern die gesellschaftlichen und ökologischen Bedingungen — auch wenn sie zunächst hier gar nicht derart existenziell bedrohlich erscheinen — ebenso zu berücksichtigen. Damit bietet Freire eine Konkretisierungsmöglichkeit der Ebenen der Selbstverwirklichung von Ken Wilber an, allerdings in einer eher kollektiven als individualistischen Weise. Die *Thematik* der Lernsituationen wird dadurch zu einem wichtigen Moment im Lernprozeß, der Wandel auslösen soll. Mit seinem Verständnis von »Grenzsituationen« zeigt Freire auf, *wie* dieser Zugang zu den gesellschaftlichen, politischen und ökologischen Bedingungen in pädagogischen Situationen geschaffen werden kann: Nämlich nicht über abstraktes Analysieren der Bedingungen, sondern über die themenorientierte Bearbeitung der den Menschen wirklich betreffenden Grenzsituationen und dem Aufzeigen von Möglichkeiten, wie diese Grenzsituationen durch Bewußtseinsentwicklung *und* durch Handeln überschritten werden können.

5. Kapitel

Ein Modell für transformative Lernprozesse

Die Theorieansätze, die Aussagen über Bewußtseinsprozesse beim transformativen Lernen zulassen, sind zunächst sehr verwirrend. Die Theoretiker der Gestalttherapie, der transpersonale Psychologe Wilber, die Selbstorganisationtheoretiker Jantsch und Bateson sowie der humanistische Pädagoge Freire erforschen und beschreiben die Bewußtseinsprozesse aus je unterschiedlichen Forschungsinteressen, Perspektiven und mit recht eigenwilligen Begriffen. Bevor wir im 3. Teil den Versuch unternehmen, transformative Lernprozesse mit Hilfe von begründeten Kategorien und Kriterien auf Erfahrungen in der pädagogischen Praxis zu beziehen, halte ich es für notwendig, eine Ordnung in dem Chaos der Begrifflichkeiten und Konzeptionen herauszuarbeiten. Ich suche also zunächst nach den Gemeinsamkeiten in den verschiedenen Ansätzen, nach den Mustern, die sie verbinden und die unsere Grundannahmen über transformative Lernprozesse, die wir im 1. Teil des Buches beschrieben haben, begründen und modifizieren können.

Mit meinem Vorhaben, die Grundmuster transformativer Lernprozesse aus den theoretischen Überlegungen zu Bewußtseinsprozessen herauszuarbeiten, beabsichtige ich zweierlei: Wenn es mir gelingt, plausible Kategorien und Kriterien für die Beschreibung transformativer Lernprozesse zu formulieren, ist es möglich, Lernprozesse, die Wandel auslösen, in der pädagogischen Praxis zu untersuchen; die Ergebnisse dieser Untersuchung lassen Rückschlüsse zu, welche pädagogischen Bedingungen günstig oder ungünstig sind, um solche Lernprozesse auszulösen, und sie liefern Anhaltspunkte dafür, ob überhaupt transformative Lernprozesse stattgefunden haben oder nicht. Dies ist unser vorrangiges didaktisches Interesse. Ein wesentlicher Bestandteil dieses didaktischen Anliegens ist es — dies läßt sich jetzt schon absehen — daß die Prozesse des Wandels durch Lernen für die Lernenden selbst bewußt erfahrbar und reflektierbar sein müssen. Denn es gehört zu unserem Verständnis von transformativem Lernen, daß die Lernenden solche Lernprozesse eigenständig initiieren und unterstützen lernen, jedenfalls langfristig. Kurz: ich suche nach einem Orientierungsmodell für die Beschreibung und Überprüfung transformativer Lernprozesse in der Praxis und die diese Prozesse begünstigenden didaktischen Möglichkeiten, wozu auch die Fähigkeit der Lernenden gehört, solche Prozesse bewußt wahrzunehmen und zu verstehen.

Bei diesem Versuch, ein Orientierungsmodell zu entwerfen, stoße ich auf eine grundsätzliche Schwierigkeit: Transformative Lernprozesse lassen sich nur teilweise sprachlich vermitteln. Es gibt Momente im Lerngeschehen, über die eine Verständigung nur zwischen den Menschen zustande kommen kann, die transformative Lernerfahrungen gemacht haben. Das hängt mit dem ganzheitlichen Charakter der Lernprozesse und mit den verschiedenen Bewußtseinszuständen, die dabei durchlaufen werden, zusammen (vgl. *Tart* 1985, 233f.). Außerdem gehe ich davon aus, daß wir nichts über eine objektive Realität wissen können und unsere Realitäten eigenständig konstruieren. Eine Verständigung zwischen Menschen, die notwendigerweise in jeweils eigenständigen Realitäten leben, ist durchaus möglich, aber nur dann, wenn sich die Kommunikationspartner bewußt sind, daß sie es mit unterschiedlichen Realitäten zu tun haben. Beharrt einer der Gesprächspartner auf der Existenz einer objektiven Realität, die mehr oder weniger richtig begriffen werden kann, ist eine Verständigung unmöglich oder zumindest sehr erschwert. Ich riskiere also, daß die Kategorien und Kriterien eines Modells für transformative Lernprozesse für diejenigen, die solche Erfahrungen nie bewußt gemacht haben, leere Begriffe bleiben und daß die Aussagen, die wir mit Hilfe dieser Kategorien und Kriterien über transformative Lernprozesse in der Praxis machen, mißverständlich und unbefriedigend für sie sind.

Grundannahmen über transformative Lernprozesse

Die Theorie der Gestalttherapie lieferte mit dem Konzept des Kontaktzyklus einen fundierten und recht klaren Erklärungsansatz, der allerdings nicht nur für transformative Lernprozesse gilt, sondern für Wachstumsprozesse ganz allgemein. Wilber bietet ein Bild an, dessen Konturen noch sehr unscharf sind. Ich hatte es mir zur Aufgabe gemacht, die schemenhaften Gestalten auf diesem Bild durch die Untersuchung anderer Theorieansätze klarer nachzuzeichnen. Jantschs, Batesons und Freires theoretische Überlegungen erschienen mir dabei hilfreich und in sich schlüssig. Was aber verbindet diese Ansätze, was ist ihnen trotz ihrer unterschiedlichen Herkunft und Interessen gemeinsam? Mit Hilfe von Antworten auf diese Fragen will ich das Bild weiter ausgestalten.

Als gemeinsame Merkmale und Bedingungen transformativer Lernprozesse sehe ich die folgenden:

1. *Bewußtseinsprozesse beim transformativen Lernen schließen Erfahrungsprozesse ein.* Das Bewußtsein des Lernenden bezieht sich auf Erfahrung, und die Erfahrung beeinflußt das Bewußtsein. Genau genommen ist Erfahrung, die für transformative Lernprozesse wirksam wird, immer *bewußte* Erfahrung, und auch jede Reflexion bezieht sich auf bewußte Erfahrung. Sogar die Reflexion, die den Prozeß der Reflexion reflektiert, also die Selbstreflexion, bezieht sich auf Erfahrung, nämlich auf eben die bewußte Erfahrung des Reflektierens.

2. *Transformative Lernprozesse können durch jede Erfahrung ausgelöst werden, wenn diese Erfahrung bewußt wird und in Beziehung zu verschiedenen Kontexten Bedeutung erhält.* Es bedarf also nicht außergewöhnlicher Erfahrungen im Leben eines Menschen, damit Wandlungsprozesse bei ihm ausgelöst werden. Das ermutigt mich zu der berechtigten Annahme, daß auch in pädagogischen Lernsituationen, in denen außergewöhnliche Erfahrungen selten sind, transformative Lernprozesse ausgelöst werden können.

3. *Transformative Lernprozesse sind durch zyklische Bewußtseinsprozesse charakterisiert.* Sie sind also nicht linear zu verstehen als zielgerichtetes Geschehen, das einen Anfang und ein Ende hat oder das immer von einer Stufe zur nächst höheren fortschreitet. Vielmehr entstehen in jeder Phase des Bewußtseinsprozesses besondere Schwierigkeiten und Widerstände, die entweder zu einer neuen Herausforderung für den Lernenden werden, und die wieder einen Prozeß initiieren, oder die ihn zum Stillstand kommen lassen können. Dieser immer von neuem beginnende Prozeß selbst ist das Ziel.

4. *Die Lernenden können sich über die Qualität ihrer eigenen Lern- und Bewußtseinsprozesse täuschen und getäuscht werden.* Es können Pseudo-

Lern- und Bewußtseinsprozesse ausgelöst werden, die die Intentionen transformativen Lernens in ihr Gegenteil verkehren. Dies ist besonders deshalb problematisch, weil die Lernenden auch bei einer Perversion transformativer Bewußtseinsprozesse in gutem Glauben sein können, intensive und umwälzende Lernprozesse zu erleben.

5. *Transformative Lernprozesse können durch einen Lehrer angeleitet werden.* In der Persönlichkeit und Funktion des Leiters, Lehrers oder Meisters liegt sowohl die Möglichkeit, transformative Lernprozesse auszulösen und zu unterstützen, als auch die Gefahr, die Lernenden zu Pseudo-Lernprozessen zu verführen.

6. *Für den transformativen Lernprozeß spielen sowohl verschiedene Stufen des Bewußtseinsprozesses eine wichtige Rolle, als auch verschiedene Inhaltsebenen, auf die sich das Bewußtsein jeweils bezieht.*

7. *Transformative Lernprozesse können immer als Kontaktprozesse nach dem Gestalt-Modell des Kontaktzyklus verstanden werden, ganz gleich, welche Aspekte des Bewußtseinsprozesses betroffen sind und auf welche Inhalte sich diese beziehen.*

Diese allgemeinen Merkmale der Bewußtseinsprozesse und ihre Bedingungen, die ich auf dem Hintergrund unseres Vorverständnisses von transformativen Lernprozessen aus den verschiedenen Theorieansätzen herauslese, nutze ich als Eckpfeiler eines Modells für die Untersuchung transformativer Lernprozesse in der Praxis. Ich beginne bei der Ausgestaltung meines Modells mit den Inhalten, die als Ebenen der Selbstverwirklichung im Prozeß transformativen Lernens zu verstehen sind. Ich will diese Inhalte in Kategorien fassen und konkreter beschreiben. Danach will ich Dimensionen herausarbeiten, unter denen die Bewußtseinsprozesse selbst betrachtet werden können, und schließlich werde ich sowohl die Inhaltsebenen als auch die Ausprägungen der Dimensionen der Bewußtseinsprozesse auf den Kontaktzyklus der Theorie der Gestalttherapie beziehen.

Ebenen der Selbstverwirklichung

Bei der Strukturierung der Inhaltsebenen greife ich auf Wilbers 'Spektrum des Bewußtseins' zurück. Wilber spaltet das Bewußtsein nach dem Kriterium der Grenzziehung — also dessen, was als Selbst bzw. als abgetrenntes Nicht-Selbst wahrgenommen oder erfahren wird — in Ebenen auf. Ich werde dieses Kriterium aufgreifen, aber die Begriffe der Ebenen inhaltlich insofern erweitern, als sie sowohl die Ebenen des Bewußtseins als auch die auf diesen Ebenen gewöhnlich wahrgenommenen Erfahrungen benennen sollen.

Für die erste Ebene, von der ich sprechen werde, fasse ich die Persona- und die Ich-Ebene Wilbers zusammen zur *intrapersonalen Ebene:* der Focus des Lerngeschehens liegt bei den Prozessen innerhalb des Individuums und kann sich sowohl auf den psychischen Bereich als auch auf den physischen Bereich beziehen. Dieser Focus verschiebt sich auf der nächsten Ebene vom Individuum zur Interaktion zwischen Menschen, weshalb ich diese Ebene die *interpersonale Ebene* nenne. Es erscheint mir sinnvoll, auch die interpersonale Ebene in zwei Bereiche aufzugliedern:
— den Bereich der zwischenmenschlichen Interaktion, in dem ein Individuum versucht, den auf der intrapersonalen Ebene wahrgenommenen Bedürfnissen nachzukommen.
— den gesellschaftlichen Bereich, in dem es darum geht, die Befriedigung persönlicher Bedürfnisse in Einklang zu bringen mit der sozialen und politischen Verantwortung.

Auf der dritten Ebene wird ein Standort eingenommen, der die zwischenmenschlichen Beziehungen transzendiert, sodaß ich hier von einer *transpersonalen Ebene* spreche. Inhaltlich geht es dabei um das Erfassen übergeordneter Zusammenhänge lebendiger Systeme. Je nachdem, wie umfassend dabei das Bezugssystem ist bzw. in welchem Umfang die Auflösung von Grenzen fortschreitet, gliedere ich auch diese Ebene in zwei Bereiche, den ökologischen Bereich und den kosmischen Bereich. In beiden Bereichen werden Erfahrungen gemacht, in denen die Natur bzw. die Materie und der Kosmos als etwas Lebendiges bewußt erlebt werden.

Für alle Bereiche der verschiedenen Ebenen gilt, daß ihre Inhalte lediglich Ausschnitte der »Realität« repräsentieren. In vielen Arbeiten über neue Denkansätze wird die Welt (Realität) als ein komplexes System interagierender Teilsyteme verstanden (vgl. z.B. *Zukav* 1985 und *Russell* 1984). Nach dieser Sichtweise entsprechen die Inhalte jeder Ebene einem Teilsystem. Dabei ist auf jeder neuen Ebene das Teilsystem der vorangegangenen Ebene in ein komplexeres Teilsystem integriert (analog der Integration der Ebenen bei Wilber). Mit fortschreitender Entwicklung werden immer mehr Ausschnitte der Realität wahrgenommen, ohne daß sie jedoch jemals vollkommen in ihrer Komplexität als Gesamt-System erfaßbar wird.

Die Ebenen der Selbstverwirklichung im Überblick

- intrapersonale Ebene
  - psychischer Bereich
  - physischer Bereich
- interpersonale Ebene
  - zwischenmenschlicher Bereich
  - gesellschaftlicher Bereich
- transpersonale Ebene
  - ökologischer Bereich
  - kosmischer Bereich

Diese Ebenen und Bereiche der Selbstverwirklichung will ich im einzelnen im Hinblick auf transformative Lernprozesse konkretisieren.

Die intrapersonale Ebene

Auf dieser Ebene geht es um Lernprozesse, deren Focus innerhalb eines Individuums liegt. Derartige Selbst-Erfahrung kann in verschiedenen Bereichen der Persönlichkeit ansetzen:
a) im psychischen Bereich
b) im physischen Bereich

Im *psychischen Bereich* geht es, allgemein gesagt, um das Auftauchen unbekannter Anteile der Persönlichkeit. Das entspricht nach dem Wilberschen Modell der Grenzziehung zwischen Persona und Schatten. Das Auftauchen von Anteilen des Schattens kann Eigenschaften, Verhaltensweisen, Gefühle oder auch verschüttetes archetypisches Wissen zum Inhalt haben. Im Umgang mit derartigen Anteilen sind prinzipiell zwei Formen möglich:
— der auftauchende Anteil kann vom Menschen als Teil seiner Persön-

lichkeit akzeptiert, und ins Selbst integriert werden;
— der auftauchende Anteil löst Widerstand und Angst aus und wird verdrängt. Diese Widerstände und Ängste werden dadurch erzeugt, daß der entdeckte Anteil gegen ein Introjekt verstößt, und deshalb unannehmbar für das Selbst ist. Dieser unbewußt ablaufende Prozeß verläuft dann folgerichtig dahingehend weiter, daß die dem eigenen Selbst als nicht zugehörig erkannten Anteile notwendigerweise dem Nicht-Selbst, also anderen Personen oder Objekten zugesprochen werden; sie werden also projiziert.

Im *physischen Bereich* geht es darum, den Körper bzw. die von ihm ausgesendeten Signale (Schmerzen, Verspannungen etc.) in das Ich zu integrieren. Damit ist hier ein Bereich angesprochen, der bei Wilber der Ich-Ebene (Grenzziehung: Ich / Körper) entspricht.

In der Regel wird der Körper, besonders wegen seiner teilweise nicht der Kontrolle bzw. dem Willen unterliegenden Funktionen (ich kann mir z.B. nicht vornehmen, mich nicht zu verspannen oder mein Essen besser zu verdauen) als etwas Bedrohliches empfunden und deshalb zum Objekt gemacht, das nichts mit dem »Ich« zu tun hat. Das hat zur Folge, daß man Signale des Körpers, z.B. Krankheit, als Strafe oder Heimsuchung empfindet, denn der Körper wird als Feind des Ich gesehen. An dieser Stelle wird klar, daß die Abspaltung des Körpers zu einer Dynamik führt, in der die Fronten (bzw. Grenzen nach Wilber) immer undurchlässiger werden, wodurch weder seelisches noch körperliches Wohlbefinden eintreten kann. Dagegen ermöglicht die Integration von Ich und Körper deren Zusammenwirken (statt deren Bekämpfung) und damit Entwicklung und Wachstum. So können die Signale des Körpers als ernst zu nehmende und (im Gegensatz zu sprachlichen Signalen) untrügliche Aussagen verstanden werden, die ständig die Gedanken und Absichten des Ich kommentieren oder begleiten (mit Angst, Aufregung, Freude etc.).

Die interpersonale Ebene

Auf dieser Ebene geht es um Erfahrungen, in denen der Umgang des Individuums mit seinem sozialen Umfeld zum Gegenstand der Lernherausforderung wird (entsprechend einem Ausschnitt der Grenzziehung zwischen Gesamtorganismus und Umwelt bei Wilber). Diese Lernherausforderung konkretisiert sich in zwei Schritten, die allerdings nur analytisch getrennt werden können: Zunächst kann der einzelne — nachdem er auf der intrapersonalen Ebene in Kontakt mit seinen Bedürfnissen kommen konnte — nun lernen, in Kontakt mit anderen Menschen zu kommen, um seine Bedürfnisse zu befriedigen, was ich zuvor unter dem Begriff zwischenmenschlicher Bereich der interpersonalen Ebene zusammengefaßt habe.

Wenn man gelernt hat, seine Bedürfnisse klar herauszustellen und zu verfolgen, tritt die zweite Lernherausforderung dieser Ebene auf: Während im ersten Lernschritt die Auswahl der Möglichkeit zur Bedürfnisbefriedigung primär von den individuellen Interessen gesteuert wird (dort ist das Ziel, seine Bedürfnisse überhaupt erst einmal zu äußern und ihnen Raum zu geben), geht es jetzt darum, bei der Bedürfnisbefriedigung den engeren und weiteren gesellschaftlichen Kontext (gesellschaftlicher Bereich der interpersonalen Ebene) zu berücksichtigen. Das bedeutet z.B., daß die Art der Realisierung einer Bedürfnisbefriedigung nicht — wie im ersten Schritt — nur davon abhängt, wonach dem einzelnen gerade zumute ist, sondern daß sie flexibel gehandhabt werden kann. In der Sprache der Lerntypologie von Bateson heißt das, daß alte Gewohnheiten durch neue Gewohnheiten ersetzt werden können (Lernen II). Dadurch wird das Verhaltensrepertoire erweitert und die Möglichkeit geschaffen, sich für kontextangemessene Verhaltensweisen zu entscheiden. Dieser Lernschritt scheint zunächst nichts mit der Qualität transformativen Lernens gemein zu haben. Denn hier wird lediglich die Oberflächenstruktur angesprochen und bewegt (vgl. Wilbers Entwicklungsmodell des Bewußtseins — S. 89 ff.), indem alte, erlernte Gewohnheiten verlernt bzw. durch neu erlernte Gewohnheiten ersetzt werden. Sieht man diese Phase jedoch im Zusammenhang mit den zuvor laufenden und den darauf folgenden Phasen*, so kann ihr für das transformative Lerngeschehen eine wichtige Funktion zukommen: Dadurch, daß die Art und Weise der Realisierung eines Bedürfnisses nicht mehr allein vom Ich bestimmt, sondern auch auf den Kontext abgestimmt wird, kann der für transformatives Lernen nötige Prozeß der Disidentifikation eingeleitet werden. Darüberhinaus können umfangreiche Erfahrungen von alternativen Strategien zur Problemlösung

*Die Phasenfolge ist nicht im linearen Sinn zu verstehen, sondern wird nur zur Andeutung der Zusammenhänge in zeitlich aufeinanderfolgenden, scheinbar abgeschlossenen Schritten dargestellt.

(Lernen II) wichtige Voraussetzungen für die Lernen-III-Kompetenz der nächsten Ebene schaffen.

Die transpersonale Ebene

Auf dieser Ebene geht es nun nicht mehr um das Auflösen der Grenzen, die innerhalb eines Menschen (intrapersonal) oder zwischen mehreren Menschen (interpersonal) bestehen, sondern um das Überschreiten der Grenzen, durch die sich die Menschen noch als abgetrennt von den sie umgebenden lebendigen Systemen bzw. dem Gesamtsystem (Kosmos) erfahren.

Auf der intra- und interpersonalen Ebene sind die Grenzen bzw. das damit verbundene Defizit-Empfinden an das Ich gebunden, das nach Befriedigung verlangt. Dabei geht es darum, sich dahingehend zu *verändern,* daß die Grenzen durchlässiger werden bzw. sich auflösen: Neue, subtilere Grenzen werden auf der jeweils nächsthöheren Ebene erfahrbar.

Auf der transpersonalen Ebene ist das Defizit oder das Bedürfnis dagegen nicht mehr an das Ich gebunden. Vielmehr bezieht es sich jetzt auf die Erfahrung des Abgetrennt-Seins von Natur und Kosmos, das durch die auf allen Ebenen ungestillt gebliebene Sehnsucht nach »Atman« (»Höchste Ganzheit« — vgl. *Wilber* 1984a, 27) motiviert wird. Damit liegt der Focus der Erfahrung auf der transpersonalen Ebene jenseits der Bereiche, die ausschließlich den Menschen betreffen. Ein weiterer Unterschied zu den bisherigen Ebenen besteht darin, daß die Grenzen auf der transpersonalen Ebene nicht mehr durch subtilere Grenzen ersetzt werden können; man ist jetzt an der existenziellsten Grenze, der »Urgrenze« der Subjekt-Objekt-Trennung angelangt, deren Auflösung nicht mehr dadurch herbeigeführt werden kann, daß sie von einer noch existenzielleren Grenze abgelöst wird.

Das, was auf der intrapersonalen und der interpersonalen Ebene bisher als 'Lernerfahrungen' beschrieben wurde, entspricht im Prinzip dem Auflösen von Grenzen in der Art, daß sie durch subtilere Grenzen ersetzt werden. Dieses Lernen bewegt sich nach Wilber auf der Oberflächenstruktur, es entspricht einer »Veränderung« im Gegensatz zur »Verwandlung«. D.h. also, daß auf der intrapersonalen und der interpersonalen Ebene im Sinne von Veränderung gelernt wird.

Betrachtet man jedoch jetzt die transpersonale Ebene isoliert von den beiden anderen Ebenen, so stellt man fest, daß hier überhaupt nicht im herkömmlichen Sinn mit äußerlich sichtbaren Konsequenzen gelernt wird. Auch geschieht hier keine Veränderung. Vielmehr entspricht das bloße *Erfahren* auf der transpersonalen Ebene schon dem Bewegen der Tiefenstruktur, und damit einer Verwandlung oder Transformation. Der damit verbundene qualitative Sprung ist also *nicht ein Ergebnis der Erfahrung,* sondern die *Möglichkeit der Erfahrung selbst.* Und da diese Erfahrung nicht mehr aus einem Ich-Defizit bzw. einem Ich-Bedürfnis heraus gemacht wird, geht es hier nicht mehr darum, sich zu ändern, sondern zu SEIN. Dieser Bewußtseinszustand hat für transformatives Lernen jedoch nur im Zusammenhang des gesamten zyklischen Bewußtseinsprozesses Bedeutung. Für sich genommen wäre er das Ende des Prozeßhaften.

Die Erfahrung des SEINS ist nur dem analogen Wissen zugänglich. Das läßt sich mit Batesons Unterscheidung zwischen »Geist« und »GEIST« begründen: Auf der transpersonalen Ebene bekommt der »bewußte Geist« Zugang zum »unbewußten Denken«, was schließlich die transpersonale Qualität ausmacht. Die Inhalte des »unbewußten Denkens« können dann zwar vom »bewußten Geist« erfahren und erlebt werden. Sie können jedoch nicht durch die ihm zur Verfügung stehenden digitalen Mittel, wie z.B. die Sprache, hinreichend beschrieben werden, weil die hier erfahrenen existenziellen Einsichten nicht von digitaler Qualität sind.

Auf der transpersonalen Ebene selbst findet kein Lernen im engeren Sinn statt. Betrachtet man dagegen das Zusammenwirken der intrapersonalen, interpersonalen und transpersonalen Ebene als einen zyklischen Bewußtseinsprozeß, so kommt darin der transpersonalen Erfahrung eine zentrale Bedeutung für transformatives Lernen zu: Wenn auch auf der transpersonalen Ebene keine Lernerfahrungen mehr stattfinden, so sind doch transpersonale Erfahrungen notwendig für das Auflösen von Grenzen auf allen anderen Ebenen, und stellen damit eine entscheidende Bedingung für transformatives Lernen dar. Denn in der transpersonalen Erfahrung hat man Zugang zu seinem transpersonalen Zeugen bzw. dem transpersonalen Selbst gefunden. Erst dieser Zugang ermöglicht die Disidentifikation auch auf den unteren Ebenen der Selbstverwirklichung.

Wilbers Aussagen zu diesem Punkt verstehe ich so, daß sich auf den unteren Ebenen die Möglichkeit zur Disidentifikation allein aus dem Umstand erklärt, daß sich der Lernende mit einem subtileren Inhalt bzw. der damit verbundenen subtileren Grenzziehung identifizieren kann. Die

Möglichkeit zur Disidentifikation läßt sich jedoch nicht aus der anschließenden neuen Identifikation allein erklären. Dazwischen muß das Moment transpersonaler Erfahrung liegen, die das Loslassen ermöglicht, bevor dann im Anschluß an solch eine transpersonale Erfahrung wieder eine Identifikation mit einem subtileren Inhalt stattfinden kann.

In den Ausführungen der transpersonalen Psychologin Frances Vaughan wird diese Notwendigkeit einer transpersonalen Erfahrung für *jede* Disidentifikation berücksichtigt (*Vaughan* 1985): Die Identifikation mit dem Ich oder der Persönlichkeit muß transzendiert werden, ohne auf Sicherheiten zurückgreifen zu können. Auch Maslows Untersuchungen von »Gipfelerlebnissen« können insofern zur Unterstützung und Differenzierung dieser Hypothese herangezogen werden, als er zu dem Ergebnis kommt, daß fast jeder Mensch transpersonale Erfahrungen macht, nur daß dies mehr oder weniger unbewußt geschieht (vgl. auch *Kakuska* 1984, 196 ff.). Auf die verschiedenen Ebenen angewandt heißt das: Von jeder Ebene aus können transpersonale Momente erlebt werden; sie unterscheiden sich allerdings durch das Ausmaß an Bewußtheit, mit der sie wahrgenommen werden.

Auf Grund meiner Annahme von der Notwendigkeit transpersonaler Erfahrungen für die Disidentifikation sind diese also einerseits die Voraussetzung für Disidentifikation auf den unteren Ebenen und damit eine Bedingung für transformatives Lernen; andererseits ermöglicht eine gelungene Disidentifikation und Integration den Zugang zu bewußten transpersonalen Erfahrungen.

Damit die Disidentifikation zu einer solchen Voraussetzung für bewußte transpersonale Erfahrungen werden kann, ist ein erfahrener Lehrer, Therapeut oder Meister oft hilfreich. Dieser Begleiter muß transpersonale Bewußtseinszustände für möglich halten und eigene Erfahrungen damit haben. Die Rolle und Bedeutung eines solchen Begleiters wird von Bateson und Berman u.a. in der Weise beschrieben, daß sein Vorhandensein dem Lernenden (dessen 'Ich' sich 'auflöst', was von großer Angst begleitet ist) beweist, daß es etwas gibt, was diesen Prozeß überlebt. Außerdem erwähnt Berman genau die Funktion des Lehrers, die die Grenzziehung zwischen Bewußtem und Unbewußtem zu überschreiten hilft: Ein entsprechend fähiger Begleiter unterstützt den Lernenden dabei, sich der auf den unteren Ebenen bereits vorkommenden, aber noch unbewußten transpersonalen Erfahrungen bewußt zu werden, um sie dann im weiteren

Lernprozeß nutzen zu können. Daraus kann sich die Fähigkeit entwickeln, sich eigenständig (also ohne Begleiter mit transpersonalen Erfahrungen) der transpersonalen Erfahrungen in Lernprozessen bewußt zu werden. Auf diese Weise kann der Lernende eine wichtige Voraussetzung für Lernen III (nach Bateson) schaffen.

Wie schon bei den bisherigen Ebenen, unterscheide ich auch auf der transpersonalen Ebene zwei Bereiche: den *ökologischen* Bereich und den *kosmischen* Bereich. In beiden Bereichen werden bewußte transpersonale Erfahrungen gemacht, die sich jedoch noch qualitativ unterscheiden: So wird im ökologischen Bereich zwar schon wahrgenommen, daß lebendige Systeme miteinander in Beziehung stehen; der Mensch nimmt sich dabei jedoch als *Komponente* oder *Teil eines Gesamtsystems* wahr, und zieht damit noch eine Grenze zwischen sich und dem Gesamtsystem. Das Selbst des Menschen ist hier also noch nicht vollständig transzendiert, sondern zunächst einmal durchlässig für bewußte transpersonale Erfahrungen.

Erst im kosmischen Bereich löst sich das personale Selbst vollständig auf. Es existiert keine Instanz mehr, die wahrnimmt, sondern der Wahrnehmende und das Wahrgenommene sind eins. Der Mensch nimmt sich hier nicht mehr als Teil eines Gesamtsystems wahr, sondern er ist gewissermaßen das Gesamtsystem. Erst jetzt ist nach dem Modell von Bateson die Grenze zwischen 'bewußtem Geist' und 'unbewußtem Denken' aufgelöst; es gibt keinen abgetrennten 'Geist' mehr; 'Geist' ist jetzt aufgehoben im gesamten System, das als 'GEIST' erlebt wird. Das, was erlebt wird, sind die alles Lebendige verbindenden Muster.

Ebenen der Selbstverwirklichung und Kontaktprozeß

Als Grundkonzept für die Erklärung von Wandlungsprozessen durch Lernen habe ich den Kontaktzyklus aus der Theorie der Gestalttherapie angenommen. Daher müssen sich die Phasen des Kontaktzyklus auf die Ebenen und Bereiche der Selbstverwirklichung beziehen lassen. Dies geschieht in zweierlei Hinsicht: Auf jeder Ebene können sich Kontaktprozesse vollziehen: ich kann (auf der intrapersonalen Ebene) in Kontakt mit meinen Gefühlen, Ängsten, Gedanken und Phantasien, also den Wahrnehmungen des Innenraumes kommen. Auf der interpersonalen Ebene kann ich in einen Kontaktprozeß mit anderen Menschen kommen usw. Der Lernprozeß kann jeweils an den Störungen und Unterbrechungen in diesem Kontaktprozeß einsetzen. Diese Kontaktprozesse innerhalb einer

Ebene sind als *Teilprozesse eines ebenenübergreifenden Kontaktprozesses* zu verstehen, um den es mir hier vor allem geht.

Auf der *intrapersonalen Ebene* ist der Focus des transformativen Lerngeschehens auf die Wahrnehmung und Erforschung der inneren Prozesse gerichtet. Dazu zählt das Kennenlernen bzw. Bewußtwerden der psychischen und physischen Bedürfnisse, Impulse und Signale, die jenseits der Grenzen dessen liegen, was als dem Selbst zugehörig akzeptiert wird. Die Lernherausforderung dieser Ebene besteht in der Auflösung des Widerstands gegen das Akzeptieren der abgespaltenen Anteile des Selbst. In Bezug auf die Phasen des Kontaktprozesses weisen die Lerninhalte und Erscheinungsformen der intrapersonalen Ebene auf den *Übergang vom Vorkontakt zum Kontaktnehmen* hin. Die zunächst diffus erlebten Impulse und Bedürfnisse werden zur Figur auf dem Hintergrund der Selbstwahrnehmung.

Der Focus der Lernprozesse bei der *interpersonalen Ebene* liegt im *Realisieren* und *Befriedigen* der auf der intrapersonalen Ebene bewußt gewordenen Bedürfnisse, Impulse und Interessen im zwischenmenschlichen und gesellschaftlichen Kontext. Die Lernherausforderung besteht hier im Auflösen der Grenzziehung zwischen dem Individuum und der sozialen Umwelt, sodaß es zum sozialen Kontakt kommen kann, in dem Bedürfnisse ausgelöst und wirksam werden können. Im Kontaktzyklus kommt der interpersonalen Ebene damit der Platz *zwischen der Stufe des Kontaktnehmens und der des Kontaktvollzugs* zu, da ihr Lerninhalt gerade darin besteht, »Kontakt« mit anderen Menschen und in Gemeinschaften zu lernen bzw. Bedürfnisse wirksam werden zu lassen.

Der Focus der Lernprozesse bei der *transpersonalen Ebene* liegt im *Loslassen der Ich-Impulse und Bedürfnisse.* Aspekte der zuvor als vom Selbst getrennt erlebten Welt werden in das Selbst integriert, die Figur löst sich auf, alles wird Hintergrund. Damit wird auf der transpersonalen Ebene etwas geleistet, was analog zum *Übergang vom Kontaktvollzug zum Nachkontakt* ist.

Aus der Analogiebildung zwischen den Ebenen und Bereichen der Selbstverwirklichung und den Phasen des Kontaktzyklus wird zweierlei deutlich:

— Gelungene Kontaktprozesse ermöglichen transpersonale Erfahrungen
— Ein vollständiger Kontaktprozeß berührt *alle* Ebenen menschlichen Seins.

Der so oft erhobene Vorwurf, die Konzentration der Lernprozesse (beispielsweise in Selbsterfahrungsgruppen) auf die Erforschung des Selbst, führe zur Vernachlässigung gemeinschaftlicher, politischer und ökologischer Probleme und Verantwortlichkeiten, trifft nur dann zu, wenn der ebenenübergreifende Kontaktprozeß ignoriert wird. Die Lernarbeit an den Störungen und Unterbrechungen der kontaktvollen Selbstverwirklichung dagegen hat immer auch gemeinschaftliche, politische und ökologische Dimensionen.

Mit diesem Versuch einer Zuordnung der Ebenen und Bereiche der Selbstverwirklichung zu den Phasen des Kontaktzyklus habe ich die erste Matrix eines Modells zur Untersuchung transformativer Lernprozesse gewonnen.

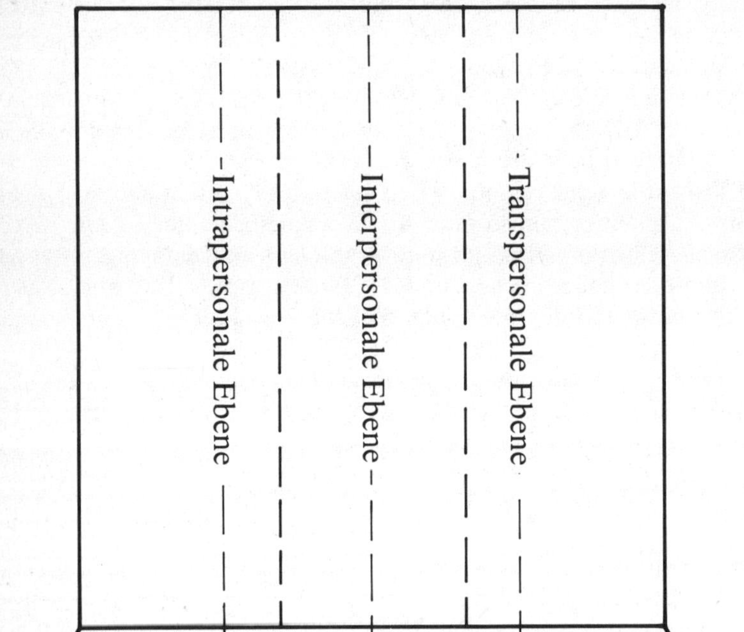

Dimensionen der Bewußtseinsprozesse

Bei meinen Versuchen, die vielfältigen Anregungen zu ordnen, die die Theorien zur Bewußtseinsentwicklung auf der Grundlage unserer Vorannahmen über transformative Lernprozesse bieten, habe ich mich zunächst auf die Inhalte der Bewußtseinsprozesse konzentriert. Diese nach Ebenen der Selbstverwirklichung geordneten Inhalte habe ich auf die Phasen des Kontaktprozesses bezogen. Ich will mich jetzt der Qualität der Bewußtseinsprozesse zuwenden, diese strukturieren und wiederum auf Kontaktprozesse beziehen.

Modus der Realitätskonstruktion

Eine erste Dimension der Bewußtseinsprozesse zeichnet sich ab, wenn ich der Frage nachgehe, *wie wir Realität konstruieren.* Wir machen im Lernprozeß Erfahrungen, die wir reflektieren. Erfahrungen, die bewußt werden, sind immer schon reflektierte Erfahrungen. Wir nehmen in der Erfahrung das wahr, was wir glauben. Umgekehrt prägt auch das, was wir wahrnehmen, unsere Weltbilder. Auf der einen Seite der Dimension steht also der Pol der reinen Erfahrung: wir tauchen in die Erfahrung ein; indem wir dieser Erfahrung Bedeutung geben, nehmen wir wahr, was die Erfahrung bei uns an Sinneseindrücken, Körperempfindungen, Gedanken und Phantasien auslöst. Die reine Erfahrung wird also zur bewußten Erfahrung, indem wir einen Ausschnitt aus dem kontinuierlichen Erfahrungsprozeß, in den wir eingebunden sind, herausgreifen. Auf diese Weise können uns die zu Automatismen gewordenen Wahrnehmungsmuster und Gewohnheiten bewußt werden. Sie können immer wieder zum Ausgangspunkt für transformative Lernprozesse werden. Diese bewußten Erfahrungen unserer Wahrnehmungsmuster und Gewohnheiten werden in zunehmend allgemeinerer Form reflektiert. Hierzu verwenden wir die Kategorien unserer Alltagstheorien und Modelle wissenschaftlicher Theorien, die uns helfen, unsere Erfahrungen zu verstehen und in unsere kognitiven Strukturen einzuordnen.

Da wir es sind, die die Erfahrungen reflektieren und diese Reflexion immer auch davon abhängig ist, welche Bilder von der Realität wir uns konstruieren, steigert sich die Reflexion zur Selbstreflexion, also der Reflexion darüber, wie wir reflektieren. Selbstreflexion ist also der Gegenpol zur reinen Erfahrung. Die Dimension, die den Modus unserer Realitätskonstruktion beschreibt, erstreckt sich also von der reinen Erfahrung über die bewußte Erfahrung, die Reflexion dieser bewußten Erfahrung bis zur Selbstreflexion.

Modus der Realitätskonstruktion
Reine Erfahrung — bewußte Erfahrung — Reflexion — Selbstreflexion

Eine Konkretisierung dieser Dimension leistet beispielsweise Freire. Das Ergebnis des dialektischen Prozesses aus Aktion und Reflexion ist eine Praxis, die aus dem Bewußtsein über die Lebenssituation resultiert. Freire hält es für möglich, über das Konzept der »thematischen Untersuchung« der Lebenssituation der Lernenden und über die »generativen Themen«, die sich bei der gemeinsamen Untersuchung herauskristallisieren, einen Zugang zu diesem Bewußtsein zu erhalten. Aus Freires Konzept wird die Notwendigkeit deutlich, daß Erfahrung immer wieder in die Selbstreflexion eingehen muß, und daß die Bewußtseinserweiterung durch Selbstreflexion wieder in die Erfahrung einfließt. Gewinnt der Pol der Selbstreflexion das Übergewicht, entsteht das, was Freire die »Mythologisierung der Bewußtseinsbildung« nennt. Ein solches, von der Erfahrung abgetrenntes Bewußtsein ist z.B. bei Menschen anzutreffen, die sehr genau über Inhalte und Prozesse ihrer eigenen Psyche bescheid wissen, dieses Wissen jedoch nicht in Beziehung zu ihren Verhaltensweisen und Erfahrungen setzen können.

Ein einseitiger Schwerpunkt kann auch auf dem Pol der Erfahrung liegen. Er äußert sich beispielsweise in einem starken Bedürfnis nach intensiven Erfahrungen, die es gilt, möglichst häufig zu erleben. Eine derartige, von der Reflexion und Selbstreflexion abgetrennte, bewußte Erfahrung ist bei den Menschen anzutreffen, die sich beispielsweise in außergewöhnlich gefährliche Situationen begeben (etwa beim Bergsteigen). Aber auch therapeutische Gruppen können einen solchen Reiz ausüben. Diese Menschen werden süchtig nach intensiven Erfahrungen, können sie aber nicht in den Kontext ihrer Lebenssituationen integrieren.

Nach der Lerntypologie von Bateson entspricht der Pol 'Erfahrung' als bloßes Reagieren mit unbewußten und unreflektierten Wahrnehmungsmustern und Gewohnheiten dem Lernen I oder II. Diese Wahrnehmungsmuster und Gewohnheiten sind, wie Bateson betont, für die Bewältigung des Alltags an sich sehr nützlich. Denn sie sind erprobt und für effektiv befunden worden und schränken somit die ständige Auseinandersetzung mit den Realitätswahrnehmungen auf ein erträgliches Maß ein. Der transformative Lernprozeß kann da ansetzen, wo die Automatismen zu Widersprüchen und Defiziten führen.

Zu den Dimensionen der evolutionären Bewußtseinsentwicklung von Erich Jantsch — 'organismisches, reflexives und selbstreflexives Bewußtsein' — läßt sich eine Analogie zur Dimension »Modus der Realitätskonstruktion« aufzeigen. Diese Dimension weist auf die Merkmale des 'selbstreflexiven Bewußtseins' hin, das es dem Menschen erlaubt, größtmögliche Unabhängigkeit von der Umwelt zu gewinnen und mit Hilfe von gedanklichen Konstruktionen in die Zukunft hinein zu planen und die Umwelt auch danach zu gestalten.

Transzendenz der Selbst- und Weltbilder

Die Notwendigkeit transpersonaler Erfahrungen als Bedingung für transformative Lernprozesse weist auf eine zweite Dimension der Bewußtseinsprozesse hin. Transpersonale Erfahrungen sind eine Bedingung dafür, daß wir uns aus den emotionalen und gedanklichen Verstrickungen lösen, uns disidentifizieren können. Disidentifikation ermöglicht das Integrieren von neuen Einsichten in das Selbst, sobald wir diese nicht mehr bewerten — und das heißt, sie nicht mehr zu bekämpfen. Doch auch die Fähigkeit zur Disidentifikation ist nur ein Pol, der des Gegenpols der Identifikation bedarf. In der Identifikation sind wir eins mit dem, was wir wahrnehmen, wir trennen das Wahrgenommene nicht mehr vom Selbst ab und projizieren es nicht mehr auf die Umwelt.

Zwischen diesen beiden Polen ist der Raum abgesteckt, innerhalb dessen der Bewußtseinsprozeß pendeln muß. Der Lernende muß sich einerseits mit Wahrnehmungen von sich selbst oder seiner Welt identifizieren können, um deren Erlebnisqualität spüren zu können, andererseits muß er dieses Gefangensein im eigenen Erleben und in der eigenen Weltsicht auch transzendieren können, wobei bewußte oder unbewußte transpersonale Erfahrungen die Brücke bilden über den Abgrund, der durch den drohenden Verlust der eigenen Selbst- und Weltbilder geöffnet wird.

Transzendenz der Selbst- und Weltbilder

Identifikation — transpersonale Erfahrung — Disidentifikation

Auch für den Bewußtseinsprozeß in dieser Dimension gilt, daß er zwischen den Polen pendeln muß, damit transformatives Lernen geschehen kann. Solange ein Mensch vollständig mit seinem eigenen Selbst- und Weltbild identifiziert ist, besteht keinerlei Motivation, diese Realitätskonstruktion in Frage zu stellen und zu transzendieren. Versetzt sich ein Lernender dagegen durch intensive Übungen in östlichen Methoden der Bewußtseinsentwicklung in den Zustand der Disidentifikation, ohne wieder in die Emotionen auslösende Identifikation einzutauchen, verliert er den Kontakt zu seiner Umwelt und wird neuen Erfahrungen unzugänglich.

Identifikation und Disidentifikation stehen in einer dialektischen Beziehung zueinander. Die Identifikation mit der Erfahrung auf einer Ebene der Selbstverwirklichung ist an die Disidentifikation auf einer anderen Ebene gekoppelt und umgekehrt. Der Prozeß der Identifikation mit abgespaltenen Teilen des Selbst — auf welcher Ebene der Selbstverwirklichung auch immer — kann den Prozeß der Disidentifkation auslösen, und Disidentifikation kann Voraussetzung für die Möglichkeit zur Identifikation mit bisher abgespaltenen Teilen des Selbst sein.

Auch für diese Dimension des Bewußtseinsprozesses bietet sich eine Analogie zu Jantschs Kategorien an: Das 'reflexive Bewußtsein' ermöglicht es uns, alternative Bilder von der wahrgenommenen Realität entstehen zu lassen und damit unabhängiger von unmittelbaren Reaktionen auf Umwelteinflüsse zu sein. In dieser Dimension geht es also um die Nähe und Distanz gegenüber unseren eigenen Realitätskonstruktionen, wobei die im limbischen System verankerten Emotionen eine wichtige Rolle spielen. Emotionale Verstrickung entspricht geringer Distanz, das nichtbewertende Loslassen von der Realitätswahrnehmung, an die wir uns emotional gebunden fühlen, entspricht großer Distanz, die aber zur Distanziertheit einer gefühllos wahrgenommenen und interpretierten Realität werden kann, wenn der Lernende auf dem Pol der Disidentifikation verharrt.

Dynamik der Wandlungsprozesse

Was geschieht mit unseren Selbst- und Weltbildern im transformativen Lernprozeß, wie kann dieser Prozeß ausgelöst und unterstützt werden? Diese Fragen führen mich zu einer dritten und letzten Dimension des Bewußtseinsprozesses. Indem sich der Lernende auf Erfahrungen einläßt und diese reflektiert, sich mit bisher abgespaltenen Teilen des Selbst identifiziert und sich wieder nichtbewertend von ihnen löst, werden bisherige Verhaltensweisen und Gewohnheiten, und das bedeutet Welt- und Selbstbilder, in Frage gestellt. Allerdings können wir nicht ohne Realitätskonstruktionen leben, da wir sie zur Orientierung in der Welt brauchen.

Bateson ist diesem Aspekt des Bewußtseinsprozesses von der Perspektive des Lehrers oder Therapeuten aus nachgegangen: der Lehrende konfrontiert den Lernenden mit seiner Wahrnehmung der Welt, er setzt Antithesen zu der bisherigen Welt- und Selbstsicht des Lernenden. Diese Herausforderung löst, wenn sie angenommen wird, starke Erregung und sogar Angst aus, denn die Identität des Lernenden gerät durch diese Konfrontation ins Wanken. Auf diesen gefährlichen Prozeß kann sich der Lernende nur einlassen, wenn er genügend Unterstützung in sich selbst (durch transpersonale Erfahrungen) oder / und in der Beziehung zum Lehrer findet. Denn der Zweck dieser Dynamik kann ja nicht darin bestehen, daß das Selbstempfinden völlig zerstört wird. Es bedarf also auch ein die Kontinuität unseres Selbst sicherndes und erhaltendes Moment im Lernprozeß. Damit sind die Pole bezeichnet, die das Spektrum der Dimension »Dynamik der Wandlungsprozesse« ausmachen:

Dynamik der Wandlungsprozesse		
Erhalten	————————	Zerstoren

Auch zwischen diesen Polen der Dimension muß immer wieder eine Balance hergestellt werden. Überwiegt das Moment des Erhaltens, können alternative Möglichkeiten der Realitätskonstruktion von den Lernenden gar nicht wahrgenommen werden. Dann überwiegt »Bestätigung« im Sinne Jantschs. Überwiegt dagegen das zerstörende Moment, die »Erstmaligkeit« im Sinne Jantschs, kann das letztlich im Wahnsinn enden.

Die Dimension 'Dynamik der Wandlungsprozesse' läßt Analogien zum 'organismischen Bewußtsein' bei Jantsch zu. Das Erhalten und Zerstören ist ein Prinzip, dem alle evolutionären Prozesse zu folgen scheinen; es ist der existenziellste Selbstausdruck des Organismus: dieser existiert eine Zeit lang und vergeht wieder, um anderen Organismen Platz zu machen. In dieser befristeten Existenz und der Selbstaufgabe liegt offensichtlich ein Sinn des Lebendigen.

Die Dynamik des Bewußtseinsprozesses ist zugleich der risikoreichste und am wenigsten planbare Aspekt transformativer Lernprozesse. Die organismischen Bewußtseinsprozesse beziehen den kreativen Prozeß des Es ein und haben ihren eigenen Zeitrhythmus, weil nicht nur der neutrale Informationsaustausch eine Rolle spielt, sondern in starkem Maß auch der metabolische. Diese Stoffwechselprozesse brauchen mehr Zeit und haben andere Rhythmen als beispielsweise der Informationsaustausch über Sprache. Daraus ergibt sich eine wichtige pädagogische Aufgabe: die Grenze dessen, was an Zerstörung der Selbst- und Weltbilder ausgelöst werden darf, muß vom Lernenden und Lehrenden gemeinsam ebenso individuell beachtet werden wie das Maß und die Art der Unterstützung, die solche Zerstörungen des Alten und die Wiedererschaffung von etwas Neuem benötigen.

Bevor ich die Dimensionen des Bewußtseinsprozesses auf den Kontaktprozeß beziehe, will ich sie in ihren polaren Ausprägungen nocheinmal zusammenstellen:

DIMENSION	POL A		POL B	KATEG. V. JANTSCH
Modus der Realitätskonstruktion	Erfahrung	—	Selbstreflexion	selbstreflexives Bewußtsein
Transzendenz der Selbst- u. Weltbilder	Erhalten	—	Zerstören	reflexives Bewußtsein
Dynamik der Wandlungsprozesse	Identifikation	—	Disidentifikation	organismisches Bewußtsein

Bewußtseinsprozesse und Kontakt

Die Dimension »Modus«, »Transzendenz« und »Dynamik« und ihre Ausprägungen verstehe ich als *Aspekte* eines zyklischen bzw. dialektischen Prozesses. Diese Aspekte werden lediglich zum Zwecke analytischer Darstellung isoliert beschrieben und auf einzelne Phasen des Kontaktzyklus bezogen. Auch die Rede von einem Bedürfnis, Impuls usw. ist lediglich als Metapher für einen Aspekt der sehr komplexen intrapersonalen, interpersonalen und transpersonalen Wechselbeziehungen gemeint.

Eine Ausprägung der Dimension »Modus der Realitätskonstruktion« ist die 'reine Erfahrung', in der man unbewußt auf äußere oder innere Reize reagiert und sich außer eines diffusen Empfindens keines konkreten Bedürfnisses, Impulses, Gefühls, keines klaren Gedankens und keiner Phantasie bewußt ist. In der Erklärungsweise des Kontaktzyklus kann dies dem ungerichteten Bedürfnis oder Interesse, wie es im Vorkontakt angesiedelt ist, entsprechen, wenn damit der Beginn eines Kontaktprozesses gekennzeichnet ist. Im transformativen Lernprozeß werden Ausschnitte aus dem Erfahrungskontinuum aufgegriffen und bewußt gemacht. So kann ein Bedürfnis, Impuls usw. in der 'bewußten Erfahrung' sowohl konkret wahrgenommen werden, was der Phase des Kontaktnehmens entspricht, als auch ausgelebt werden, was der Phase des Kontaktvollzugs entspricht. Durch 'Reflexion' erhält die bewußte Erfahrung für den Lernenden auch im kognitiven Sinn Bedeutung und kann in der 'Selbstreflexion' in den Lebenskontext integriert werden. Dies entspricht der Phase des Nachkontakts.

Als Ausprägungen der Dimensionen »Transzendenz der Selbst- und Weltbilder« bezeichnete ich die Prozesse der 'Identifikation' und 'Disidentifikation'. Hinzu kommt die 'transpersonale Erfahrung' als unterstützendes Moment, das das Heraustreten aus der Identifikation — und damit die Disidentifikation — ermöglicht. Bezogen auf den Kontaktzyklus ergibt sich eine Analogie zwischen der Identifikation und den Phasen des Vorkontakts und des Kontaktnehmens. Dieser Versuch einer Zuordnung macht eine weitere Differenzierung des Begriffs Identifikation notwendig: Analog zum Vorkontakt (ungerichtetes Bedürfnis) kann man hier von einer unbewußten Identifikation sprechen. In der zweiten Phase, dem Kontaktnehmen, konkretisiert sich das Bedürfnis, der Impuls usw., der als dem Selbst zugehörig erlebt wird, so daß man nun von einer bewußten Identifikation sprechen kann. Die Zuordnung der transpersonalen

Erfahrung in die Stufen des Kontaktzyklus wird möglich, wenn man sich dabei auf die bewußte Form dieser Erfahrung bezieht. Diese entspricht dem Kontaktvollzug: Die alten Selbst- und Weltbilder, mit denen sich der Lernende identifiziert hatte, werden aufgegeben, ohne daß die Angst vor dem völligen Verlust des Selbst in der Phase des vollen Kontakts aufkommt. Die Fähigkeit zur Disidentifikation schließlich, die für das Integrieren der neuen Erfahrungen und Einsichten in das Selbst nötig ist, entspricht der vierten Phase, dem Nachkontakt. Dort existiert keine Figur mehr — alles ist Hintergrund. Die innere Haltung entspricht der des transpersonalen, nichtbewertenden Zeugen.

In der Dimension »Dynamik der Wandlungsprozesse« hatte ich die Pole 'Erhalten' und 'Zerstören' herausgearbeitet. Das Moment des Erhaltens kennt keine Herausforderung und keine Aufregung. Es erfüllt die Funktion des Stabilisierens des Selbst. Damit zeichnet sich eine Analogie zur ersten Stufe des Kontaktzyklus, dem Vorkontakt, ab: Es sind keine Impulse oder Bedürfnisse bewußt, die das Gewohnte verändern wollen, da das Moment des Erhaltens keine solchen Regungen zuläßt. Sobald das fest Eingefahrene jedoch in Frage gestellt wird, taucht erstmalig das Moment des Zerstörens auf. Jetzt treten Impulse zur Veränderung — entgegen der Tendenz zum Erhalten — an die Oberfläche, was der zweiten Phase des Kontaktzyklus, dem Kontaktnehmen entspricht. Im weiteren Verlauf des Bewußtseinsprozesses eignet sich der Lernende das Unbekannte und Neue im Kontaktvollzug an. Die diese Phase begleitende erhöhte Erregung macht deutlich, daß es sich um einen sehr intensiven Prozeß der Umstrukturierung des Selbst, der Zerstörung des Alten, handelt. Im Nachkontakt schließlich wird das Neue in das Selbst integriert. Das alte Selbst ist zerstört, ein neues Selbst entsteht.

Die Bewußtseinsprozesse in den drei Dimensionen »Modus«, »Transzendenz« und »Dynamik« können also auch als *Erscheinungsformen von Kontaktprozessen* interpretiert werden. Jeweils der eine Pol (Pol A) der Dimension entspricht dem Vorkontakt, der Gegenpol (Pol B) dem Nachkontakt. Die Phasen des Kontaktnehmens und des Kontaktvollzugs sind zwar nicht in gleicher Weise eindeutig den Ausprägungen der Dimensionen zuordenbar, aber es ist deutlich geworden, daß der zwischen den Polen pendelnde Bewußtseinsprozeß auch Qualitäten der Phasen des Kontaktnehmens und des Kontaktvollzugs hat, nämlich gesteigerte Erregung, Durchlässigwerden der Grenzen und Integration dessen, was an den Grenzen ausgetauscht wird.

Mit der Zuordnung der Ausprägungen der Dimensionen der Bewußtseinsprozesse zu den Phasen des Kontaktprozesses erhalte ich eine zweite Matrix zur Untersuchung transformativer Lernprozesse.

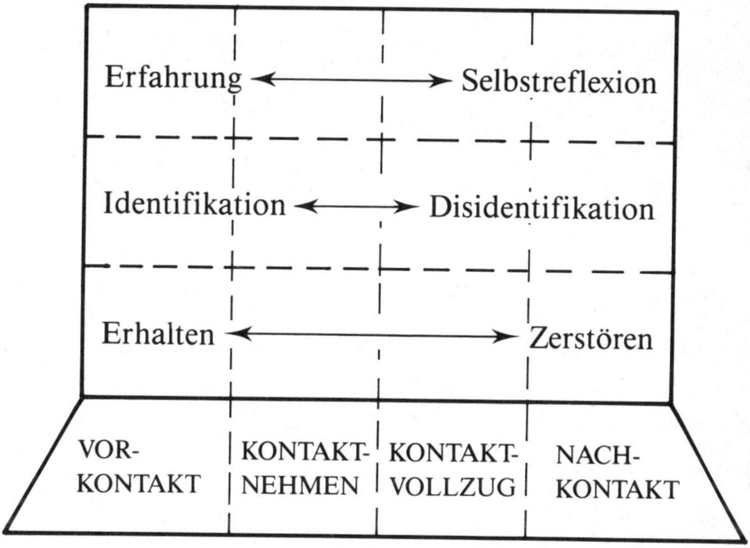

Ein Modell zum Experimentieren und Forschen

Die erste Matrix aus den Ebenen der Selbstverwirklichung und dem Kontaktzyklus (Abb. 1, S. 140) und die zweite Matrix aus den Dimensionen des Bewußtseinsprozesses mit ihren polaren Ausprägungen (Abb. 2) zusammengenommen ergeben nun ein Modell, das uns als Orientierung für die Untersuchung transformativer Lernprozesse in der Praxis und für die Formulierung von Ansätzen einer holistischen Didaktik dienen kann.*

*Es übersteigt unsere Darstellungsmöglichkeiten, die zyklische Qualität transformativer Lernprozesse grafisch zu veranschaulichen. Doch unsere Absicht ist es nicht, den Prozeß selbst in dieser und den folgenden Grafiken darzustellen, sondern lediglich Aspekte, unter denen der Prozeß betrachtet werden kann.

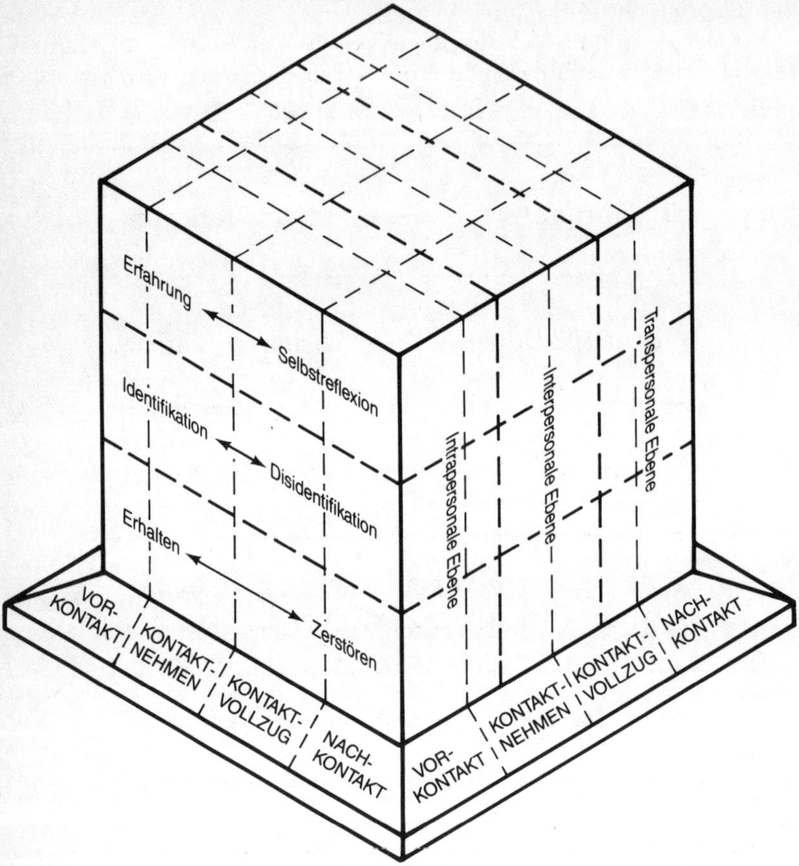

Transformatives Lernen kann demnach als *Kontaktprozeß in verschiedenartigen Erscheinungsformen* verstanden werden. Der Kontaktprozeß kann also spezifiziert werden, je nachdem welche Inhalte oder welche Aspekte des Bewußtseinsprozesses im Vordergrund des Lerngeschehens stehen. Es wird auch deutlich, daß es sich bei transformativen Lernprozessen um zyklische Prozesse handelt: Langfristig müssen alle Ebenen der Selbstverwirklichung durchlaufen und alle Dimensionen des Bewußtseinsprozesses immer wieder realisiert werden. Sobald der Prozeß linear verstanden wird, indem man beispielsweise annimmt, daß er auf der intrapersonalen Ebene beginnt und auf der transpersonalen endet, oder daß er mit Identifikation beginnt und mit Disidentifikation endet, führt dies zu einem Stillstand des Lernprozesses.

Dieses Modell soll uns in der weiteren Arbeit Anregungen geben. Wir verstehen es nicht als Konstruktionsmodell im engeren Sinn, das uns konkrete Anweisungen liefern könnte, wie Lernsituationen gestaltet werden müssen, damit transformative Lernprozesse möglich sind; wir verstehen es auch nicht als ein Analysemodell im herkömmlichen Sinn, das uns die Kriterien liefern würde, die alle anhand einer konkreten Lernsituation abgeprüft werden müßten. Vielmehr soll das Modell dazu dienen, die Aufmerksamkeit zu schärfen, die Neugier zu wecken, die Verständigung über die Lernprozesse, die wir mit anderen erleben, zu erleichtern. Und es soll uns motivieren, mit den in diesem Modell angedeuteten Kategorien und Zusammenhängen zu experimentieren, damit wir immer wieder Neues entdecken und ausprobieren können. Diese Umgehensweise mit einem solchen Modell scheint mir angemessener und aufregender als eine zwanghafte Anwendung von Kategoriensystemen.

Transformative Lernprozesse lassen sich nicht kontrollieren und planen, man kann sie nur geschehen lassen. In pädagogischen Kontexten ist es jedoch möglich, immer da anzusetzen, wo die Kontaktprozesse in ihren verschiedenen Erscheinungsformen gestört und unterbrochen, oder wo Elemente dieser Kontaktprozesse ignoriert werden. Unsere Aufmerksamkeit auf diese Störungen, Unterbrechungen und Auslassungen zu lenken, ist die wichtigste Funktion dieses Modells. Bei der Erforschung solcher Prozesse in der pädagogischen Praxis im III. Teil des Buches orientieren wir uns daher auch an diesem Modell. Wir werden uns zunächst auf die grundlegenden Bedingungen von Kontaktprozessen konzentrieren (6. Kapitel: Beziehung und zwischenmenschlicher Kontakt), dem speziellen Phänomen der Angst vor Kontaktprozessen nachgehen. (7. Kapitel: Reaktionsbildung oder die Angst vor dem Lernen), dann die Bewußtseinsprozesse im Lerngeschehen analog zu den Dimensionen »Modus«, »Transzendenz« und »Dynamik« (8. Kapitel: Bewußtseinsprozesse im Lerngeschehen) und schließlich die Inhalte transformativer Lernprozesse (9. Kapitel: Strukturen und Muster) erforschen.

III. Teil

Transformative Lernprozesse in der Praxis

Einführung

In diesem III. Teil wollen wir transformative Lernprozesse in der Praxis von Lehr- und Lernsituationen aufspüren und sie so verständlich und nachvollziehbar werden lassen wie möglich. Wir wollen Momente transformativen Lernens als Erscheinungsformen von Kontaktprozessen beschreiben und interpretieren sowie die Bedingungen verdeutlichen, von denen wir annehmen, daß sie transformatives Lernen begünstigen oder hemmen. Unsere theoretischen Grundlagen für das Verständnis transformativer Lernprozesse haben wir im I. und II. Teil dargelegt: Wir haben die erkenntnistheoretischen Grundannahmen beschrieben und begründet und die Qualität der Lernprozesse mit Hilfe humanistisch-psychologischer, transpersonaler, holistisch-systemtheoretischer und humanistisch-pädagogischer Ansätze und Konzepte nachgezeichnet.

Diese Prozesse der Erfahrung und Selbstreflexion, der Identifikation und Disidentifikation sowie des Erhaltens und Zerstörens auf den verschiedenen Ebenen der Selbstverwirklichung möchten wir in den Kontexten von Lehr- und Lernsituationen begreifen lernen. Für ein differenziertes Verstehen solcher Prozesse in der Praxis reichen auch die bisherigen theoretischen Aussagensysteme oft noch nicht aus. Wir werden daher, wann immer die von uns reflektierten Praxiserfahrungen dies nahelegen, andere theoretische Konzepte hinzuziehen, in der Hoffnung, die Praxis, die immer chaotischer, undurchschaubarer, schlicht »schmuddeliger« ist, als es unserem rationalen Denken in Kategorien und Dimensionen lieb ist, etwas transparenter werden zu lassen. Diese Hoffnung scheint uns deshalb begründet, weil unsere theoretische Konzeption nicht so entstanden ist, wie es in diesem notwendigerweise linear aufgebauten Text erscheinen mag. Sie ist vielmehr das Zwischenergebnis zyklischer Prozesse aus eigenen Praxiserfahrungen, Selbstreflexionen und Interpretationen dieser Praxiserfahrungen und wieder neu strukturierten und erlebten Erfahrungen im pädagogischen und psycho-sozialen Berufsfeld und im Alltag.

Praxiserfahrungen sind selten eindeutig interpretierbar. Wenn wir dennoch eindeutig erscheinende Aussagen machen, können diese immer nur Aspekte des lebendigen Erlebens verdeutlichen. Wir wollen versuchen, die Auswahl dieser Aspekte jeweils zu begründen. Das heißt aber nicht, daß man die Sache nicht immer auch noch ganz anders sehen und interpretieren könnte. Das bedeutet auch, daß wir im Verlauf unserer Erforschung immer wieder einmal auf gleiche oder ähnliche Themen zu sprechen kommen und sie von verschiedenen Seiten beleuchten. Damit entsprechen wir dem zyklischen Charakter von transformativem Lernen als Kontaktprozeß, denn solch ein Lernprozeß ist nie abgeschlossen, und das Bewußtwerden von bisher nicht bewußten Einstellungen und Verhaltensweisen, die unser Leben und unsere Wechselbeziehungen zu unserer Umwelt einschränken, stören und zerstören, stößt uns immer wieder auf ähnliche Themen. Dies ist ironischerweise gerade dann der Fall, wenn wir glauben, ein persönlich oder gesellschaftspolitisch bedeutsames Thema endgültig »im Griff« zu haben.

Die Praxiserfahrungen mit transformativem Lernen, die wir in diesem Teil untersuchen, interpretieren und zur Veranschaulichung heranziehen, stammen aus sehr verschiedenartigen Quellen: Aus pädagogischen Hochschulseminaren, aus berufsbegleitenden Aus- und Weiterbildungskursen, aus Selbsterfahrungsgruppen, aus Beratungssituationen und aus dem Alltag. Gemeinsam ist diesen Erfahrungen, daß wir sie alle in verschiedenen Rollen miterlebt haben: als Gruppenleiter, Berater, als Funktionsträger in einer Institution, als Klient und Lernender und als Gesprächspartner. Die Interpretationen, die wir vornehmen, enthalten daher ein bedeutendes subjektives Moment. Sie werden aber vielleicht dadurch nachvollziehbarer und überprüfbarer, daß es sich fast immer um Interpretationen und (Be-)Deutungen handelt, die in der gemeinsamen Arbeit und Auseinandersetzung entstanden und überprüft wurden.

In den Lernsituationen, aus denen die Praxisbeispiele stammen, setzten wir unterschiedliche Methoden ein: Beratungsmethoden aus der Gestaltberatung, humanistisch-pädagogische Gruppenverfahren aus der Gestaltpädagogik (z.B. *Prengel* 1983, *Fatzer* 1987 und *Zeuner* 1987) und der Themenzentrierten Interaktion (nach *R.C. Cohn* 1975), Methoden aus dem Konzept politischen Lernens (nach *P. Freire* 1977 und 1981) und aus dem Focusing-Ansatz (nach *Gendlin* 1981 und *Siems* 1986), kreative Methoden (vgl. *Lumma / Knüdeler* 1984) und gelegentlich auch Methoden aus der Körperarbeit (z.B. *Kurtz* 1986 und *Kepner* 1987). In den Lernsituationen selbst thematisieren wir auch verschiedenartige Ansätze zur Erklärung der Lernprozesse, sei es aus der Theorie der Gestalttherapie (vor allem *Perls u.a.* 1951), der Bewußtseinsforschung (z.B. *Pelletier* 1982), der Selbstorganisationstheorie (z.B. *Bateson* 1981, *Jantsch* 1982) oder der Transaktionsanalyse (*Berne* 1983, *Steiner* 1982).

Bei der Strukturierung der Praxisreflexionen in diesem Teil orientieren wir uns an den im I. und II. Teil herausgearbeiteten Denkansätzen, Kategorien und Dimensionen.

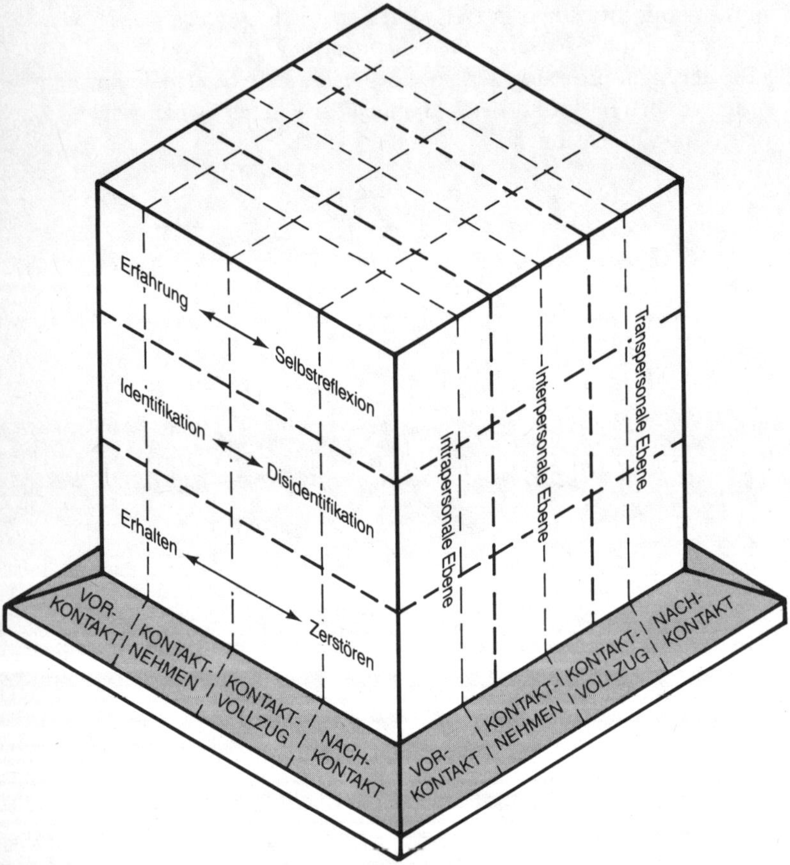
Erfahrung
Selbstreflexion
Identifikation
Disidentifikation
Erhalten
Zerstören
Intrapersonale Ebene
Interpersonale Ebene
Transpersonale Ebene
VOR-KONTAKT
KONTAKT-NEHMEN
KONTAKT-VOLLZUG
NACH-KONTAKT
VOR-KONTAKT
KONTAKT-NEHMEN
KONTAKT-VOLLZUG
NACH-KONTAKT

6. Kapitel

Zwischenmenschliche Beziehung und Kontaktprozesse

Die Qualität von Beziehungen

Beziehung und Kontakt

Das Verständnis der Kontaktprozesse nach der Theorie der Gestalttherapie ist die Grundlage für unsere Untersuchung transformativer Lernprozesse. Diese lassen sich als Erscheinungsformen von Kontaktprozessen beschreiben, indem wir die Dimensionen der Bewußtseinsprozesse und die Ebenen und Bereiche der Selbstverwirklichung auf den Kontaktzyklus beziehen. So sind mit Kontaktprozessen auf der intrapersonalen Ebene beispielsweise die Wechselbeziehungen zwischen den »inneren Gestalten« eines Menschen gemeint, also zwischen abgelehnten und integrierten Anteilen des Selbst oder zwischen Gefühl und Verstand sowie zwischen widerstreitenden Gefühlen, Wünschen und Vorstellungen. Auf der interpersonalen Ebene sind es die Wechselbeziehungen mit der sozialen Umwelt und auf der transpersonalen Ebene die Wechselbeziehungen mit den ökologischen sowie kosmischen Selbstregulationsprozessen.

In diesem Kapitel konzentriere ich mich auf die Kontaktprozesse im zwischenmenschlichen Bereich im Kontext von Lernsituationen. Zwischenmenschlicher Kontakt ist das, was zwischen Menschen in einer Lernsituation geschehen *kann:* Es kommt zur gegenseitigen Berührung im wörtlichen oder übertragenen Sinn. Die Berührung ist wechselseitig, denn kein Mensch kann einen anderen Menschen berühren, ohne selbst berührt zu werden. Nach einem Kontaktprozeß sind die Kontaktpartner nicht mehr wie vorher. Sie sind verwandelt — wie minimal auch immer — oder in einem Prozeß des Wandels begriffen. Maurice Friedman hat die Bedingungen für das Zustandekommen von Kontakt in Anlehnung an Martin Buber ausführlich dargestellt (*Friedman* 1985): Es ist die Bereitschaft und Fähigkeit, den anderen in seiner Existenz zu bestätigen, sein Anderssein zu akzeptieren und sich gleichzeitig in den anderen hineinzuphantasieren und hineinzufühlen, ohne das Empfinden für das eigene Dasein als einzigartige Person dabei zu verlieren.

Das Berühren des anderen setzt voraus, daß die Menschen in einer Beziehung sind: Die Lernpartner beziehen sich in ihren Empfindungen, Gefühlen, Vorstellungen und Handlungen aufeinander und eröffnen dadurch die Möglichkeit für Kontakt (vgl. auch *Speck* 1978, 137). Aber bei weitem nicht jeder Austausch in einer Beziehung ist Kontakt, denn mit Kontakt möchte ich nur diejenigen Prozesse bezeichnen, die Wachstum und Wandel auslösen. In unserem gesellschaftlichen Kontext ist es gar nicht möglich und auch nicht notwendig, ständig in einem vollständigen Kontaktprozeß zu sein. Das Gespräch mit einer Bäckersfrau oder einem Mitarbeiter kommt vielleicht nie über den Vorkontakt und evtl. das Kontaktnehmen hinaus und kann trotzdem als befriedigend empfunden werden. Der volle zwischenmenschliche Kontaktprozeß ist im Rahmen pädagogischer Beziehungen jedoch insofern von zentraler Bedeutung, als wir uns die Unterbrechungen des Kontaktprozesses bewußt machen und dadurch immer wieder einmal erreichen können, daß Kontaktprozesse möglich werden und transformative Lernprozesse stattfinden.

Wir sind — wie alle anderen Organismen auf diesem Planeten — natürlich ständig in Beziehung zu unserer Umwelt. Selbst wenn jemand meditiert und völlig in sich versunken ist, befindet er sich noch mit seinem Atem in Beziehung zur Umwelt, er nimmt die Geräusche, die auf ihn eindringen, und die Luftbewegungen um sich herum wahr und reagiert darauf. Aber nur in bewußt gestalteten zwischenmenschlichen Beziehungen können wir unsere Potentiale letztlich nutzen. Dabei gehe ich — wie auch die meisten Existenzphilosophen — davon aus, daß der Lebenswille, das Bedürfnis, »meine Kraft auszulassen« (*Nietzsche* 1981, 19), die »Selbstverwirklichungs- oder Selbstaktualisierungstendenz« (wie die humanistischen Psychologen sich ausdrücken) neben der Selbsterhaltungstendenz ein grundlegendes Lebensprinzip ist. Nur in der kontaktvollen Beziehung zu uns selbst, zu anderen Menschen und zu unserer Umwelt können diese

Lebensprinzipien zur vollen Entfaltung kommen.

Für pädagogische und beraterische Situationen ist die Beziehung des Lernenden zu seinen »Lehrern« von besonderer Bedeutung, wobei »Lehrer« zunächst für jedes Gegenüber eines Lernenden stehen kann. Der »Lehrer« kann also ein Gruppenleiter, Berater, Therapeut, ein Nachbar, ein Kind, auch ein Tier oder eine Pflanze und sogar ein Buch sein. Die banale Feststellung, daß Lernen zu einem wesentlichen Teil ein Prozeß der Wechselbeziehungen zwischen Lehrenden und Lernenden *ist*, hat weitreichende Konsequenzen: Selbst wenn die Beziehung zwischen Lehrer und Schüler nicht bewußt gestaltet und erlebt wird, werden die am Lerngeschehen Beteiligten über die vermittelten Fakten oder das Know-how hinaus durch die Beziehung geprägt. Es gibt viele Untersuchungen darüber, wie beispielsweise die Beziehungsstrukturen in der Schule als »heimlicher Lehrplan« wirksam sind und die Schüler lebenslang formen (vgl. z.B. *Zinnecker* 1975, *Thiemann* 1985). Die Struktur der Wechselbeziehungen ist also von ausschlaggebender Bedeutung dafür, welcher Qualität die Lernprozesse sind, die ausgelöst werden. Überdies wird die Art der Beziehungen jeweils »mitgelernt«, und dies ist langfristig vermutlich von größerer Bedeutung als das in den Lernsituationen vermittelte Wissen.

Beziehung als Spannungsfeld

Die Absicht, über Beziehungen und Kontaktprozesse mit wissenschaftlichem Anspruch schreiben zu wollen, stellt mich vor erhebliche Schwierigkeiten. Zwischenmenschliche Beziehungen sind unserer holistisch-systemischen Sichtweise zufolge Spannungsfelder zwischen lebendigen Organismen. Aussagen über diese Beziehungen können daher nur bedeutungsvoll sein, wenn sie ebenfalls im Spannungsfeld einer Beziehung gemacht werden; andernfalls werden die beobachteten und beschriebenen Beziehungsprozesse zu Objekten eines außenstehenden Beobachters (vgl. auch *Bauriedl* 1984, 102 ff.). Wenn ich über die Prozeßstrukturen von Beziehungen in Lernsituationen schreibe, befinde ich mich nicht mehr in diesem Spannungsfeld der Beziehungen, über das ich schreibe, selbst dann nicht, wenn ich an der Gestaltung dieser Beziehungsprozesse aktiven Anteil hatte. Um dieser Schwierigkeit zu begegnen, will ich versuchen, das lebendige Geschehen in der Beziehung in meiner Beschreibung und Analyse durchscheinen zu lassen. Letztlich können aber Aussagen über Beziehung auch wieder nur im Spannungsfeld einer anderen Beziehung erlebt und verstanden werden, in diesem Fall also im Spannungsfeld zwischen mir und den Lesern dieses Textes. Dieser Beziehung aber kann ich mir nur sicher sein, wenn ich davon ausgehe, daß die Leser über das Medium Text in eine Beziehung zu mir treten und die Aussagen für sich subjektiv bedeutsam werden lassen, indem sie sich aufregen oder freuen und sich zu eigenen Gedanken anregen lassen.

Beziehung als Kontext

Das Konzept des Kontaktzyklus der Theorie der Gestalttherapie bietet Erklärungsmodelle für das Verständnis psychologischer Dimensionen von Kontakt in Lernprozessen an. Um den Gesamtzusammenhang von Beziehung und Kontakt in Lernsituationen besser zu verstehen, greife ich auf Batesons Kontextbegriff zurück (vgl. S. 113 ff.), also auf ein Erklärungsmodell in den Dimensionen formalen Denkens: Jede verbale oder nonverbale Mitteilung, die jemand macht, erhält erst im Kontext eine Bedeutung.

> In einer Diskussion über die Fragwürdigkeit des Objektivitätskriteriums in der wissenschaftlichen Forschung meint ein Kollege zu mir: »Sie werden doch nicht im Ernst bezweifeln, daß der Satz 'In der Bundesrepublik gibt es eine neue Armut' eine objektive Aussage ist!« Ich versuche meinem Kollegen deutlich zu machen, daß diese Aussage objektiv sein mag, aber sie ist für sich genommen bedeutungslos.

Ich zweifele nicht daran, daß diese Mitteilung eine objektiv überprüfbare Information für jemanden enthalten kann, der sich die Bundesrepublik bisher nur als reiches Land vorstellte, in welchem die Güter gleichmäßig verteilt sind. Aber die Information selbst ist noch keine bedeutungsvolle Mitteilung, die es dem Empfänger ermöglichen könnte, sinnvoll zu reagieren. Erst durch einen Kontext, auf den sie bezogen werden kann, wird die Information zur bedeutungsvollen Mitteilung. Die Bedeutung der Information hängt beispielsweise von den gegenseitigen Interessen der Gesprächspartner, also vom Beziehungskontext ab.

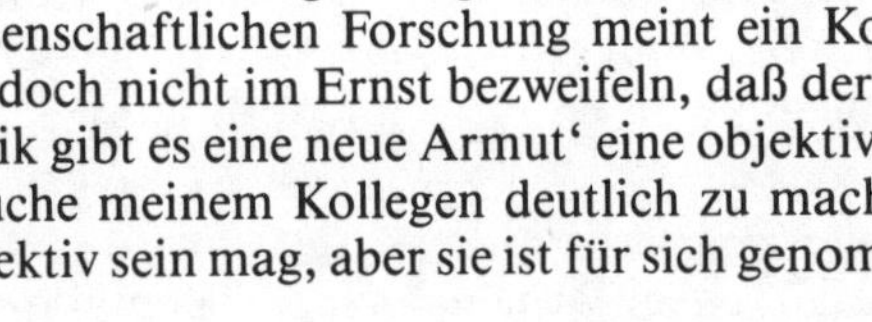

Der Kontext ist ein gedankliches Konstrukt, über den wir uns verständigen können, oder dem wir stillschweigend zustimmen. Aber ein Kontext ist nicht objektiv gegeben, weil er von subjektiven Interessen und Vorstellungen mitbestimmt ist, und weil jede Information auf beliebig viele Kontexte bezogen werden kann. Der Satz »In der Bundesrepublik gibt es eine neue Armut« könnte beispielsweise in einem politischen Kontext die Bedeutung eines Appells zu einer Aufklärungsaktion oder im Kontext einer Beratung durch das Arbeitsamt die eines Beschwichtigungsversuchs für einen arbeitslosen Pädagogen haben.

In Lernsituationen ist der vordergründigste und zunächst relevante Kontext die zwischenmenschliche Beziehung. Der Informationsaustausch erhält Bedeutung durch den Bezug zu den Beziehungen zwischen Lehrenden und Lernenden und zwischen den Lernenden untereinander. Dieser Beziehungskontext ist einerseits durch Rollenfunktionen vorgegeben (z.B. der Lehrende als Berater, Prüfer oder Leiter; der Lernende als neugieriger Interessent oder als zwangsweise verpflichteter Schüler). Andererseits wird er durch häufige, meist nonverbale Mitteilungen markiert, die auf die Beziehungen der Lernpartner untereinander hinweisen können, wenn auch selten in eindeutiger Form. Das löst Unsicherheiten aus: 'Ist der Lehrer / Berater an mir interessiert oder lehnt er mich ab?', 'Will dieser ständig nachfragende Schüler mich provozieren und verunsichern oder ist er sehr interessiert und neugierig?' Die Unsicherheit, die durch die uneindeutigen Kontextmarkierungen erzeugt wird, kann mit eigenen Phantasien und Projektionen oder mit Verhaltensvorschriften, an die sich beispielsweise der Lehrende hält oder zu halten glaubt, gemildert werden.

Die Formulierung pädagogisch und psychologisch begründeter Verhaltensvorschriften hat eine lange Tradition. Wenn ich sie mit meinen Mitteln fortführen wollte, würde ich die Serie von Idealbildern vom guten Lehrer, Therapeuten oder Berater nur um ein weiteres Bild ergänzen. Aufgrund meiner eigenen Erfahrungen und der von Lehrern und Beratern, mit denen ich gearbeitet habe, weiß ich, daß sich hinter dieser Sucht zum Entwurf immer neuer Idealbilder vom »guten« pädagogischen oder therapeutischen Beziehungsverhalten des Lehrenden und der Nachfrage nach solchen Patentrezepten häufig eine tiefsitzende Resignation verbirgt: Statt sich auf den wie immer mühseligen, holperigen und oft scheiternden Beziehungsprozeß einzulassen, verkündet man, wie es eigentlich sein sollte. Das führt zu einer Kluft zwischen der Theorie darüber, wie es sein sollte, und dem, wie es tatsächlich in der Praxis ist. Diese Kluft wird oft nicht mehr bemerkt: Wir glauben, daß wir das, was wir über das gute Beziehungsverhalten wissen, auch praktizieren. Durch diese Ideologiebildung wird das Bewußtwerden der Resignation gegenüber unseren eigenen Idealen vermieden. Statt uns der Angst vor unserem eigenen Versagen zu stellen und kreativ damit umzugehen, projizieren wir das Versagen auf andere Menschen. Pädagogen in Aus- oder Fortbildungsseminaren setzen mir oft Widerstand entgegen, wenn ich Ihnen für ihre eigene Praxis solche Vorschriften zu machen und Idealbilder vorzuhalten versuche, und zwar auch dann, wenn sie mich dazu aufgefordert haben. Manchmal gelingt es mir, diesen Widerstand als Herausforderung zu verstehen, indem ich mich auf den risikoreichen Prozeß der Beziehung mit ihnen einlasse, anstatt mich auf die Normen über das Beziehungsverhalten eines »guten« Gruppenleiters zurückzuziehen. Aussagen über Beziehungs- und Kontaktprozesse im Lerngeschehen möchte ich daher nicht als Normen für den Lehrenden verstehen, sondern als Aspekte, unter denen wir zwischenmenschliche Beziehungen betrachten können. Ich werde trotzdem nicht verhindern können, daß diese Aspekte auch normativ verstanden werden.

Existenzielle Begegnung

Mein Verständnis von Beziehung und Kontakt in Lernsituationen beruht auf Vorannahmen. Diese Vorannahmen gehören zum Kontext meiner Aussagen über Beziehung und Kontakt. Gedankliche Anregungen erhielt ich vor allem durch Existenzphilosophen, und zwar durch diejenigen, die — anders als Kierkegaard, Nietzsche und Heidegger — nicht das monologische Dasein des Individuums, sondern das dialogische Dasein in der Beziehung in das Zentrum ihrer Überlegungen stellten, wie Martin Buber und Rollo May (vgl. auch *Speck* 1978, 138)*. Ich will dieses Beziehungsverhältnis, auf das sich ja auch die Theorie der Gestalttherapie und die humanistische Pädagogik Paulo Freires bezieht, aufgreifen und in Beziehung zu einigen wichtigen Aussagen der holistischen Systemtheorie setzen. Die Übereinstimmungen, die sich dabei ergeben, sind für mich in-

*Für Anregungen zu diesem Beziehungsverständnis möchte ich meiner Mitarbeiterin Katrin Eschenhagen, die eine Forschungsarbeit (Magisterarbeit, Göttingen 1987) über das existentialistisch begründete Beziehungsverständnis in Beratungssituationen schrieb, danken.

sofern überraschend, als die holistische Systemtheorie auf die rationalistische Tradition der modernen Naturwissenschaft zurückgeht, während sich die Existenzphilosophie gerade als Gegenbewegung zu aufklärerischen Positionen verstand.

Einem anderen Menschen zu begegnen heißt, ihn als »existierende Person« in seinem Dasein, d.h. in seiner zeitlich und räumlich bedingten Wirklichkeit zu erkennen. Die Existenz oder das Dasein des Menschen wird als Werden, als Entfaltung seiner inneren Kraft *(potentia)* verstanden, die ihn dazu veranlaßt, aus sich heraus in Beziehung zur Umwelt zu treten. Die Beziehung zum anderen ermöglicht die Erfahrung »Ich bin« (vgl. *May* 1986). Diese Auffassung steht im Gegensatz zu der, als die das *»Cogito, ergo sum«* von Descartes verstanden wird: Des Denkens als Grundlage seiner Existenz kann man sich in stiller Einsamkeit und ohne die Begegnung mit dem anderen bewußt werden.

Wenn sich die Beziehungspartner als einzigartige, »existierende Personen« begegnen, können sie sich der fundamentalen Gewißheit bewußt werden, daß sie ihre Entscheidungen aus sich selbst heraus begründen können und nicht auf rigide Moralität zurückgreifen müssen. Begegnung setzt voraus, daß ich den anderen in seiner Andersartigkeit akzeptiere und bestätige und ihm aus meiner eigenen Existenz heraus antworte, also Verantwortung für mich übernehme. Die Bedeutung dieser Annahme wurde mir in der Beratungsbeziehung zu einem Mann, den ich Thomas nennen will, erstmals bewußt.

> Thomas will sich scheiden lassen. Er glaubt, daß er sich trennen muß, weil man mit seiner Frau nicht zusammenleben kann. Aber seine Entscheidung löst überwältigende Schuldgefühle bei ihm aus, denn er verstößt damit gegen seine Moral von Treue und Verantwortung für den Partner und die Familie.
> In den Gesprächen gelingt es uns, eine Umdeutung vorzunehmen, die mit seinem tieferen Erleben besser übereinstimmt: Er will sich trennen und eine neue Beziehung eingehen, weil er diesen Schritt für seine persönliche Existenz für wichtig und notwendig hält, und nicht, weil man nicht mit seiner Frau leben kann. Diese neue Sicht von seiner Entscheidung ermöglicht es Thomas mit der Zeit, seinen realistischen Anteil an Schuld für seine Trennungsabsicht genauer anzusehen und zu akzeptieren, und sich von neurotischen Schuldgefühlen zu befreien. Diese hatte er immer wieder erfolglos da-

durch zu vermeiden gesucht, daß er seine Partnerin für das Scheitern der Beziehung verantwortlich gemacht und sich als Opfer verstanden hatte.

Ich selbst habe in diesen Gesprächen mit Thomas viel darüber gelernt, was es heißt, Verantwortung für meine Entscheidungen, d.h. für meine Existenz zu übernehmen und sie aus mir heraus — durchaus auch im Bewußtsein von Moralität — in Auseinandersetzung mit meinem Gegenüber zu begründen.

Die Begegnung mit einem anderen Menschen als »existierende Person« — ganz gleich ob in Freundschaft oder Gegnerschaft — kann uns in den Grundfesten erschüttern, und deshalb löst sie neben intensiven und manchmal beglückenden Gefühlen auch Angst aus. Denn das Bewußtwerden des »Ich bin« konfrontiert uns immer auch mit der Tatsache des »Nicht-Seins«. Nicht-Sein bedeutet, daß wir unser Potential nicht nutzen. Das Bewußtsein, daß wir unser Potential nicht nutzen, also uns nicht unseren Fähigkeiten und Möglichkeiten entsprechend selbst verwirklichen und daher auch unsere Verantwortung nicht vollständig wahrnehmen, löst unweigerlich Schuldgefühle aus. Aber es handelt sich — so Rollo May — um »normale«, nicht um neurotische Schuldgefühle. Neurotische Schuldgefühle entstehen erst, wenn wir die existentielle Tatsache, daß wir uns immer schuldig machen, solange wir unsere Potentiale nicht vollständig nutzen, nicht akzeptieren. Normale Schuld führt nicht zur Symptombildung, sondern hat konstruktive Wirkung für unsere Existenz, indem wir zu bewußten Entscheidungen und zur Entwicklung unserer Sensibilität und Kreativität herausgefordert werden.

Kontakt im Sinne von »Begegnung« bedeutet in der existentialistischen Interpretation von Martin Buber und Rollo May die Anteilnahme an der Welt des anderen. Damit ist keine sentimentale Identifizierung mit der Welt des anderen gemeint, auch nicht die Ansammlung von Daten über den anderen, wie sie etwa in psychologischen Gutachten zu finden sind oder im alltäglichen Klatsch über andere Menschen vorkommen. Ich stelle mir die »Anteilnahme an der Welt des anderen« so vor: Ich habe an der Welt des anderen Anteil, indem ich mich versuchsweise in seine Situation versetze, mich in ihn hineindenke und einfühle und mir gleichzeitig meiner eigenen Sichtweise von dieser Situation bewußt werde. Indem ich diesen unterschiedlichen Sichtweisen Ausdruck gebe, ermögliche ich es dem anderen, auch an meiner Welt Anteil zu haben. Eine »Welt« zu haben bedeutet dabei, in einem Gefüge bedeutungsvoller Beziehungen zu leben und sie mitzugestalten. Die wechselseitige Anteilnahme an unseren Welten ist nur möglich, wenn wir aus unserer Welt heraustreten, wenn wir unser Selbst transzendieren.

In der Begegnung mit dem anderen habe ich aber nicht nur Teil an seiner Welt, sondern auch an dem, was uns verbindet, an dem »Bereich des Zwischen«. Das ist das, was sich zwischen dem Ich und dem Du ereignet und was nicht in geläufigen Kategorien auszudrücken ist. Nach Martin Buber partizipieren wir in der Begegnung am »Mysterium des Seienden«. Diese Erfahrung setzt aber die Offenheit der Partner voraus, ohne die es keine »Gegenseitigkeit« gibt. Die Gegenseitigkeit erst ermöglicht es den Partnern, an der Welt des anderen teilzuhaben und aus seiner eigenen Existenz heraus zu antworten.

Existentielle Beziehung und Selbstorganisation

Es wäre sicher lohnenswert, das Verhältnis zwischen dem existentialistischen Verständnis von Beziehung und Kontakt und den entsprechenden Aspekten der holistischen System- und Selbstorganisationstheorie genauer zu untersuchen. Ich kann hier nur die Zusammenhänge andeuten, die mir für das Verständnis von Beziehung und Kontakt in Lernsituationen relevant erscheinen: Als »existierende Personen« mit unseren »Welten« (ähnlich den »autopoietischen Systemen«) sind wir autonom und stehen gleichzeitig im Austauschprozeß mit der Umwelt: Wir befinden uns in einem mehr oder weniger labilen Gleichgewichtszustand. Als lebendige Systeme tendieren wir dazu, uns selbst sowohl zu erhalten als auch zu transzendieren, um unsere Existenz neu zu strukturieren. Wir können im Austausch mit anderen lebendigen Systemen evolvieren. Durch diesen Austausch wird unsere Weltsicht in Frage gestellt, also das labile Gleichgewicht gestört, und wir bilden neue Strukturen aus, die wir letztlich aus uns selbst heraus entwickeln (ähnlich der »Strukturdeterminiertheit lebender Systeme« oder den »dissipativen Strukturen«). Dies erfordert Offenheit (also »Erstmaligkeit der Informationsverarbeitung«). Im zwischenmenschlichen Kontakt muß das Sich-Öffnen für Erstmaligkeit *gegenseitig* erfolgen. Dadurch hat jeder der Kontaktpartner teil am lebendigen System des anderen, und kann es doch nur aus der Perspektive seiner eigenen Existenz heraus verstehen. Aber zu diesem gegenseitigen Verständnis bedarf es des Bezugs zu übergreifenderen Systemen, zu Kontexten. Der Bezug der Informationen zu der unendlichen Vielfalt der Kontexte ermöglicht erst die Erfahrung von Sinnhaftigkeit. Die Sinnhaftigkeit des Informationsaustauschs zwischen zwei lebendigen Systemen setzt demnach Verständigungen über die Kontexte voraus. Kontakt ist also der lebendige Austauschprozeß zwischen den Welten »existierender Personen« in bewußten Beziehungen, also unter gemeinsamen, implizit oder explizit vereinbarten Kontexten in Offenheit und Gegenseitigkeit bei Wahrung der eigenen Autonomie. Phasen großer Instabilität vor jeder Neustrukturierung der eigenen Welt sind in diesen Prozessen unvermeidlich und erklären die existentielle Angst, die in Kontaktprozessen auftritt.

Diese sehr abstrakte Denkweise kann verständlicher werden, wenn ich sie konkret auf mein Thema »Beziehung und Kontakt in Lernsituationen« beziehe. Zunächst scheint es mir jedoch erforderlich, einen Blick auf unsere alltäglichen Beziehungs- und Kontakterfahrungen zu werfen, die den *Hintergrund* bilden für Lernsituationen, in denen Beziehung und Kontakt zum Thema werden. Ich kann das natürlich nur beispielhaft und nicht ohne subjektive Voreingenommenheit tun.

Beziehungspraxis im pädagogischen Alltag

Beziehungs-Analphabetismus

Nachdem ich mich in eigenen Lernerfahrungen und in der Theorie während vieler Jahre mit Beziehungs- und Kontaktprozessen beschäftigt hatte und allmählich lernte, (wieder) intensive Kontakte in meinen Beziehungen zu anderen Menschen zu erleben, begann ich mit den Teilnehmern von Hochschulseminaren, Weiterbildungsgruppen und Beratungen direkt in der Beziehung und am Kontaktprozeß zu arbeiten. Erst das schmerzliche Scheitern mancher dieser Versuche stieß mich darauf, daß ich die alltägliche und die pädagogische Beziehungspraxis, die den Hintergrund für die gemeinsame Arbeit bildete, vergessen hatte oder falsch einschätzte: Ich hatte es versäumt, mich über einen gemeinsamen Kontext für diese Arbeit mit den Teilnehmern zu verständigen und auch zu wenig berücksichtigt, wo die Lernpartner mit ihrer Beziehungsfähigkeit, ihren Erwartungen und Ängsten in ihrem Entwicklungsprozeß standen, und ich hatte gerade dadurch wieder die Begegnung erschwert oder unmöglich gemacht.

In Seminaren mit überschaubarer Teilnehmerzahl war ich beispielsweise davon ausgegangen, daß die Lernenden es schätzen würden, wenn ich mein persönliches Interesse an ihnen deutlich machte. Ich erkundigte mich nach Teilnehmern, die gefehlt hatten und bat sie, mich zu informieren, wenn sie verhindert waren. Einige Teilnehmer erlebten dies als Bedrohung: Ich mutete ihnen zu, Verantwortung für ihre Teilnahme am Lerngeschehen zu nehmen und hob sie aus der Anonymität des Lehrbetriebs heraus, an den sie sich mehr oder weniger resignierend gewöhnt hatten. Außerdem waren sie erstaunt und manchmal erschreckt darüber, daß jeder einzelne für mich in der Lerngruppe wichtig sein konnte und ich nicht nur ein pädagogisches, sondern oft auch ein ganz persönliches Interesse an ihm / ihr hatte. Ich wollte beispielsweise wissen, weshalb jemand der Veranstaltung fern blieb, ob er dem Seminargeschehen folgen konnte und welche Schwierigkeiten er mit dem Lernstoff oder den Erfahrungen in der Gruppe und mit mir als Leiter hatte. In vielen Gruppendiskussionen über dieses Thema wurden mir zwei Gründe für die Bedrohlichkeit meiner Beziehungsangebote deutlich:

Es ist sehr ungewohnt und daher verunsichernd für die Teilnehmer, wenn sie sich dessen bewußt werden, daß sie selbst als Person im Lernprozeß wichtig sind, und daß sie sich mit der Teilnahme an der Veranstaltung auch für die Beziehung zu mir und den anderen Gruppenmitgliedern entscheiden. Üblicherweise sind die Teilnehmer als Vortragende von Referaten, als Prüfungskandidaten, als zählende (und manchmal zahlende) Mitglieder, von denen das Zustandekommen eines Kurses abhängt, wichtig, aber nicht als »existierende Personen«. Und so sehen die Teilnehmer in mir auch zunächst den Berater, Gruppenleiter oder Prüfer, selten den Menschen, der persönliche Interessen hat, verletzt und ärgerlich sein kann, oder der sich über die gemeinsamen Lernfortschritte freut. Der alltägliche institutionelle Kontext für die Beziehungsarbeit in der Lernsituation ist durch Beziehungsarmut, durch eine reduzierte Fähigkeit, Beziehungsmitteilungen zu verstehen, oder durch totales Verdrängen dieser Dimension gekennzeichnet, also das, was ich »Beziehungs-Analphabetismus« nenne. Allmählich lernte ich auch wieder zu begreifen, daß diese »Inkompetenz« eine wichtige Überlebensstrategie in sinnlosen Arbeitsvollzügen und leistungsfixierten Ausbildungssituationen darstellt.

Noch überraschter war ich, als mir deutlich wurde, daß der Beziehungs-

Analphabetismus sogar in Kreisen verbreitet zu sein scheint, die sich professionell mit Kommunikationsprozessen und der Analyse zwischenmenschlicher Beziehungen beschäftigen.

> Herr Albert sagt nach einer heftigen Auseinandersetzung in einer Arbeitsgruppe zu Herrn Bertram: »Ich hatte heute den Eindruck, daß die Gutwilligkeit der Gesprächspartner in unserer Diskussion nicht mehr vorhanden war.« In seiner Stimme klingt Enttäuschung und Resignation mit. »Oh, Herr Albert«, erwidert Herr Bertram, »sie verwenden da ein terroristisches Argument. Sehen sie sich doch einmal die Analysen zum Sprachgebrauch in der Terrorszene an!«

An diesem Beispiel wurde mir mit Hilfe von Mitarbeitern und Studenten etwas deutlich, worunter ich schon lange Zeit in vielen beruflichen Kontexten gelitten hatte: Herr Albert machte eine Beziehungsmitteilung. Diese Aussage war für mein Empfinden kongruent mit der analogen Mitteilung seiner Enttäuschung und Resignation. Herr Bertram antwortete aber nicht auf der Beziehungsebene, sondern auf der Inhaltsebene, auf der er sehr kompetent ist. Er versuchte, seinen Gesprächspartner in eine Argumentation über die Verwendung des Begriffs »Gutwilligkeit der Gesprächspartner« zu verwickeln. Die Mitteilung von Herrn Albert wurde von Herrn Bertram abgewehrt. Er deutete die Mitteilung von Herrn Albert nicht als Kontextmitteilung, also als Mitteilung über ihre gegenseitige Beziehung, sondern als Inhaltsaussage.

Ich gehe davon aus, daß dies dem vorherrschenden Typus öffentlicher Kommunikation entspricht: Informationen auf der Inhaltsebene können nicht auf einen für sinnvolle Gespräche notwendigen gemeinsamen Kontext der Beziehung bezogen werden, weil Versuche zur Verständigung über die Beziehungskontexte der inhaltlichen Auseinandersetzungen verhindert oder bestraft werden. Bei der Lektüre von Batesons Erkenntnissen aus seiner Schizophrenieforschung fiel mir folgende, ein wenig erschrekkende Analogie auf (*Bateson* 1981, 270 ff.): Der Schizophrene kann Beziehungsmitteilungen nicht verstehen; es ist seine Strategie des Überlebens in einem Beziehungsklima, in dem ihm ständig Doppelbotschaften *(double-binds)* zukommen, also Botschaften, deren Aussagen auf der Inhaltsebene im Widerspruch zu denen auf der Beziehungsebene stehen. Er lernt daher, einen Teil der widersprüchlichen Botschaften — die Beziehungsmitteilungen — auszublenden.

Bei aller Vorsicht vor Verallgemeinerungen gehe ich von folgender Annahme aus: Teilnehmer, die sich auf Lernprozesse mit mir einlassen, in denen Beziehungsklärungen eine wichtige Rolle spielen, kommen aus Lebenszusammenhängen und kehren wieder in diese zurück, in denen die Fähigkeit zur Wahrnehmung und Interpretation von Beziehungsmitteilungen eingeschränkt ist, und in denen die direkte Bezugnahme auf einen aktuellen Beziehungskontext oft als Bedrohung empfunden wird. Zur Veranschaulichung dieser Annahme reicht es schon aus, wenn ich mir vorstelle, daß beispielsweise in einer Dienstbesprechung, einem Parteigremium oder bei einer Kaffeetafel mit Verwandten einer der Beteiligten die aktuelle Beziehung zum Thema macht. Solch ein Versuch würde nach meinen Erfahrungen entweder totale Abwehr oder einen Tumult auslösen.

Ich halte es auch für wichtig, mir die Entstehungsbedingungen des Beziehungs-Analphabetismus zu vergegenwärtigen, wenn ich Lernprozesse initiieren und unterstützen will, in denen der Beziehungskontext ernst genommen wird:

- Das Sich-Einlassen auf die Beziehungsebene in der Kommunikation ist vermutlich deshalb bedrohlich, weil es in dieser Dimension keine objektiven Kriterien gibt, an die man sich halten kann; vielmehr erlebt man Beziehungsprozesse zunächst oft als ungeplantes Chaos. Beziehung ist ein Spannungsfeld zwischen antithetischen Polen, das bewußt erfahren werden muß, um es begreifen zu können. Diejenigen, die die Situation mit Hilfe von objektiven Kriterien zu definieren versuchen, verlieren ihre Kontrollmacht, die auf ihrer inhaltlichen Kompetenz beruht. In einem »Beziehungsgespräch« aber ist jeder der Beteiligten gleich kompetent und gleich mächtig, unabhängig von seiner inhaltlichen und fachlichen Kompetenz.
- Erfahrungen im Bildungswesen lassen die Fähigkeiten zum Verständnis von Beziehungsmitteilungen verkümmern. Beziehungsmitteilungen erfolgen meist in analoger Form durch Stimme, Gestik, Mimik, räumliche Nähe und Distanz usw. und selten in digitaler Form. Das analoge Denken aber spielt in der schulischen Bildung und in der Aus- und Weiterbildung eine geringe Rolle und wird verlernt.
- Jede Beziehungsmitteilung ist eine Konfrontation mit uns selbst; wir werden uns unserer selbst in Beziehung zum anderen bewußt. Da wir — wie Rollo May sich ausdrückt — unsere eigene Welt im Prozeß der Zivilisation weitgehend verloren haben, bedroht uns diese Konfrontation exi-

stentiell, denn uns könnte eben dieser Verlust an »Welt« und Selbstempfinden bewußt werden.

Im Laufe unserer Experimente und Untersuchungen wurde ich aber auch mit dem Gegenstück zum Beziehungs-Analphabetismus konfrontiert: dem Beziehungs-Expertentum. Auch hierfür möchte ich zwei Beispiele schildern.

> Eine Teilnehmerin sitzt verstört in der Gruppe, in der wir gerade einen Konflikt bearbeiten. Ihr Gesicht und ihre Haltung lassen mich vermuten, daß sie sehr wütend ist. Als sie von einem Teilnehmer daraufhin angesprochen wird, sagt sie, sie sei jetzt ganz zu, und das liege an den unklaren Beziehungen in der Gruppe. Die Gruppe schweigt betreten. Ich teile ihr meine Beobachtungen über ihren Körperausdruck mit. In einem für mich recht schwierigen Gespräch stellt sich heraus, daß sie ärgerlich über eine Bemerkung von mir war, sich aber nicht getraut hatte, mir das zu sagen. Die Psycho-Ausdrücke »Ich bin ganz zu« und »unklare Beziehungen« hatte sie genutzt, um die Gruppe anzugreifen und sich selbst unangreifbar zu machen.

> In einer Partnerberatung beschwert sich der Ehemann, daß seine Frau unglaublich aggressiv gegen ihn sei. Er müsse doch inzwischen wissen, meint sie daraufhin, daß Aggressionen gegen den Partner immer auch Ausdruck der Liebe sein könnten. Geknickt und schuldbewußt gesteht der Ehemann ein, daß er das nicht gewußt habe und er ihre Aggressionen nun in einem anderen Licht sehe. Als Berater habe ich meine Mühe, der Ehefrau klarzumachen, daß die psychologische Uminterpretation ihres aggressiven Verhaltens nichts daran ändert, daß sie ihren Mann damit angreift und sehr verletzen kann.

Lernende, die häufiger an Selbsterfahrungsgruppen oder auch Therapien teilgenommen, oder die sich mit Hilfe psychologischer Beziehungsliteratur kundig gemacht haben, neigen oft dazu, ihr Wissen über Beziehungen manipulativ zu nutzen. Ich erkenne selbst manchmal, daß ich meine Kenntnisse über Beziehungsprozesse nutze, um mich zu wehren oder unantastbar zu machen. Das Beziehungs-Expertentum verhindert oder erschwert in diesen Fällen die Lernarbeit in der Beziehung. Dieser Widerstand ist besonders hartnäckig und oft schwer zu erkennen, weil die

Betreffenden ja sehr kundig über ihre Beziehungen sprechen können.

Beziehung als Thema

Beziehungen lassen sich nach unserem Verständnis nur angemessen als Strukturen von Prozessen beschreiben. So, wie wir verschiedene Strömungsformen eines Baches unterscheiden können, sprechen wir von Rivalität und Machtkampf, von Harmonie oder Isolation oder von Kooperation und Offenheit in einer Gruppe, um uns mit solchen Begriffen über den Prozeß zu verständigen, der sich zwischen uns abspielt. Wir sind durch Erziehung und Bildung aber daran gewöhnt, lebendige Prozesse in Begriffen und Kategorien abzupacken und sie damit ihrer lebendigen Qualität zu berauben. Allan Watts, einst der Philosoph der Alternativbewegung in Kalifornien, beschrieb diesen Vorgang sehr eindrücklich in seinem Buch *Weisheit des ungesicherten Lebens:* »... das Problem, aus dem augenscheinlichen Chaos der Erfahrungen einen Sinn zu machen, erinnert mich an meinen kindhaften Wunsch, jemandem ein Postpaket mit Wasser zu senden. Der Empfänger löst die Schnur, und die Sintflut ergießt sich in seinen Schoß.« Und weiter schreibt Watts: »Je mehr man sich mit den vorgenommenen Versuchen, Probleme der Politik und Wirtschaft, der Kunst, Philosophie und Religion zu lösen, beschäftigt, desto mehr bekommt man den Eindruck, daß ungewöhnlich begabte Leute ihren ganzen Scharfsinn in der unmöglichen und unlösbaren Aufgabe erschöpfen, das Wasser des Lebens in saubere und dauerhafte Pakete bringen zu wollen.« (*Watts* 1981, 12)

Sobald wir einen Begriff benutzen, der einen Beziehungs*prozeß* beschreiben soll, neigen wir dazu, ihn mit solch einem Etikett »einzufrieren« und ihn so auf Distanz zu halten. Das gilt auch für viele Charakterisierungen einer Person. Verhaltensweisen, die wir einem Menschen zuzuschreiben gewohnt sind, müßten statt dessen als Prozeßmerkmale, also als Merkmale einer Situation verstanden werden. Wenn ich einen Gesprächspartner als aggressiv oder verklemmt, hysterisch oder depressiv bezeichne, habe ich Anteil an diesem Prozeß des Aggressiv- oder Verklemmt-Seins. Die Verständigung und das Nachdenken über Beziehungsprozesse in Lernsituationen bedarf also eines Umdenkens, das der Tendenz in unserem Bildungssystem zur Kategorisierung, Objektivierung und Operationalisierung diametral entgegensteht. Außerdem erfordert die Wahrnehmung und das Begreifen von Beziehungsprozessen solche Fähigkeiten wie intuitives und analoges Verstehen sowie ganzheitliches Erfassen von Zusammenhängen, die wir in unserer Bildungskarriere meist verlernt haben.

Die Erkenntnisse über den Beziehungs-Kontext, der den Hintergrund für transformative Lernprozesse bildet, haben zur Folge, daß ich als Gruppenleiter, Berater oder Therapeut eben diesen Hintergrund zu Beginn und im Verlauf des Lerngeschehens thematisieren muß, um zu einem gemeinsamen Verständnis und zu Vereinbarungen zu gelangen. Das wird besonders schwierig, wenn einer der Beteiligten gar nicht bereit ist, sich auf eine Beziehung in der Lernsituation einzulassen: Bin ich selbst bereit, mich auf die Beziehung mit den Lernenden einzulassen, oder würde ich viel lieber in den Ferien sein oder im Bett liegen? Ist mein Partner bereit, mit mir eine Beziehung einzugehen, oder sitzt er nur vor mir, weil ihn sein Freund oder Vorgesetzter geschickt hat? Auf diese Weise werden wir mit der Notwendigkeit konfrontiert, uns zu entscheiden; denn es ist sehr frustrierend, mit Menschen zusammenzuarbeiten, die nur physisch, aber nicht mit ihrer inneren Einstellung und Aufmerksamkeit präsent sind.

Wenn sich einer der Lernpartner oder beide bewußt werden, daß sie zu einer Beziehungsaufnahme gar nicht bereit sind, ergibt sich die paradoxe Situation, daß sie in der Beziehung arbeiten sollen, ohne sich für diese Beziehung entschieden zu haben. Im Schulunterricht und in Ausbildungskursen ist dieser Ausnahmefall wohl die Regel: Lehrer und Schüler können sich die Freiheit der Entscheidung, ob sie sich auf eine Beziehung einlassen wollen oder nicht, nur selten leisten. Das Lerngeschehen findet daher oft zwischen Lernpartnern statt, von denen mindestens einer von beiden »nicht da« ist. Es wundert mich daher nicht, wenn Lehrer diesem zentralen Beziehungsaspekt gegenüber in ihrem Unterricht blind werden. Sie schützen sich vor einer an sich paradoxen und verrückt machenden Situation. Transformative Lernprozesse können in solchen Situationen wohl kaum initiiert werden.

Wenn persönliche Wandlungsprozesse ein wichtiger Aspekt einer pädagogischen, beraterischen oder therapeutischen Veranstaltung sein sollen, dann setzt das die Entscheidung für die Beziehung und dementsprechend auch die Möglichkeit zur Kündigung dieser Beziehung voraus, sowohl durch den Lehrer als auch durch die Lernenden. Diese Beziehungsvereinbarung mit ihren Modalitäten halte ich daher für einen wichtigen Punkt des Vertrages, den Lehrer und Lernende zu Beginn ihrer Beziehungsarbeit miteinander vereinbaren.

Lernen im zwischenmenschlichen Kontaktprozeß

Kontaktprozesse in der Beziehung

Für Lernsituationen, die Wandel initiieren und unterstützen sollen, ist die Qualität der Beziehungen des Lernenden zu sich selbst und zu seiner Umwelt ausschlaggebend. Für die Beschreibung dieser Qualität haben wir das Konzept des Kontaktzyklus gewählt. Nach unserem Verständnis ist transformatives Lernen ein vieldimensionaler Kontaktprozeß, der sich mit Hilfe der Kategorien des Kontaktzyklus als Sequenz der vier Kontaktphasen vom Vorkontakt über das Kontaktnehmen und den vollen Kontakt bis zum Nachkontakt abstrakt beschreiben läßt. Noch abstrakter läßt sich Kontakt vom Individuum her, als selektive Assimilation von Erstmaligkeit definieren (*Perls u.a.* 1951, 276). Konkretere Beschreibungen von Kontaktprozessen in der psychologischen Literatur oder den »New Age«-Texten sind mehr oder weniger metaphorische, esoterische oder mystifizierende Versuche, solche intensiven Erlebnisse durch Sprache vermittelbar zu machen (vgl. z.B. *Ferguson* 1982, *Russell* 1984, *Berendt* 1985). Deshalb sollte ich die Beschreibung dessen, was Kontakt überhaupt und zwischenmenschlicher Kontakt im besonderen ist, besser den Dichtern anvertrauen. Doch die Versuche, in Lerngruppen mit Gedichten und literarischen Texten zu arbeiten, um eine Vorstellung von dem zu vermitteln, was Kontakt ist, sind auch nicht immer erfolgreich. Die dichterischen Bilder und Metaphern sind vieldeutig und können daher Assoziationen von ungebrochener Harmonie, von bedingungsloser Zuwendung oder vom gegenseitigen Verstehen ohne Worte auslösen. In dieser Einseitigkeit sind solche Assoziationen wohl eher als Kontaktunterbrechungen und -störungen zu interpretieren, also als symbiotische Verschmelzung oder neurotische Konfluenz.

Kontakt — Was ist das?

Ich gehe davon aus, daß jeder Erwachsene im Laufe seines Lebens einmal intensive Kontakte mit seiner Umwelt erlebt hat, selbst wenn diese Erfahrungen sehr weit zurück und tief im Unbewußten verborgen liegen sollten. Anders kann ich mir weder das Überleben eines kleinen, von seiner Umwelt abhängigen Babys vorstellen, noch den Wunsch nach intensiven Kontakterfahrungen erklären, den ich in allen Lerngruppen und auch bei mir selbst verspüre, wie immer angemessen dieses Bedürfnis auch seinen Ausdruck finden mag. Jedenfalls existiert eine Sehnsucht nach Kontakt bei jedem erwachsenen Menschen, ob er ihn schon einmal erfahren hat oder nicht, und diese Sehnsucht ist ein Motiv dafür, daß sich Menschen überhaupt auf die schwierigen und oft schmerzlichen Beziehungsprozesse in Lernsituationen einlassen. Eine wichtige Aufgabe als Anreger von transformativen Lernprozessen sehe ich darin, dieses stillschweigende, geheime Wissen jedes Menschen vom Kontakt (wieder) ins Bewußtsein zu bringen.

Die meisten ernstzunehmenden psychologischen Texte über Kontakt beschäftigen sich fast ausschließlich mit den Kontaktstörungen, Kontaktunterbrechungen, Neurosen und Pathologien, denn diese sind relativ gut zu erfassen und zu beschreiben. Diejenigen Therapieformen, die direkt am aktuellen Kontaktprozeß in der Lernsituation arbeiten, wie die Gestalttherapie oder existentialistisch orientierte tiefenpsychologische Therapien (z.B. *Kopp* 1982, *May* 1984 und 1986 sowie *Bauriedl* 1984) bewältigen das Dilemma, daß Kontakt zwar erfahren, aber kaum angemessen beschrieben werden kann, indem sie die Kontaktunterbrechungen und -störungen durcharbeiten, um Kontakt wieder erlebbar zu machen. Pädagogische Theorien über Beziehungen dagegen beschreiben entweder Eigenschaften eines kontaktvollen Lehrers oder sie geben an, wie kontaktvolle Beziehungen des Lehrers zu den Schülern aussehen sollten (vgl. z.B. *Klafki* 1970 oder *Tausch* 1977).

Einen anderen Ansatz haben einige humanistisch-pädagogische Konzepte wie die Themenzentrierte Interaktion, die dialogische Methode Paulo Freires oder die Gestaltpädagogik gewählt. Sie unterscheiden sich zwar dadurch von den herkömmlichen pädagogischen Konzepten, daß sie — ähnlich wie humanistische und existentialistische Therapien — gestörten Kontakt als wichtige Themen des Lerngeschehens zulassen oder sogar fordern und Anleitungen geben, wie mit diesen Themen umzugehen sei. Doch lassen auch sie sich nicht auf eine konkretere Beschreibung von Kontakt ein.

Mit dem Verzicht auf eine anschauliche Beschreibung dessen, was Kontakt ist, gebe ich mich jedoch nicht zufrieden. Als Anleiter für transformative Lernprozesse und als Gesprächspartner möchte ich nicht nur über die bewußte Erfahrung, sondern auch über einen sinnhaften *Begriff* von Kontakt verfügen können. Dieser könnte helfen, den Zugang zum geheimen Wissen von Kontakt für die Lernenden zu erleichtern und die ganzheitliche Wahrnehmung zu schulen, die für Kontakterlebnisse unerläßlich ist. Außerdem benötige ich einen verständlichen Kontaktbegriff für solche Zusammenhänge, wo detaillierte Vorinformationen über meine pädagogischen Intentionen von mir gefordert werden, bevor sich überhaupt jemand auf eine Beziehung und einen persönlichen Lernprozeß mit mir einläßt.

Mir ist klar, daß Kontakt nicht absichtlich herbeigeführt, sondern nur zugelassen werden kann. Meist ist das Durcharbeiten der Kontaktstörungen Voraussetzung dafür, daß Kontakt geschieht. Ob dann ein organischer Kontaktprozeß stattfindet oder nicht, können wir subjektiv durch Intuition erfahren. Aber auch die Intuition ist nicht frei von Irrtümern und muß geschult werden. Deshalb möchte ich den notwendigerweise unzulänglichen Versuch machen zu beschreiben, was ich unter Kontakt verstehe, um intersubjektiv nachvollziehbare Anhaltspunkte für organische Kontaktprozesse zu gewinnen, auch wenn diese sich einer Möglichkeit zur objektiven Überprüfung weitgehend entziehen.

Kontakt ist die *besondere Qualität* des Austauschprozesses zwischen mir und meinem Lernpartner oder meiner Umwelt. Er läßt sich nicht planen und kontrollieren, denn ich weiß nie, was im nächsten Augenblick geschehen wird. Wenn ich mit meinen Langlaufskiern durch einen frisch verschneiten Wald fahre, fühle ich mich oft im Kontakt mit mir und meiner Umwelt. Meine Bedürfnisse nach Ruhe und Bewegung finden ihren Ausdruck im Laufen und Rasten. Spannung und Entspannung wechseln sich ab. Wenn ich einen Ski beim Schrittwechsel aufsetze und er für kurze Zeit auf dem Schnee haftet (falls ich mich nicht wieder verwachst habe), und wenn ich ihn dann wieder löse, um nach vorne zu gleiten, bin ich in einem Kontaktprozeß mit dem Schnee und dem Boden. Auch die Umwelt verändert sich in diesem Prozeß. Der Schnee wird zu einer Spur wechselnder Tiefe und Breite zusammengedrückt, je nach Art meiner Bewegungen und der Beschaffenheit des Untergrunds. Trete ich bei meiner Skiwanderung plötzlich auf eine verschneite Schneekruste, dann breche ich etwas ein. Ich passe meine Bewegung dieser Veränderung an und trete langsamer und behutsamer auf; trotzdem weiß ich nie genau, was der nächste Schritt bringen wird, und das erfordert meine ganze Aufmerksamkeit. Die Richtung meiner Aufmerksamkeit wechselt vom Gelände zu den Skiern und Stöcken und dann zu meinem Atem und meinen Bewegungen in gleitenden Übergängen, und währenddessen verschwimmt mein Bewußtsein von allem anderen, auch von der Zeit, die verstreicht, während ich meine Spuren durch den Wald ziehe.

Ungewißheit und Erregung, der Wechsel von Anspannung und Entspannung sowie die Konzentration auf einen Focus vor einem verblassenden Hintergrund und der rhythmische Wechsel der Aufmerksamkeitsrichtung sind Anhaltspunkte für einen organischen Kontaktprozeß. Die Komplexität dieser Prozesse ist noch sehr viel größer, wenn ich mit einem anderen Menschen in Kontakt bin. Denn dabei treffen zwei intrapersonale Kontaktprozesse aufeinander und bilden einen vielschichtigen Gesamtprozeß: Ich spüre meine Bedürfnisse, lasse sie Form annehmen und gehe mit ihnen auf meinen Partner zu. Ihnen stellen sich in ähnlicher Weise die Kontaktprozesse des Partners entgegen, und zwischen uns kann ein komplexer Austausch von Worten, Bewegungen und Gefühlen an unseren Grenzen stattfinden. Obwohl ich mich nicht vorausdenkend entscheide, »weiß« ich jeweils, was ich in jedem Augenblick zu tun und zu lassen habe und auch, wann ich mich wieder auf mich selbst zurückziehen will, um die Erfahrungen, die ich im Kontakt mit dem anderen machen konnte, in mir wirken zu lassen (vgl. hierzu auch *Zinker* 1982, 101 ff.).

Ein gelungener zwischenmenschlicher Kontaktprozeß ist gekennzeichnet durch ein hohes Maß an Bewußtheit und Erregung, durch einen reibungslosen Fluß der Informationen, durch unbeirrtes Konzentriertsein auf das, was für mich und meine Kontaktpartner in jedem Moment wesentlich ist, durch eine Dynamik der Annäherung unserer Grenzen, des vollkommenen Einlassens auf das, was geschieht und schließlich durch das Loslassen und den Rückzug. Die Zeit schwindet während des Kontaktprozesses aus meinem Bewußtsein: Ich erlebe die intensivsten Momente des Kontakts als zeitlos (vgl. das *nunc stans* bei Wilber, S. 87). Dies alles sind Kriterien, die einen Hinweis darauf geben können, ob Kontakt stattfindet oder nicht, aber sie sind nicht hinreichend zur Beschreibung dieses Prozesses. Mit jedem einzelnen Kriterium lassen sich auch Wahrnehmungs- und Interaktionsprozesse beschreiben, die nicht die Qualität von Kontakt haben. Erst die komplexe Gesamtheit dieser sich ergänzenden Kriterien macht das aus, was mit Kontakt gemeint ist, und diese Gesamtheit ist wiederum etwas anderes als die Summe der einzelnen Merkmale.

Mit dem bisherigen Beschreibungsversuch von Kontakt gelange ich in die Nähe dessen, was einige Psychologen als »transzendente« oder »transpersonale Erfahrung« bezeichnen (vgl. S. 96 f. und *Tart* 1978, *Maslow* 1983 und *Psychologie heute Redaktion* 1984). Es ist eine Erfahrung, die den Zugang zu einem *anderen* als dem alltäglichen Bewußtseinszustand ermöglicht, es ist die »Teilhabe am Mysterium des Seienden«, wie Martin Buber es etwas pathetisch ausdrückt. Die Verständigung über die Grenzen unterschiedlicher Bewußtseinszustände — also das transpersonale oder transzendente Bewußtsein im Kontakt und das alltägliche Bewußtsein — hinweg ist schwierig, wenn nicht unmöglich (vgl. *Wilber* 1980). Deshalb werde ich niemanden von der besonderen Qualität von Kontakt — und damit von der Bedeutung transformativer Lernprozesse überhaupt — überzeugen können, wenn er selbst keinen Zugang zu diesem Bewußtseinszustand hat.

Dennoch bieten mir einige nüchterne Kriterien Anhaltspunkte dafür, ob wir im Kontakt miteinander sind oder nicht: Wenn mir beispielsweise die Zeit in einer Gruppe oder mit einem Klienten lang wird, wenn der Prozeß gleichförmig und nicht rhythmisch verläuft, wenn die Aufmerksamkeitsrichtungen hektisch hin und her springen, wenn Langeweile oder Müdigkeit einsetzt und ich mich sehr anstrengen muß, um das Lerngeschehen in Gang zu halten, oder wenn ich ungeduldig werde, weil es nicht vorangeht, dann kann all das darauf hindeuten, daß unsere Kontaktprozesse gestört sind. Zumindest sind es Signale für mich, daß es an der Zeit ist, die aktuellen Kontaktprozesse selbst wieder einmal zum Thema werden zu lassen. Kann ich dagegen aufmerksam und mit wohltuender Spannung dem Lerngeschehen folgen, habe ich das Gefühl von Intensität und Leichtigkeit, ist die Kommunikation zwischen den Beteiligten angeregt und fließend, dann gehe ich davon aus, daß wir im Kontaktprozeß sind, auch wenn wir sicher nicht immer alle Phasen des Kontaktprozesses organisch durchlaufen.

Kontakt als Bewußtseinserweiterung

Die wissenschaftliche Beschreibung von Kontakt kann hilfreich sein, aber sie ist letztlich unzureichend, weil Kontakt die Qualität transpersonaler Erfahrungen hat. Transpersonale Erfahrungen aber beziehen sich auf andere Bewußtseinszustände, als sie uns normalerweise im Alltag verfügbar sind und als sie bisher mit Hilfe wissenschaftlicher Kategorien und Kriterien angemessen erfaßt werden konnten.

Ich behaupte nun, daß *zwischenmenschliche Kontakterfahrungen die grundlegendsten transpersonalen Erfahrungen sind,* die wir machen können. Es gibt viele Möglichkeiten, alternative Bewußtseinszustände herbeizuführen, die transpersonale Erfahrungen bewirken können, beispielsweise Drogen, Hyperventilation, Trance, Hypnose oder Meditation (vgl. z.B. *Lilly* 1976, *Castaneda* 1976, *Grof* 1983, *Enomiya-Lassalle* 1986). Diese Methoden können jedoch für transformative Lernprozesse hinderlich sein. Es besteht nämlich die Gefahr, daß die grundlegende Arbeit am Kontaktprozeß zu den Mitmenschen und zur Umwelt ausgeblendet oder übersprungen wird. Die Erfahrungen in alternativen Bewußtseinszuständen werden mit Hilfe verschiedener Techniken und Übungen von außen angestoßen und können überwältigend sein. Sie sind aber oft nicht im Einklang mit der persönlichen Entwicklung. Der Lernende kommt in Kontakt mit inneren Kräften, die ihn faszinieren und von denen er sich nur noch schwer lösen kann. Deshalb trachtet er nach immer neuen, weitergehenden transpersonalen Kontakterfahrungen. Die Assimilation dieser Erfahrungen findet oft nicht mehr statt. Solche weitergehenden transpersonalen Erfahrungen sind daher nur noch schwer in den Lebensalltag zu integrieren, und sie unterstützen die Flucht vor einem Realitätsverständnis, wie es in alltäglichen Bewußtseinszuständen als Konsens unter den meisten Menschen vorausgesetzt werden kann. Abgesehen davon finde ich den Umgang mit Mitmenschen, die sich nur noch auf weitergehende transpersonale Erfahrungen einlassen, schwierig und wenig befriedigend, denn ich kann sie mit meiner alltäglichen Kommunikation kaum noch erreichen.

Transpersonale Erfahrungen dagegen, die in die Persönlichkeitsentwicklung integriert sind — in erster Linie also zwischenmenschliche Kontakterfahrungen — können sich auf den Alltag im Gemeinschaftsleben und auf unseren Umgang mit der Umwelt positiv auswirken. Ich kann mir beispielsweise kaum vorstellen, daß wir als lebendige Organismen unsere Umwelt soweit zerstören würden, bis wir uns unserer eigenen Lebensgrundlagen berauben, wenn wir wirklich im Kontakt mit ihr wären. Doch wir können nicht in den Urzustand des Eins-Seins mit der Natur zurückkehren, da wir die Evolution nicht zurückdrehen können. Nach Erich Jantsch (vgl. S. 103 ff.) ermöglichte die Evolution des menschlichen Bewußtseins vom organismischen über das reflexive Bewußtsein bis zur Stufe der Selbstreflexion eine zunehmende Unabhängigkeit des Menschen von seiner Umwelt, und Ken Wilber kommt zu ähnlichen Interpretationen, wenn auch auf anderen Wegen als Jantsch (vgl. S. 92). Die Fähigkeit zur Selbstreflexion ist die Grundlage unserer sozio-kulturellen Entwicklung. Sie ermöglicht es uns, Vorstellungen über die Realität zu entwickeln, in die Zukunft zu projizieren und planend zu handeln. Die dadurch erreichte Unabhängigkeit von der Umwelt hat zur Entfremdung — und das heißt in diesem Zusammenhang: zur Kontaktarmut oder gar zum Kontaktverlust — geführt und läßt unsere Kontaktfähigkeit verkümmern. Ziel des transformativen Lernprozesses ist also die Erweiterung der Kontaktfähigkeit zur Überwindung unserer Entfremdung von uns und unserer Umwelt, damit wir das dialektische Spannungsverhältnis von Kontakt zu und Unabhängigkeit von Teilen unseres Selbst einschließlich unserer Umwelt kreativ nutzen lernen.

Kontakt als Weg und Ziel transformativer Lernprozesse

In pädagogischen Situationen, in denen transformative Lernprozesse möglich sein sollen, muß die Lernarbeit an den gestörten Kontaktprozessen immer wieder Thema und Aufgabe sein. Nur wenigen Lernenden wird es möglich sein, organische Kontaktprozesse von sich aus ohne viele Interventionen und Unterstützungen durch den Gruppenleiter oder die Teilnehmer zu initiieren und bewußt zu erleben. Die Fähigkeit, ohne große Mühe umfassende Kontaktprozesse zu initiieren und zu erleben, wäre demnach ein wichtiges, wenn nicht das wichtigste Kriterium dafür, daß jemand transformativ lernen kann. Die gemeinsame Lernarbeit in der Beziehung muß also immer wieder an den Kontaktvermeidungen und -unterbrechungen ansetzen. Können diese erfolgreich durchgearbeitet werden, entsteht Kontakt zwischen den Beteiligten. Dieser Prozeß muß viele Male durchlaufen werden. Es kann auch sein, daß mehrere Anläufe an vielen Tagen, Wochen und Monaten gemacht werden müssen, um die Störungen soweit durchzuarbeiten, daß erstmalig (wieder) ein ungestörter Kontaktprozeß möglich wird. Die Arbeit *direkt* am Kontaktprozeß überschreitet aber meistens die Möglichkeiten in pädagogischen Aus- und Weiterbildungs- oder Beratungssituationen. Trotzdem halte ich es für notwendig, daß sich zumindest der Leiter dieser Kontaktprozesse bewußt ist und mit Kontaktstörungen und -unterbrechungen umgehen kann, damit transformatives Lernen immer wieder einmal möglich wird.

Der Lernende kann sich meist, auch wenn es die Lernsituation zuläßt, anfangs nicht eigenständig auf die Arbeit am Kontaktprozeß einlassen.

Um durch die schmerzlichen Erlebnisse gehen zu können, die der Verwirklichung seines Kontaktbedürfnisses mit sich und der Umwelt im Wege stehen, ist die einfühlende Begleitung und Unterstützung anderer oft hilfreich und notwendig. Diese erfolgt in den Beratungs- und Therapiekonzeptionen nach unterschiedlichen Vorstellungen, beispielsweise als »Empathie« (in der klientenzentrierten Beratung) als »Tele« (im Psychodrama), als »Rapport« (in der Hypnotherapie), als »gelungene Übertragung« (in der Psychoanalyse) oder einfach als »Kontakt«. Damit ist meist ein schützender und unterstützender Kontakt gemeint, der vom Gruppenleiter und den Mitlernenden ausgeht und nicht auf Gegenseitigkeit der am Lernprozeß Beteiligten beruht. Wenn das Einfühlen und verstehende Akzeptieren durch die Gruppenleiter und andere Teilnehmer unbewußt geschieht, handelt es sich sogar um eine Form der Kontaktunterbrechung (»symbiotische Verschmelzung« oder »neurotische Konfluenz«). Früher oder später muß diese Art der kontaktvollen Begleitung also überführt werden in direkten, partnerschaftlichen Kontakt bzw. in die Arbeit an den aktuellen Kontaktvermeidungen und -unterbrechungen zwischen dem Lernenden und seiner Mit- und Umwelt, um Wandel zu ermöglichen oder zu erleichtern. Das setzt voraus, daß der Gruppenleiter, Berater oder Therapeut zu dieser Arbeit am direkten, partnerschaftlichen Kontaktprozeß fähig ist, und dazu bedarf es intensiver Selbsterfahrung. Das heißt keineswegs, daß ein Lehrer für transformatives Lernen nicht mehr für Kontaktstörungen anfällig sein dürfte. Dann wäre er durch und durch weise. Er müßte jedoch nicht nur die Kontaktstörungen des Lernenden wahrnehmen und mit ihnen situationsangemessen umgehen, sondern sich auch seiner eigenen aktuellen Kontaktstörungen bewußt werden und an ihnen lernen können.

Leiter, Meister oder Guru

Die Bedeutung, die den Beziehungen und Kontaktprozessen für transformatives Lernen zukommt, veranlaßt mich, mein Selbstverständnis als Leiter neu zu definieren. Denn die Leiterkonzepte, die ich mir während verschiedener Phasen meiner Bildungskarriere angeeignet habe, erweisen sich mehr und mehr als unbrauchbar. Die erste und vielleicht wichtigste Konsequenz ist, daß ich mich als »existierende Person« (Rollo May) verstehe. Ich will aus mir selbst heraus in Beziehung zu anderen »existierenden Personen« (Teilnehmern, Klienten usw.) treten. Jede Beschreibung dessen, wie sich ein Leiter als Individuum im Rahmen transformativer

Lernprozesse versteht oder verhält, ist daher einseitig. Solch eine Beschreibung kann immer nur als Aspekt einer Wechselbeziehung zwischen autonomen Personen verstanden werden, die auszudrücken mir die Grenzen unserer Sprachgewohnheiten deutlich macht.

Für mein Selbstverständnis kann ich zunächst einmal auf die verschiedenen Leiterkonzepte zurückgreifen, die für pädagogische Lernsituationen in den letzten Jahrzehnten ausformuliert und diskutiert wurden. Vereinfacht gesagt, gibt es danach drei Typen von Leitern:

— den Leiter, der sich als Organisator und Unterstützer von Lernprozessen versteht und der möglichst wenig in das Gruppengeschehen eingreift (oft »Moderator« oder »Facilitator« genannt);

— den Leiter, der sich persönlich auf das Geschehen mit den Lernenden einläßt und dabei eine deutliche Führungsfunktion einnimmt (ich nenne ihn den »partizipativen Leiter«);

— den Leiter, der den einzelnen oder die Gruppe quasi von außen anleitet, der das Lerngeschehen aus der Distanz heraus steuert, sich aber nicht persönlich in dieses Geschehen einmischt (ich nenne ihn den »distanzierten Leiter«).

Von unserem Beziehungs- und Kontaktverständnis als Grundlage transformativen Lernens her folgt, daß wohl in erster Linie der Typus des partizipativen Leiters eine Orientierung für mein Selbstverständnis anbieten kann. Dies will ich mit Hilfe von Praxiserfahrungen und ihrer Interpretation zu begründen versuchen. Aber zuvor muß ich mich mit einer anderen Schwierigkeit auseinandersetzen: In pädagogischen Lernsituationen im Rahmen öffentlicher Institutionen, in privaten Aus- und Weiterbildungsveranstaltungen und auch in Beratung und Therapie kann ich nicht davon ausgehen, daß die Teilnehmer bewußt aus einem Interesse an Wandlungsprozessen an diesen Lernsituationen teilnehmen; vielmehr ist das vordergründige und bewußte Interesse — sofern es überhaupt deutlich ist — auf eigene Kompetenzerweiterung gerichtet oder an die Hoffnung geknüpft, Probleme zu lösen oder von psychischen Schwierigkeiten geheilt zu werden.

Interessen, die an Wachstum und Transformation orientiert wären, würden in den Institutionen wohl auch auf wenig Verständnis stoßen. Diese können sich kaum als Orte für Wandlungsprozesse verstehen; denn dann würden sie die Veränderung ihres Gesamtsystems riskieren und möglicherweise ihre eigene Existenz in Frage stellen müssen. Transformatives Lernen kann — das mußte ich nach vielen Fehleinschätzungen einsehen — vorerst nur in den Nischen der Bildungslandschaft initiiert werden, und auch das nur mit aller Vorsicht.*

Ganz anders stellt sich die Situation auf dem »Psycho-Markt« dar, wo viele Veranstalter Kurse zur Transformation der Persönlichkeit anbieten und mehr oder weniger deutlich als »Gurus« auftreten. In Indien ist »Guru« ein sehr ehrenvoller Titel; in unseren Breiten wird damit ein Lehrer gekennzeichnet, der die Lernenden von sich abhängig macht. Sicherlich kann man in solchen von Gurus geleiteten Kursen Momente persönlicher Transformation erfahren. Transformatives Lernen in unserem Verständnis ist jedoch ein sehr langfristiger und vor allem eigenverantwortlicher Prozeß, der erst im Zeitraum von mehreren Jahren wirksam und durch Guruismus leicht sabotiert werden kann (vgl. S 119 ff.).

Mein Selbstverständnis als Leiter muß sich also zunächst an den Aufgaben eines Lehrers orientieren, der Wissen vermitteln, Hilfe zur Problemlösung bereitstellen und in bescheidenem Umfang auch Heilung bewirken kann. Darüber hinaus muß der Anleiter von transformativen Lernprozessen aber noch eine »Reserve« haben, auf die er zurückgreifen kann, wenn das gemeinsame Lerngeschehen sich soweit entwickelt hat, daß neben der Kompetenzvermittlung und Problemlösung auch transformatives Lernen möglich wird. Zunächst geht es mir darum, den Aspekt des Selbstverständnisses eines Leiters herauszuarbeiten, der den Erwartungen und vordergründigen Interessen der Teilnehmer angemessen ist, dabei jedoch diejenigen Grundlagen in der Beziehung mit den Teilnehmern erarbeitet, auf denen transformative Lernprozesse aufbauen können. In einem zweiten Schritt will ich die besondere Qualität der »Reserve« eines Anleiters für Wandlungsprozesse durch Lernen verdeutlichen und in einem dritten eine Abgrenzung zum Guruismus versuchen.

Wissensvermittler und Problemlöser

Ob es mir lieb ist oder nicht: ich bin als Gruppenleiter oder Berater die wichtigste Beziehungsperson im Lerngeschehen. Mit dieser Einschätzung

* Dies ist für mich keine resignative Einsicht. Schöpferische Neustrukturierungen gehen immer von kleinen Nischen, nur selten von Massenbewegungen aus (vgl. *Jantsch* 1980, 264 ff.). Aber an diese Einsicht ist die ethische Verpflichtung geknüpft, jede sich bietende Nische auch zu nutzen.

verstoße ich gegen die Ideologie vom Selbstbestimmungsrecht der Gruppe oder des Klienten, wonach dem Leiter nur die Rolle des Animateurs, Organisators oder Facilitators zusteht. Diese Ideologie existiert zwar heute nur noch als Nachwehe der anti-autoritären Phase der sechziger und siebziger Jahre, aber wenn sie von den Lernenden artikuliert wird, rüttelt sie an meinem eigenen Autoritätsverständnis.

> In einer Weiterbildungsgruppe habe ich schon viele anregende Übungen und Themenvorschläge angeboten. Trotzdem sind die Teilnehmer unzufrieden und meckern an mir und meiner Methode herum. Einige beschweren sich, daß viele Gruppenmitglieder stark von mir abhängig seien und gar keine Kommunikation untereinander zustande käme; es sei doch an der Zeit, sich nicht dauernd von mir abhängig zu machen. Schmollend ziehe ich mich zurück, schweige und lasse die Gruppe gewähren. Aus dieser Situation entwickelt sich ein lebhafter Lernprozeß zu dem anstehenden Thema, an dem ich mich wie ein ganz normales Gruppenmitglied beteilige. Ich bin zufrieden. Leider wiederholt sich die Situation in regelmäßigen Abständen, bis ich begreife, daß ich die Auseinandersetzung der Teilnehmer mit mir als Leiter durch meinen zeitweisen Rückzug aus meiner Funktion dauernd vermeide.

Um diese Auseinandersetzung zu vermeiden, reagiere ich statt mit Rückzug manchmal auch mit der »weichen Welle«.

> In einer Supervisionssitzung berichte ich stolz davon, daß mich in letzter Zeit viele Teilnehmer meiner Kurse dafür loben, daß ich überhaupt nicht autoritär sei. »Könnte es sein,« fragt der Supervisor verschmitzt, »daß Du Deine Autorität nicht zur Geltung bringst und dafür geliebt wirst, daß Du keinem weh tust?«

Leider hatte mein Supervisor recht. Solange die zwischen den Teilnehmern und mir vereinbarten Vertragsbedingungen für einen Kurs, ein Seminar oder eine Beratung gelten, bin ich der Leiter und damit ein wichtiges Gegenüber für die Begegnungsmöglichkeiten im Lerngeschehen, und zwar auch dann, wenn ich methodische Fehler mache, abgelehnt werde und meine Funktion von den Lernenden für überflüssig gehalten wird. Das Zurücknehmen meiner Autorität als Leiter bei drohenden Konflikten erwies sich als ein persönliches Problem von mir, an dem ich in der Supervision weiterarbeiten konnte. Aber es war nicht nur ein persönliches Problem. Die pädagogischen Diskussionen über den »sozial-integrativen« Unterrichtsstil, die Nachwehen der »anti-autoritären« Welle und die üblen Erinnerungen an herrschsüchtige Lehrer aus der Schulzeit haben mich ebenso wie viele meiner Kollegen und angehenden Gruppenleiter so sehr verunsichert, daß uns eine Orientierung für unser Selbstverständnis als Leiter schwerfällt, besonders bei Interessenskonflikten.

> Dagmar leitet die Gruppe in einem Ausbildungsseminar für Gruppenleiter. Wir haben schon über eine Stunde intensiv miteinander gearbeitet, als gerade ein neuer Aspekt angesprochen wird, der die meisten Teilnehmer sehr interessiert. Dagmar ist angestrengt und will eine Pause, bevor es weitergeht. Andere finden es gerade so spannend, daß sie nicht unterbrechen wollen. »Wenn wir jetzt weitermachen«, sagt Dagmar, »dann gebe ich die Gruppenleitung ab!« Darauf will ich mich als Supervisor nicht einlassen, und die Klärung unseres Konflikts, die wir vornehmen, dauert sehr viel länger als die angestrebte Pause.

Dagmar hatte ein begründetes Interesse an der Pause. Da sie es nicht gegen die Mehrheit durchsetzen konnte, wollte sie auf die Leiterfunktion verzichten nach dem Motto 'entweder meine Interessen oder Eure Interessen'. Obwohl ich den Teilnehmern einer Gruppe möglichst viele Rechte und Mitbestimmungsmöglichkeiten zugestehen möchte, habe ich als Leiter auch meine Interessen, auf die ich nicht verzichten darf, wenn ich effektiv in der Beziehung arbeiten will. Im Konfliktfall setze ich sie denen der anderen entgegen. Ich nehme es auch in Kauf, wenn meine Interessen auch dadurch mehr Gewicht erhalten sollten, daß ich als Leiter sie äußere. Wenn ich meine Interessen zurückstelle, komme ich mir zwar edler vor, aber ich sorge dann schlecht für mich und betrüge mich und die anderen um die Möglichkeit, unsere Beziehung zu klären. Denn hinter solchen Interessenskonflikten verbergen sich meist Beziehungskonflikte. Sind diese erst einmal gelöst, dann finden sich rasch auch Lösungen für Interessenkonflikte, die alle Beteiligten befriedigen.

Anleiter für transformative Lernprozesse

Das Akzeptieren meines Leiter-Seins und das Ernst-Nehmen meiner Interessen sind Prinzipien, an denen ich mich orientieren kann. In der

»Themenzentrierten Interaktion« finden sich im »Chairman-Prinzip« hierfür wichtige Hilfen: 'Ich bin chairman meiner selbst und chairman der Gruppe' (vgl. z.B. *Cohn* 1975, 120 ff.). Wo aber finde ich Anhaltspunkte für die besondere Qualität des Anleiters von transformativen Lernprozessen? Östliche Psychologien haben sich sehr intensiv mit Wandlungsprozessen befaßt, und daher halte ich es für sinnvoll, das alte Wissen der östlichen Meister zu nutzen, auch wenn ich es natürlich nicht blindlings in unseren kulturellen Kontext übertragen kann.

In meiner Aikido-Zen-Gruppe verbeugen wir uns zu Beginn des Trainings vor dem Meister in ritueller Weise als Zeichen unserer Ehrerbietung. Oft ist es ein Student oder eine Studentin, der oder die genügend Erfahrung und Training hat, um die Rolle des Meisters einnehmen zu können. An meiner rituellen Ehrerbietung ändert sich dadurch nichts, selbst dann nicht, wenn eben diese »Meister« am nächsten Tag als Studenten in einem meiner Seminare sitzen oder ich sie 14 Tage später als Prüfungskandidaten in einem Fachexamen vor mir habe. Für eine vereinbarte Zeit erkenne ich den Leiter der Trainingsgruppe als Meister an.

Ein Meister ist jemand, der vor mir angefangen hat. Er ist ein erfahrenerer Lerner als seine Schüler. Er lehrt vor allem durch das was er tut und lebt, weniger durch das, was er sagt. Obwohl er sein Vorwissen niemals vergißt, ist das, was er tut, immer neu für ihn, er tut es immer wie zum ersten Mal. Da nichts von vornherein selbstverständlich für ihn ist, greift er auch das, was nicht der Erklärung bedürftig ist, auf und gibt es an die Schüler zurück. Für mich war der Zusammenhang zwischen meinem nicht-autoritären Verhalten als Gruppenleiter und dem Lob der Gruppenteilnehmer logisch und nicht erklärungsbedürftig. Erst durch die Frage des Supervisors wurde das Selbstverständliche fragwürdig. Ein Meister ist also jemand, der genügend Vertrauen zu sich selbst hat, um den anderen oder die Welt für verrückt zu erklären und nicht sich selbst, aber er gesteht das gleiche Recht auch jedem anderen zu (vgl. *Zukav* 1985, 24 und 142, *Herrigel* 1983, *van de Wetering* 1981 und 1985, *Felld* 1981 und 1984, *Boyd* 1983). Indem ich mich auf die Beziehung zu einem Meister einlasse, gestehe ich ihm das Recht zu, mich herauszufordern, ohne ihn dafür zu strafen. Er vergegenwärtigt mir meine Grenzen, damit ich sie überschreiten und den Meister in mir entdecken kann. Die ungebrochene Neugier eines Kindes, die einen Meister auszeichnet, ermöglicht es ihm auch, immer wieder über die Vielfalt der Strategien zu staunen, mit deren Hilfe wir in unmöglichen Situationen unser Überleben zu sichern und unseren Lebensfunken zu schützen lernten, auch wenn diese Strategien in der gegenwärtigen Situation unangemessen und zerstörerisch sein mögen, die Beziehung stören und den Kontakt verhindern.

Guruismus

Wir werden im weiteren Verlauf unserer Praxisreflexionen immer wieder auf dieses Meister-Konzept zurückgreifen können, wenn wir uns mit der Bedeutung unserer Gewohnheiten und Kommunikationsmuster, der Erfahrung und Selbstreflexion, der Identifikation und Disidentifikation oder dem Erhalten und Zerstören in transformativen Lernprozessen beschäftigen. Denn dieses Meister-Konzept kann nicht nur zur Orientierung des Leiters, sondern auch jeden Lerners dienen, wenn wir es für unsere Kontexte konkretisieren und modifizieren. Dieses Meister-Konzept verstehe ich nicht als Idealbild, das ich anstrebe, sondern als Reflexionshilfe für unser gemeinsames pädagogisches Handeln. Das Meister-Konzept enthält auch einen Schlüssel für den Umgang mit der Abhängigkeit des Lernenden vom Lehrenden. Wie schon im ersten Teil und im Kapitel über die Lerntypologie von Gregory Bateson (S. 118) beschrieben, befinden sich Lehrer und Schüler im transformativen Lernprozeß in einer paradoxen Situation: Der Lehrer ermöglicht dem Schüler Erfahrungen auf der Ebene von Lernen III, also dem »Lernen über Lernen II«, das uns von der Knechtschaft unserer kontextabhängigen Verhaltens- und Lebensmuster befreit. Werden diese Erfahrungen durch den Lehrer ohne aktive und eigenverantwortliche Beteiligung des Lernenden herbeigeführt, dann bleibt der Lernende an seinen Lehrer gebunden. Der Leiter wird zur Übertragungsfigur, die dem Lernenden die Befreiung von seinem existentiellen Leiden ermöglicht, er wird zum Guru. Die Befreiung vom Ego führt in die neue Abhängigkeit vom Guru, der sich selbst unnahbar und von den kleinlichen Leiden der Lernenden unberührt gibt.

Vermutlich sind alle im pädagogischen und therapeutischen Bereich Tätigen mit einer erheblichen Portion Narzismus ausgestattet, sonst würden wir unsere helfenden Berufe wohl kaum so attraktiv finden. Deshalb ist die Gefahr groß, daß das engagierte und persönlich teilhabende Meister-Sein in den Guruismus umkippt. Damit unterliegen wir den Verführungen im Wechselspiel zwischen den Heilserwartungen der Lernenden und der eigenen Grandiosität. Es passiert mir immer wieder einmal, daß

Teilnehmer mich — meist scherzhaft — als »Guru« bezeichnen. Ich hatte mich lange Zeit über solche Anspielungen hinweggesetzt. In schmerzhaften Auseinandersetzungen mit Kollegen und Gegnern von selbsterfahrungsorientierten Lehrveranstaltungen wurde mir allmählich bewußt, daß diese Angriffe auch ein Anzeichen dafür sein können, daß ich mich selbst zu wenig »gezeigt«, zu sehr den Experten für intensive Lernprozesse herausgekehrt und daher auch zu Übertragungen eingeladen hatte. Aber Guru zu sein ist (zumindest in unserem kulturellen Kontext) nicht sehr nahrhaft: weder mit der Idealisierung noch mit der Verdammung fühle ich mich als »existierende Person« gemeint.

Zusammenfassung

Ich möchte mein Selbstverständnis als Anleiter für transformative Lernprozesse in den wichtigsten Aspekten noch einmal zusammenfassen:

- Der Leiter steht in Beziehung mit den Lernenden. Er arbeitet immer *als »existierende Person« mit anderen »existierenden Personen«,* nie ausschließlich an einem Thema, einer Aufgabe, einem Problem, an einem Traum oder an einer neurotischen Verhaltensweise. Das Thema, das Problem, der Traum usw. sind Mittel zur Verständigung, Inhalte der Gespräche, aber es geht dabei immer um die aktuellen Beziehungen zueinander, zur sozialen Umwelt, zur Ökologie und dem lebendigen Gesamtsystem, in das wir eingebunden sind. Dieses Prinzip gilt auch dann, wenn der Leiter sich vieler Aspekte dieser Beziehung nicht bewußt ist.
- Der Leiter ist die *wichtigste Beziehungsperson* in der Lernsituation und bietet durch seine Autorität und Interessenbekundung das Gegenüber für Auseinandersetzung und Begegnung.
- Er versteht sich als ein lebendiger Organismus, der ständig *im Prozeß des Wandels* begriffen ist und der die Lernenden daran bewußt teilhaben lassen kann, und zwar nicht nur durch das, was er sagt, sondern vor allem durch das, was er tut und lebt.
- Er arbeitet indirekt oder direkt mit den Lernenden an den Kontaktvermeidungen und -unterbrechungen. Dabei ist *er selbst* mit seiner kindlichen Neugier und seinem Vertrauen in den gemeinsamen Prozeß *sein wichtigstes Instrument* und seine wichtigste Methode.
- Im Kontaktprozeß mit den Lernenden *berührt* er seine Lernpartner und *läßt sich berühren.* Ein gelungener Kontaktprozeß ist gleichzeitig das Zeichen für ihn, daß er für den Teilnehmer oder Klienten momentan oder

für immer *als Lehrer* überflüssig geworden ist und einen Partner oder Freund gefunden hat.

Dies soll nicht die Beschreibung eines realen Leiters oder Beraters sein. So bin ich als Leiter und Berater nicht, und so werde ich wohl auch nie sein können. Aber ich möchte meine Beziehung zu den Lernpartnern immer wieder mit Hilfe dieser Kriterien bewußt machen und reflektieren.

7. Kapitel

Reaktionsbildung — oder die Angst vor dem Lernen

Das Risiko persönlichen Lernens

Jeder Lernprozeß ist mit einem Risiko, das als erhöhte Erregung oder Angst spürbar ist, verbunden. Dies gilt besonders dann, wenn man nicht alleine lernt, sondern in einem sozialen Zusammenhang wie z.B. einer Schulklasse, einem Seminar oder einer Werkstatt. Ich brauche nur an meine Schulzeit zurückzudenken, wenn wir Vokabeln aufsagen oder einen Text aus dem Englischen ins Deutsche übersetzen mußten. Aber selbst wenn ich mich beispielsweise beim Erlernen einer fremden Sprache nicht den kritischen Ohren eines Lehrers aussetzen muß, spüre ich bei meinen ersten holprigen Sätzen in der fremden Sprache im Beisein von Menschen, die die Sprache beherrschen, meine Aufregung. Diese Erregung kann zur Angst werden, etwas falsch zu machen, mich zu blamieren und ausgelacht zu werden oder stecken zu bleiben.

Jeder Kontaktprozeß ist von ansteigender und wieder abklingender Erregung begleitet. Dieses Kontinuum von Erregung kann nun durch Angstempfindungen beeinträchtigt und unterbrochen werden. Angst wird durch den Versuch der Kontrolle der Erregung ausgelöst, was sich primär im Atemprozeß auswirkt: »Angst ist die Erfahrung von Atemschwierigkeiten bei jeder blockierten Erregung.« (*Perls u.a.* 1951, 164, im Original kursiv). Diese Angstempfindung kann sich soweit steigern, daß Panik entsteht, die sich in unkontrollierten Körperreaktionen oder in Starre ausdrückt. Der Organismus ist dann in seiner Funktionsfähigkeit stark eingeschränkt.

Das Risiko in kontaktvollen Lernsituationen, in denen persönliche Erfahrungen zum Thema werden, ist besonders hoch, und entsprechend nimmt auch die Tendenz zu Angstreaktionen zu. In solchen Lernsituationen wird nicht nur unsere Kompetenz oder eine Fertigkeit von uns gefordert, sondern unser eigenes Erleben, Denken, Fühlen und Handeln rückt ins Rampenlicht. Wir selbst werden in diesem Lerngeschehen wichtig. Schon dies allein ist ungewohnt und beängstigend, und dies um so mehr, je deutlicher unsere Art, die Welt und uns selbst zu sehen, unsere »Macken« und »verbotenen Gefühle« zum Gegenstand des Lernengeschehens werden. Dadurch kommen Erlebnismuster ins Spiel, die wir in der Vergangenheit gelernt haben. Sie lösen Reaktionen aus, die aus der gegenwärtigen Situation allein nicht mehr verständlich sind.*

Um diese Angstreaktionen geht es in diesem Kapitel und zwar speziell um jene Reaktionen auf Angst, die uns daran hindern, uns auf angstauslösende Kontaktprozesse in Lernsituationen überhaupt einzulassen. Ich nenne die Prozesse, die mit dieser »Angst vor der Angst« zusammenhängen, »Reaktivität« oder »Reaktionsbildung« (nach *Perls u.a.* 1951, 504 f.). Ich will die Erscheinungsformen der Reaktionsbildung an Beispielen erläutern, ein Erklärungsmodell für die Entstehungs- und Wirkungsweise von Reaktivität darstellen und schließlich einige Möglichkeiten des Umgangs mit Reaktivität in Lernsituationen erörtern.

Natürlich tritt Reaktionsbildung nicht nur in Lernsituationen auf, sondern wir können sie tagtäglich an uns und unseren Mitmenschen auf allen Ebenen sozialer und politischer Interaktionen erleben; und sie geschehen auch in uns, wenn wir uns in unseren inneren Dialogen mit Erfahrungen auseinandersetzen. Mich interessieren hier aber vor allem das Phänomen der Reaktionsbildung in Lernsituationen und die Möglichkeiten des pädagogischen Umgangs mit Reaktionsbildung, wobei ich die Hoffnung habe, daß sich die Erfahrungen und Erkenntnisse aus solchen Lernsituationen auf unsere alltäglichen Verhaltensweisen — zumindest langfristig — auswirken.

---

*Diese, wie auch viele andere Einsichten in diesem Buch — vor allem, sofern sie klinisch-psychologische und gestalttherapeutische Aspekte betreffen — verdanke ich der Zusammenarbeit mit meinen Lernpartnern in der Gestalttherapie-Ausbildung Ulli Müller und Hermann Volkmann sowie dem von mir sehr geschätzten Ausbildungstrainer Roger Trenka-Dalton. Die Verantwortung für Irrtümer und Fehler liegt gleichwohl bei uns, den Autoren.

Erscheinungsformen der Reaktionsbildung

Reaktionsbildung tritt zunächst überhaupt nicht als Äußerung der Angst in Erscheinung, viel eher als eine durchaus übliche Form des Umgangs miteinander, bei dem wir vielleicht ein Unbehagen verspüren, aber nicht viel mehr.

> Ein Teilnehmer meiner Seminargruppe hat eine ganze Stunde lang nichts gesagt. Ich sehe, wie er plötzlich lächelt und spreche ihn an: »Frank, Du lächelst; mich interessiert, was in Dir vorgeht.« »Man darf doch einmal lächeln,« ist seine Antwort, die er in gereiztem Ton vorbringt.

Die Antwort Franks ist der Situation nicht angemessen. Frank greift mich an, in bin mir aber nicht bewußt, ihn angegriffen oder gereizt zu haben. Frank ist vermutlich reaktiv; er reagiert nicht nur auf meine Anrede, sondern auch auf etwas *in ihm,* das durch meine Aufmerksamkeit für ihn aktiviert wurde, und das ihn dazu motiviert, mich anzugreifen.

Für das Auftreten von Reaktivität in Kommunikationssituationen gibt es keine objektiven Merkmale. Zwar lassen sich eine Reihe von Anzeichen für Reaktivität bestimmen, aber wenn solche Anzeichen auftreten, ist noch nicht gesagt, daß wirklich Reaktivität vorliegt; es könnte ja sein, daß in meiner Stimme oder Mimik bei der Anrede Franks eine Spur mir nicht bewußter Aggressivität mitschwang, auf die Frank reagiert. Es gibt also auch keine objektiven Anzeichen dafür, daß ich selbst reaktiv bin. Reaktivität wirkt so schnell, daß wir sie mit unserem Verstand gar nicht rasch genug erfassen, um entsprechend darauf reagieren zu können. Jedoch unser Organismus reagiert auf reaktives Verhalten, und diese Reaktionen kann man kennenlernen. Beispielsweise können wir bei Reaktivität einen leichten Druck im Hals, leichte Atembeschwerden oder eine Beklemmung in der Brust, oder — bei länger anhaltender Reaktivität in Diskussionen — Kopfschmerzen oder Müdigkeit verspüren. Doch diese Reaktionen sind individuell sehr unterschiedlich.

Es gibt auch einige deutliche, sichtbare Hinweise für die Wahrscheinlichkeit von Reaktivität in Gruppen:

● Zu Beginn einer Gruppe fällt mir manchmal auf, daß sehr viel gelacht wird; vor allem lacht man, wo es eigentlich gar nichts zu lachen gibt. (Ich sehe einmal davon ab, daß manche Leute grundsätzlich sehr viel lachen oder lächeln, auch wenn sie nur »Guten Tag« sagen oder eine Bemerkung über das Wetter machen. Dies kann auf Reaktivität der einzelnen Person hinweisen, es kann sich aber auch um ein kulturelles Muster handeln wie beispielsweise in manchen Kulturen Asiens, in Süddeutschland oder in der Schweiz.

● Bei Akademikern ist das »Darüber-Reden«, also das abstrakte Diskutieren über etwas, was uns eigentlich persönlich betrifft, sehr verbreitet. Reaktionsbildung vermute ich immer dann, wenn die Informationen, die ausgetauscht werden, eigentlich starke Gefühle auslösen müßten.

● In einem alltäglichen Gespräch oder in einer Lerngruppe werden die Themen ständig gewechselt, die Beteiligten hören sich also nicht richtig zu, und es entsteht der Eindruck, als warte jeder nur auf ein Stichwort, das ihm den Einsatz zu einer Meinungsäußerung gibt.

● Auch die überreizte Stimmung in einer Gruppe kann auf Reaktivität deuten, wenn z.B. jeder den anderen in raschem Wortwechsel zu übertrumpfen versucht.

● Eine Variation dieser Erscheinungsform der Reaktionsbildung liegt vermutlich auch dann vor, wenn der Gruppenleiter mehr oder weniger subtil angegriffen wird, wenn er also beispielsweise von Teilnehmern in eine Art Kreuzverhör über seine Art des Vorgehens verwickelt wird.

● Ein ansonsten aktiver Teilnehmer hält sich plötzlich mit seinen Äußerungen zurück und sitzt zurückgezogen da. Wenn sich mehrere Teilnehmer so verhalten, entsteht »dicke Luft«. D.h., bei ihnen ist ein Unbehagen entstanden, das sie nicht äußern können, oder nicht zu äußern wagen.

● Trotz, Überheblichkeit, Moralisieren, Rechthaberei, Eingebildet-Sein und unerwartete Begriffsstutzigkeit sind typische reaktive Verhaltensweisen (vgl. *Perls u.a.* 1951, 504).

● In sozialen Systemen ist das gesamte Kommunikationsklima häufig durch Reaktivität bestimmt. So laufen beispielsweise Konferenzen in einem Lehrerkollegium, einer Firma oder einer Arbeitsgruppe immer nach den gleichen, von Sensibleren als sehr unangenehm empfundenen Mustern ab. Wenn nicht schon das gesamte Klima einer Gruppe von Reaktivität gekennzeichnet ist, so sind es doch viele einzelne, typische Verhaltensmuster.

All diese Verhaltensweisen *können* Hinweise auf Reaktivität sein, vor allem dann, wenn sie bei mir und anderen die entsprechenden körperlichen Symptome auslösen wie Druckgefühle, Müdigkeit und Spannung, oder wenn wir den Wunsch verspüren, einmal richtig »dazwischenzufahren« oder »wegzulaufen, weil die Situation für uns im Moment unerträglich ist.

Reaktive Verhaltensmuster

Herr Arnulf ist seit einigen Monaten stellvertretender Leiter der Außenstelle eines großen Unternehmens in einem Land der Dritten Welt. In diesem Land sind Geschäftspraktiken üblich, die für Herrn Arnulf ungewohnt sind. Während seiner Einarbeitungszeit durchforstet Herr Arnulf die Berichte und Abrechnungen über die Geschäftstätigkeiten der vergangenen Jahre. Dabei entdeckt er Unregelmäßigkeiten, die seiner Meinung nach gegen die Geschäftsmoral seiner Firma verstoßen. Beispielsweise stellt er fest, daß die einheimischen Arbeiter kooperierender Firmen Lohnzahlungen erhalten haben, die von den ersparten Summen aus nicht ganz legal getauschten Devisen stammten. (Diese Arbeiter hatten seit Monaten keinen Lohn von ihrer eigenen Firma erhalten.) Je mehr solcher Unstimmigkeiten Herr Arnulf findet, desto empörter wird er, denn er fürchtet um den guten Ruf seiner Firma und auch um sein Ansehen als Vize-Direktor der Außenstelle. Schließlich reist er in die Zentrale zurück, um an höchster Stelle Bericht zu erstatten. Die Firmenleitung im Heimatland hört Herrn Arnulf an und zeigt Verständnis für seine Empörung. Bisher hatten sie sich wenig um die Details der Arbeit ihrer Außenstelle gekümmert. Die von Herrn Arnulf berichteten Vorkommnisse sind ihnen peinlich, vor allem aber könnten sie nach außen dringen. In der Zentrale arbeiten einige ehemalige Mitarbeiter der Außenstelle, die direkt von den Vorwürfen Herrn Arnulfs betroffen sind. Sondersitzungen werden einberufen. Die Firmenleitung will die Vorwürfe klären und den Konflikt nach Möglichkeit herunterspielen. Herr Arnulf will, daß die Firmenleitung die Verantwortung für die Vorkommnisse übernimmt, damit er ruhigen Gewissens in der Außenstelle weiterarbeiten kann. Die beschuldigten Mitarbeiter verbringen schlaflose Nächte und rechtfertigen ihr Vorgehen mit den durchaus landesüblichen und auch allgemein bekannten Geschäftspraktiken. Ihnen wäre auch gar nichts anderes übrig geblieben, wenn sie den Betrieb am Laufen halten wollten. Am Schluß der Verhandlungsrunde sind alle frustriert und beschuldigen sich gegenseitig. Schließlich läßt man den Fall auf sich beruhen.

Selbst wenn ich einmal davon ausgehe, daß nicht alle Handlungen in diesen Aktionen reaktiv sind, so zeigen die beteiligten Personen in diesem »Drama« doch eine starke Tendenz zur Reaktionsbildung. In solchen Interaktionssystemen kristallisieren sich Rollen heraus, die sehr viel Ähnlichkeit mit Beispielen aus der Dramenliteratur haben. Diese Konstellation von Rollen wird in der Transaktionsanalyse daher auch als »Drama-Dreieck« bezeichnet. Die drei Hauptfiguren des »Drama-Dreiecks« — der Verfolger, das Opfer und der Retter — bilden ein sich gegenseitig ergänzendes Kommunikationssystem (vgl. *Berne* 1983, 226 ff., *Katzenberger* 1984, *Hendricks / Roberts* 1984, 126 ff.).

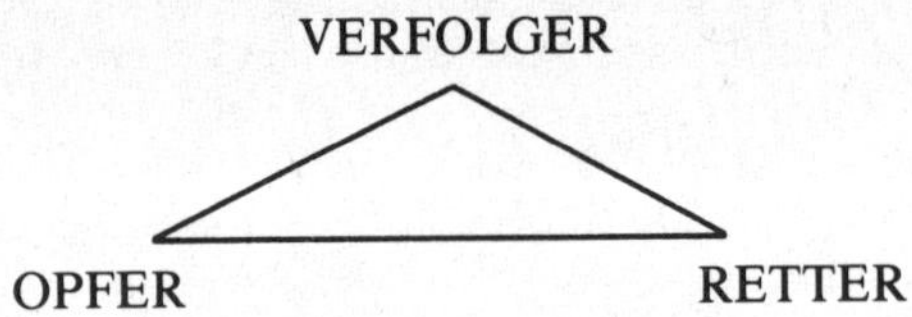

Das Opfer hat die Grundhaltung: »Ich bin hilflos und kann mir nicht helfen, versuch' mir zu helfen!« Dies drückt das Opfer auch in seiner Körperhaltung aus: es läßt sich hängen mit Kopf und Schultern, richtet hilflose Blicke auf die Menschen seiner Umwelt, äußert sich mit wehleidig-klagender Stimme. Das Opfer wertet sich selbst in seinen Aussagen häufig ab, entweder direkt, oder indem es anderen abwertende Äußerungen über sich in den Mund legt. Eilt man einem Opfer zu Hilfe und erteilt ihm Ratschläge, ist die typische Reaktion: »Ja, . . ., aber . . .«; das Opfer bittet zwar mehr oder weniger direkt um Hilfe, kann sie aber nicht annehmen.

Der Verfolger sucht sich sein Opfer und hat ihm gegenüber die Grundhaltung: »Du bist hilflos und du bist selbst schuld daran!« Der Verfolger hat eine starre Haltung und spricht von oben herab. Er hat den größeren Erfahrungsschatz, behält immer den Überblick und weiß, was eigentlich zu tun wäre. Er beruft sich gerne auf den »gesunden Menschenverstand«, auf Moralvorstellungen und auf Normen. »Du sollest . . . !« ist eine häufig gebrauchte Redewendung von ihm.

Der Retter vertritt gegenüber dem Opfer die Grundeinstellung: »Du bist hilflos und deshalb werde ich Dir helfen!« Er hat die Tendenz zu beschwichtigen, was auch in seinen besänftigenden Gesten und seiner freundlichen Mimik zum Ausdruck kommt. Sein Tonfall ist anbiedernd;

er will immer nur das Beste für die anderen. Der Retter äußert sich gern in Fragen und in Konjunktiven (»Könntest Du nicht . . . ?«).

Dieses Drama-Dreieck haben wir in Gruppen schon oft mit einem ausgedachten, aber realistischen »Opferfall« (z.B. 'Axel ist beruflich so überlastet, daß er für seine Familie kaum noch Zeit hat') gespielt, wobei es nicht unbedingt darauf ankommt, daß die Rollen realistisch dargestellt werden. Zuerst neigen die Spieler dazu, die Rollen zu übertreiben, und das kann sehr komisch wirken und viel Spaß machen. Im Laufe der Zeit wird der Charakter des Spiels allerdings immer ernster, und es treten all die Körperreaktionen in der Gruppe auf, die ich als kennzeichnend für Reaktivität beschrieben habe. Bisher mußten wir das Rollenspiel immer abbrechen, weil es zu unangenehm für uns wurde und es endlos hätte weitergehen können, ohne daß irgendein Fortschritt erkennbar geworden wäre.

In der Auswertung dieser Übung haben wir es bisher immer erlebt, daß die Teilnehmer sich sehr schnell und schmerzlich an bekannte Situationen erinnert fühlten, an ihre eigene Familie (z.B. Kind als Opfer, Vater als Verfolger, Mutter als Retter), an Wohngemeinschaften oder Arbeitsteams. Sie fanden auch heraus, welche der Rollen ihnen am bekanntesten sind, d.h. ob sie im Leben vorzugsweise Opfer, Verfolger oder Retter sind.

Ebenso wie im Spiel wechseln die Rollen auch in der Realität häufig. Werden dem Opfer beispielsweise mehrere Ratschläge angeboten, wechselt es in die Verfolgerrolle: »Jetzt laßt mich doch endlich mal in Ruhe!«; der Retter wechselt in die Opferrolle, wenn seine Hilfe nicht angenommen wird: »Ich will doch nur dein Bestes, und jetzt bist Du auch noch böse zu mir!« Der Verfolger kann auch zum Opfer werden, wenn er sich nicht durchsetzen kann, oder er wechselt in die Retterrolle, wenn sich der Retter in einen Verfolger des Opfers verwandelt.

Auf den ersten Blick hin scheint das Opfer in dem Drama-Dreieck die größte Macht zu haben. Die beiden anderen Rollen beziehen sich fast ausschließlich auf das Opfer und folgen ihm, wenn es auf ein anderes Thema ausweicht; sie bemühen sich um den Armen, wenn er schließlich verstummt und sich seinem Kummer ergibt. Aber bei genauerer Analyse wird deutlich, daß *alle* Rollen im Drama-Dreieck mit der Macht spielen, nur jeweils anders: Das Opfer manipuliert durch seine Hilflosigkeit und Unersättlichkeit, der Verfolger versucht seine Macht autoritär durchzusetzen, der Retter ist darum bemüht, die anderen von seiner Hilfe und Vermittlerfunktion abhängig zu machen.

Im Beispiel von Herrn Arnulf in der Dritten Welt ist die Rollenverteilung offensichtlich. Herr Arnulf ist der Verfolger, die ehemaligen Mitarbeiter der Filiale in der Dritten Welt sind die Opfer und die Direktion spielt die Retter-Rolle. Die Spitze der Hierarchie in einer Institution ist also durchaus nicht immer in der Verfolgerrolle; gar nicht so selten machen Vorgesetzte ihren Mitarbeitern das Leben dadurch schwer, daß sie vorgeben, für alles Verständnis zu haben.

Mit der teilweise ironischen Charakterisierung dieser Rollen will ich nicht ignorieren, daß es viele »echte« Opfer von Verfolgern gibt, denen Hilfe zusteht. Im Drama-Dreieck geht es um *reaktive* Verhaltensweisen: Das »Opfer« ist faktisch nicht so hilflos, wie es sich gibt, und dem Helfer geht es nicht in erster Linie um Hilfsbereitschaft, sondern um Einfluß und das Gefühl des Gebrauchtwerdens.

Mir fallen reaktive Verhaltensweisen im allgemeinen und dem Drama-Dreieck ähnliche Kommunikationssituationen bei mir und bei anderen im privaten Bereich, noch deutlicher aber in Institutionen und in politischen Auseinandersetzungen sehr häufig auf.* Ich schließe daraus, daß diese Verhaltensweisen eine derart wichtige Funktion für unsere Psyche und unsere Beziehungssysteme erfüllen müssen, daß die Nachteile, die für alle Beteiligten damit verbunden sind, nicht ins Bewußtsein treten dürfen. Nachteilig ist die Wirkung der Reaktivität nicht nur für das Kommunikationsklima und die gesamte Lebenssituation, sondern speziell für den Organismus; vor allem aber verhindert Reaktionsbildung, daß sich Teilnehmer und Klienten ebenso wie oft auch die Gruppenleiter und Berater auf Kontaktprozesse und persönlich bedeutsame Lernprozesse einlassen können.

Reaktionsbildung als Überlebensstrategie

»Reaktionsbildung ist die Vermeidung der Angst vor dem drohenden Zusammenbruch der Verdrängung (durch das Anwachsen der gehemmten Erregung oder die Lockerung der Hemmung) durch weitere Bemühungen,

---

*Zu ähnlichen Ergebnissen gelangt eine Forschergruppe auch nach einem großangelegten Laborexperiment namens »Lohausen«. Die Versuchspersonen hatten die Aufgabe, für eine fiktive Gemeinde zu planen und zu entscheiden. Sie wurden reaktiv mit sehr zerstörerischen Folgen für die Entwicklung der Gemeinde, sobald sie nicht mehr Herr der Lage zu sein glaubten (*Dörner* 1983).

die Erregung oder die Versuchung dazu zu vernichten, und durch die Verstärkung der Hemmung.« (*Perls u.a.* 1951, 237). Diese recht kryptische Definition von Reaktionsbildung will ich mit Hilfe eines Modells verdeutlichen.*

Reaktivität ist überwiegend eine schismogenetische Verhaltensweise, deren Entstehungsgeschichte oft bis in die Kindheit zurückreicht (vgl. *Berman* 1984, S. 184 ff.). Ich stelle mir ein Kind von vielleicht vier Jahren vor. Aus irgendeinem Grund hat das Kind — ich nenne es Karin — einen Ärger auf seine Mutter, beispielsweise, weil es zum Essen kommen und sein Spiel unterbrechen soll. Karin rennt daher auf die Mutter los und boxt sie. Das mißfällt der Mutter und sie droht dem Kind an, es mit Liebesentzug zu bestrafen, wenn es das noch einmal macht. Diese Strafandrohung muß gar nicht verbal geschehen, vielleicht genügt schon die Mimik der Mutter, um Karin diese Botschaft zu übermitteln. Wenn sich solche und ähnliche Situationen hunderte und tausende Male wiederholen, lernt das Kind, seinen Ärger-Impuls zu unterdrücken, denn es darf ja auf keinen Fall die Zuwendung der Mutter verlieren. Dieses Zurückhalten des Impulses wird zur Gewohnheit. Es bilden sich chronische Muskelverspannungen, weil zwei Impulse im »Stellungskrieg« miteinander sind, in meinem Beispiel der Ärger-Impuls und das Zurückhalten dieses Ärgers. Diese chronischen Muskelverspannungen führen dazu, daß das Kind den Ärger nicht mehr spürt, es vergißt ihn.**

Wie wirkt sich dieser Vorgang bei der erwachsenen Karin aus, die einmal dieses Kind war? Nehmen wir an, die Muskelverspannung wird durch eine Situation stimuliert: Karin ist ärgerlich auf einen anderen Menschen oder sie erlebt den Ärger-Ausbruch eines anderen gegenüber einem Dritten. Dadurch werden Karins chronisch angespannte Muskeln erneut kontrahiert, und das löst heftige Schmerzen aus, die es zu vermeiden gilt. Angst vor diesem Schmerz ist die Folge. Karin fühlt sich bedroht. Aber sie ist sich weder bewußt, daß sie sich »von innen« bedroht, noch daß die Bedrohung von ihrer Angst vor den Schmerzen ausgeht. Sie erlebt die Bedrohung als Bedro-

*Dieses Modell verdanke ich einem meiner Ausbilder in Gestaltpsychotherapie, Ischa Bloomberg.

**Dieser Vorgang entspricht dem Abwehrmechanismus der Repression nach Anna Freud (*Freud* 1973).

hung »von außen«. Dies kommt dadurch zustande, daß sie nicht sich, sondern den Menschen, auf den sie ärgerlich ist, für ärgerlich hält (Projektion), oder daß sie miterlebt, wie jemand anderes gegen das Verbot ärgerlich zu sein (Introjekt) verstößt. Obwohl Karin in diesen Situationen nicht wirklich von außen bedroht wird, reagiert sie wie auf eine äußerliche Bedrohung, nämlich mit Flucht- oder Kampfreaktionen, d.h. mit Reaktivität. Wenn Karin zu den intellektuellen Kreisen gehört, wird sie möglicherweise nicht einmal mehr mit Kampf oder Flucht reagieren, sondern mit Beherrschung und einer abgeflachten, tonlosen Stimme, und sie wird in der sie bedrohenden Situation in ganz unberührtem Tonfall sagen: »Ich halte Ihre Meinung nicht für hinreichend begründet, lieber Herr Kollege.«

Schematisch läßt sich die Entstehung von Reaktivität also als vierphasiger Prozeß darstellen:

1. Impuls wird frustriert durch Strafandrohung
2. Kind hat Angst vor dem Impuls und hält ihn durch Gegenimpuls zurück
3. Die sich bekämpfenden Impulse werden zur Gewohnheit mit chronischen Muskelverspannungen und abgetöteten Empfindungen
4. Die Blockierungen werden »vergessen«.

Der Prozeß reaktiven Verhaltens im Erwachsenenalter läßt sich dagegen wie folgt vereinfacht darstellen:

1. Anregung des entsprechenden Impulses, Bedrohung der Hemmung etc.
2. Erneute Kontraktion der chronisch verspannten Muskeln mit Schmerz
3. Nicht-bewußte Angst und Eindruck von Bedroht-Sein von außen
4. Kampf oder Flucht als Notfallreaktion oder »Flattening« (monotones Verbalisieren)
5. Alternative Verhaltensweisen in als bedrohlich wahrgenommenen Situationen werden zunehmend ausgeschlossen: Selbstverstärkung der Reaktivität.

Grafisch läßt sich diese Dynamik so veranschaulichen:

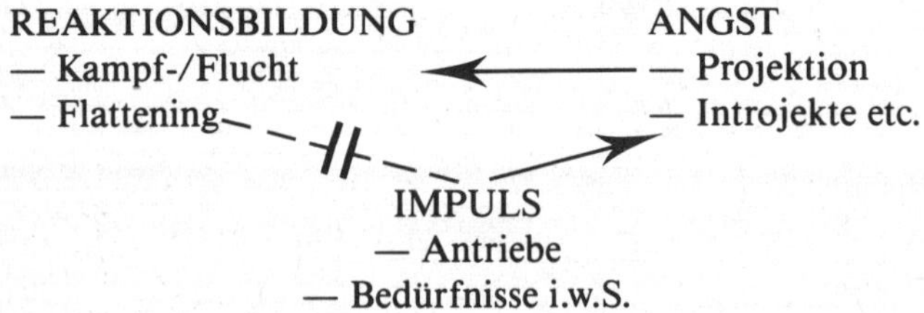

Auf dem Hintergrund dieses Erklärungsansatzes wird auch verständlich, warum Reaktivität in einer Kommunikationssituation solche beklemmenden körperlichen Gefühle auslöst und warum Reaktivität mit dem Verstand nicht so schnell zu erfassen ist: Reaktivität ist eine blitzschnelle Notfallreaktion auf Lebensbedrohungen mit allen Anzeichen von Stress. Wenn wir einmal vom Sonderfall des »Flattening« absehen, drückt sich Reaktivität immer in Kampf- oder Fluchtverhalten aus. Da wir Menschen aber vernunftbegabte Wesen sind, fallen unsere Angriffs- bzw. Fluchtreaktionen sehr viel raffinierter und undurchschaubarer aus als bei Tieren. Ein reaktiver Angriff löst beim Gegner Flucht oder einen Gegenangriff aus, und auf diese Weise entsteht eine Kriegssituation, die sich in ihrem Grundmuster nicht wesentlich unterscheidet von den »wirklichen« Kriegssituationen.

Kampf- und Fluchtreaktionen sind aus vielen wissenschaftlichen Untersuchungen bekannt (vgl. *Pelletier* 1982, 202 ff. und *Feldenkrais* 1985, 91 ff.): Im ersten Augenblick des Erkennens der Gefahr reagiert der Organismus mit einem kurzen Moment des Erstarrens, dem *Fluchtreflex:* sämtliche Beugemuskeln werden heftig zusammengezogen. Die Streckmuskeln arbeiten dagegen an, werden aber von den kontrahierten Beugemuskeln blockiert, der Atem stockt und jede Fortbewegung ist unmöglich. Wir erleben eine starke Beklemmung und Kälte in der Herzgegend. Wenn dieser Moment vorüber ist, setzt die Kampf- und Fluchtreaktion als *Notfallreaktion* ein. Jetzt reagiert der Organismus mit vertiefter Atmung, der arterielle Blutdruck steigt, das Blut konzentriert sich im Herzen und im zentralen Nervensystem sowie in den Muskeln, die Milz zieht sich zusammen, Adrenalinanteile werden freigegeben. Es ist ein Zustand hochgradiger und undifferenzierter Aktivierung im Organismus.

Die erste Reaktion auf Bedrohung, der Fluchtreflex, ist angeboren. Er ähnelt dem Reflex des neugeborenen Babys, das seinen Körper instinktiv zusammenzieht, wenn es zu fallen droht. An sich hat dieser Reflex des autonomen Nervensystems also selbsterhaltende Funktion. Die Wahrnehmungsmuster jedoch, die die Fluchtreflexe und anschließenden Notfallreaktionen auslösen, sind angelernt, und daher werden sie auch in Situationen wirksam, die die Selbsterhaltung gar nicht bedrohen. Dies bedeutet Stress für den Organismus, der belastend und verformend wirkt, wenn er wiederholt über längere Zeiträume hin auftritt (z.B. gebeugte Körperhaltung, Verspannungen in der Hüfte etc.); da die Aufladung des Organismus in unserer zivilisierten Welt selten in wirkliche Kampf- oder Fluchthandlungen umgesetzt werden können. Dadurch werden pathogene organische Reaktionen wie z.B. Schrumpfung der Thymusdrüse, der Milz und der Lymphknoten sowie Darm- und Magengeschwüre produziert; das Immunsystem wird unterdrückt, was auch Krebskrankheiten auslösen oder eine bestehende Krebserscheinung verschlimmern kann (*Koepchen* 1984, 226 f.).

Wir haben in unserer Kultur auch gelernt, akute Anzeichen von Stress wie Schwitzen, Verspannungen der Rücken-, Hals- oder Nacken- und Gesichtsmuskulatur und leichte Beschleunigung des Herzschlags von unserem Bewußtsein fernzuhalten. Die Großhirnrinde interpretiert die Kommunikationsinhalte von Stress fehl. Sie versteht die blitzschnellen Fluchtreflexe und Notfallreaktionen des autonomen Nervensystems nicht und interpretiert die Empfindungen, die dadurch ausgelöst werden, als abnormal. Wir sprechen daher von »Verdauungsstörungen«, wenn Furchtsamkeit uns den Appetit raubt, von »Schlaflosigkeit«, wenn Angst uns nachts wachhält, der beschleunigte Herzschlag wird zu »Herzklopfen«, das Zusammenziehen der Rückenmuskulatur nennen wir »Hexenschuß«. Durch diese Fehlinterpretationen wird die Angst aber nur noch stärker, weil sie unverstanden bleibt.

Wenn ich Reaktionsbildung als Überlebensstrategie bezeichne, dann mag das angesichts der Wirkungen von Reaktivität mit all ihren Stress- und Krankheitssymptomen ironisch klingen. Aber es handelt sich ja tatsächlich um Anpassungsprozesse an die Lebensbedingungen in unserer Kindheit und an die Normen der zivilisierten Erwachsenenwelt, die uns veranlassen, viele lebendige Impulse zu bekämpfen und die dadurch ausgelösten Schmerzen zu »vergessen«. Unbestreitbar ist auch, daß solche Anpassungsprozesse bis zu einem gewissen Grad notwendig für ein Zusammenleben in Gemeinschaften sind. Aber diese Anpassung hat ihre Kehrseite, wenn sie am Arbeitsplatz, in den Bildungsinstitutionen und in vielen Alltagssituationen im Übermaß von uns gefordert wird. Die gelernten Reaktionsmuster werden immer wieder neu eingeschliffen und sind auch in jenen Situationen wirksam, in denen sie unsinnig sind. Diese übertriebene Anpassung ist nicht nur sehr ungesund, sondern hindert uns auch daran, uns auf Kontaktprozesse in Lernsituationen einzulassen; denn Reaktionsbildung unterbricht den Kontaktprozeß nicht nur, sondern blockiert ihn völlig.

Die Schwierigkeit, mit Reaktionsbildung — unserer eigenen ebenso wie der von unseren Gesprächspartnern, Gruppenmitgliedern und Kollegen — umzugehen, besteht nun in folgendem: Wenn wir reaktiv sind, spüren wir die Angst nicht. Wir projizieren die innere Bedrohung nach außen auf unsere Mitmenschen. Das hindert uns natürlich auch daran, unsere Angst aufzuspüren und herauszufinden, wodurch sie ausgelöst wird. Es nützt also wenig, einen Menschen, der reaktiv ist, danach zu fragen, wovor er denn Angst habe und was er eigentlich wolle.

> In einem Seminar greift Holger mich als Gruppenleiter wiederholt an. Ich will herausbekommen, was mit ihm los ist, denn ich bin es leid, dauernd von ihm angegriffen zu werden, ohne recht zu wissen, weshalb: »Du findest mich als Gruppenleiter schlecht, ich mache in Deinen Augen dauernd etwas falsch«, sage ich zu ihm. »Ja, stimmt schon,« ist seine Reaktion. »Deine ständige Kritik an mir macht mich ärgerlich. Mich interessiert, weshalb Du hier bist und was Du von mir oder von den anderen möchtest.« »Ja, so machst Du das dauernd: Du fragst, was mit uns los ist und sagst nie etwas über Dich!« — Ich muß einsehen, daß wir so nicht weiterkommen.

Der Lernweg von der Reaktionsbildung zum Impuls kann nicht direkt — z.B. durch Fragen nach den Wünschen — erfolgen, denn er ist durch frühere schmerzhafte Erfahrungen versperrt. Von der Reaktivität zum Impuls gelangen wir also nur, wenn wir durch die Angst hindurchgehen und uns der Projektionen und Introjekte bewußt werden. Dies ist oft ein langer und schmerzhafter Weg, denn hinter der Reaktivität verbirgt sich meist eine sehr unangenehme Lebenserfahrung. Diese herauszuarbeiten sprengt oft den Rahmen einer pädagogischen Situation, außer wenn es sich um eine reine Selbsterfahrungsgruppe handelt, wie in den folgenden beiden Beispielen.

> Knut ist ein fähiger und erfahrener Gruppenleiter, aber wenn er von einem Teilnehmer als Gruppenleiter kritisiert wird, ist er blockiert. Er sieht in solchen Momenten aus, als sei er zu Tode erschrocken. Er arbeitet an diesem Problem in einer Supervisionssitzung, und dabei stellt sich heraus, daß er Angriffe auf ihn als Bedrohung seiner Existenz deutet. Er hat in seiner Kindheit erlebt, wie er und seine Mutter von russischen Soldaten mit dem Gewehr bedroht wurden. Diese Erfahrung wirkt offensichtlich noch heute in ihm nach und wird durch massive Kritik reaktiviert.

Cornelia wirkt auf die Teilnehmer in einer Selbsterfahrungsgruppe zurückhaltend und arrogant. Sie wuchs in einem großen Verwandtenkreis auf, der auch heute noch zusammenhält. Ihre Eltern zogen in eine andere Gegend, worauf sich Cornelia vereinsamt fühlte. Die Verbindung zur Verwandtschaft gab ihr Halt und soziale Orientierung. Sie ging beruflich neue Wege und ihre Lebensweise und Vorstellungen weichen jetzt von denen ihrer »Sippe« immer stärker ab. Dennoch bedeuten ihr Familientreffen noch viel, auch wenn sie zunehmend zu einer Belastung für sie werden. Oft schon Tage vor solch einem Ereignis bekommt sie starke Kopfschmerzen und Übelkeit. Sie beobachtet sich und ihre Angehörigen genauer während eines Familientreffens und stellt fest, daß in diesem Kreis kaum Kontakt möglich ist. Jedes Mal, wenn sie mit einer Tante oder einem Cousin ins Gespräch kommt, fährt jemand anderes dazwischen. Die Gespräche beim Kaffeetrinken und bei den Spaziergängen zerfleddern. Jeder scheint nur auf ein Stichwort zu warten, um seine (meist schon allzu bekannten) Geschichten vom Stapel zu lassen. Sie spürt auch kein Interesse der Verwandten an ihr und ihrem Leben. So wird ihr Wunsch nach Kontakt mit ihren Angehörigen immer stärker frustriert und die ironischen Bemerkungen, die sie über ihre Lebensweise zu hören bekommt, machen ihr zu schaffen. Ihre Reaktionen in der Gruppe — dies wird ihr in der Arbeit deutlich — ähneln denen in ihrem Verwandtenkreis: sie wird arrogant und zurückhaltend.

Die Panikreaktionen von Knut auf Kritik und die Zurückhaltung und Arroganz von Cornelia in der Lerngruppe sind die sichtbaren Erscheinungsformen von Reaktivität, die Spitzen der Eisberge individueller Lebensschicksale. Aber Reaktionsbildung ist nicht nur ein individuelles Phänomen. Sie ist auch ein Merkmal eines Beziehungssystems, in dem alle mitspielen und eine bestimmte Rolle übernehmen. Abgeschreckt durch die Panikreaktionen Knuts auf Kritik halten die Teilnehmer mit ihren kritischen Äußerungen über seine Person solange zurück, bis irgend jemand herausplatzt und eine vernichtende Kritik äußert. Cornelias Arroganz und Zurückhaltung löst Verachtung und Desinteresse bei den Mitlernenden aus. Knut und Cornelia fühlen sich in ihren unbewußten Ängsten also bestätigt. Die Beteiligten bilden eine Struktur von Wechselbeziehungen aus, die sich selbst immer wieder stabilisiert und daher nur schwer von einem einzelnen zu durchbrechen ist, obwohl sich vermutlich niemand — wenn er genau nachspürt — wohlfühlt.

Von der Reaktionsbildung zum Kontakprozeß

Wie können wir diese reaktiven Wechselbeziehungen durchbrechen, um im Kontakt miteinander lernen zu können? Einem Menschen bewußt machen zu wollen, daß er gerade reaktiv ist, scheitert meistens daran, daß wiederum andere Abwehrstrategien aktiviert werden. Am wenigsten hilft es, wenn wir jemandem mitteilen, wir hielten ihn für reaktiv. Denn dies ist tatsächlich ein Angriff, der nur noch mehr Verteidigung provoziert. Patentlösungen gibt es natürlich nicht, ich möchte aber einige Erfahrungen verdeutlichen, bei denen es gelungen ist, die reaktiven Mauern auch in pädagogischen Situationen zu durchbrechen oder allmählich abzutragen. Zunächst zwei Beispiele:

> Manfred ist nicht das erste Mal in einer selbsterfahrungsorientierten Gruppe. Er ist psychoanalytisch geschult und ein erfahrener Projektleiter. Von Anfang an macht er Stimmung gegen das Leitungsteam. Immer wieder weist er dem Gruppenleiter und der Co-Leiterin nach, wo sie seiner Meinung nach unverantwortlich handeln. Er selbst läßt sich nicht auf persönliche Lernprozesse ein, weil ihm — wie er sagt — das Vertrauen in die Kompetenz der Leitung fehle. In der Gruppe wächst der Unmut und es kommt die Meinung auf, Manfred sei eine große, vielleicht zu große Belastung für die Gruppe. Die Gruppenleiter werden sich allmählich bewußt, daß sie selbst Angst vor Manfred haben: Sie haben Angst davor, daß er die Gruppe sprengen könnte und auch davor, einen Fehler in der Gruppenleitung zu machen, auf den Manfred wieder siegesbewußt mit seinem Finger zeigen könnte. Der Gruppenleiter spürt die Angst am deutlichsten. Er teilt Manfred seine Ängste in glaubwürdiger Weise mit. Das Beziehungsklima zu Manfred ändert sich dadurch grundlegend. Zwar kann er sich auch dann noch nicht auf persönliche Lernprozesse einlassen, aber er arbeitet mit, so gut er kann. Am Ende des Seminars spendet er sogar moderates Lob für die Gruppenleitung.
>
> Anne ist in vieler Hinsicht mit Manfred vergleichbar. Sie ist selbst Gruppenleiterin mit therapeutischem Hintergrund. Ihre Körperhaltung läßt erkennen, daß sie sehr vieles zurückhält und sehr ängstlich ist. Gegenüber dem Gruppenleiter ist sie sehr aggressiv; dabei trifft sie mit schlafwandlerischer Sicherheit seine empfindlichsten Punkte. Der Gruppenleiter wird erst einmal trotzig: »Von

der laß ich mich nicht unterkriegen!« Aber das verschärft den Konflikt natürlich nur. Als er es nicht mehr aushalten kann, gesteht er Anne ein, wie sehr sie ihn durch ihr Verhalten verletze. Das lädt zwei andere Gruppenmitglieder dazu ein, mit weiteren Angriffen, die sie bis dahin zurückgehalten hatten, nachzuziehen, bis der Gruppenleiter sichtbar der Verzweiflung nahe ist.
So schmerzlich dieser Prozeß auch für den Gruppenleiter ist: das Beziehungsklima wandelt sich von da an. Anne bekennt, daß der Gruppenleiter sie sehr an ihren Vater erinnere, und sie wohl nur bewirken wollte, daß sie ihn einmal ganz klein erleben kann. Ihre Angriffe bleiben danach aus und die Angst, die sich auf die ganze Gruppe übertragen hatte, verschwindet allmählich.

Das entscheidende Moment in beiden Beispielen für den Abbau der reaktiven Verhaltensmuster war, meine ich, daß die von der Reaktivität am stärksten betroffenen Gruppenleiter die Wirkung deutlich machen konnten, die die unangemessenen Angriffe auf sie hatten. Dadurch, daß der Gruppenleiter gegenüber Manfred seine Angst (die vermutlich die meisten in der Gruppe auch gespürt hatten) zeigte, entlastete er nicht nur sich selbst, sondern er gab Manfred und der Gruppe insgesamt quasi die Erlaubnis, auch Angst zu haben. Sobald sich nämlich eine reaktive Person ihrer Angst bewußt wird, hat sie den Teufelskreis der Reaktionsbildung zumindest für einen Moment lang angehalten. Im Fall von Anne ging es um Sieg oder Niederlage. Aufgrund des Verhaltens des Gruppenleiters konnte Anne den Sieg für sich verbuchen und — wie sie selbst zugab — mehr wollte sie für den Moment nicht. Allerdings mußte der Gruppenleiter sich erst einmal verletzlich zeigen, und dies wurde von zwei anderen Gruppenmitgliedern auch ausgenutzt. Das bedeutete für ihn jedoch längerfristig weniger Stress, als die Gruppe in der gespannten Atmosphäre weiterleiten zu wollen, in einem Klima also, das tiefergehende Lernprozesse ohnehin nicht zugelassen hätte.

Wie wir mit Reaktionsbildung umgehen können, wenn wir sie bei uns oder anderen Lernpartnern feststellen, hängt von dem Kontext ab, in dem wir uns bewegen. Geht es darum, intensive, persönliche und lebendige Lernprozesse in Gang zu setzen, wie beispielsweise in selbsterfahrungsorientierten Gruppen, in Mitarbeiterteams in der Supervision oder in der Therapie, oder geht es darum, im reaktiven Klima einer Gruppe oder Institution Überlebensstrategien zu entdecken, weil das Klima — zumindest kurzfristig — nicht zu ändern ist? Im ersten Fall kommen wir nicht darum herum, die Ängste zu thematisieren. Diese Ängste wirklich bis zu ihren Wurzeln durchzuarbeiten halte ich allerdings nur in längerfristigen persönlichen Lernprozessen mit therapeutischer Unterstützung für möglich; in pädagogischen Situationen geht es zunächst einmal darum, diese Ängste soweit spürbar werden zu lassen, daß die Beteiligten sich an die aktuellen Bedürfnisse, Wünsche und Impulse vortasten können. Wenn ich mir als Gruppenleiter bewußt bin, daß Reaktivität vorliegt und ich nicht selbst in Kampf- / Fluchtreaktionen stecken bleibe, habe ich — wie oben angedeutet — eine Reihe von Möglichkeiten. Ob sie wirksam sind, hängt von so vielen Faktoren ab, daß sie nicht als Rezepte verstanden werden können. Am wichtigsten scheint mir, daß man mit verschiedenen Verhaltensweisen experimentiert. Und wenn eine Strategie nicht wirksam ist, kann ich eine andere versuchen, solange sie »echt« ist und die Würde der Beteiligten nicht verletzt.

In den meisten, nicht selbsterfahrungsorientierten pädagogischen sowie in alltäglichen Kommunikationszusammenhängen ist es nicht möglich, an der Reaktivität direkt zu arbeiten. Es geht dann nur darum, sich vor unangemessenen Angriffen oder vor Manipulationen zu schützen. Oft besteht keine andere Möglichkeit als auszusteigen. So hat Cornelia in unserem Beispiel vermutlich keine andere Wahl, als sich erst einmal aus dem familiären Zusammenhang zu lösen. Auch im Beispiel des Drama-Dreiecks mit Herrn Arnulf als Verfolger gibt es wohl keine andere Möglichkeit, als sich auf irgendeine Weise aus dem Kampfgeschehen herauszuziehen, da es fast ausgeschlossen ist, die hinter den Angriffen liegenden Ängste in dienstlichen Gesprächen anzusprechen, auch wenn sie für einen auf Reaktivität sensiblen Menschen offensichtlich sind.

Die östlichen Selbstverteidigungsstrategien bieten ein Konzept an, das uns helfen kann, mit reaktiven Angriffen umzugehen: Wir öffnen uns dem Angreifer, nehmen seine Energie auf und nutzen sie, um den Angriff unschädlich zu machen ohne den Gegner zu verletzen (vgl. z.B. *Protin* 1977, 103). Wenn ein Kollege beispielsweise massive Vorwürfe gegen mich erhebt, die einer realistischen Grundlage weitgehend entbehren, kann ich sie aufgreifen, statt zurückzuschlagen. Meistens sind die Angriffe so allgemein, daß ich ihn auffordern kann, seine Vorwürfe zu spezifizieren und zu belegen. Dadurch vermeide ich es zumindest erst einmal, auf sein »Angebot« einzugehen, im Drama-Dreieck als Opfer mitzuagieren. Wenn

Teilnehmer in einer Gruppe mit mir als Leiter ständig unterschwellig konkurrieren, kann ich ihnen anbieten, offen zu konkurrieren, indem sie beispielsweise einmal die Leitung der Gruppe übernehmen.

Die eleganteste und angenehmste Art, mit Reaktivität umzugehen, ist für mich das bewußte Spiel mit ihr. Es macht Spaß, einmal das hilflose Opfer in einer Gruppe, den Retter gegenüber einem Freund oder den vorwurfsvollen Verfolger gegenüber meiner Partnerin zu spielen. Ich kann dadurch eine sehr unangenehme Atmosphäre verwandeln helfen, vorausgesetzt die anderen durchschauen das Spiel und spielen mit. Aber das Leben ist ja meist viel zu ernst, als daß wir uns diese lockeren Spiele erlauben könnten . . .

Plädoyer für normale Angst

Noch vor einigen Jahren galt es als Tabu, Ängste zuzugeben. Ein Junge hatte keine Angst, ein Mann schon gar nicht, eine Frau durfte sich bestimmte Ängste leisten, z.B. vor Spinnen und Mäusen. Heute habe ich manchmal den Eindruck, daß es zum guten Ton gehört, tiefgehende Ängste zu haben. Nachdem auch in diesem Kapitel über Reaktivität soviel von Angst die Rede war, möchte ich die verschiedenen Erfahrungen von Angst und deren Begriffe ein wenig sortieren.

Angst gehört zu unserer Existenz, und Angst hat eine wichtige Funktion in unserem Leben. Wenn ich in einem klapprigen Auto neben dem Fahrer sitze und dieser mir auf der Autobahn zeigen will, was »in der alten Karre noch drin ist«, bekomme ich Angst. Diese Angst deutet mir an, daß ich in Gefahr bin und fordert mich dazu auf, Konsequenzen zu ziehen.

Angst gehört außerdem zum Prozeß der Selbstverwirklichung und des Wandels, denn jeder Wandel, den ich vollziehe, birgt das Risiko der Isolation von den anderen Mitmenschen in sich. Um einen Wandel zu vollziehen, muß ich die Denkmuster und Normen von mir und meiner Umwelt in Frage stellen und beraube mich und andere damit alter Sicherheiten. Auch dies ist eine »notwendige« Erfahrung der Angst und Unsicherheit; sie ist eine Erfahrung, die meine Not (also die bewußt erfahrenen, unerfüllten Bedürfnisse im weitesten Sinne) wenden kann. Erst wenn ich mich durch diese Angst vor der Verunsicherung und Isolation von wichtigen Lernschritten abhalten lasse, entsteht neurotische Angst: die Angst, die mich erstarren läßt und die mich daran hindert, mein Potential zu nutzen (vgl. *May* 1984, 82).

Die von Rollo May getroffene Unterscheidung zwischen normaler und neurotischer Angst halte ich für sehr bedeutsam. Sie kann mich veranlassen, meine Ängste genauer zu untersuchen, damit ich entscheiden kann, welche Ängste heute nicht mehr angemessen sind und welche nach wie vor eine wichtige Funktion für mich erfüllen. Die unangemessenen Ängste — und dazu zählen in erster Linie diejenigen Ängste, die hinter der Reaktivität liegen — können in Lernprozessen durchgearbeitet werden. Diese Ängste sind ja nichts anderes als die Reaktion auf eine *innere* Erfahrung, nicht auf eine reale Bedrohung von außen, sie entstehen aus einer Vermischung von Vergangenheit und Gegenwart (vgl. auch *Perls u.a.* 1951, 164 f.).

Meine normale Angst vor künftigen Bedrohungen von außen dagegen lasse ich mir nicht nehmen, denn diese Angst gehört zum Leben. In den letzten Jahren wurde ein Konzept aus den USA verbreitet, wonach unsere Angst und Verzweiflung vor einem atomaren Holocaust in Energie umgesetzt werden soll, indem wir lernen, durch die Angst hindurchzugehen: *Power through dispair (Macy* 1983, deutsch: *Mut in der Bedrohung* 1986). Ich bezweifle nicht, daß es notwendig ist, verdrängte Zukunftsängste bewußt zu machen und die freiwerdende Energie für den aktiven Widerstand gegen die sich anbahnende Vernichtung unseres Planeten auf allen Ebenen einzusetzen. Das Prinzip »durch die Angst hindurchgehen« ist — wie ich zu zeigen versuchte — angemessen für die Bearbeitung neurotischer Ängste, also auch derer, die hinter reaktiven Verhaltensweisen stekken. Aber durch die Angst vor realer existenzieller Bedrohung will ich nicht in Gruppenübungen oder Simulationsspielen hindurchgeschleust werden. Es ist meine ganz normale Angst, die ich auch immer wieder vergessen möchte, um mich am Leben zu freuen. Überdies ist es nach meiner Erfahrung viel leichter, eine existenzielle Angst vor tatsächlicher Bedrohung von außen als normale, berechtigte Angst zuzulassen, anstatt sie als »neurotisch« zu bewerten und krampfhaft überwinden zu wollen.

Schließlich möchte ich auch meine »Reaktivitätsangst« nicht ganz verlieren. Es gibt viele Situationen im Leben, in denen es sehr befreiend für mich ist, wenn ich offen reaktiv sein kann, wenn ich kämpfe oder davonlaufe. Denn es kann nicht darum gehen, Ärger oder Feigheit überwinden zu lernen, selbst wenn sie einmal übertrieben und unangebracht sind. Reaktivität dient oft der Psychohygiene und kann auch der Einstieg in einen kontaktvollen Lernprozeß sein, wenn es den Kommunikationspartnern gelingt, aus der reaktiven Dynamik wieder auszusteigen.

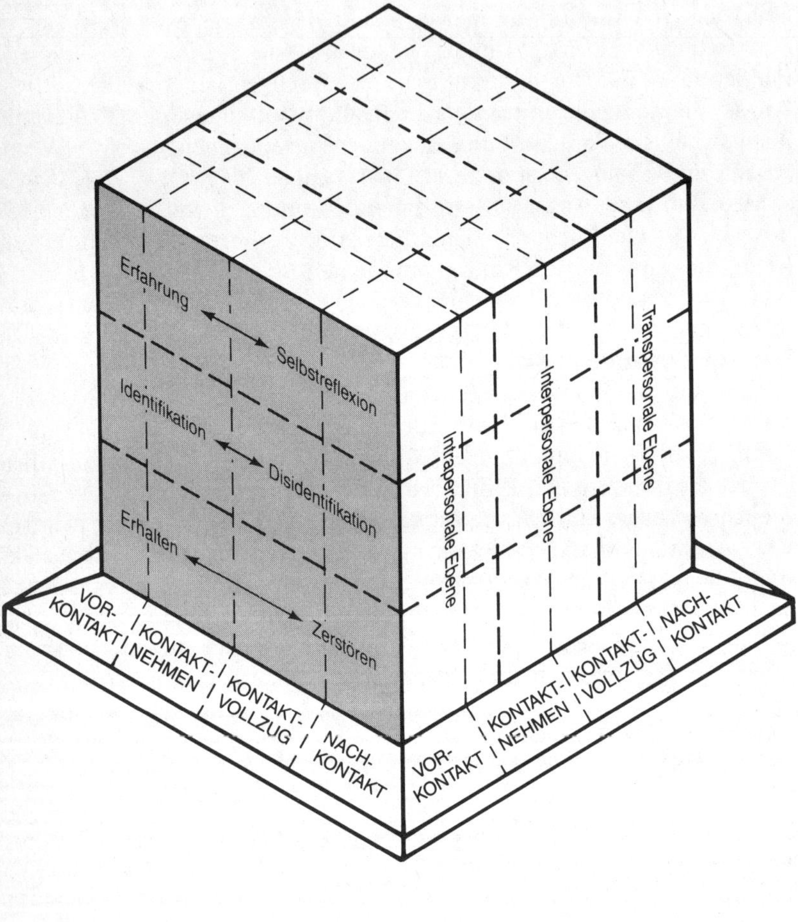
Erfahrung
Selbstreflexion
Identifikation
Disidentifikation
Erhalten
Zerstören
Intrapersonale Ebene
Interpersonale Ebene
Transpersonale Ebene
VOR-KONTAKT
KONTAKT-NEHMEN
KONTAKT-VOLLZUG
NACH-KONTAKT
VOR-KONTAKT
KONTAKT-NEHMEN
KONTAKT-VOLLZUG
NACH-KONTAKT

8. Kapitel

Bewußtseinsprozesse im Lerngeschehen

Einführung

Der Beziehungs- und Kontaktprozeß ist unser Dreh- und Angelpunkt für das Verständnis transformativer Lernprozesse. Als Gruppenleiter und Berater möchte ich mich immer als Beteiligter an einem dialogischen Prozeß, in dem wir an individuellen, kollektiven, gesellschaftlichen und ökologischen Aufgaben und Lebensproblemen arbeiten, verstehen, so schwierig und holprig dieser Prozeß auch immer sein mag. Da wir die Priorität der Beziehung und des Kontaktprozesses im pädagogischen Handeln betonen, können wir auf jene pädagogischen Konzepte zurückgreifen, die die Ich-Du-Beziehung im Sinne Martin Bubers in didaktische Modelle und Methoden umzusetzen versuchen, wie beispielsweise die Themenzentrierte Interaktion, die Gestaltpädagogik oder die Methoden der Bewußtseinsbildung von Paulo Freire. Bevor ich jedoch die pädagogischen und didaktischen Konsequenzen für eine Intensivierung und Erweiterung der Möglichkeiten zu transformativem Lernen im IV. Teil ziehe, möchte ich die Qualität der Bewußtseinsprozesse im Kontext pädagogischer Arbeit beschreiben und untersuchen.

Wir haben den Bewußtseinsprozeß bei transformativem Lernen unter drei Dimensionen betrachtet und in ihren polaren Ausprägungen dargestellt: Den »Modus der Realitätskonstruktion« (Erfahrung — Selbstreflexion), die »Transzendenz der Selbst- und Weltbilder« (Identifikation — Disidentifikation) und die »Dynamik der Wandlungsprozesse« (Erhalten — Zerstören). Es handelt sich dabei um *Aspekte* eines einheitlichen, komplexen Geschehens, die nur zum Zwecke einer differenzierteren Untersuchung und Beschreibung unterschieden werden.

Modus der Realitätskonstruktion

Ein Merkmal transformativer Lernprozesse ist das *Pendeln* des Bewußtseins in der Dimension »Modus der Realitätskonstruktion« zwischen den Polen 'Erfahrung' und 'Selbstreflexion'. Unter »Modus« verstehen wir die Art und Weise, wie unser Bewußtsein Realität konstruiert, nämlich im unmittelbaren Handeln und Erleben ('Erfahrung') oder im Einordnen des Ausgeführten und Erlebten in zunehmend abstrakter werdende Begriffe und Gedankensysteme in Beziehung zu uns selbst ('Selbstreflexion').

Das dialektische Wechselspiel zwischen Erfahrung und Selbstreflexion über die Zwischenstufe der Bewußtheit ist als Erscheinungsform des Kontaktprozesses darstellbar: Erfahrung ohne oder mit einem geringen Grad an Bewußtheit entspricht dem Vorkontakt, Bewußtheit der Erfahrungen (z.B. in Form von Wünschen, Interessen, Gefühlen und Phantasien) entspricht entweder dem Kontaktnehmen oder — sofern die Wünsche, Interessen usw. ausgedrückt und ausgelebt werden können — dem Kontaktvollzug, die Selbstreflexion schließlich dem Nachkontakt, in dem das bewußt Erfahrene in das Selbst integriert wird. Dies nur zur Erinnerung (vgl. S. 82 ff.)

Die Lernschwierigkeiten und Hindernisse können an beiden Polen der Dimension entstehen: Entweder, die Lernenden sind des Reflektierens ungewohnt oder lehnen es ab, haben aber relativ guten Zugang zu ihren Erfahrungen, derer sie sich in der Situation des Erlebens auch bewußt sind, oder sie können zwar hervorragend theoretisieren, nehmen ihre Erfahrungen aber kaum noch bewußt wahr.

Erfahrung

> In einem Anfängerseminar für Lehrerstudenten geht es um das Thema »Lerngeschichten«. Ich gebe den Teilnehmern ein Bild an die Hand, auf dem zwei Personen abgebildet sind. Es handelt sich offenbar um Schüler, die hintereinander in Bänken sitzen. An der Hinterwand des Raumes hängt eine große Uhr, die auf drei Minu-

ten nach eins steht. Ich fordere die Teilnehmer auf, ihre Phantasien schweifen zu lassen und eine Geschichte zu diesem Bild zu schreiben. Danach lesen einige ihre Geschichte vor. Noch deutlicher als in den Geschichten zu dem Bild wird die Lerngeschichte der Teilnehmer an der Art ihrer Rückmeldung zu dem Vorgelesenen. Die überwiegende Zahl von Reaktionen ist von dem Typ: »Wie kommst Du nur da drauf, ich sehe etwas ganz anderes in dem Bild!« oder »Dein Stil war so geschraubt!« oder auch: »Deine Idee fand ich gut!« Ich fordere die Teilnehmer auf, zunächst einmal das mitzuteilen, was der vorgelesene Text bei Ihnen ausgelöst hat, was sie in sich als Reaktion wahrgenommen haben. Diese Aufgabe verwirrt die meisten. Nur in mühseliger und für die Teilnehmer anstrengender Kleinarbeit gelingt es, Wahrnehmungen als Reaktionen auf den Text von Interpretationen über den Text und den Autor zu trennen. Als die Teilnehmer dann ihre Reaktionen in Form von Gefühlen, die das Vorlesen des Textes ausgelöst hat, Assoziationen zu eigenen Erlebnissen sowie Phantasiebildern äußern, wird die Atmosphäre in der Gruppe sehr viel dichter und aufregender. Es geht jetzt nicht mehr darum, wer das Bild »richtig« interpretiert hat, sondern um den Austausch von bewußt wahrgenommenen Erfahrungen.

Wir machen ständig Erfahrungen. Mit unseren Sinnen nehmen wir in jeder Sekunde unendlich viele Informationen auf und verarbeiten sie, doch nur ein kleiner Teil dieser Erfahrungen ist unserem Bewußtsein zugänglich. Diese Ausschnitte, die wir aus dem Kontinuum des Erfahrungsprozesses durch Bewußtheit herausheben, sind für den Lernprozeß nutzbar. Dabei fällt es den meisten Lernenden relativ leicht, die »Außen«-Erfahrungen wahrzunehmen, also das, was sie in ihrer Umwelt sehen, hören, riechen und ertasten. Die Wahrnehmung des »Innen« dagegen ist ihnen wenig zugänglich. Konsequenterweise fällt es den meisten Lernenden am Anfang schwer, zwischen Außenwahrnehmung und ihrer Reaktion darauf in Form von Gefühlen, Phantasien und Gedanken, also der Innenwahrnehmung zu unterscheiden: Die Innenwahrnehmung wird für die Außenwahrnehmung gehalten. Häufig vorkommende Formulierungen wie 'Ich habe das Gefühl, daß Du jetzt ärgerlich bist' deuten auf diese Vermischung der Wahrnehmungsfelder hin.

Alle Erfahrung ist subjektiv: »Ich kann Deine Erfahrung nicht erfahren, Du kannst meine Erfahrung nicht erfahren,« schreibt der Psychoanalytiker und Philosoph R. Laing in seinem Buch *Phänomenologie der Er-*

fahrung (*Laing* 1967, 12). Ich kann nur das *Verhalten* des anderen erfahren, und er kann nur mein Verhalten erfahren. Wenn man sich darauf beschränkt, das Verhalten von Kommunikationspartnern zu beachten und zu analysieren (wie in vielen kommunikationstheoretischen und interaktionistischen Konzepten), übergeht man die subjektive Erfahrung, die das Verhalten erst bedeutsam für die Beteiligten werden lassen kann. Diese subjektive Bedeutsamkeit rührt von der Betroffenheit her, die die »hingebende Erfahrung« bei uns auslöst. Und kein Akt der Selbstreflexion, der im Kontaktprozeß wirksam werden soll, dürfte von der subjektiven Betroffenheit abgelöst werden: »Wenn ich meiner selbst bewußt bin,« sagt der Darmstädter Anthropologe Gernot Böhme in einer sehr eindrucksvollen Vorlesung über das Bewußtsein, »dann mache ich mich offenbar zu einem Gegenstand und damit in gewissem Sinne zu etwas, das ich selbst nicht bin. Wenn dieses Bewußtsein aber nicht schlicht Bewußtsein von einem Gegenstand ist, wie von anderen Gegenständen in der Welt, sondern eben von mir selbst, so muß dieses Gegenstandsbewußtsein auf einer affektiven Betroffenheit aufruhen, die die unausweichliche Gewißheit enthält, daß ich dieser Gegenstand selbst bin.« (*Böhme* 1985, 33)

Die Widerstände der Lernenden gegen das Sich-Einlassen auf Erfahrungen, insbesondere auf die Erfahrung des Innenraums, sind erklärlich: Die Versenkung in den äußeren Raum und die äußere Zeit wird in unserer entfremdeten Zivilisation für normal und gesund gehalten, im inneren Raum befinden wir uns meist auf unbekanntem Gelände. Das Innen erfahren wir ». . . als ein Schreiten rückwärts durchs eigene Leben, hin und zurück und durch und hinein in die Erfahrung der Menschheit, vielleicht weiter ins Wesen der Tiere und Pflanzen und Mineralien.« Und diese Erfahrung kann uns verrückt machen. (*Laing* 1967, 115).

Im Laufe der Jahre wurde ich in pädagogischen Kontexten immer behutsamer bei der Anleitung der Lernenden zu Erfahrungen des Innenraums, nachdem ich erlebt hatte, daß ganz einfache Phantasiereisen als extrem bedrohlich erlebt werden können, ja selbst daß die Konzentration auf den eigenen Atem Panikanfälle auslösen kann.

Da das Einlassen auf Erfahrungen bedrohlich sein kann, lernen einige Teilnehmer schnell, Erfahrungen vorzutäuschen, nicht aus böser Absicht, sondern zum Selbstschutz: Sie produzieren alle Erfahrungen, von denen sie meinen, daß der Gruppenleiter oder die anderen Teilnehmer sie sich wünschen und führen uns damit an der Nase herum. Es ist vielleicht ihre

Rache für die Respektlosigkeit gegenüber ihrem Selbst-Schutz, wenn etwa ein Gruppenleiter sie zu intensiven Erfahrungen anleitet, zu denen sie nicht bereit sind. Oder sie weichen auf die detaillierte Beschreibung körperlicher Empfindungen aus: 'Jetzt spüre ich eine Spannung im Brustkorb, mein Hals schnürt sich etwas zusammen . . .'. Aber diese Körperwahrnehmungen bleiben bedeutungslos: 'Du willst Erfahrungen? — Da hast Du welche, und nun sieh zu, was Du daraus machst', scheinen sie dem Gruppenleiter mitzuteilen. Solche Phänomene deute ich als Hinweise darauf, daß ich als Gruppenleiter oder Berater meine Lernpartner überfordert habe; das schließt nicht aus, daß die Lernenden selbst vielleicht glauben, bedeutsame Erfahrungen gemacht zu haben.

Selbstreflexion

Jede Reflexion ist Selbstreflexion, denn wir können letztlich nur das wahrnehmen und reflektieren, was die inneren und äußeren Reize bei uns auslösen. Wir konstruieren unsere Realität. Selbstreflexion im engeren Sinn ist die Reflexion des Reflektierens, also die bewußte Wahrnehmung davon, daß wir es sind, die reflektieren, und daß das, was wir wahrnehmen, von uns konstruiert ist. Diese schwindelerregende Tautologie, in die wir stürzen, wenn wir Selbstreflexion betreiben, ist nur aushaltbar, wenn wir uns unserer Erfahrungen bewußt bleiben, wenn die Selbstreflexion auf unserer Betroffenheit »aufruht« (Böhme). Die Brücke zwischen der nicht-bewußten Erfahrung und der Selbstreflexion ist also die bewußte Erfahrung oder Bewußtheit. Bewußtheit ist nicht zu verwechseln mit Introspektion oder Selbstanalyse. Paul Goodman, der bekannte amerikanische Schriftsteller und Theoretiker der Gestalttherapie, fand einen einleuchtenden Vergleich: Bewußtheit ist wie das Glühen von Kohlen: Das Licht, das das Innen beleuchtet, ist in uns. Introspektion dagegen ist wie das Licht einer Lampe, die auf das Innen gerichtet ist. Selbstreflexion wäre, wenn ich weiter in diesem Bild bleibe, die Vereinigung der beiden Lichter. Wir können das, was wir sehen, sowohl als etwas wahrnehmen, was wir selbst sind (die glühenden Kohlen) als auch als etwas, was wir im Kontext unserer Lebenssituation und Lebensgeschichte erklären, verallgemeinern und in nachvollziehbarer Weise mitteilen (die Lampe, die das Innen beleuchtet).

Eine Beratungsklientin wird sich in der Sitzung ihrer moralischen Instanz bewußt, die sie unterdrückt, ihre Gefühle zensiert und die sie nicht zur Ruhe kommen läßt. Sie erfährt bewußt den schmerzhaften, inneren Kampf zwischen ihren lebendigen Gefühlsregungen und ihrer gnadenlosen moralischen Instanz. In der letzten Phase der Sitzung reflektieren wir über diese Instanz: Es sind sehr hehre Ansprüche an Menschenfreundlichkeit, die diese Instanz erhebt. Aber gerade dadurch, daß sie alle emotionalen Regungen zensiert und auf diese Weise Gewalt gegen die Person, die sie selbst ist, ausübt, wird sie unmenschlich. Da die Klientin gerade an einem Streik beteiligt ist, fallen ihr Parallelen ein: So, wie sie gegen Maßnahmen der Obrigkeit mitstreikt, streikt ihr Organismus mit chronischen Verspannungen, ständigen Erkältungen, Schwindelanfällen und depressiven Zuständen gegen die Unterdrückung durch ihre eigene moralische Instanz. Die Erkenntnis, daß dieser Streik des Organismus bei ihr eskaliert und existenzbedrohlich für sie werden kann, wenn ihre moralische Instanz sich nicht verunsichern läßt und menschlicher wird, löst zunächst wieder tiefe Betroffenheit aus, die dann allmählich einem Gefühl der Befreiung weicht, weil sie Möglichkeiten erkennt, der Eskalation von Macht und Gegenmacht Einhalt zu gebieten.

Selbstreflexion wirkt also wieder zurück auf die Erfahrung: sie lenkt unsere Aufmerksamkeit auf die im Moment wichtigen Ausschnitte des Erfahrungsprozesses. Dadurch kann ein zyklischer, fortdauernder Prozeß in Gang gesetzt werden, der zwischen Erfahrung und Selbstreflexion pendelt.

Auch gegen Selbstreflexion treten im Lerngeschehen Widerstände auf, die verschiedene Gründe haben können. Das Bewußtsein, daß ich es bin, der reflektiert, und daß das, was ich reflektiere, von mir selbst konstruiert ist, macht uns die existentielle Einsamkeit des Menschen bewußt, und das kann Angst auslösen. Diese Angst ist vermeidbar, wenn man die Reflexion abkoppelt von der subjektiven Erfahrung. Man vergleicht die Aussagensysteme eines Theoretikers mit denen eines anderen oder / und mit den eigenen Theorien. Für eine akademische Karriere kann diese Tätigkeit nützlich sein und sie bereichert die theoretische Landschaft mit einer Vielzahl von schlüssigen, in sich widerspruchsfreien Theorien über die Welt. Für transformative Lernprozesse ist dieser Vergleich von Theorien irrelevant, weil die Reflexion nicht mehr auf subjektiver Betroffenheit und Erfahrung aufruht. Ich beobachte aber auch die gegenteilige Tendenz: Teilnehmer, die in Kursen intensive Erfahrungen gemacht und sich dieser bewußt geworden sind, sperren sich gegen das Reflektieren dieser Erfahrungen. Sie möchten die lebendigen Gefühle und Eindrücke nicht zerreden und werden süchtig nach immer neuen, intensiven Erfahrungen, die sie sentimental überhöhen (vgl. *Rumpf* 1987, 43).

Theorie als Praxishilfe

Als Hilfen zur (Selbst-)Reflexion der Strukturen und Muster der Wechselbeziehungen, der Kontexte und des Prozesses selbst dienen Theorien, sowohl die Alltagstheorien aller Beteiligten als auch wissenschaftlich begründete Theorien. Ob diese Theorien für den Lernprozeß nützlich sind oder nicht überprüfe ich daran, ob ich einerseits meine bewußt gewordenen Erfahrungen mit ihrer Hilfe definieren und mitteilen kann, und ob sie andererseits die Reflexion meiner Erfahrungen in Frage stellen. Eine wohldurchdachte und gut begründete Theorie erweist sich dabei meist hilfreicher als eine brüchige, widersprüchliche Theorie, aber die Widerspruchsfreiheit ist eben nicht das einzige Kriterium.

Ziel all dieser Bemühungen um Selbstreflexion ist es, die Integration der Erfahrungen im Lernprozeß in das Selbst zu erleichtern. Nur wenn die neuen Erfahrungen auch in unseren kognitiven Strukturen aufgenommen wurden und zu deren Umstrukturierung geführt haben, halte ich den Integrationsprozeß für vorerst abgeschlossen. Welche Ebenen der Selbstverwirklichung im Lernprozeß auf diese Weise erreicht werden können, hängt davon ab, welche jeweils angrenzenden Ebenen der Selbstverwirklichung in den Selbstreflexionsprozeß einbezogen werden. Die individuellen Muster, die uns beispielsweise im Lernprozeß bewußt werden, können auf die intrapersonale Ebene, den zwischenmenschlichen und gesellschaftlichen Bereich der interpersonalen Ebene sowie auf die transpersonale Ebene bezogen werden. Die Leitfrage lautet dann etwa: 'Was bedeutet eine chronische Gewohnheit von mir für die Beziehungen zu anderen Menschen, für meine Auseinandersetzung mit gesellschaftlichen Verhältnissen und Normen oder für meinen Umgang mit der Umwelt?' Ich betrachte es als Aufgabe des Lehrenden, diese verschiedenen Ebenen der Selbstverwirklichung in den Erfahrungs- und Selbstreflexionsprozeß immer wieder miteinzubeziehen und gleichzeitig darauf zu achten, daß die Lernpartner nicht auf einer Ebene hängen bleiben, indem sie beispielsweise nur noch die gesellschaftliche Ebene theoretisch reflektieren oder sich nur noch in kosmischen Erfahrungen und esoterischen Theorien tummeln ohne Bezug beispielsweise zu innerpsychischen und zwischenmenschlichen Erfahrungsbereichen.

Transzendenz der Selbst- und Weltbilder

Realität wird unseren Grundannahmen zufolge von jedem von uns konstruiert. Jeder einzelne Mensch hat seine Realität, die kein anderer wirklich nachvollziehen kann. Insofern gibt es keine Brücken zwischen uns. Jeder Mensch hat aber auch die Freiheit, das, was er bisher für *die* Realität hielt, also seine gegenwärtigen Selbst- und Weltbilder, zu transzendieren. Er kann sich darüberhinaus im Rahmen mehrerer Realitäten bewegen. Welche Realitäten er sich jeweils konstruiert, ist nicht ursächlich bestimmt durch die Einwirkungen seiner Umwelt auf ihn: Er ist als lebendiges, autopoietisches System autonom, die Welt (einschließlich sich selbst) so oder so zu betrachten und für wirklich zu halten. Das Transzendieren einer konstruierten Wirklichkeit hin zu einer anderen ist allerdings nur möglich, wenn wir bewußt erfahren haben und wissen, welche Realität wir uns gerade konstruiert haben.

Das Annehmen unserer gegenwärtigen Selbst- und Weltbilder haben wir als »Identifikation« bezeichnet; dieser Realität gegenüber Distanz zu gewinnen und sie als von uns konstruierte anzusehen, uns also von ihr zu lösen, bezeichnet den anderen Pol dieser Dimension, die »Disidentifikation«. Die Beschreibung der pädagogischen Möglichkeiten, zu denen diese Dimension des Bewußtseinsprozesses beim transformativen Lernen anregt, stößt aber auf größere Schwierigkeiten als bei der Dimension »Modus der Realitätskonstruktionen«: Erfahrung und Selbstreflexion folgen einander, sie geschehen nicht gleichzeitig. Wir können das Lerngeschehen erst so gestalten, daß die Lernenden bestimmte Erfahrungen machen können, die sie anschließend reflektieren und interpretieren, um mit diesem Wissen wieder in neue Erfahrungen einzutauchen. Kaum eine bewußte Erfahrung erfolgt allerdings auch hier frei von Reflexion, und keine theoretische Reflexion ist in diesem zyklischen Prozeß vollständig von Erfahrung abgekoppelt. Identifikation und Disidentifikation sind demgegenüber noch stärker ineinander verwoben, sie bedingen sich wechselseitig in dialektischer Weise. Ich will diesen Prozeß trotzdem in Segmente zerlegen und an Beispielen erläutern.

Identifikation

> Der Gruppenprozeß in einer Ausbildungsgruppe läuft seit einigen Sitzungen chaotisch. Es herrscht viel Reaktivität vor, und die Beziehungen untereinander sind recht unklar. Wir entschließen uns,

unsere Gruppensituation darzustellen. Zwei Teilnehmer erklären sich bereit, aus unserer Gruppe einen kleinen Hofstaat auf einer mittelalterlichen Burg zu gestalten. Jeder Teilnehmer erhält eine Rolle zugewiesen und einen Platz: Ein Fürst und eine Fürstin sitzen im Zentrum, dahinter stehen ein Hofnarr und eine Köchin, ein wenig abseits neben dem Fürstenpaar sitzt eine mißgünstige Tante, ganz abseits stehen ein Kerkermeister und ein Pferdeknecht usw. Auch die Regisseure dieses Szenarios fügen sich in das Bild ein. Nachdem jeder Teilnehmer die Möglichkeit hatte, seine Rolle durch Haltung und Position auszugestalten oder auch umzubenennen und zu modifizieren, werten wir das Szenario aus.

Bei der Auswertung dieser Übung erfährt jeder Teilnehmer, wie er von anderen als Mitglied der Gruppe gesehen wird, wie diese Wahrnehmung in Bezug zu der Rolle im Burg-Szenario paßt, und wie die anderen auf das Bild, das sie von ihm haben, reagieren. Irene beispielsweise erhielt die Rolle des dümmlichen, alternden Fürsten zugesprochen, der noch die Macht hat, während sich andere schon um seine Nachfolge streiten, und über desses Inkompetenz sich die Mitglieder des Hofstaates lustig machen. Rolf erfährt, daß er manchmal als Kerkermeister erlebt wird, der durch seinen moralisierenden Stil anderen Ketten anzulegen trachtet, und Karin ist als Pferdeknecht nur immer mit ihrer Arbeit beschäftigt, ohne sich um die anderen zu kümmern, ohne aber auch genügend Aufmerksamkeit und Anerkennung zu erhalten. Bei einigen löst diese Übung mehr, bei anderen weniger Betroffenheit aus; die meisten erkennen sich in der Situation auf der Burg wieder, einige wenige weisen jeden Verdacht einer Übereinstimmung dieses Spiels mit ihrer Lebenswirklichkeit von sich.

Identifikation, wenn sie bewußt erfolgt, löst Betroffenheit aus. Andere Menschen nehmen uns in einer Weise wahr, von der wir zwar vielleicht eine diffuse Ahnung hatten, die uns klarer zu machen und genauer anzuschauen wir bisher jedoch keinen Anlaß hatten.* Wenn wir mit dieser Fremdwahrnehmung in der Lernsituation konfrontiert werden, sie als Möglichkeit akzeptieren und mit unserer Selbstwahrnehmung in Überein-

*In alltäglichen Kommunikationssituationen kommt die Konfrontation mit der Fremdwahrnehmung anderer sehr selten vor, jedenfalls in direkter Form. Sie ist für die Lernenden daher sehr ungewöhnlich und angstauslösend.

stimmung zu bringen versuchen, können wir ein uns bisher unbekanntes Bild von uns selbst annehmen und uns damit bewußt identifizieren. Wir transzendieren unser bisheriges Selbstbild als Teil unserer Realitätskonstruktion.

Einige Teilnehmer des Ausbildungsseminars konnten sich nicht mit ihrer persönlichen Rollenzuschreibung identifizieren. Alle Teilnehmer konnten jedoch akzeptieren, daß die Machtkämpfe, die Mißgunst und die Koalitionsbildungen einiger gegen die anderen in dem Burg-Szenario ein Spiegelbild der realen Dynamik in der Gruppe waren. Sich damit zu identifizieren, fiel ihnen nicht leicht, denn es lastete jedem Beteiligten Mitverantwortung für die desolate Gruppensituation auf. Aber das Gruppenklima verbesserte sich in den nächsten Sitzungen merklich. Die bewußte Identifikation mit dem, was ist, kann offensichtlich einen Wandlungsprozeß initiieren.

> In einer der folgenden Sitzungen berichtet Irene, daß sie der »dümmliche Fürst« in dem Burgszenario noch sehr beschäftigt habe. Sie kenne diese Rolle von sich und könne sich überhaupt nicht darin leiden. Sie ist interessiert daran, diese von ihr abgelehnte Seite ihrer Persönlichkeit näher kennenzulernen. Ich schlage ihr — angeregt durch eine Idee des Gestalttherapeuten Bruce Derman (*Derman* 1981) — vor, diese dümmliche Irene, über die sich andere lustig machen, genauer zu beschreiben: Sie entpuppt sich als ein heranwachsendes Mädchen in einem geblümten Kleidchen mit einer braven Zopffrisur, sie steht halb abgewandt und unsicher da, lächelt schräg und hilflos von unten herauf. Als Irene dieses Mädchen, das in ihrer Phantasie entsteht, schildert, wird sie selbst sehr lebendig; wir können über die Schilderung gemeinsam schmunzeln und finden Spaß an immer weiteren Details dieser »Persönlichkeit«, die ein Teil von Irene zu sein scheint. Schließlich gibt Irene diesem Mädchen einen Namen: Elfi Meierling. Wir überlegen dann gemeinsam, wie diese von Irene zunächst so sehr abgelehnte Figur auch nützlich für sie sein könnte, beispielsweise, wenn sie von einer Polizeistreife angehalten wird, weil sie ein Verkehrsschild übersehen hat, oder gegenüber einem wichtigtuerischen Automechaniker, der ihr Fahrzeug kurz vor Feierabend noch reparieren soll.

Nach dem »Burgspiel« war Irene mit einem Teil ihrer Persönlichkeit konfrontiert worden, mit dem sie sich unbewußt identifiziert hatte. Diese

Konfrontation löste den Prozeß einer bewußten Identifikation aus, der dadurch unterstützt wurde, daß wir ein konkretes Bild, eine eigenständige Identität von Elfi Meierling entstehen ließen. Dies ermöglichte es Irene offenbar, einen Prozeß der Disidentifikation einzuleiten, nachdem sie erkannt hatte, daß ihre Elfi Meierling nicht nur ekelhaft und verachtungswürdig ist, sondern durchaus auch wichtige und vielleicht liebenswerte Seiten haben kann, wenn es Irene gelingt, diesen bisher abgespaltenen Teil ihrer Persönlichkeit zu integrieren und bewußt im richtigen Kontext zu nutzen. Diese Arbeit löste auch bei mir einen Lernprozeß aus, bei dem ich meine dümmliche Seite etwas besser kennen und schließlich, bei der spaßigen Ausgestaltung der Figur von Elfi Meierling, sogar ein wenig schätzen lernte.

In einem umfassenderen Sinn bedeutet bewußte Identifikation »sein Schicksal annehmen«. Der Begründer der Bioenergetik Alexander Lowen schildert dies sehr eindrücklich am Beispiel des Ödipusmythos: Die Kette von Unglücksfällen — der ausgesetzte Sohn tötet unwissentlich seinen Vater und heiratet seine Mutter — wurde dadurch ausgelöst, daß der König das Schicksal, das ihm eine Wahrsagerin vorhergesagt hatte, nicht annehmen wollte (*Lowen* 1981). Dieses »sein Schicksal annehmen« bezieht sich zunächst einmal auf die eigene Lebensgeschichte. So mußte ich lernen zu akzeptieren, daß ich immer wieder in meiner Lebensgeschichte zum Außenstehenden werde und es sinnlos ist, dagegen anzukämpfen. Erst dies ermöglicht es mir, auch die Vorzüge dieser Position kennenzulernen, die mich nicht nur in unangenehme Isolation bringen kann, sondern die mir auch viele Freiheitsgrade gewährt. »Sein Schicksal annehmen« bedeutet dann aber auch, die gegenwärtige gesellschaftliche und globale Situation anzunehmen, wie sie sich uns darstellt.

Dies ist schwierig, denn eine bewußte Identifikation mit den Aspekten unseres Daseins, die wir bisher verleugnet oder verdrängt haben, ist unweigerlich schmerzhaft. Erstaunlicherweise wird dieser Schmerz erträglicher als jenes diffuse Leiden, jene Verwirrung und Unruhe, die die unbewußte Identifikation begleiten, wenn wir uns direkt mit dem Schmerz auseinandersetzen. Erfahrungen während des »Focusing« sind ein Beispiel dafür (*Siems* 1986): In einer Phase des Focusing lassen die Lernenden mehr oder weniger diffus erlebte Schwierigkeiten und Probleme in ihrer Phantasie auf sich zukommen und achten auf die Körperempfindungen, die dabei entstehen. Dann finden sie für diese Empfindung einen bildhaften oder symbolischen Ausdruck in ihrer Phantasie. Die sehr schmerzlichen Empfindungen, die sie dabei oft wahrnehmen, werden fast immer erträglicher, verwandeln sich sogar manchmal in angenehme Gefühle, wenn sie auf diese Weise focussiert werden und ihren Ausdruck finden. Die Lernenden identifizieren sich also bewußt mit einer schwierigen oder gar traumatischen Erfahrung und lassen sie auf diese Weise in den Vordergrund treten und zur Figur werden. Bewußte Identifikation ist also ein Prozeß der Kontaktaufnahme, der momentan schmerzlich, längerfristig aber heilend wirkt.

Dennoch ist die Abwehr gegen die bewußte Identifikation oft sehr groß. Einige dieser Abwehrformen, die in den Lernsituationen häufig auftreten, möchte ich skizzieren:

- Viele Teilnehmer suchen Beratungen oder Weiterbildungsseminare auf, weil sie Probleme haben und hoffen, Lösungen oder zumindest alternative Problemdefinitionen zu finden. Ich bezweifle nicht, daß es nützlich ist, für akute Notsituationen Lösungen zu erarbeiten, nur werden dadurch allein keine transformativen Lernprozesse ausgelöst. Denn Lösungen für Probleme finden zu wollen, heißt im Kontext transformativen Lernens, gegen das, was ist, anzukämpfen. Die Lernenden überspringen dabei den Prozeß der Identifikation, sie vermeiden es, ihre Hilflosigkeit, Verzweiflung oder Resignation an sich herankommen zu lassen und bewußt zu erleben. Als Berater oder Gruppenleiter sehe ich es als meine Aufgabe an, diesen Wunsch nach Patentlösungen oder fremder Hilfe immer dann bewußt zu machen und zurückzuweisen, wenn ich annehme, daß die Lernenden selbst in der Lage sind, Verantwortung für ihre Situation zu übernehmen und Möglichkeiten des kreativen Umgangs mit zu entwickeln. Dies zu entscheiden kommt oft einer Gratwanderung gleich. Bisher habe ich meine Lernpartner jedoch eher unterschätzt als überfordert.
- Eine andere Möglichkeit, den Prozeß der Identifikation zu vermeiden, besteht darin, daß man ihn überspringt. Der Lernende eignet sich eine Ideologie der Gelassenheit an, zieht sich bei auftretenden Schwierigkeiten vielleicht in die Meditation zurück, besänftigt den Sturm der eigenen Gefühle durch »positive Gedanken« oder ähnliche »Tricks«. Ich habe als Gruppenleiter Mühe, solche mir ideologisch anmutende Gelassenheit als einen vielleicht notwendigen Schutz vor tiefgreifenden Verletzungen oder existentiellen Ängsten zu akzeptieren. Mit diesen Menschen ist es schwie-

rig, Kontakt aufzunehmen; denn Kontakt ist nur möglich, wenn sich die Partner an ihren Grenzen berühren lassen. Berührung aber bedeutet unter dem Aspekt der Identifikation folgendes: Der Partner bringt mir seine Wahrnehmung, Kritik, Ablehnung oder Zuneigung entgegen. Diese löst in mir eine Erfahrung aus, der ich mir bewußt werden kann. Ich nehme die Mitteilung des Partners also stets in der Brechung meines Selbst wahr als etwas zu mir Gehöriges, womit ich mich bewußt identifiziere. Der Partner hat mich berührt, eine Erregung in mir ausgelöst. Überspringt einer der Partner diese Identifikation mit der Erfahrung, die die Mitteilung des anderen bei ihm auslöst, dann bleibt er unberührt. Teilnehmern, die diesen Prozeß der Identifikation mit Hilfe der Gelassenheitsideologie überspringen, kann ich eben diese Vermeidung der Identifikation deutlich machen; ich konfrontiere sie damit, daß ich sie unerreichbar finde und zeige ihnen meine Frustration und meinen Ärger. Eben dies kann manchmal einen Kontaktprozeß auslösen.

● Auch das Gegenteil des Überspringens ist eine nicht ungewöhnliche Abwehrform: das völlige Eintauchen in die Identifikation, in Probleme oder in die Verzweiflung über das eigene Leben und Weltgeschehen.

> Auf einem Kongreß für humanistische Psychologen gibt es eine Arbeitsgruppe, die sich Gedanken über die Handlungsmöglichkeiten von Therapeuten angesichts der weltweiten Umweltkatastrophe macht. Im anschließenden Plenum berichtet der Gruppensprecher sehr betroffen von den Sehnsüchten, die von den Teilnehmern der Gruppe artikuliert wurden: sie wünschten sich, wieder einmal über eine grüne Wiese zu gehen, klare Luft atmen und in reinem Wasser baden zu können. Draußen herrscht ein wunderschöner, klarer Sommertag, die Sonne scheint auf Felder und Wiesen der ländlichen Umgebung, nur der Main fließt etwas trübe unterhalb der Burg, in der die Tagung stattfindet, vorbei.

Man kann sich so sehr in das Leiden hineinfallen lassen und darin versinken, daß man sich nur noch eine trübsinnige Realität konstruiert, die keinerlei Freude mehr aufkommen läßt und die Wahrnehmung dessen, was es auch noch gibt, ausblendet. Mit diesem Leiden versucht man, einen Zweck zu verfolgen, beispielsweie den, die Mitverantwortung für das Geschehen, an dem man leidet, abzuwehren; es kann auch der Versuch sein, Kontakt aufzunehmen oder Hilfe von anderen zu erhalten, ohne sie erbitten zu müssen. Das Leiden, das in der bewußten Identifikation mit unseren Lebenssituationen und -gewohnheiten aufkommen und für den Lernprozeß fruchtbar werden kann, ist dagegen ein absichtsloses Leiden, das nichts bezwecken will. Funktionales Leiden zieht neues Leiden nach sich. Leiden dagegen, das mit dem Prozeß der bewußten Identifikation verbunden ist, macht früher oder später der Tendenz zur Selbstverwirklichung und zur sinnhaften Lebensgestaltung Platz.

Disidentifikation

Diese — als Folge der bewußten Identifikation angedeutete — Tendenz findet in der Disidentifikation ihren Ausdruck. Manchmal folgt diese Disidentifikation unmittelbar der Identifikation: Der Lernende erkennt sich in der Widerspiegelung des anderen und erfaßt sofort die Bedeutung:

> Helga ist Lehrerin und führt mit den Teilnehmern einer Supervisionsgruppe einen Unterrichtsversuch durch. Mitten in ihren Erklärungen kichern zwei Teilnehmerinnen. Helga geht darüber hinweg. In der Auswertung des Unterrichtsversuchs kommen wir dann auf ihre Angst, ausgelacht zu werden, zu sprechen. In der darauffolgenden Sitzung erzählt Helga, daß diese Erfahrung viel bei ihr ausgelöst hat und sie auch schon in ihrem Unterricht damit experimentieren kann; dabei hat sie die Erfahrung gemacht, daß es gar nicht mehr so schlimm für sie ist, wenn die Schüler auch einmal über sie lachen. Dies erzählt sie mit weinerlicher und vorwurfsvoller Stimme. Ich spreche Helga darauf an: »Du erzählst uns das, als wolltest Du sagen: 'Ich habe in der letzten Sitzung viel gelernt, und das darf nicht wieder vorkommen!'« Helga stutzt einen Augenblick, dann geht plötzlich ein warmes Lächeln über ihr Gesicht: »Ich muß über mich selber lachen,« sagt sie mit frischer Stimme.

Das Lachen von Helga in diesem Beispiel deute ich als Anzeichen für den Prozeß der Disidentifikation. Indem sie sich durch meine Rückmeldung ihrer alten Gewohnheit, sich keine Erfolgserlebnisse zuzugestehen, bewußt wurde, konnte sie in diesem Moment innerlich davon loslassen. Sie wurde zum »Zeugen« ihrer selbst, einem Zeugen, der sie nicht mehr abwertet wegen der kleinen Dummheit, die sie begangen hat, sondern der freundlich lächelt. Diese Disidentifikation ist etwas anderes als sachliche Distanz, mit der wir uns selbst analysieren und unsere schlimmsten Eigenschaften mit Akribie und begrifflicher Klarheit sezieren können. Disidentifikation ist keine Form der Abspaltung, sondern eine der Anteilnahme, der inneren Gelassenheit und Selbstliebe im besten Sinn. Sich zu disidentifizieren bedeutet, frei zu werden von emotionalen Verstrickungen, die mit der Bewertung unserer Handlungen und der Situationen, die uns belasten, verbunden sind; aber es bedeutet nicht, frei von Gefühlen zu sein.

Bei der Disidentifikation wird unser Kontextbewußtsein erweitert. Wir sehen das, womit wir uns eben noch identifiziert haben, jetzt in einem anderen Kontext, in größeren Zusammenhängen. Es kommt einer Erweiterung unserer Möglichkeiten der Realitätskonstruktion gleich, und wir sind uns gleichzeitig bewußt, daß wir es sind, die diese Realitäten so konstruieren. In der westlichen Psychologie und Pädagogik wird diese Form der Disidentifikation selten und wenn, dann eher vage beschrieben; dagegen ist sie das zentrale Thema östlicher Psychologien und wurde durch recht anschauliche Darstellungen auch für diejenigen, die nicht die Wege östlicher Weisheit beschreiten können oder wollen, zugänglich (vgl. z.B. *Watts* 1983, *Feild* 1981, 1984, *Enomiya-Lassalle* 1986, *van de Wetering* 1981 und 1985). Durch die Erweiterung des Kontextbewußtseins ist es sogar möglich, in mehreren Realitäten gleichzeitig zu leben, je nach Kontextbezug: Ich kann mich z.B. über einen Fehler von mir maßlos ärgern, wenn ich daran denke, wieviele Schwierigkeiten ich mir dadurch eingehandelt habe. Gleichzeitig kann ich auch darüber lachen, weil es mir möglich ist, diese Schwierigkeiten in einem weiteren Kontext zu sehen und ihre relative Bedeutungslosigkeit zu erkennen, angesichts derer mir meine Verbissenheit ein wenig komisch vorkommt.

Menschen in östlichen Traditionen haben offensichtlich weniger Schwierigkeiten, gleichzeitig in mehreren Realitäten zu leben. Ein Arzt, der viele Jahre lang als Entwicklungshelfer gearbeitet hatte, erzählte mir folgende Geschichte dazu:

> Ein nepalischer Bauer wird von einer Schlange gebissen. Er schleppt sich zum westlichen Arzt, um sich ein Serum gegen das Schlangengift spritzen zu lassen. Anschließend wandert er einen Tag lang weiter, um einen einheimischen Medizinmann aufzusuchen. Dieser soll ihn von dem Fluch befreien, den er für den Schlangenbiß verantwortlich macht.

Der Nepali handelt also sowohl im Kontext modernen medizinischen

Denkens als auch im eher magischen Denken der nepalischen Tradition. In ihm findet offensichtlich kein innerer Glaubenskrieg zwischen »Schulmedizin« und »Ganzheitlichen Heilmethoden« statt. Diese lockere Umgehensweise mit unterschiedlichen Selbst- und Weltbildern verdeutlicht auch, daß Disidentifikation eine sehr spielerische Qualität annehmen kann. Wenn wir uns disidentifizieren von einem Problem, einer schwierigen oder auch tragischen Situation, »spielen« wir mit den Möglichkeiten der Realitätskonstruktion. Vielleicht unterscheiden sich jene Lernsituationen, in denen transformatives Lernen begünstigt wird, auch dadurch von anderen, daß sie oft von herzlicher Heiterkeit begleitet sind, gerade dann, wenn es eigentlich um sehr ernste Dinge geht.

Schritte zur Befreiung

Identifikation kann durch didaktische Übungen und Anleitungen initiiert und unterstützt werden. Die Lernenden können aufgefordert werden, sich mit Selbst- oder Fremdwahrnehmungen von sich selbst in bestimmten Situationen zu identifizieren. Sie können Phantasieprodukte erzeugen, wie Zeichnungen, selbsterfundene Geschichten oder Tagträume, und können sich anschließend mit Elementen dieser Produkte identifizieren. Sie können sich mit Figuren aus Bildern oder Märchen identifizieren oder mit anderen Menschen und Rollen aus der Gegenwart oder Vergangenheit. Identifikation ist auch möglich mit anderen Lebewesen, mit Gegenständen und sogar mit abstrakten Ideen und Modellen, um die Realität aus dieser Identifikation heraus bewußt zu erleben. Dabei können sie viel Neues über sich selbst und ihre Welt erfahren.

Der Prozeß der Disidentifikation dagegen entzieht sich weitgehend der pädagogischen Handhabung, er kann nicht gesteuert werden, er geschieht — falls er nicht verhindert wird. Und er geschieht immer dann, wenn der Lernende sich nicht daran hindert, in die bewußte Identifikation einzutauchen, sich dem Schmerz zu überlassen, ohne krampfhaft daran festzuhalten, und wenn er nicht von Gruppenteilnehmern oder dem Leiter in diesem Prozeß unterbrochen wird. Es fällt oft schwer und ängstigt die nicht unmittelbar Betroffenen, bei solchen Erfahrungen gegenwärtig zu sein, ohne hilfreich mit Tröstungen oder guten Ratschlägen einzugreifen. Ich kann den Prozeß der Disidentifikation also dadurch unterstützen, daß ich als Gruppenleiter und Berater den Lernenden vor meinem Helfertrip oder den anderer schütze.

Disidentifikation ist ein Aspekt des Nachkontakts, der Ablösung aus einem intensiven Kontaktprozeß. Auch die Teilnahme an einer Weiterbildungsgruppe oder einer Beratung kann insgesamt solch eine intensive Kontakterfahrung darstellen, von der sich die Lernenden ablösen müssen. Diesen Prozeß der Disidentifikation kann ich als Gruppenleiter dadurch unterstützen, daß ich ihm Raum gebe. So habe ich mir angewöhnt, für den Ablösungsprozeß von den Lernerfahrungen in der Gruppe etwa zehn Prozent der Arbeitszeit anzusetzen. Jeweils die letzten 15 Minuten bei einer wöchentlich stattfindenden zweistündigen Sitzung und etwa die letzten drei bis fünf Stunden bei einem Blockseminar von mehreren Tagen sind diesem Abschiednehmen und Loslassen vorbehalten, um die Disidentifikation vom Gruppenprozeß zu erleichtern und die Lernerfahrungen in den Kontext des Alltags zu integrieren.

Wenn wir uns auf diesen Prozeß des Identifizierens und Disidentifizierens mit anderen einlassen wollen, ist es jedoch wichtig, uns einiger Bedingungen bewußt zu sein, die diesen Prozeß entweder zur Gefahr werden oder scheitern lassen können.

- Der Prozeß erfordert die Bereitschaft, die Schmerzen und Desillusionierungen zu akzeptieren, die mit der bewußten Identifikation mit traumatischen Erfahrungen, verzweifelten Lebenssitutionen einzelner oder mit den globalen Lebensbedingungen einhergehen können. Dieses Leiden ist nicht nur auf den oder die Lernenden beschränkt, es erfordert immer auch ein Mitempfinden des Gruppenleiters oder Beraters. Jeder muß dabei selbst entscheiden, wieviel er sich selbst und seinen Lernpartnern zumuten kann und darf, und gerade in pädagogischen Situationen halte ich es für angemessen, die bewußte Identifikation mit manchen schwerwiegenden Erfahrungen zu vermeiden, da — anders als in der Therapie — eine langfristige und intensive Begleitung der Lernenden normalerweise nicht möglich ist.
- Zu transformativen Lernprozessen kann der Prozeß der Identifikation und Disidentifikation nur führen, wenn wir einen Zugang zu dem haben, was Wilber (s. S. 98) das transpersonale Selbst oder den transpersonalen Zeugen nannte. Das Akzeptieren dessen, was ist, unter Aufgabe der üblichen Vermeidungs- und Verdrängungsmechanismen beraubt den Lernenden seiner alten Sicherheiten, und eine neue Sicherheit, die mit der Disidentifikation und Neuidentifikation erlebt werden könnte, ist noch nicht in Sicht. Dieses transpersonale Selbst, das als Urvertrauen, Ich-Stärke

oder Selbstunterstützung umschrieben werden kann, ist in individuell unterschiedlicher Weise zugänglich; es hängt aber auch sehr stark von der Qualität der Beziehungen in der Gruppe und zwischen Berater oder Gruppenleiter und Teilnehmern ab, ob es aktiviert werden kann.
●Das entscheidende Element dabei ist das der Bestätigung: der Lernpartner fühlt sich als existierende Person bestätigt, und er kann die Bestätigung, die ihm entgegengebracht wird, auch akzeptieren (vgl. *Friedman* 1985, 132). Auf die pädagogischen Implikationen dieser Art von Bestätigung komme ich im folgenden Abschnitt über die Dynamik der Wandlungsprozesse zurück.

Dynamik der Wandlungsprozesse

In einer Supervisionssitzung arbeitete ich mit Thomas an seinen Schwierigkeiten als Leiter eines Weiterbildungskurses. Während er vor kurzem ein Weiterbildungsseminar für professionelle Entwicklungshelfer leitete, hatte er den Eindruck, die Teilnehmer gut motivieren, ihnen wichtige Lernanstöße geben und Krisen in der Gruppe gut meistern zu können. Die Rückmeldungen der Teilnehmer am Ende der Seminarwoche waren ganz überwiegend positiv. Wochen später erhielt er einen Brief desjenigen, der für den Kurs in der Institution verantwortlich war. Er teilte Thomas mit, daß die Weiterführung des Kurses durch ihn in Frage gestellt sei, da man nicht von seiner Kompetenz als Gruppenleiter überzeugt sei. Seine Nachforschungen ergaben, daß sich zwei Teilnehmerinnen über ihn beschwert hatten, er würde die Grenzen der Teilnehmer nicht achten und zu tiefgehende Prozesse auslösen, mit denen wohl sie selbst, aber andere Teilnehmer nicht fertig würden.

> Es ist schwer für Thomas, diese Herausforderung anzunehmen. Er wird zunächst sehr reaktiv, beschuldigt die Teilnehmerinnen, die gegen ihn ausgesagt hatten, der Unaufrichtigkeit und macht die institutionelle Engstirnigkeit des Kursbeauftragten für den »Betriebsunfall« verantwortlich. Als er sein inneres Gleichgewicht nach mehreren Sitzungen wiedergewonnen hat, kann er diese »Affaire« etwas gelassener betrachten und ihr Bedeutung geben. Das führt schließlich dazu, daß der »Betriebsunfall« zu einer der wichtigsten Lernerfahrungen von Thomas in seiner Karriere als Gruppenleiter

wird. In der Arbeit mit Thomas wird jetzt deutlich, daß er als Gruppenleiter sehr gezielt konfrontieren kann; dabei übersieht er oft Signale von Teilnehmern, die deren Widerstand anzeigen, den sie aber nicht offen zu äußern wagen. Außerdem erkennt Thomas, daß seine Fähigkeiten, die Teilnehmer zu unterstützen, noch recht begrenzt sind.

Das Beispiel von Thomas soll deutlich machen, daß mit der Dimension »Dynamik der Wachstumsprozesse« und ihren Polen »Erhalten und Zerstören« ein sehr sensibler Aspekt transformativer Lernprozesse berührt wird. Im transformativen Lernprozeß werden unsere Realitätskonstruktionen, also unsere Bilder, die wir uns von uns und der Welt machen, zerstört, und daraus können gewandelte Selbst- und Weltbilder entstehen. Dem Prozeß der Zerstörung steht der des Erhaltens gegenüber: Kernelemente dessen, was wir für wahr und richtig halten, müssen erhalten bleiben, damit wir unser Identitätsgefühl in diesem Prozeß nicht vollständig verlieren, oder damit wir es wiederentdecken können. Die pädagogischen Komponenten, die die Dynamik in Gang setzen und die Prozesse des Erhaltens und Zerstörens auslösen können, sind *Konfrontation* und *Unterstützung.* Auf deren Wirkungsweise im Lerngeschehen will ich noch zurückkommen. Zunächst möchte ich den Prozeß des Erhaltens und Zerstörens im Kontext transformativen Lerngeschehens verdeutlichen.

Erhalten und Zerstören im Lerngeschehen

Der evolutionäre Prozeß — so folgerte Jantsch (s. S. 106) — ist durch die Balance von Erstmaligkeit und Bestätigung gekennzeichnet. Jantsch ordnet diesen Prozeß der Dimension des organismischen Bewußtseins zu, d.h. daß er für alle lebendigen Prozesse Geltung hat. Bestätigung hat die Funktion, für das Aufrechterhalten der Ordnung des lebenden Systems zu sorgen, Erstmaligkeit bringt diese Ordnung durch Turbulenzen im System und durch verstärkte Fluktuationen mit der Umwelt durcheinander, sie verursacht Chaos. Wenn der Lernende Erstmaligkeit zuläßt und zu verarbeiten versucht, gerät er in ein oft bedrohliches Chaos. Die alten Strukturen, die uns Sicherheit gaben, gehen verloren, und neue Strukturen sind noch nicht entstanden. Der Gruppenleiter Thomas wehrte die Erstmaligkeit zunächst ab. Er war ein erfahrener und recht erfolgreicher Gruppenleiter, und es paßte überhaupt nicht zu seiner Selbsteinschätzung, daß er im Kursgeschehen etwas Wesentliches übersehen haben könnte. Die Abwehr wurde daran deutlich, daß Thomas reaktiv wurde: er schrieb die Schuld für den »Betriebsunfall« allein den anderen zu, deren Mißverständnissen und Charakterschwächen. Als er zuließ, daß auch er gravierende Fehler gemacht haben könnte, geriet sein Selbstbild als kompetenter Gruppenleiter ins Wanken. Eine persönliche Krise war die Folge: Thomas wollte keine Gruppen mehr leiten, hatte Angst vor jeder Sitzung und dachte darüber nach, wie er sein berufliches Aufgabenfeld verändern könnte.

Die Erfahrung der Zerstörung alter Welt- und Selbstbilder wird von den Lernenden häufig in anschaulichen Bildern beschrieben. Diese Dynamik scheint sehr tiefe Bereiche unseres kreativen Prozesses anzusprechen, der sich am ehesten in analoger Weise auszudrücken vermag: Die Lernenden haben Visionen von kahlen, weiten Ebenen, undurchdringlichem Nebel, dunklen Höhlen ohne Lichteinfall, tiefen Löchern oder einem Brunnen, in den sie endlos zu fallen scheinen. Es ist die Erfahrung der Haltlosigkeit und Leere, die der Begründer der Gestalttherapie Fritz Perls als *no-thingness,* als Nicht-Ding-Sein beschreibt (*Perls* 1981, 73). Wir fühlen uns einem Prozeß ausgeliefert, in dem es nichts Festes gibt, an das wir uns halten könnten. Eigenartigerweise erleben ich und andere Lernende mit mir diese Leere zwar als tiefe Trauer und Verlassenheit, nicht jedoch als Depression und Verzweiflung. Eine innere Gelassenheit macht dem verkrampften Ankämpfen gegen das Akzeptieren der anderen Realität, die unsere bisherige Realität in Frage stellt, allmählich Platz. In dieser Leere (*fertile void* nach Perls) entstehen nach einiger Zeit neue Energien und Ideen, und wir werden uns neuer Möglichkeiten des Handelns bewußt. Die Wüste fängt an zu blühen, der Nebel lichtet sich, in die dunkle Höhle fallen Lichtstrahlen und weisen den Ort als gar nicht so desolat aus, wie wir ursprünglich annahmen. Am schlichtesten hat diese Erfahrung der »Menschenforscher« Norbert Elias in einem Vers ausgedrückt, den er in einer Fernsehsendung vortrug:

»Man läßt sich fallen
Und man fällt ins Leere,
Man läßt sich fallen,
Und man fängt sich auf.«

Die letzlich heilsame Zerstörung alter Welt- und Selbstbilder kann durch ungewöhnliche Erfahrungen im Leben ausgelöst werden und zu einem tiefgreifenden Wandlungsprozeß führen.* Solche Erfahrungen können auch in selbsterfahrungsorientierten Weiterbildungsseminaren, in Beratungssituationen und vor allem in Therapien vorkommen, ohne unbedingt die dramatische Qualität von Gipfelerlebnissen (im Sinne Maslows) oder Lebenskrisen (im Sinne Jaffes) zu haben. Im folgenden Abschnitt will ich darüber nachdenken, wie solche transformativen Lernerfahrungen durch Konfrontation und Unterstützung initiiert und begünstigt werden können.

Unterstützung

Wenn wir keine oder eine zu geringe Basis der Bestätigung haben, müssen wir Erstmaligkeit abwehren. Neue Erkenntnisse oder uns unbekannte Wahrnehmungen anderer von uns selbst würden uns existentiell bedrohen; deshalb können wir sie nicht zulassen. Die Abwehr nimmt häufig die Form der Reaktionsbildung an, sie löst Kampf / Flucht-Verhalten oder monotones »Drüber-Reden« aus. Die Aufgabe des Gruppenleiters ist es also, in diesem Prozeß für genügend Bestätigung für sich und andere zu sorgen.

Letztlich kann nur jeder Lernende in sich selbst Bestätigung finden. In begrenztem Maß kann diese Selbst-Unterstützung durch das didaktische Arrangement und das Verhalten des Gruppenleiters »ausgelöst« werden. Die Formen hierfür sind vielfältig, aber jede dieser pädagogischen Möglichkeiten kann auch das Gegenteil bewirken: Mißtrauen und Angst.

Am entscheidensten für das Vertrauensklima in einer Gruppe dürfte die Person des Gruppenleiters sein:

> Bei der Abschlußrunde eines einwöchigen Seminars gesteht mir eine Teilnehmerin, daß sich der Kurs für sie am zweiten Tag entschieden hatte. Sie hatte sehr viel Angst vor mir gehabt und wußte nicht, ob sie dableiben sollte, bis sie mich in der zweiten Sitzung, die am Morgen des zweiten Kurstages stattfand, lächeln sah. Ich erschrecke (ohne mir dies anmerken zu lassen) über die Bedeutung, die kleine Regungen von mir als Gruppenleiter für die Teilnehmer haben können.

Da die Gefahr für die Teilnehmer in erster Linie von den Gruppenleitern

*Vgl. die »Gipfelerlebnisse«, die *Maslow* 1983 untersuchte, oder die »Selbsterneuerung« durch Krisen, die *Dennis T. Jaffe* 1985 erforschte.

ausgeht, müssen diese sich wohl damit abfinden, daß sie zumindest anfangs in Gruppen als kleine Götter betrachtet werden, deren feinste Regungen es zu deuten gilt. Nach meiner Erfahrung lassen sich die meisten Gruppenteilnehmer jedoch nur kurze Zeit täuschen, wenn der Gruppenleiter sich als der Für-alles-Verständnishabende und Alles-Akzeptierende ausgibt. Er macht sich entweder verdächtig, oder die Teilnehmer werden abhängig von seiner Zuwendung und Unterstützung. Die Teilnehmer können dann zwar wundervolle Erlebnisse in einem Seminar haben, aber der Weg zu transformativen Lernprozessen ist versperrt. Da ich mich auf der Höhe des Podestes als kleiner Gott nicht sehr wohl fühle (anfangs mag das ja noch einen gewissen Reiz haben), nutze ich vor allem drei Möglichkeiten, um eine partnerschaftliche Beziehung herzustellen und damit das Vertrauensklima in der Gruppe und das Maß an Bestätigung zu erhöhen.

In der Anfangsphase bemühe ich mich um größtmögliche *Transparenz.* Ich versuche, jede Aufgabe, jeden Schritt, manchmal jede einzelne Intervention zu erklären. Wenn die Teilnehmer gemerkt haben, daß ich keine Magie betreibe, sondern nur mein Handwerkszeug mehr oder weniger gekonnt benutze, kann ich die Redundanz der Erklärungen allmählich abbauen.

Die zweite Möglichkeit ist für mich risikoreicher, aber unumgänglich: Ich muß deutlich machen, *daß ich verletzlich bin,* nicht indem ich Bekenntnisse über meine Verletzlichkeit ablege, sondern indem ich zu erkennen gebe, wenn ich beispielsweise von der Äußerung eines Teilnehmers wirklich verletzt bin. Es wäre ja auch wenig plausibel, wenn ich nur von den Teilnehmern wünschte oder sogar forderte, daß sie sich persönlich auf einen gemeinsamen Prozeß einlassen, und mich dabei selbst als unangreifbar präsentierte. Auf die Dauer glaubt mir das ohnehin niemand.

Die dritte Möglichkeit steht mir nicht immer zur Verfügung, weil ich mich manchmal überfordert fühle. Es geht um Teilnehmer, die sehr anders sind als ich (oder die ich dafür halte). Von solchen Teilnehmern fühle ich mich manchmal bedroht und sie sich von mir. Die Angst, die von dieser Situation ausgeht und sich meist als Reaktivität äußert, springt auf die gesamte Gruppe über. Diese Angst kann manchmal verringert werden, wenn ich den betreffenden Teilnehmern deutlich machen kann, daß ich sie *respektiere, auch wenn sie völlig anders sind* und von der Art, wie ich diesen Kurs leite, nichts halten. Manchmal ärgern oder verunsichern sie mich jedoch so sehr, daß es mir sehr schwerfällt, sie so zu respektieren, wie sie sich anfangs geben.

Bestätigung und Vertrauen in der Gruppe kann durch *Übungen* unterstützt werden. Dazu zählt die Kleingruppenarbeit vor allem zu Beginn einer Gruppe: Die Teilnehmer verlieren durch die Bekanntschaft von anderen Gruppenmitgliedern in vertrauter Atmosphäre das Gefühl der Fremdheit. Das gilt auch für Teilnehmer, die sich aus anderen Zusammenhängen, z.B. Arbeitsteams in einer Institution, kennen. In der Situation des Kurses sind sie sich ähnlich fremd wie alle anderen Teilnehmer auch. Unterstützend wirken auch Körper- und Atemübungen, die für besseren Bodenkontakt und für Grundierung sorgen. Die Bioenergetik liefert hierfür ein reiches — und auch ungefährlich zu nutzendes — Angebot.

Schwieriger ist es, die Gruppenteilnehmer selbst zur gegenseitigen Unterstützung anzuleiten. Selbst nach zweijähriger Zusammenarbeit fällt es ihnen oft noch schwer, anderen etwas *von sich* zu geben, das nährt und unterstützt. Auch hierbei kann ich als Modell wirksam werden, indem ich statt guter Ratschläge und kundiger Interpretationen persönliche Betroffenheit oder Wünsche den Lernpartnern gegenüber äußere. Wie alle diese Möglichkeiten kann dieses persönliche Engagement des Gruppenleiters jedoch sowohl unterstützend als auch konfrontierend wirken.

Konfrontation

Grundsätzlich kann jede Erfahrung zu einer Konfrontation werden, auch beispielsweise die Ablehnung, die ein Lernender in der Gruppe erfährt, oder eine taktlose Bemerkung des Gruppenleiters. Das setzt jedoch genügend Selbst-Unterstützung voraus und die Möglichkeit, der Erfahrung eine *Bedeutung* geben zu können. Solche Erfahrungen können bedeutsam werden, wenn der Lernende sie erst einmal intuitiv für wichtig für seinen persönlichen Prozeß halt, auch wenn deren Sinn noch nicht unmittelbar für ihn erkennbar ist. *Deutungen* dagegen werden nur selten zu einer Konfrontation für den Lernenden:

> Kerstin nimmt an einem Selbsterfahrungsworkshop für angehende und praktizierende Therapeuten teil. Bei einer Übung halten sich die Teilnehmer an den Händen. Nach der Übung sagt die Nachbarin

von Kerstin zu ihr: »Du hast ja feuchte Hände, Deine Schilddrüse ist nicht in Ordnung!«

Dies war eine Deutung, die für Kerstin keine *Be*deutung hatte. Kerstin hatte nicht den Eindruck, daß ihre Schilddrüse nicht richtig funktionierte, zumindest war dies nichts, was sie in jenem Workshop beschäftigte. Deutungen erhalten ihren Sinn durch den Bezug der Information zum Kontext einer verallgemeinerten Theorie (etwa: feuchte Hände und Schilddrüsenfunktion hängen physiologisch zusammen). Bedeutungen dagegen erhalten ihren Sinn durch den Bezug zum aktuellen und erfahrbaren Kontext. Der wichtigste Kontext für transformative Lernprozesse ist — wie wir im 6. Kapitel ausführten — der Beziehungskontext. Die Information, die der Lernende erhält, muß in der Beziehung sinnhaft sein, wenn sie zu einer Konfrontation werden soll. So könnte sogar der Hinweis auf eine mögliche Schilddrüsenschädigung für Kerstin eine sinnvolle Konfrontation sein, wenn sie darin beispielsweise die Sorge des Gruppenleiters um ihren Gesundheitszustand erkennen könnte. Deutung bezieht sich auf ein Verhalten, das in ein theoretisches System eingeordnet wird. Eine Konfrontation mit Bedeutung dagegen bezieht sich immer auf die Personen, die miteinander interagieren. Mit dem Hinweis des sich sorgenden Gruppenleiters auf die mögliche Schilddrüsenstörung kann sich Kerstin als Person gemeint fühlen; die feuchten Hände sind dann nur der Anlaß für eine persönliche Auseinandersetzung, in der die Ideen und Vorschläge des anderen nicht geschluckt oder abgelehnt werden müssen, sondern geprüft werden können.

Konfrontieren ist also wesentlich mehr als nur einen Spiegel vorhalten. 'Ich konfrontiere dich!' bedeutet im kontaktvollen Lerngeschehen, 'Ich teile Dir als Person etwas von mir als Person mit!' Damit werde ich als Konfrontierender ebenso angreifbar, wie ich den anderen angreife. Ich verstecke mich also nicht hinter einer Einwegscheibe, in der ich den Lernpartner gut sehen, durch die er aber nicht hindurchschauen kann. Konfrontation geht einher mit wechselseitiger Betroffenheit, wobei das Ausmaß der Betroffenheit sehr unterschiedlich sein kann. Normalerweise ist der Gruppenleiter oder Berater nicht im gleichen Maß betroffen wie der Teilnehmer oder Klient. Es kann aber auch ganz anders kommen:

In einer Weiterbildungsgruppe für Entwicklungshelfer konfrontiert der Gruppenleiter Herrn Konrad damit, daß er ihn als sehr belasteten und niedergeschlagenen Menschen erlebt. Er fordert Herrn Konrad auf, seine momentane Lebenssituation zu schildern. Daraufhin erzählt Herr Konrad etwas aus seiner gegenwärtigen Lebensgeschichte, wodurch bei dem Gruppenleiter und den anderen Teilnehmern eine viel stärkere Betroffenheit ausgelöst wird als bei Herrn Konrad selbst. Die Tränen, die Herr Konrad mit seinem Bericht bei den anderen ausgelöst hat, werden dann wiederum zur Konfrontation für Herrn Konrad, der erst dadurch die Verzweiflung spüren kann, die ihn bis dahin unbemerkt im Griff hatte.

Konfrontationen, die vom Lernenden angenommen werden, lösen oft Schmerzen aus, und dafür wird der Gruppenleiter oder Berater gelegentlich bestraft. Die Bestrafung kann unbewußt geschehen und läßt manchmal auf sich warten.

Ich weise die Teilnehmerin eines Seminars auf ihre Stimme hin, die ich leblos und traurig finde. Ich habe den Eindruck, diese Teilnehmerin könne meine Konfrontation ertragen. Wir kennen uns schon lange und haben eine recht tragfähige Beziehung. Meine Konfrontation löst — wie sie mir drei Jahre später berichtet — einen für sie sehr wesentlichen und langfristigen Lernprozeß aus. Trotzdem nimmt sie mir meine Bemerkung über ihre Stimme so übel, daß sie sich zwei Jahre lang nicht mehr in meinen Seminaren blicken läßt. Das ist ihre Strafe für mich, wie sie mir später gesteht.

Eine Konfrontation, die die Dynamik des transformativen Lernprozesses zwischen Erhalten und Zerstören auslöst, läßt sich also nicht objektiv, d.h. losgelöst von der Situation beschreiben. Denn Konfrontation bezeichnet das, was *zwischen* mir und meinem Lernpartner geschieht, zwischen eigenständigen Personen, die miteinander in Kontakt treten und dabei ihr Anderssein respektieren, auch wenn sie es nicht immer mögen. Somit unterscheidet sich Konfrontation auch von »Verführung« und von »Machtausübung«.

Eine Fernsehaufzeichnung zeigt die Beratung einer Frau durch einen körperorientierten Therapeuten: »An Ihren niedergedrückten Schultern und dem zurückgezogenen Becken sehe ich, daß sie sich sehr zurückhalten,« sagt der Therapeut mit sanfter, belegter Stimme, und ein wenig später fügt er hinzu: »Ich vermute, daß Sie sich noch nicht von ihren Eltern getrennt haben!« Als die Klientin die vom Therapeuten vorgeschlagene Übung zur Lockerung der Muskulatur und zur Befreiung der eingeklemmten Gefühle nur zögernd und unsicher lächelnd mitmacht, verweist der Berater auf seine Kompetenz: »Schauen Sie, ich bin Psychotherapeut und Fachmann in Lebensführung. Es ist Ihre Entscheidung, ob Sie meinen Übungsanweisungen folgen und etwas für sich tun wollen oder nicht.« Seine Stimme klingt jetzt kontrolliert gereizt.

Hier wird der Berater zum Verführer. Zwar könnte all das, was der Therapeut der Klientin inhaltlich mitteilt, auch in einer echten Konfrontation vorkommen, aber der Beziehungskontext und damit die Bedeutungen der inhaltlichen Informationen wären andere. Der Körpertherapeut übt durch seine Deutungen und die Betonung seiner professionellen Kompetenz Macht aus über die Klientin und hält sich selbst aus dem Prozeß heraus. Es könnte sein, daß der subtile Widerstand der Klientin den Berater zu dieser Strategie der Verführung und Machtausübung hat greifen lassen, und ich kenne selbst auch Situationen, in denen ich mich zur Verführung statt zum Konfrontieren verleiten lasse. Kurzfristig habe ich damit Erfolg, aber das schale Gefühl, eine Möglichkeit zur Begegnung mit dem anderen Menschen verpaßt zu haben, bringt mich darum, diesen Erfolg zu genießen. Denn konfrontieren heißt sehr oft, den Lernpartner an die selbstgesetzten Grenzen seiner Realitätskonstruktion heranzuführen und ihn bei der Erkundung dieser Grenzen und Widerstände zu begleiten, dabei auch seine eigenen Grenzen und Widerstände zu spüren und die Ängste, sie zu überschreiten. Konfrontation bedeutet nicht, den Lernpartner über seine Grenzen und Widerstände durch Verführung hinwegschmuggeln oder durch Machteinsatz hinüberdrängen zu wollen.

Schritte zum Kontakt

Konfrontation führt nicht zu einem Konsens, den die »Gegner« aushandeln, sondern zum Kontaktprozeß. Bei einem Konsens — so führt die Friedensforscherin Marianne Gronemeyer aus — wird die Fremdheit und Einsamkeit des anderen verleugnet: »Konsens fordert Opfer an Eigenart, Andersartigkeit, Eigensinn, Unentschiedenheit, Sperrigkeit und Entzweiung.« (*Gronemeyer* 1986) Konsens vernichtet die Vielfalt und die Überraschung; Erstmaligkeit wird abgewehrt zugunsten einseitiger Bestätigung. Wir können uns im Austauschprozeß zwar über die Bedeutung, die eine

Erfahrung, eine Wahrnehmung oder eine Interpretation hat, verständigen, aber wir können uns niemals »verstehen«, denn wir können den anderen trotz allen Einfühlungsvermögens immer nur in der Brechung unseres Selbst wahrnehmen. Die Grenzen zwischen den Dialogpartnern sind unaufhebbar, aber die Partner können sich an eben diesen Grenzen berühren. Und das ist Kontakt, der Wandlungsprozesse ermöglicht und die Basis darstellt für eine pädagogische Beziehung, die durch *Liebe* gekennzeichnet ist, nicht durch *Macht* (vgl. *Portele* 1987 b, 180 ff.).

Damit der Kontakt durch Konfrontation entstehen kann, muß Konfrontation im Lerngeschehen *gestuft* erfolgen. Diese Abstufung kann der Gruppenleiter oder Berater mitsteuern.

> In der dritten Sitzung einer themenzentrierten Selbsterfahrungsgruppe sage ich einer Teilnehmerin, die gerne viel und umständlich redet, daß ich ihr nicht mehr zuhören kann und mich zu langweilen beginne. Da wir uns schon länger kennen, kann die Teilnehmerin mit meiner direkten Art gut umgehen. Offensichtlich spürt sie, daß ich sie mit meiner Bemerkung nicht als Person ablehne. Die anderen Gruppenmitglieder aber sind empört: »Wenn Du das mit mir machen würdest . . .« drohen sie mir. Noch Wochen später wird diese kleine Episode von den Teilnehmern immer wieder als Beispiel für angstauslösende Herausforderungen durch mich als Gruppenleiter zitiert.

Wie »hart« eine Konfrontation wirkt, ist also nicht nur abhängig von der jeweiligen Beziehung zwischen Leiter und Lernendem, sondern vom Beziehungsprozeß in der Gesamtsituation zwischen Leiter und Teilnehmern und den Teilnehmern untereinander. Das Maß an Bestätigung war in obigem Beispiel noch zu gering, als daß meine Konfrontation für einen Mitlernprozeß der übrigen Teilnehmer hätte wirksam werden können. Konfrontationen haben also häufig einen Halo-Effekt, der sich auf die ganze Gruppe auswirkt. Mit der Zeit bilden sich Erfahrungswerte für eine Gruppe heraus, welche Konfrontationen angenommen werden können und welche überzogen sind. Wenn ich beispielsweise einen Teilnehmer auffordere, die Bedeutung einer Handbewegung, die zu seiner verbalen Aussage im Widerspruch zu stehen scheint, zu erkunden, kann das relativ ungefährlich sein, denn der Lernpartner kann mein Angebot ablehnen. Sehe ich dagegen auf dem Gesicht eines Lernenden, der über ein Autoritätsproblem spricht, ein diebisches Lächeln und teile ihm diese Beobachtung mit, erhöht dies das Risiko, denn ich konfrontiere ihn möglicherweise mit seinem Sadismus, den er sich nicht eingestehen kann.

Konfrontationen erhöhen immer das Risiko: Der Grad der Erregung wird gesteigert und gerät in die Nähe dessen, was wir als Angst bezeichnet hatten. Auf diesem erhöhten Erregungsniveau haben Lernende am ehesten Zugang zu ihrer Kreativität; und Erregung ist eine Bedingung für Kontakt. Wird aber der Bereich der kreativ nutzbaren Erregung überschritten, setzt Angst ein, die den Organismus lähmt und zur Reaktionsbildung führen kann. Die Aufgabe des Gruppenleiters besteht also darin, ein zu hohes Risiko, wie es meist zu Beginn einer Gruppe besteht, durch Unterstützung zu senken, das Risiko dann aber auch immer wieder anzuheben, damit die Dynamik des Prozesses wirksam werden kann. Es ist dabei unvermeidlich, daß dieser Grenzbereich erhöhten Risikos gelegentlich überschritten wird und in Angst umschlägt. Manche Grenzen lernt man eben erst kennen, wenn man sie überschritten hat. Diese Grenzüberschreitung kann zu einer Konfrontation für den Gruppenleiter werden, die ihn zur Überprüfung seiner Verhaltensweisen, seiner Einstellungen zu den Teilnehmern und der Anwendung seiner Methoden veranlaßt.

Dabei können kleine Variationen der Methoden das Risiko-Niveau deutlich steigern oder senken. Beispielsweise ist es wenig risikoreich, wenn sich die Teilnehmer einen Partner wählen sollen und sich dabei an ihre Nachbarn wenden können. Viel angstbesetzter ist es, wenn die Teilnehmer im Raum umhergehen, sich die Partner bewußt aussuchen und schließlich auf sie zugehen sollen. Übungen, deren Sinn den Teilnehmern nicht annähernd klar ist, lösen größere Ängste aus, als wenn ich den Teilnehmern erkläre, weshalb ich die Übung für sinnvoll halte. Körperkontakt kann in bestimmten Gruppen sehr viel risikoreicher sein als Blickkontakt aus der Distanz, dagegen kann Blickkontakt in geringer Distanz wieder mehr Risiko bedeuten als körperliche Berührung. Die Öffentlichkeit der Lerngruppe erhöht das Risiko fast immer. So ist es einfacher für die Teilnehmer, ein Gespräch in der Kleingruppe ohne Beobachter zu führen als vor den Augen und Ohren der anderen Teilnehmer in der Mitte des Raumes. Auf diese Weise ergeben sich viele Möglichkeiten der Abstufung des Risikos.

Ich versuche, das Risiko-Niveau durch Konfrontationen immer wieder so weit wie möglich anzuheben, ohne daß es in Angst umschlägt, denn

Konfrontation ist auch die Bekundung meines Interesses am Lernpartner und mein Kontaktangebot. Es geht also nicht darum, Angst unter allen Umständen zu vermeiden und die Lernsituation so sicher wie möglich zu gestalten. Denn das würde die Konfrontationen auf ein wohliges, aber langweiliges Maß reduzieren; die Chancen zum Infragestellen unserer Selbst- und Weltbilder würden dabei ebenso verpaßt wie die Gelegenheiten zu Kontaktprozessen. Letztlich sind es die Prozesse der Konfrontation mit dem Anderssein des Anderen und der Zerstörung alter Welt- und Selbstbilder, die eine Bestätigung des eigenen Selbst sowie Heilung und Wandlung bewirken können.

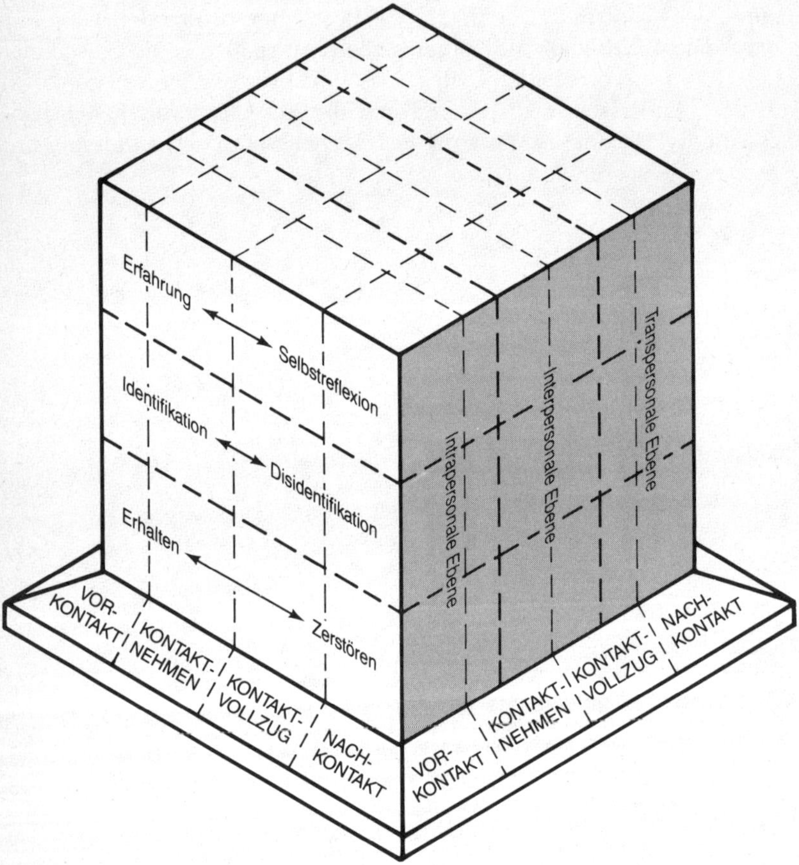
Erfahrung
Selbstreflexion
Identifikation
Disidentifikation
Erhalten
Zerstören
Intrapersonale Ebene
Interpersonale Ebene
Transpersonale Ebene
VOR-KONTAKT
KONTAKT-NEHMEN
KONTAKT-VOLLZUG
NACH-KONTAKT
VOR-KONTAKT
KONTAKT-NEHMEN
KONTAKT-VOLLZUG
NACH-KONTAKT

9. Kapitel

Strukturen und Muster

Einführung

Transformatives Lernen haben wir bisher ausschließlich als Prozeß beschrieben, als Beziehungs- und Kontaktprozeß und als Bewußtseinsprozeß. Die Weisen aller Zeiten von Heraklit bis Bateson und Bohm weisen uns immer wieder darauf hin, daß es in der Tat nichts anderes gibt als Prozeß. Doch würde mir und meinen Lernpartnern die Orientierung im Lerngeschehen rasch verloren gehen, wenn es nicht etwas gäbe, woran wir uns immer wieder einmal »festhalten« könnten. Herkömmlicherweise sind Themen, Inhalte, Aufgaben und Lernziele der Focus pädagogischen Handelns, wobei der Beziehungs-, Kontakt- und Bewußtseinsprozeß dann oft ignoriert wird. Als Focus für transformative Lernprozesse bieten sich die Strukturen und Muster der Wechselbeziehungen in dem Oranismus-Umwelt-Feld an. Diese Strukturen und Muster können die Funktion übernehmen, die sonst Themen, Inhalte, Aufgaben und Lernziele haben; sie können Orientierungen anbieten für die Planung, Strukturierung und Auswertung des Lerngeschehens. Die Konzentration auf Strukturen und Muster kann als Leitlinie für die Auswahl von Themen und Aufgaben dienen; Strukturen und Muster können überdies immer wieder zum Focus des Lerngeschehens selbst werden. Das Aufdecken und Akzeptieren von Strukturen und Mustern der Wechselbeziehungen ist also, wie ich zeigen will, selbst ein wesentliches Element im transformativen Lernprozeß.

Die Selbstorganisation evolutionärer Prozesse dient der Kontinuität des Lebendigen. Das Verständnis dessen, was der Kontinuität des Lebendigen dient und was zur Erstarrung und Selbstzerstörung führt, kann immer wieder zum Thema werden, auch wenn dieses Verständnis stets unvollkommen sein wird, da wir nur jeweils einen winzigen Ausschnitt dessen erfassen, was wir als universelles Bewußtsein oder GEIST im Sinne Batesons annehmen. Über die Strukturen und Muster der Wechselbeziehungen auf den verschiedenen Ebenen der Selbstverwirklichung können wir aber einen — wenn auch nur bescheidenen — Einblick in diese universellen Prozesse, in die wir eingebunden sind, erhalten. In diesem vierten und letzten Teil unserer Praxisreflektionen (9. Kapitel) will ich beschreiben, wie diese Strukturen und Muster im Lerngeschehen in Erscheinung treten können, und wie der Prozeß des Erforschens von Mustern im transformativen Lernprozeß wirksam werden kann.

Strukturen und Muster im evolutionären Prozeß

Mit *Struktur* einer Wechselbeziehung bezeichne ich die konkrete, sinnlich erfahrbare und beobachtbare Abfolge des Prozesses. Das *Muster* dagegen ist die Metapher für diese Abfolge, es deutet auf die Funktionsweise des lebendigen Systems hin. Ein Muster ist also nichts anderes als eine Fiktion mit einem Erklärungswert.

Mit zwei Beispielen möchte ich den Charakter solcher auf den verschiedenen Ebenen der Selbstverwirklichung aufspürbaren Strukturen und Muster von Wechselbeziehungen veranschaulichen. Zunächst ein Beispiel, das sich primär auf eine individuelle Lebensgeschichte bezieht.

> In bestimmten Situationen als Berater oder Gruppenleiter bekommt Gerhard immer Bauchschmerzen, die nach Abschluß dieser Situation bald wieder verschwinden. Wir gehen diesem Phänomen in der Supervision nach um herauszufinden, welche Merkmale der Situationen mit seiner Körperreaktion zusammenhängen. Wenn ein Partner im Lerngeschehen ihm direkt oder indirekt mitteilt: » Ich will etwas von Dir lernen, aber tue mir bitte nicht weh!« reagiert sein Organismus mit dieser Art von Schmerzen. Die Schmerzen treten also immer dann auf, wenn er sich in eine double-bind-Situation einfangen läßt: Er will bei dem Teilnehmer persönliche Lernprozesse auslösen und riskiert dabei, daß die Konfrontationen schmerzlich für diesen sind, will ihn aber gleichzeitig vor schmerzlichen Erfahrungen schützen. Gerhard »löst« das Dilemma, indem er sich selbst die Schmerzen zufügt, die er dem anderen

nicht zumutet.

Mit der Entdeckung der Struktur dieses Prozesses aber geben wir uns nicht zufrieden, denn die Schmerzen werden durch diese Erkenntnis allein nicht beseitigt. In der Folge von weiteren Lernprozessen wird uns klar, daß hinter dieser Struktur ein Muster verborgen ist: Gerhard hat eine sehr tiefsitzende Norm — ein »Introjekt dritten Grades« würden die Gestalttherapeuten sagen — die es ihm auferlegt, immer für andere Menschen da zu sein und für sie zu sorgen. Versäumt er diese Selbstaufgabe für andere, dann fühlt er sich schuldig. Im Gegensatz zur Beschreibung der Struktur trifft dieses Muster von Wechselbeziehungen zwischen sich und anderen Menschen auf viele Lebenssituationen zu. Die Einsicht in dieses Muster ist für Gerhard sehr schmerzhaft, denn es berührt ein existenzielles Grundgefühl von ihm, das Gefühl, nicht gut genug für seine Mitmenschen zu sein. Es zieht sich wie ein roter Faden durch seine Lebensgeschichte.

Das zweite Beispiel bezieht sich vor allem auf den zwischenmenschlichen Bereich.

Mit meiner Partnerin leite ich eine uns bis dahin fremde gestaltpädagogische Weiterbildungsgruppe. Es sind zwölf sehr engagierte und kreative Menschen, was uns unter anderem an ihren in einer Phantasiereise erzeugten Bildern und an der sehr differenzierten Artikulation ihrer beruflichen Probleme deutlich wird. Aber die Gespräche sind zäh, und die Arbeit ist mühsam. Uns fällt auf, daß die Teilnehmer häufig Formulierungen wie »Du solltest...«, oder »Warum machst Du nicht...?« in ihren Rückmeldungen verwenden; sie enthalten im Kern die Botschaft: »So wie Du hier in der Gruppe bist, bist Du nicht richtig!« Die Angesprochenen reagieren mit Schweigen oder mit Aggressionen. Wir, die Gruppenleiter, teilen der Gruppe unsere Schwierigkeiten mit: es sei mühsam für uns, in der Gruppe zu arbeiten; wir setzten uns unter den Druck, uns in einer bestimmten Art und Weise zu verhalten, und hätten oft Angst, etwas falsch zu machen, und wir führten dies auf die Art der Kommunikation in der Gruppe zurück, von der wir uns beeinflussen ließen. Die Betroffenheit, die wir mit unserer Konfrontation bei den Teilnehmern auslösen, macht deutlich, daß wir fündig geworden sind, und wir arbeiten gemeinsam das Gruppenmuster heraus, das hinter dieser Struktur verborgen ist und die Gruppe schon seit vielen Wochen lähmt.

Muster als Grundphänomene der Evolution

Für ein differenziertes Verständnis der Bedeutung von Mustern greife ich zunächst auf naturwissenschaftlich begründete Definitionen zurück. Ein Muster — so definiert es der Physiker und Genetiker Carsten Bresch — ist ganz allgemein eine Anordnung, die sich in »selbstbeschränkender Freiheit« entwickelt (*Bresch* 1980, 60). Diese Anordnung ist weder chaotisch — dann wäre sie keinerlei Einschränkungen unterworfen — noch entspricht sie einer strengen, regelhaften Ordnung. Die Elemente, die das Muster bilden, sind aufeinander bezogen, jedoch nicht in einer *exakt* vorhersagbaren Weise. Bresch erläutert dies an einem einfachen Beispiel: Wenn ein Kind verschiedenfarbige Bauklötze auf den Boden schüttet, dann fallen die Bausteine ganz zufällig. Sie haben keine Beziehung zueinander. Baut das Kind mit diesen Bausteinen ein schachbrettähnliches Gebilde, dann entsteht eine exakte Ordnung der Wechselbeziehungen; man weiß genau, welcher Stein wohin gehört. Gestaltet das Kind beim Spiel jedoch ein Männchen mit diesen Bausteinen, dann entsteht ein Muster. Wo jeder Baustein in diesem Muster liegt, ist nicht ganz regelhaft, aber auch nicht willkürlich. Baut das Kind mehrere ähnliche Männchen in einer Reihe, entsteht ein Muster höherer Ordnung. Das Beispiel von Bresch verhilft mir zwar zu einer etwas konkreteren Vorstellung von einem Muster, greift aber noch zu kurz, wenn ich die Muster in lebendigen Wechselbeziehungen verstehen will. Denn die Muster lebender Systeme sind nicht mit Hilfe von Form, Farbe, Größe und räumlicher Anordnung beschreibbar wie in dem Beispiel von den Bauklötzen; es sind dynamische Muster, die sich im kontinuierlich fortschreitenden Prozeß ausbilden.

Der Erforschung der dynamischen »Muster, die verbinden« hat Gregory Bateson sein Lebenswerk gewidmet (vgl. S. 110). Er definiert Muster »... als eine Ansammlung von Ereignissen oder Objekten (...), die (...) Vermutungen in gewissem Maß zulassen, wenn nicht das gesamte Aggregat der Einsicht zugänglich ist.« (*Bateson* 1981, 525) Wenn wir die Struktur einer Wechselbeziehung beschreiben, wählen wir immer einen Ausschnitt aus der Kontinuität des Prozesses, d.h. wir interpunktieren: wir beginnen und beenden unsere Wahrnehmung und Beschreibung der Struktur an mehr oder weniger willkürlich gesetzten »Schnittstellen«. Das Erkennen des Musters in der wahrgenommenen Struktur der Wechselbeziehungen ermöglicht es uns, über diese Schnittstellen (oder Interpunktionen) hinaus zu denken und zu phantasieren.

Unsere Beziehungen zur Umwelt sind durch solche dynamischen Muster geprägt, und wir orientieren uns an ihnen in unseren Einstellungen und unserem konkreten Verhalten, beispielsweise anderen Menschen gegenüber. Die Muster »Liebe«, »Konkurrenz«, »Abhängigkeit« oder »Vertrauen« können solche Orientierungen in der Beziehung zu anderen Menschen sein. Wenn ein derartiges Muster durch eine konkrete Verhaltensweise verletzt wird, erleben wir dies als Irritation oder sogar als einen Angriff auf unsere Würde (vgl. *Bateson* 1981, 604). Die fortwährende Bildung und Weiterentwicklung von Mustern kann als ein Merkmal aller Lebensprozesse angesehen werden. Muster sind Grundphänomene der Evolution, die die Entwicklung von immer höherer Komplexität ermöglichen (vgl. *Bresch* 1980, 67 f.). Noch einen Schritt weiter geht der englische Physiker und Philosoph David Bohm in der Bedeutung, die er Mustern zuspricht (*Bohm* 1985). Für Bohm sind Muster die Beschreibungen von Aspekten der ungeteilten Ganzheit, des »Holomovement«, der unbegrenzten Bewegung, als die er das Universum und alle evolutionären Prozesse in diesem Universum versteht. Mit der Beschreibung von Mustern erfassen wir zwar nur winzige Raum-/Zeitausschnitte der universellen Bewegung, aber es sind doch Annäherungen an das Verständnis dieser unbegrenzten Bewegung. Mit der Einsicht in die Muster lebender Systeme berühren wir Tiefenstrukturen unserer Existenz im Universum.

Bohms Theorie liefert mir eine Erkärung für Erfahrungen, die ich vielfach in Lernsituationen gemacht habe: Die Einsicht in solche abstrakt anmutenden Muster ist unmittelbar und berührt uns existentieller als die Beschreibung der individuell, kollektiv und kulturell sehr unterschiedlich ausgeprägten konkreten Strukturen. Und überdies ist die Verständigung unter den Lernenden bei Einsicht in die Muster der Wechselbeziehungen viel leichter und intensiver, als wenn wir uns auf die Rekonstruktion von Strukturen der Wechselbeziehungen beschränken. In den tieferen Schichten unserer Existenz sind wir viel stärker miteinander verbunden, als die Vielfalt der konkreten Strukturen vermuten läßt. Denn unsere Wahrnehmungen, Verhaltensweisen und Ausdrucksformen sind *Erscheinungsformen* von Mustern. Die Muster selbst sind Aspekte der *Einheit* des Lebendigen.

Für unseren Zusammenhang halte ich also die folgenden Annahmen über evolutionäre Prozesse lebender Systeme für wichtig: Ein lebendes System wird durch seine innere Ordnung oder Kohärenz zusammengehalten. Zerfällt diese innere Ordnung, dann stirbt das System. Die innere Ordnung oder Kohärenz ermöglicht die Evolution des lebenden Systems und hält dieses gleichzeitig in Grenzen. Muster sind Aspekte dieser inneren Ordnung und Einheit lebender Systeme. Ausschlaggebend für die Bildung von Mustern ist sowohl der genetische als auch der tradigenetische Prozeß, d.h. Muster beruhen nicht nur auf der Entfaltung genetischer Dispositionen, sondern stellen immer auch die Ergebnisse von Lernprozessen dar. Bedeutsam für transformative Lernprozesse ist die Entdeckung jener Muster, die erstarrt sind, denn sie sind der Ausdruck dafür, daß das lebende System seine Fähigkeit zu kreativer Anpassung im evolutionären Prozeß eingebüßt hat. Zwar evolvieren lebende Systeme auch dann, wenn sie von erstarrten Mustern beherrscht werden, aber nur in der Weise, daß sie Symptome hervorbringen, also »krank« sind (vgl. *Dell* 1986).

Wenn es uns gelingt, uns der erstarrten Muster unserer Lebensprozesse bewußt zu werden, haben wir die Freiheit zur Transformation solcher Muster. Es liegt — im Gegensatz zu einer gängigen Auffassung der Psychologie — nicht allein an den Prägungen solcher Muster durch Erziehungseinflüsse, wenn wir unsere Lebenspotentiale nicht ausschöpfen, sondern auch daran, daß wir die Freiheit der Weiterentwicklung dieser Muster nicht nutzen (vgl. *Holl* 1986).

Erstarrte Muster

Verschiedene humanwissenschaftliche Disziplinen widmen sich der Beschreibung der Gesetzmäßigkeiten und Strukturen von Wechselbeziehungen, die für die Einsicht in erstarrte Muster auf den Ebenen der Selbstverwirklichung hilfreich sein können:

Die psychoanalytische Theorie beispielsweise liefert Ordnungssysteme für die Strukturen und Muster auf der intrapersonalen Ebene (z.B. *Riemann* 1981) und teilweise auch auf der zwischenmenschlichen (z.B. *Willi* 1975) und gesellschaftlichen Ebene (z.B. *Richter* 1986) und hilft, die frühkindlichen Entwicklungsbedingungen solcher Muster aufzuklären. Der Arzt und Psychoanalytiker Georg Groddeck hat hierzu sehr provozierende, in seinen Deutungen ein wenig übertreibende Texte verfaßt, die u.a. den Zusammenhang von Persönlichkeitsstrukturen, Lebensweisen und Krankheiten sehr anschaulich werden lassen (*Groddeck* 1979 und 1983). Auch die auf der Psychoanalyse basierenden Therapiekonzepte wie Psychodrama, Transaktionsanalyse und Bioenergetik leisten ihren Beitrag zur Klärung der Zusammenhänge von Persönlichkeitsstrukturen, Verhaltensweisen und Lebensschicksalen. Soziologische Theorien, wie das Konzept des 'Habitus' von Bourdieu, werfen Licht auf kulturelle und soziale Muster und ihre Entstehungsbedingungen (vgl. *Portele* 1985). Die Aufzählung ließe sich fortsetzen bis hin zu den Analysen der Wechselbeziehungen und Austauschprozesse auf der gesellschaftlichen und ökologischen Ebene etwa durch Theorien über die Entwicklung von Gesellschaftssystemen oder über weltweite politisch-ökonomische Vernetzungen.

Der Nutzen dieser Theorien für das Aufdecken von Mustern im transformativen Lernprozeß ist jedoch begrenzt. Zum einen erheben die auf der Grundlage solcher Theorien entwickelten Modelle Anspruch auf Objektivität, den sie durch Operationalisierungen und eindeutig interpretierbare Kriterien einzulösen suchen. Doch die Muster von Austauschprozessen im holistischen Verständnis lassen sich nur in unzureichender Weise logisch, rational und analysierend, also objektiv erfassen. Zum anderen konzentrieren sich diese Modelle darauf, die Ursachen von (fehlgeleiteten) Entwicklungen zu erkunden. Demzufolge werden den Komponenten der lebenden Systeme Eigenschaften zugeschrieben, wie etwa »depressiver Klient«, »die Unterdrückten« oder »die Klasse der Ausbeuter«; sie werden dadurch aus dem Prozeß der Wechselbeziehungen herausgelöst. Statt an den Eigenschaften der Systemkomponenten und an den Ursachen für die Entstehung von Strukturen sind wir jedoch an den Merkmalen der Situation, an der Qualität der Wechselbeziehung interessiert. Und schließlich besteht der Zweck dieser Analysemodelle darin, persönliche, zwischenmenschliche, gesellschaftliche und ökologische Erfahrungen zu *deuten*, und zwar vom Standort eines neutralen Beobachters aus. Solche Deutungen können die Einsicht in die existentielle Qualität von Mustern verstellen, wenn man sich mit der verallgemeinernden Etikettierung der beobachteten Strukturen begnügt.

Dennoch können die genannten und viele andere Theorien und Modelle als Entdeckungshilfen genutzt werden. Sie ermöglichen es uns, Landkarten zu entwerfen, die uns Hinweise geben bei der Suche nach den Strukturen und Mustern unserer aktuellen Erfahrungen im Lerngeschehen, mit denen wir die Kontaktprozesse unterbrechen und kreative Anpassung behindern. Solche Landkarten sind in erster Linie für den Lehrenden wichtig: sie sind seine Orientierungshilfen bei der Suche nach erstarrten Mustern im gemeinsamen Lernprozeß, und diese Orientierungen kann er schrittweise an die Lernenden weitergeben.

Vor der Einsicht in erstarrte Muster müssen erhebliche Widerstände überwunden oder durchgearbeitet werden. Solange die Lernenden die Rolle neutraler Beobachter von sich selbst oder anderen einnehmen und sich damit begnügen, die Strukturen und Muster der Wechselbeziehungen objektivierend zu beschreiben und zu analysieren, sind die gewonnenen Erkenntnisse kaum bedrohlich. Anders dagegen, wenn sich die Lernenden rational, emotional und intuitiv als Beteiligte in den Prozessen der Wechselbeziehungen erleben und sich ihrer Mitverantwortung für das Aufrechterhalten von erstarrten Mustern bewußt werden. Die Einsicht in solche Muster kann sie in die Verzweiflung treiben. Sie erkennen, wie sie und ihre Mitmenschen immer wieder in ähnliche Problemsituationen geraten, und wie sie diese mit immer den gleichen, ineffektiven Methoden »lösen« wollen.

Im Laufe meines eigenen Lernprozesses wurde mir beispielsweise bewußt, daß ich immer wieder in die Randposition von Gruppen und Gemeinschaften gerate, obwohl ich krampfhaft versuche, dazuzugehören. Wenn ich glaube, ich hätte es geschafft, endlich zu einer Wohngegend, einer Gemeinschaft oder einer Gruppe zu gehören, finde ich mich kurze Zeit später wieder in einer anderen Sonderrolle wieder. Die Verzweiflung, die das Bewußtwerden eines solchen Lebensmusters bewirkt, erlebe ich aber nicht nur als zerstörerisch. Wenn ich mich einmal mit diesem Muster identifiziere, wird es zu einer Herausforderung. Ich kann mir außer den leidvollen Erfahrungen nun auch der Vorteile bewußt werden, die mir dieses Muster gewährt, und der neuen Möglichkeiten der Gestaltung meiner Beziehungen zur sozialen Umwelt. Die Neugier des Forschers macht dem dumpfen Gefühl, bisher alles falsch gemacht zu haben, allmählich Platz.

Die Verantwortung für erstarrte Muster

Durch die Einsicht in erstarrte Muster wird ein weiterer Aspekt deutlich, den Rollo May etwas pathetisch »Schicksal« nennt (*May* 1985, 70 ff.). Erstarrte Muster sind nicht nur durch meine eigenen bewußten und unbewußten Entscheidungen bedingt, sondern auch durch historische Ereignisse. So kann ich es als Schicksal betrachten, daß ich während und nach dem Krieg mit meiner Familie von einem Ort zum anderen ziehen mußte, zu keiner Gruppe gehörte und keinen Heimatort kannte und immer wieder in die Rolle des Außenstehenden geriet. Das Muster prägte sich so stark ein, daß ich auch noch danach lebte, als sich die äußeren Bedingungen längst geändert hatten. Wenn ich mir eines solchen Musters bewußt werde, bin ich mit meiner Unfreiheit konfrontiert, der inneren wie der von außen gesetzten. Das Akzeptieren dieser Unfreiheit ermöglicht nun paradoxerweise die Erfahrung der Freiheit: zunächst der Freiheit, mich im Rahmen äußerer Zwänge zu entscheiden, also der »Freiheit des Handelns«; dann aber auch der Freiheit, meine Einstellungen, Denkgewohnheiten und Beurteilungen zu verändern, also der »Freiheit des Seins«. Bezogen auf mein Lebensmuster bedeutet dies: Ich kann mich beispielsweise entscheiden, ob ich meinen Wohnort um meiner Karriere willen häufig verändere oder ob ich auf Karrieregesichtspunkte verzichte und mich an meinem jetzigen Wohnort längerfristig einrichte (Freiheit des Handelns). Ich kann aber auch — unabhängig von der Entscheidung über meinen Wohnsitz — mein Grundgefühl des Fremd-Seins weiter kultivieren oder meine Gemeinsamkeiten mit anderen Menschen erkunden (Freiheit des Seins).

Rollo May greift diesen Zusammenhang in seinem Buch »Freiheit und Schicksal« mit einem drastischen Beispiel auf: Wenn sich Menschen in absoluter Handlungsunfreiheit wie in den KZs des Dritten Reichs befinden, entdecken sie manchmal die »Freiheit des Seins«; sie haben keine realen Fluchtmöglichkeiten mehr, die sie von dieser existentiellen und daher äußerst bedrohlichen Erfahrung ablenken könnten: sie sind nur noch auf sich selbst zurückgeworfen. Analog dazu versteht Rollo May die Determination unseres Handelns nach eingravierten, erstarrten Mustern als eine Art inneres KZ, das die Menschen ähnlich wie in den KZs des Dritten Reichs ihrer essentiellen Freiheit bewußt werden lassen kann. Ich verstehe Rollo May nicht so, daß er die Brutalität eines menschenverachtenden politischen Systems freundlich umdeuten, sich mit der Freiheit des Seins zufrieden geben und auf die Freiheit des Handelns, auch im politischen Sinne, verzichten will. Im Gegenteil: die Freiheit des Handelns gewinnt ihre Kraft aus der Freiheit des Seins. May verweist eindrücklich auf die Notwendigkeit, uns unseres schicksalhaften Gefangenseins bewußt zu werden und es zu akzeptieren, um es immer wieder neu überwinden zu lernen.

Ein für unsere Lebensgestaltung bedeutsames Muster können wir also zum einen unter der Perspektive der persönlichen Verantwortung betrachten: Was ist mein Anteil daran, daß dieses Muster zustande kommt und aufrecht erhalten wird? Wir können es auch unter der Perspektive des

Schicksalhaften sehen: Welche gesellschaftlichen und historischen Bedingungen sind verantwortlich für die Entstehung und Kontinuität des erstarrten Musters? Beide Pole — der der persönlichen Verantwortung und der des Schicksalhaften — sind für den Lernprozeß wichtig. Ignoriert man den Pol des Schicksalhaften, übernimmt man also die alleinige Verantwortung für die erstarrten Muster, dann wird man zum größenwahnsinnigen Fanatiker, der die Welt in seinem Sinne ändern will. Vernachlässigt man dagegen den Pol der persönlichen Verantwortung, wird man zum Fatalisten, der alle Verantwortung der Umwelt zuschiebt. Das Einbeziehen beider Pole erweitert den Kontext eines persönlich erfahrenen Musters: es gewinnt im Kontext historischer, kultureller und politischer Bedingungen über die persönliche Verantwortung hinaus an Bedeutung.

Für den Lernprozeß ist die Entdeckung und bewußte Erfahrung der erstarrten Muster, in denen wir gefangen sind, von ausschlaggebender Bedeutung. Die erstarrten Muster bilden die Drehpunkte unserer unerfüllten Existenz, sie spiegeln die Dramen unserer persönlichen Lebensgeschichte ebenso wider wie die Bedrohung und Einengung unserer kulturellen, politischen und ökologischen Lebenssituation. Wir können aber auch die Freiheit des verantwortlichen Umgangs mit erstarrten Mustern im Rahmen vorgegebener äußerer Bedingungen nutzen. Wenn wir im Lernprozeß Einsicht in ein erstarrtes Muster gewinnen, geraten wir in eine Bewegung, die schmerzliche, aber auch befreiende Gefühle und Gedanken in uns auslöst. Trotzdem versuche ich mich und meine Lernpartner immer wieder vor einer Illusion zu schützen: die Muster, die die Kohärenz unserer Lebensprozesse gewährleisten, sitzen sehr tief und fest, besonders dann, wenn sie erstarrt sind. Durch unsere Erfahrungen werden sie immer wieder bestätigt, denn oft spiegeln sich in ihnen die Muster gesellschaftlicher und kultureller Austauschprozesse wider. Mit einer einmaligen, befreienden Lernerfahrung lassen sich solche erstarrten Muster nicht bewältigen. Wenn wir uns eines rigiden Musters bewußt geworden sind und gelernt haben, kreativer damit umzugehen, meldet sich das nächste, oft umgreifendere Muster zu Wort und läßt uns im Lernprozeß nicht zur Ruhe kommen. Vielleicht lassen sich einige rigide Muster überhaupt nie auflösen oder überwinden und finden daher immer wieder neuen Ausdruck in unseren Einstellungen, Verhaltensweisen und Handlungen. Was aber durch transformative Lernprozesse möglich erscheint ist dies: Erstarrte Muster können, wenn sie unserem Bewußtsein zugänglich geworden sind, wieder gelockert und weiterentwickelt werden, so daß sie kreativere und weniger zerstörerische Ausdrucksformen finden als in der Vergangenheit.

Erschließen von Mustern

Muster zu erschließen ist selbst ein komplexer Lernprozeß, denn sie lassen sich nicht in einer Weise an objektiven Kriterien bestimmen wie Pflanzen, Insekten oder Wetterlagen. Anhand der Probleme, die in unserem Erfahrungs- und Forschungsprozeß auftauchten, möchte ich jedoch einige Möglichkeiten zum Aufspüren von Mustern herausarbeiten.

Wahrnehmungsmuster

Ein Hauptproblem beim Erschließen von Mustern sehe ich darin, daß unsere Wahrnehmungen und unsere Denkprozesse selbst rigiden Mustern folgen, die uns kaum bewußt sind. Eine recht faszinierende Theorie hierzu stammt von dem *enfant terrible* unter den US-amerikanischen Psychologen, Timothy Leary, der in dem nicht weniger provozierenden Schriftsteller Robert A. Wilson einen wirkungsvollen Interpreten gefunden hat (*Wilson* 1985 und 1986). Die Muster unserer Wahrnehmung und Interpretation der Welt nennt Leary »Realitätstunnel«. Wir haben normalerweise keine andere Wahl, als unsere Welt durch diese Realitätstunnel wahrzunehmen. Leary unterscheidet acht solcher Realitätstunnel oder Schaltkreise im neurologischen System, wobei wir nach den ersten vier Schaltkreisen programmiert sind und erst mit der Entwicklung des fünften bis achten Schaltkreises die Fähigkeit erwerben, über die Programmierungen der ersten vier Schaltkreise hinauszugelangen, indem wir in zunehmendem Maß ein Bewußtsein von diesen Programmierungen erlangen.

Leary unterscheidet vier Schaltkreise, die mit ihren Programmen für die Entstehung der Realitätstunnel verantwortlich sind. Der *orale Bio-Überlebensschaltkreis* (1), der sich in den ersten Lebensmonaten eines Babies entwickelt, ist zunächst auf die schützende Muttersphäre fixiert und weitet sich dann auf den Stamm aus. Mit Hilfe der Programmierungen in diesem Schaltkreis sind wir in der Lage, in kürzester Zeit Entscheidungen für Bedrohungen zu treffen. Wenn in diesem Schaltkreis Gefahr angezeigt wird, hört jede andere geistige Tätigkeit auf, bis die Gefahr vorüber ist (vgl. die Reaktionsbildung — 7. Kapitel). Der *anal-territoriale* Schaltkreis

(2) wird programmiert, wenn das Kleinkind laufen und damit seine Umgebung zu manipulieren lernt. Dieser Schaltkreis hat ausschließlich mit Macht zu tun. Seine Programmierung dient der Verteidigung des eigenen Status und des Territoriums. Die Programmierungen des *semantischen Schaltkreises* (3) betreffen die Fähigkeit zum Symbolisieren und werden mit dem Erlernen der Muttersprache erworben. Umgangssprachlich nennen wir diese Fähigkeit 'Verstand' (*mind*). Dieser Schaltkreis sorgt dafür, daß Kultur an nachfolgende Generationen weitervermittelt wird. Die Ideen, die dieser Schaltkreis erzeugt, nehmen im Verlauf der menschlichen Evolution ständig zu, sorgen also für Fortschritt und den Begriff von Zeit. Aber dieser Schaltkreis wurde erst vor etwa 100.000 Jahren entwickelt, ist also sehr jung. Von den anderen, viel älteren Schaltkreisen wird er oft zu falschen Denkprozessen pervertiert. Die Programme dieses Schaltkreises dienen vorzugsweise der Rationalisierung von unbewußten Entscheidungen der anderen Schaltkreise. Der *moralische, soziosexuelle Schaltkreis* (4) schließlich wird in der Pubertät programmiert. Er beinhaltet die Regeln für Paarung und Fortpflanzung in einer Gemeinschaft. Da die Regeln des Sexualverhaltens Auswirkungen auf den Gen-Pool, also den Fortbestand und die Entwicklung der eigenen Art haben, wird die Einhaltung dieser Regeln von der Gemeinschaft streng überwacht. Da sich Sexualität aber nicht so leicht kontrollieren läßt, kommt es zu häufigen Regelverstößen, die im Individuum Schuldgefühle auslösen.

Die Realitätstunnel, die durch die Programme in diesen vier Schaltkreisen festgelegt sind, lassen sich durch massive Eingriffe aufbrechen. Leary nennt dies »Gehirnwäsche« und führt als Beispiele Methoden des Militärs, der terroristischen Vereinigungen und der Sekten an. Dazu nutzen sie Mittel wie Isolation von den gewohnten Kontaktpersonen, ein hohes Maß an Angst, die Versorgung mit Nahrung, das Anbieten von Identifikationsobjekten (z.B. »sympathische« Flugzeugentführer), und sie fordern permanente Unterwerfung. Humane Formen der Umprogrammierungen sind nach Leary erst im fortgeschrittenen Alter möglich, in dem die Schaltkreise fünf bis acht entwickelt werden. Der Lernende wird dann zunehmend in die Lage versetzt, sich der eigenen Realtitätstunnel und Programmierungen bewußt zu werden, sie zu kontrollieren und schließlich auch neu zu gestalten.

Wie ernst diese Thesen von Leary und Wilson auch in letzter Konsequenz zu nehmen oder von diesen Autoren selbst gemeint sind — ich halte sie für eine nützliche Landkarte bei der Suche nach rigiden Mustern, denn sie weisen hin auf grundlegendere Handlungsmotive, als sie mit Hilfe des Verstandes gemeinhin artikuliert werden. »Man traue keinem erhabenen Motiv für eine Handlung, wenn sich auch ein niedriges finden läßt«, riet ein Anthropologe des 18. Jahrhunderts, Edward Gibbon, und der Göttinger Anthropologe Christian Vogel erläutert diese Auffassung unter Bezugnahme auf den »Fitness-Imperativ« im evolutionären Überlebenskampf (*Vogel* 1984, 16): Die moralischen Werte und Grundsätze, die jemand als Richtlinien seines eigenen Handelns verkündet, sind suspekt. Er vermeidet damit aller Wahrscheinlichkeit nach, sich seiner tieferliegenden Motive bewußt zu werden, die meist egoistisch auf eigenes Überleben, auf das Überleben einer stammesähnlichen Gemeinschaft, auf Machtansprüche oder sexuelle Bedürfnisse (im weitesten Sinn) hin angelegt sind. Gesellschaftlich werden solche »niederen« Motive meist negativ sanktioniert, und daher kaschieren wir sie entweder oder lassen sie gar nicht in unser Bewußtsein treten.

Kindheitsmuster

Die Ursachen für die individuellen Lebensmuster und die Muster des zwischenmenschlichen Beziehungs- und Kontaktverhaltens werden vermutlich schon in der Kindheit gelegt. Muster können darüber hinaus durch vorgeburtliche und generationenübergreifende Einflüsse determiniert sein und sich nur im Rahmen genetischer Dispositionen entfalten. Dies ist die gängige Auffassung in der Psychologie, die durch fundierte Theorien und Ergebnisse der empirischen Forschung abgesichert erscheint. Sollte dies die *ganze* Wahrheit sein, dann wären die Möglichkeiten zu transformativem Lernen sehr gering. Ich gehe jedoch davon aus, daß Muster in jedem Moment neu geschaffen werden. Sie stellen jeweils Weiterentwicklungen früherer Muster dar. Daher ist es auch wenig sinnvoll, von gegenwärtigen Mustern auf objektive Ursachen in der Vergangenheit zu schließen. Kindheitserfahrungen, die von Erwachsenen im Lerngeschehen erinnert werden, sind immer Rekonstruktionen von Erfahrungen, die durch gegenwärtige Sichtweisen und die der Kindheit folgenden Lebenserfahrungen modifiziert sind; sie sind also Realitätskonstruktionen in der Gegenwart. Der Lernende kann selbst seinen Anteil an Verantwortung übernehmen; die Schuldzuweisung an die Eltern, die Geschwister und die Lebensbedingungen in der frühen Kindheit greift zu kurz.

Ich betrachte Kindheitserfahrungen als Metaphern, mit deren Hilfe nicht nur die rigiden Muster in der gegenwärtigen Lebenssituation deutlich werden können, sondern auch das kreative Potential, das in ihnen meist eingefroren ist: Die Muster, die wir in früheren Lebenssituationen ausbildeten und die wir uns einprägten, können als kreative Anpassungsstrategien an die jeweiligen Lebensbedingungen verstanden werden.

In einem Lehrerbildungsseminar nutzen wir solche Metaphern. Wir wollen die Botschaften untersuchen, die die Teilnehmer von ihren Vätern und Müttern in Bezug auf das Thema »Leistung und Versagen« erhalten haben. Dazu stellen sich die Teilnehmer zunächst vor, wie Vater und Mutter lebten, welche Erfolgs- und Mißerfolgserlebnisse sie in ihrem Leben hatten, und wie sie damit umgingen. Dann identifizieren sich die Teilnehmer jeweils mit ihrem Vater und ihrer Mutter, stellen sich sich selbst als Kind vor und formulieren Aussagen, die sie als Vater oder Mutter dem Kind gegenüber zum Thema »Leistung und Versagen« gemacht haben könnten. Diese Aussagen reduzieren wir später auf die zwei wichtigsten Kernsätze. Die Teilnehmer sind erstaunt darüber, wie leicht sie solche Aussagen in der Identifikation mit ihrem Vater oder ihrer Mutter formulieren können. Auch wenn keineswegs sicher ist, daß sie tatsächlich diese Botschaften von ihren Eltern gehört haben, erweist sich die Vorgehensweise als geeignet, gegenwärtig wirksame Lebensmuster aufzudecken.

Angelika beispielsweise hat von ihren Eltern zwei widersprüchliche Mitteilungen erhalten: »Sei eigenständig!« und »sei beliebt!«. Handelt sie eigenständig, muß sie sich unabhängig von der Anerkennung ihrer Leistungen durch andere machen; achtet sie dagegen auf ihre Beliebtheit, dann kann sie nicht eigenständig sein. Wic »löst« Angelika diesen Widerspruch? In Lerngruppen spielt Angelika gerne den Clown. Sie erzählt witzige Geschichten, macht pfiffige Bemerkungen und unterstützt ihre Beiträge durch gekonnt burleske Mimik und Gestik. Durch diese Clownerien wird sie in allen Gruppen und bei den meisten Lehrenden schnell beliebt und ist gleichzeitig originell. Niemand jedoch kannte bisher die traurigen, hilflosen, anhänglichen Seiten von Angelika und ihre häufige Angst vor dem Verrückt-Werden.

Ernst hat die Botschaft erhalten: »Streng' Dich an, aber hab' keinen Erfolg!« Unter dem Muster, das sich daraufhin entwickelte, leidet er heute noch: Er liest vor einem Referat beispielsweise unendlich viel Literatur, bis er nicht mehr weiß, was er schreiben soll. Auf diese Weise strengt er sich sehr an, ohne diese Anstrengungen in Erfolge umsetzen zu können.

Die inzwischen zum Allgemeingut gewordene Hypothese von der Ursache der erstarrten Lebensmuster in der Kindheit kann vom Lernenden dazu benutzt werden, die Verantwortung für die Gegenwart abzuwehren. Das in den Mustern eingefrorene kreative Potential bleibt dann ungenutzt. Studenten und Studentinnen beispielsweise erleben die Beziehung zu ihren Eltern in der Ablösungsphase vom Elternhaus meist konfliktreich. Sie wollen die Eltern ändern. Aber das, was diese Menschen in der Zeit des Erwachsenwerdens steuert, manipuliert und unterdrückt, sind ja nicht so sehr die realen Eltern, sondern vor allem die Elternstimmen in ihren Köpfen. Solange sie die Elternstimmen in ihren Köpfen auf die realen Eltern projizieren, bleiben sie reaktiv: Sie reagieren auf die Äußerungen der Eltern, als ob diese ihr eigenes Leben bestimmen könnten, auch wenn sie faktisch unabhängig vom Willen der Eltern sind. Das Ziel des Lernprozesses ist es, die Erziehungsmuster der Kindheit so, wie sie gegenwärtig in der eigenen Vorstellung erlebt werden, als eigene Realität anzunehmen. Dieses Übernehmen von Verantwortung für die gegenwärtige Lebensgestaltung kann zu neuen, auch in der Gegenwart kreativ zu nennenden Lösungen führen und vielleicht sogar zur Versöhnung mit den realen Eltern.

Lernwege zu den Mustern

Der Weg zur Einsicht in rigide Muster geht über die bewußte Erfahrung der Unterbrechungen im Kontaktprozeß auf allen Ebenen der Selbstverwirklichung und über das Begreifen der entsprechenden Prozeßstrukturen in den Wechselbeziehungen. Solche Strukturen lassen sich für alle Erscheinungsformen menschlichen Erlebens und Verhaltens beschreiben: Körperhaltungen, Bewegungen, Atemrhythmen, sinnliche Wahrnehmungen, Gedankengänge, Phantasien und Bilder sowie soziale Verhaltens- und Handlungsweisen. Dabei mache ich immer wieder eine aufregende Entdeckung: die Strukturen, die sich an einer Erscheinungsform nachzeichnen lassen, finden sich analog auch in allen anderen Erscheinungsformen wieder. Es ist also prinzipiell gleichgültig, ob wir den Zugang zu den bedeutsamen Mustern über eine Kommunikationssequenz, über den Umgang mit einer Sachaufgabe oder einer schwierigen Lebenssituation, über ein Phantasiebild oder einen Traum suchen: Die Strukturen, die wir in den verschiedenen Erscheinungsformen des Erlebens und Verhaltens im Lerngeschehen aufdecken können, sind Ausprägungen ein und desselben Musters, das uns gegenwärtig am stärksten determiniert. Und eine weitere Konsequenz dieser Annahme: Das Alltagsproblem, das ein Lernender in die Lernsituation einbringt, findet meistens auch im aktuellen Prozeß seinen Ausdruck. Auf diese Weise erhalten wir also einen direkten und von allen Beteiligten nachvollziehbaren Zugang zu den Mustern. Humanistisch-psychologische Lernkonzepte, insbesondere die Gestalttherapie und -pädagogik, wählen diesen direkten Zugang sehr häufig, und das ist das, was die Arbeit sehr lebendig und aufregend werden lassen kann, solange das »Hier-und-Jetzt«-Prinzip nicht zu einer Masche verkommt.

Eine der wichtigsten Bedingungen für das Aufdecken von Mustern im aktuellen Lerngeschehen ist die Konzentration auf den *Prozeß*. Was ich darunter verstehe, will ich an einem Beispiel aus einer Selbsterfahrungsgruppe erläutern.

> Ute denkt immer noch an einen Teilnehmer, der die Gruppe sang- und klanglos verlassen hat. Wir erfahren von ihr, daß sie auch nach Wochen noch wütend auf diesen Teilnehmer ist und sich nicht von ihm trennen kann, weil sie ihn nie wirklich erreichen konnte. Diese Erfahrung kehrt in ihrem Leben immer wieder, z.B. mit ihrem Vater, dem sie nie begegnet ist, mit einem Freund, der sie verlassen hat. »Ich fühle mich durch das, was du mir erzählst, nicht direkt angesprochen; ich zweifle daran, daß Du mich jetzt erreichst,« sage ich zu ihr und lenke damit unsere gemeinsame Aufmerksamkeit auf den aktuellen Prozeß. Sie schaut mich an, fixiert mich mit ihren Augen, ihr Kopf ist leicht schräg nach vorne gestreckt. Mir ist ihr Blick unangenehm und ich rücke etwas weiter von ihr weg. Mir fällt auf, daß sie sehr flach atmet und monoton spricht. Ich teile ihr meine Beobachtungen und Reaktionen mit, konzentriere mich also auf verschiedene Erscheinungsformen eines uns noch nicht bekannten Musters. Sie erschrickt über ihre Erstarrung und schaut mich weiter an. Ich bitte sie zu beschreiben, was sie jetzt von mir sieht: Es sind nur meine Augen und ein Teil von meiner Stirn mit

meinem Haaransatz. Ihr ist dieses Starren selbst unangenehm, aber sie kann es nicht ändern, sie kann nur wegschauen. Wir überprüfen, ob dieses Phänomen auch bei anderen Teilnehmern und der Co-Leiterin auftritt. Es ist immer das gleiche Fixieren, das sie sehr anstrengt und für den Angeschauten unangenehm ist. Die Co-Leiterin fordert sie zu einem Experiment auf: Sie soll die Haltung einnehmen, die für sie das Gegenteil der jetzigen Haltung bedeuten würde. Ute setzt sich zurückgelehnt in den Stuhl, die Arme hängen locker herab, der Kopf ist nach hinten gelehnt und sie atmet tiefer als vorher. Ihr Gesicht wirkt jetzt sehr weich, sie sieht fraulich aus. In dieser Haltung kann sie jeweils den ganzen Oberkörper von den Angeschauten wahrnehmen und spürt auch deutlich den persönlichen Kontakt, den sie in ihrem Leben so häufig entbehrt.

In dem Auswertungsgespräch über diese Erfahrungen fällt uns eine Analogie ein: Das Fixieren mit den Augen, das Starren auf einen Punkt oder einen kleinen Ausschnitt der Umwelt entspricht der Wahrnehmung des Inhalts. Wenn ich mich ausschließlich auf den Inhalt der Kommunikation beschränke, segmentiere ich die unendliche Vielzahl der verbalen und non-verbalen Mitteilungen, ich zerstückele den Prozeß des Informationsaustausches und greife einen Teil heraus. Diese Vorgehensweise bewirkt, daß ich nie ganz in der Gegenwart sein kann, ich beziehe mich in meinen Reaktionen auf ein Segment, z.B. ein Argument, ein Wort, einen bestimmten Gesichtsausdruck, eine Geste oder den Tonfall der Stimme. Ich halte dieses Stück des Informationsflusses fest und reagiere darauf, während der Prozeß weitergeht.

Anders beim weichen Schauen: Es entspricht der Wahrnehmung des Prozesses. Auch hierbei konzentriere ich mich immer wieder auf einen Ausschnitt des Prozesses, indem mein Blick beispielsweise für eine Weile bei den Augen meines Gesprächspartners anhält, nehme ihn aber auch als »Feld« wahr. Das Bild, das ich wahrnehme, ist insgesamt unschärfer als beim Starren, aber es ist ganzheitlicher. Ich reagiere mit meinen Gefühlen, Gedanken und Verhaltensweisen nicht auf einen abgetrennten Ausschnitt, sondern auf eine Fülle von Informationen, die mein Gesprächspartner anbietet. Auf diese Weise ist es mir möglich, mit ihm im Prozeß zu sein und zwar in der jeweiligen Gegenwart: ich erlebe das »nunc fluenz« (vgl. S. 99). Die weiche Sehweise ist überdies weniger anstrengend und wirkt ästhetisch viel schöner als das Fixieren auf einen Ausschnitt.

Einsichten in erstarrte Muster sind nur möglich, wenn wir uns auf den aktuellen Prozeß konzentrieren; zumindest können die Einsichten auf diese Weise lernwirksam werden. Der Prozeß ist immer ein Prozeß in Beziehungen. Dies ist der Ansatzpunkt der Bateson-Schüler Paul Watzlawick, Janet H. Beavin und Don D. Jackson zur Erforschung menschlicher Kommunikation. Ihre Unterscheidung zwischen dem Inhalts- und dem Beziehungsaspekt der Kommunikation ist zum Allgemeingut geworden (vgl. *Watzlawick u.a.* 1969, 53 ff.): Die Inhalte werden mit den Gesprächsinhalten gleichgesetzt, die metakommunikativen Mitteilungen stehen — vereinfacht gesagt — für den Beziehungsaspekt. Aber was ist Inhalt, was ist Beziehung? Normalerweise geht man davon aus, daß die digitale (verbale) Information den Inhaltsaspekt vermittelt, die analoge (nonverbale) Information den Beziehungsaspekt. Die Erfahrungen mit Ute legen eine andere Unterscheidung von Inhalts- und Beziehungsaspekt nahe: *Alles, was wir aus dem Gesamtprozeß heraustrennen und isolieren, wird zum Inhalt,* ganz gleich, was aus dem Prozeß herausgelöst und fixiert wird, die verbalen Informationen oder eine Geste, ein Ton. Die Fixierung auf einen Inhalt ist eine Form der Kontaktunterbrechung. Für den Kontaktprozeß ist die Unterscheidung in einen Inhalts- und einen Beziehungsaspekt überflüssig und irreführend: Die Konzentration auf ein Detail ist eine Phase des Kontaktprozesses, ist die Bildung einer Figur vor einem Hintergrund. Ohne die Wahrnehmung des Hintergrunds ist es nicht möglich, eine Figur entstehen zu lassen.

Es ist nicht zufällig, daß Ute häufig auf das Fixieren als Form der Kontaktunterbrechung zurückgreift, und daß sie erst mit einiger Unterstützung in der Lage ist, weich zu schauen und dadurch in Kontakt mit uns zu kommen. Sie ist eine ehrgeizige, gebildete Frau. Mit dem Ausgliedern von Elementen des lebendigen Kommunikationsprozesses folgt sie den Regeln öffentlicher Kommunikation, einer tendenziell gestörten Kommunikation, bei der sich die Gesprächspartner selten bewußt auf die Ganzheit des Kommmunikationsprozesses beziehen, sondern meistens auf isolierte Inhalte. Die Muster, die wir im Lerngeschehen entdecken können, verbergen sich jedoch selten in den Inhalten des Informationsaustausches, sondern im gesamten Netzwerk der vielfältigen Wechselbeziehungen. Wer Zugang zu diesen Mustern erhalten will, muß seine einseitige Fixierung auf die Inhalte überwinden, muß »weich sehen« lernen.

Paulo Freires Bildungskonzeption, die wir unter dem Aspekt der Bewußtseinsprozesse darstellt (vgl. S. 122 ff.), folgt ähnlichen Prinzipien: Die Beschäftigung mit Inhalten ist untrennbar vom Dialog, also vom Beziehungsprozeß zwischen den Lernpartnern. Im Dialog zwischen dem »Lehrer-Schüler« und dem »Schüler-Lehrer« werden die »generativen Themen« herauskristallisiert und bearbeitet. Diese generativen Themen benennen die Widersprüche in einer bestimmten gesellschaftlichen und historischen Situation, die bei der Analyse der existentiellen Situation der Betroffenen im Dialog deutlich werden. Auf diese Weise werden die Lernenden sich ihrer »Grenzsituation« als Hindernis ihrer Befreiung bewußt (vgl. *Gremmler* 1983). Generative Themen können also als erstarrte Muster von Wechselbeziehungen auf der zwischenmenschlichen und gesellschaftlichen Ebene verstanden werden. Paulo Freire bietet somit ein didaktisches Konzept zum bewußten Umgang mit erstarrten Mustern in themenzentrierten Lerngruppen an, wie sie auch in traditionellen Bildungsinstitutionen stattfinden könnten (vgl. auch *Fuhr* 1986).

Anzeichen für erstarrte Muster

Beim Aufdecken von rigiden Mustern im transformativen Lernprozeß kommt es nicht so sehr auf das kognitive Analysieren von Strukturen und das Abstrahieren auf die dahinterliegenden Muster an. Vielmehr müssen die Lernenden sich der rigiden Muster, die sie determinieren, bewußt werden und sich mit ihnen identifizieren. Der Prozeß des Aufdeckens selbst ist also ein wichtiger Aspekt des Lerngeschehens.

Es ließen sich mühelos Dutzende von sehr zerstörerischen Kommunikationsmustern in jeder Lebensgechichte, jedem Klassenzimmer, jeder Teambesprechung und jeder politischen Versammlung, jedem Konflikt zwischen Gruppen und jedem Eingriff in die Natur objektivierend beschreiben und kategorisieren. Das ist meist wirkungslos und ruft Abwehr hervor. Dagegen kann der Prozeß des gemeinsamen Aufdeckens von Mustern in einer tragfähigen Beziehung sehr wirksam sein. Der Dozent, Gruppenleiter oder Berater muß sich also bewußt als Mitwirkender in einem durch rigide Muster determinierten Geschehen verstehen, um diese mit den Lernenden zusammen wirksam aufdecken zu können. Das bedeutet, daß er immer auch ein Stück weit an diesen rigiden Mustern mitleidet. Seine eigene, geschulte Wahrnehmung und seine Intuition liefern die besten Hinweise dafür, daß ein erstarrtes Muster aktuell in Erscheinung tritt.

Ein Katalog von Hinweisen auf rigide Muster kann hilfreich sein, um die Wahrnehmung und Intuition zu schulen, solange dieser Katalog nicht als objektiviertes Analyseinstrument eingesetzt wird. Einige solcher Hinweise, die uns selbst im Lehr- und Lernprozeß immer wieder weiterhelfen, will ich benennen.

Lachen und Lächeln: Lachen oder Lächeln, das der Situation nicht angemessen ist oder das nicht zur Aussage eines Lernenden paßt, führt häufig auf die Spuren zu einem Muster. Bei manchen Menschen ist das Lachen oder Lächeln zur Manie geworden. In der Transaktionsanalyse spricht man von skriptgerechtem Lachen, und das weist darauf hin, daß das Lachen/Lächeln ein Anzeichen für ein destruktives Lebensmuster sein kann (vgl. *Berne* 1983, 384). Manchmal ist Lachen/Lächeln direkt schon Teil eines Musters, beispielsweise das Nicht-Angriffs-Lächeln, das lächelnde Werben um Anerkennung oder Zustimmung und das Verführungslächeln.

Mit Lachen und Lächeln können rigide Muster auch gut verborgen werden, weil es in vielen Situationen eine Art soziale Zwangshandlung ist, zu lachen oder lächeln — oft nach Geschlecht verschieden — um nicht als unhöflich, empfindlich, unsicher usw. zu gelten (vgl. *Rosenfeld/Pfeifer* 1986). Zunächst fällt das der Situation unangemessene Lachen/Lächeln also kaum auf. Wenn sich die Lernenden aber der Diskrepanz dieser Reaktion zur aktuellen Situation bewußt werden, können sie zu erstarrten Mustern Zugang finden.

Knicke im Denken: Je nach konzeptioneller und theoretischer Orientierung der Gruppenleiter oder Berater können bestimmte Phänomene im Körperausdruck, in den Körperstrukturen, den Atemgewohnheiten oder in Träumen und Phantasiebildern und natürlich im aktuellen Kontaktverhalten als Hinweise für erstarrte Muster genutzt werden. Weitgehend unerforscht dagegen sind die Erscheinungsformen von Mustern in den logischen Denkabläufen (vgl. auch *Dörner/Plog* 1984, 154). Es handelt sich dabei um Argumentationen, die vordergründig schlüssig sind, aber trotzdem haarscharf 'daneben' liegen und den Zuhörer stutzig machen.

> Ich suche nach meinem Fahrrad und erfahre, daß ein Bekannter damit zur Post gefahren ist, ohne mich zu fragen. Als ich ihn nach seiner Rückkehr darauf anspreche, erwidert er ganz ernst, daß ich mit dem Fahrrad ohnehin nicht weit käme, weil die Gangschaltung defekt sei.

Die Argumentation meines Bekannten klingt ja zunächst plausibel und entpuppt sich erst bei genauerem Nachdenken als unsinnig, denn die Aussage des Bekannten hat einen ganz anderen Bezug als meine Frage. Solche schiefen Argumentationen treten häufig in Rechtfertigungsversuchen auf, aber auch Witze machen Gebrauch davon.

> Ein Mann sucht einen Schlüssel in der Dunkelheit unter einer Laterne. Ein Bekannter kommt hinzu, sucht mit und fragt den Mann schließlich, ob er den Schlüssel wirklich unter der Lampe verloren habe. »Nein,« sagt der Mann, »aber im Dunkeln kann ich ja nichts sehen!«

Der Knick im Denken hängt wohl damit zusammen, daß die Kontexte der Situation entweder nicht mitgedacht oder verwechselt werden. Das wurde mir an einem anderen Beispiel deutlich.

> Ein Teilnehmer bringt häufig wenige Minuten vor Schluß der Sitzungen ein sehr schwieriges, persönliches Problem vor in der Erwartung, daß wir mit ihm daran arbeiten. Auf die Zeit hingewiesen meint er dann, es sei ihm eben jetzt in den Sinn gekommen, dafür könne er nichts.

Diese Argumentationsweise erinnert mich an eine gar nicht so seltene Denkfigur folgender Art:

> Eine Teilnehmerin berichtet von ihren kleinen Diebstählen in Supermärkten. Gefragt, warum sie das mache, sagt sie: »Die haben die Sachen in dem Supermarkt so schlecht gegen Diebstahl gesichert, daß die doch selbst daran schuld sind, wenn ich hin und wieder etwas klaue.« Das könnte einfach eine Ausrede sein, der sich die Teilnehmerin leicht bewußt werden kann, aber sie ist von der Richtigkeit ihrer Argumentation überzeugt.

Solche logischen Fehlschlüsse sind schwer aufzudecken, weil sie eine unbestechliche moralische Urteilsfähigkeit der Lernpartner voraussetzen. Der kleine Diebstahl im Supermarkt bliebe ja auch dann eine moralisch fragwürdige Handlung, wenn man davon ausgeht, daß die Ladenmanager die Kunden — etwa durch die Art der Preisauszeichnung — häufig genug betrügen. Der Kontext des individuellen Diebstahls ist ein anderer als der des kollektiven Betrugs am Kunden durch wirtschaftliche Institutionen.

Knicke im Denken können auch als Fragmentierungen auftreten, wenn offensichtlich Zusammengehöriges getrennt gedacht wird: »Ich lache nicht über Dich, sondern darüber, wie Du Dein Problem erzählst,« sagt eine Studentin zu mir.

Mit der Erforschung solcher Brüche im formalen Denkablauf stehen wir ganz am Anfang. Wenn es gelegentlich gelingt, solche Denkbrüche im Lerngeschehen anzusprechen und deren Strukturen zu verdeutlichen, weisen sie nach meiner Erfahrung immer auf sehr tiefsitzende und gravierende, rigide Muster hin. Deshalb setzt gerade die Arbeit an solchen Mustern eine sehr gute Vertrauensbasis zwischen Lehrendem und Lernendem voraus und überschreitet meist die Möglichkeiten pädagogischer Kontexte.

Symbole und Bilder: Zugang zu rigiden Mustern können uns auch Phantasien und Bilder gewähren, denn sie enthalten meist aussagekräftige Symbole, die auf »Symmetriebrüche« im lebendigen System der Wechselbeziehungen (Jantsch) hinweisen. Im Symbol fließen Bewußtes und Unbewußtes, Vergangenheitserinnerungen, Zukunftsvisionen und Gegenwartserfahrungen zusammen. Für das Hervorrufen von Phantasiebildern und Symbolen hat sich die Methode des Focussierens (*Siems* 1986) und der Phantasiereisen (z.B. *Masters/Houston* 1984) bewährt. Ähnlich gute Erfahrungen habe ich mit Mal- oder kreativen Schreibübungen (*von Werder* 1986) gemacht. Diese Übungen betrachte ich jedoch nur als Hilfsmittel. Entscheidend ist die oft penibel genaue Beschreibung der Prozeßstrukturen, die die Lernenden für sich, mit anderen Lernenden oder mit mir als Leiter erleben, um von hier aus zur Einsicht in rigide Muster zu gelangen. Hierbei wiederum ist es eine gute Hilfe, wenn die Dinge beim Namen genannt werden.

Die Dinge beim Namen nennen: Ich benenne die Strukturen der Prozesse oft mit dem Namen, den sie eigentlich verdienen. Ich beleuchte damit die Seite der Medaille, die bei beschönigender Wahrnehmung und Charakterisierung unbeachtet bliebe. Die Kommunikation, die zwischen zwei Gruppenmitgliedern abläuft, nenne ich Krieg, wenn ihrer beider Motiv ist, den anderen zu besiegen. Wenn eine Beraterin in der Supervision behauptet, unentschiedene Klienten schon noch mit der Zeit für sich zu gewinnen, und sie deshalb darauf verzichtet, ihre Klienten mit deren Unentschiedenheit zu konfrontieren, nenne ich das Verführung. Wenn mein

Klient mir Geschichten erzählt, die mit unserem Thema nicht unmittelbar zusammenhängen, statt auf meine Frage zu antworten, und ich aus Höflichkeit zuhöre, dann erzeugen wir gemeinsam Langeweile. Der Anlaß für die Wahl derart gewichtiger Begriffe wie Krieg, Verführung oder Langeweile mag sehr gering sein, aber sie bieten die Möglichkeit, auch minutiöse Prozesse im Lerngeschehen für die Muster-Suche wirksam werden zu lassen. Denn die neuartige Interpretation der Verhaltensweise kann heilsame Schocks auslösen, allerdings nur dann, wenn die unverblümte Bezeichnung nicht als Abkanzeln des Lernenden verstanden wird, sondern aus dem gemeinsamen Interesse an einem lebendigen Lernprozeß heraus geschieht.

Symptome: Symptome haben die Funktion, die Kohärenz der lebenden Systeme zu erhalten. Folgerichtig können alle Symptome auf rigide Muster hinweisen, denn ein dynamisches Muster braucht keine Symptome zur Aufrechterhaltung der Kohärenz zu erzeugen (vgl. Wilbers Konzept S. 96 ff.). Oft ist es aber eine Frage der Einstellung, ob eine Erscheinungsweise im individuellen und gemeinschaftlichen Leben als Symptom zu betrachten ist oder nicht. Krankheiten beispielsweise können als ganz normale Selbstregulation des Organismus verstanden werden oder als Symptome, besonders dann, wenn sie gehäuft und in ähnlichen Formen auftreten. Jedenfalls lohnt es sich fast immer, nach dem Symptomcharakter einer Krankheit in der gegenwärtigen Lebenssituation zu fragen, falls man sich nicht auch einmal einen Schnupfen ohne jede tiefsinnige Bedeutung gönnen will.

Bei der Nutzung von Symptomen für die Muster-Suche spielt es keine Rolle, ob wir uns zunächst als Verursacher oder als Opfer verstehen, weil eine objektive Ursachenerklärung für den Lernprozeß irrelevant ist. Es reicht aus, so zu tun, als gebe es einen bedeutsamen Zusammenhang zwischen Symptom und Muster, um einen kreativen Suchprozeß in Gang zu setzen. Eine Serie unverschuldeter Unfälle kann ebenso Symptomcharakter haben wie die Kündigung des eigenen Arbeitsplatzes wegen Rationalisierungsmaßnahmen des Betriebes. Auch kleine Unregelmäßigkeiten können uns auf die Spuren von Mustern lenken: Das Zuspätkommen von Gruppenteilnehmern oder Klienten, das Versäumnis von Geldzahlungen, das »Vergessen« einer Vereinbarung, die Arbeitsüberlastung oder Schlaflosigkeit eines Mitarbeiters usw. Entscheidend finde ich dabei, daß die Lernenden selbst die Bereitschaft entwickeln, solche Symptome als Hinweise auf Muster anzuerkennen. Es nützt für den Lernprozeß nichts, wenn nur der Lehrende, Berater oder ein anderer Lernpartner das Phänomen zum bedeutsamen Symptom erklärt, dem der Betroffene einmal nachgehen sollte.

Diese Symptomliste ließe sich mühelos über den persönlichen und zwischenmenschlichen Bereich hinaus ausdehnen auf die gesellschaftliche und ökologische Ebene, angefangen von der Arbeitslosigkeit bis hin zur Umweltkatastrophe und zu globalen Epidemien wie AIDS. Solche Symptome als Hinweise auf rigide Muster in den gesellschaftlichen und ökologischen Systemen anzusehen, d.h. nach ihren umfassenderen Bedeutungen zu forschen, würde viele unserer Lebensformen in Frage stellen. Es würde verhindern, daß wir in dem Kampf *gegen* die Arbeitslosigkeit, Umweltverschmutzung, AIDS usw. die einzig sinnvolle Reaktionsweise sehen, denn mit diesem »Kampf gegen« folgen wir nur wieder einem rigiden Muster, das keinen kreativen Umgang mit den gesellschaftlichen und weltweiten Problemen ermöglicht: wir bekämpfen Symptome, die doch notwendig zur Aufrechterhaltung der Kohärenz unserer Systeme sind, solange die erstarrten Muster nicht dem evolutionären Prozeß besser angepaßt werden können, und wir verstärken damit die Grenzen zwischen den Ebenen und Bereichen der Selbstverwirklichung (im Sinne Wilbers).

Die Charakterisierung rigider Muster

Das Aufdecken von Mustern kann Wandlungsprozesse auslösen, wenn diese bewußt im Kontaktprozeß erfahren und reflektiert werden. Deshalb hätte es wenig Sinn, eine Liste von Mustern zusammenzustellen, die auf den verschiedenen Ebenen der Selbstverwirklichung vorkommen. Diese Liste würde dazu verleiten, Strukturen, die in der Lernsituation herausgearbeitet und beschrieben werden, zu deuten. Die Bezeichnung des Musters mit einem Etikett ist zweitrangig; wichtig ist, ob das aufgedeckte Muster den Betroffenen *Sinn* macht und sie es in der aktuellen Situation und im Lebenskontext wiederfinden und bewußt erfahren können. Statt also den Versuch zu machen, häufig auftretende Muster zu benennen, will ich drei übergreifende Aspekte erläutern, mit deren Hilfe die meisten rigiden Muster charakterisiert werden können: Erstmaligkeit/Bestätigung, Ideologie-Bildung und Schismogenese. Erstmaligkeit/Bestätigung ist ein systemtheoretisch, Ideologiebildung ein erkenntnistheoretisch und Schismogenese ein kulturanthropologisch begründeter Aspekt.

Erstmaligkeit / Betätigung

Ob es sich um ein rigides oder ein entwicklungsfähiges Muster handelt, das uns determiniert, läßt sich manchmal direkt beobachten. Das Kriterium, auf das wir dabei achten, ist das Verhältnis von Erstmaligkeit und Bestätigung im lebenden System (vgl. S. 106). In einem Seminar für Pädagogen über systemisches Denken gelang uns die Veranschaulichung dieses Unterschieds.

> Die Teilnehmer finden sich für ein Rollenspiel zu zwei Familien zusammen, die beim sonntäglichen Frühstück darüber sprechen, wie sie den Tag verbringen wollen. In der ersten Familie, wir nennen sie Schulze, geht es sehr lebhaft zu. Jeder der drei Kinder hat eigene Wünsche, die aber alle nicht realisierbar erscheinen. Helmut, der Kleinste, möchte in den Tierpark gehen. Vater meint, da seien sie doch vor einer Woche gerade gewesen, aber das Kind hält seinen Wunsch aufrecht, weil es noch längst nicht alle Tiere gesehen hat. Im Gespräch wird von den Erwachsenen oft betont, daß jeder zu seinem Recht kommen solle und die Eigenständigkeit der Kinder respektiert werden müsse. Mühsam gelingt schließlich eine Einigung über eine gemeinsame Sonntags-Unternehmung. Anders in der Familie, die wir Born nennen. Hier versuchen Vater und die älteste Tochter abwechselnd, sich mit ihren Interessen durchzusetzen, und dabei gibt es harte Konflikte. Schließlich entscheiden sich die Familienmitglieder, auf einer Wiese im Wald Picknick zu machen und miteinander Fußball zu spielen, aber so recht glücklich ist keiner mit dieser Entscheidung.

Nach einer ersten Auswertung des Rollenspiels fordere ich die Teilnehmer auf, ihre jeweilige Familie als Standbild darzustellen, sich also quasi für ein Familienfoto aufzustellen. Die Einigung über die Standbilder gelingt den beiden Familien sehr rasch und ohne lange Diskussionen. Familie Schulze bildet einen Kreis. Alle Familienmitglieder sind miteinander verhakt oder zerren aneinander. Nur Großmutter steht erhöht über der Familie mit nach vorne gestreckten Armen; sie hat eine Hand zur Faust geballt, die andere hält sie beschwichtigend über die Köpfe der Familie. Familie Born dagegen ist in zwei Fraktionen gespalten: Auf der einen Seite steht der Vater mit der Mutter und dem jüngsten Sohn; der Vater strebt weg von dieser Gruppe und hin zu den drei anderen Familienmitgliedern ihm gegenüber. Dort stehen die beiden älteren Geschwister halb abgewandt und eng beieinander; Großmutter steht dicht hinter ihnen und hat einen Fuß zwischen die Füße der Geschwister gesetzt; dieser Fuß wirkt wie ein Pfeil.

Wir sind alle überrascht, wie sehr die Standbilder der Familien von den ersten Eindrücken, die wir von den Gesprächsinhalten hatten, abweichen. Während uns Familie Schulze zunächst sehr lebhaft und offen zu sein schien, wirkt sie jetzt im Standbild wie gelähmt; sie scheint unter dem Druck der freundlichen aber sehr bestimmenden Großmutter zu leiden. Familie Born wirkt im Standbild dagegen sehr dynamisch; Vater strebt energisch von der einen Gruppe weg und zu der anderen hin, die älteren Kinder dokumentieren ihrerseits ihr Autonomiebestreben, das die Großmutter unterstützt. Diese Familie ist im Umbruch. Sie verarbeitet — so lautete unsere Interpretation — sehr viel Erstmaligkeit, die durch das Selbständig-Werden der älteren Kinder aufkommt. Die Dynamik der Familie Schulze dagegen ist vorwiegend auf Bestätigung angelegt. Unter diesem Gesichtspunkt werden uns viele einzelnen Interaktionen in dieser Familie verständlich. Der Jüngste wollte beispielsweise in den Tierpark gehen. Diese Anregung (Erstmaligkeit) wird von Vater mit einer Norm (Bestätigung) beantwortet: »Man macht doch nicht an zwei Sonntagen das Gleiche!« In Familie Schulze herrscht ein rigides, in Familie Born ein dynamisches Muster vor. Wir waren uns in der Seminargruppe nach dieser Interpretationsarbeit einig, daß sich Familie Born in einem Prozeß befindet, der zu einer neuen, kreativeren Ordnung führen kann, während wir der Familie Schulze Unterstützung und Konfrontation wünschten, damit sie ihr rigides Muster lösen kann.

Bei dieser Übung wurde uns noch einmal deutlich, daß Muster im Prozeß verborgen sind, nicht in den Inhalten, über die kommuniziert wird. Ob wir es mit rigiden oder dynamischen Mustern zu tun haben, ist daran erkennbar, in welchem Maß neue Informationen von dem System aufgegriffen und verarbeitet bzw. so eingepaßt und uminterpretiert werden, daß das alte System von Normen, Einstellungen und Verhaltensweisen unverändert beibeihalten werden kann.

Ideologie-Bildung

Ideologien sind Metaphern für rigide Muster, die die Verarbeitung von Erstmaligkeit verhindern oder erschweren. Wenn ich Ideologie als ein System von Ideen verstehe, an dem wir auch dann noch festhalten, wenn die Ideen nicht (mehr) mit der »Realität« übereinstimmen, dann sind — streng genommen — alle Aussagen über Wirklichkeit ideologisch. Ich halte meinen Lernpartner Fred *wirklich* für den Menschen Fred, obwohl ich doch nur eine auf meinen Wahrnehmungen gegründete Idee von Fred haben kann. Wer Fred in Wirklichkeit ist, werde ich nie erfahren, da ich nie Fred sein werde. Aber mit dieser Art von erkenntnistheoretischem Irrtum können wir ganz gut leben (vgl. *Bateson* 1981, 616 ff.). Schwierigkeiten tauchen dann auf, wenn unsere Wahrnehmungen nicht mehr zu den Ideensystemen passen, die wir für uns selbst, andere Menschen und bestimmte Situationen bereit halten: entweder, wir nutzen die Wahrnehmungen zur Umgestaltung unseres Ideengebäudes, oder aber, wir blenden die nicht passenden Wahrnehmungen aus bzw. interpretieren sie so um, daß wir unser bisheriges Ideengebäude beibehalten können. Für die Suche nach Mustern ist das Aufdecken von Ideologien sehr nützlich, zumal sie in fast jeder Lerngruppe, die ich kenne, auftreten. Dabei können die Inhalte der Ideologien in die Irre führen, so daß sie unerkannt bleiben: sie klingen oft sehr sozial, ökologisch und evolutionsbewußt. Ich möchte die Ideologiebildung wiederum an einem Beispiel aufzeigen und ihre Wirkungen verdeutlichen.

> Die Teilnehmer führen nach den Angaben der Mitarbeiterin einer alternativen Zeitung ein Rollenspiel durch: »Redaktionsteam der unabhängigen Zeitung diskutiert über die finanzielle Zukunft des Blattes«. Es geht darum, ob sich das Team um Subventionen bewerben soll oder nicht. Einige Teammitglieder sind strikt gegen jede Fremdfinanzierung, die anderen sind in erster Linie am Überleben des Blattes bei größtmöglicher Unabhängigkeit interessiert. Lisa setzt sich besonders hart ein. Sie könne staatliche Zuschüsse auf keinen Fall akzeptieren. Und obwohl sie gerne und engagiert in dem Team für die Zeitung arbeite, würde sie ihre Mitarbeit bei einer Unterstützung durch »Staatsknete« sofort aufkündigen. Einige Teammitglieder denken laut darüber nach, ob sie ihre journalistische Freiheit nicht auch bei öffentlicher Bezuschussung sichern könnten. Aber sie scheitern mit ihren Überlegungen an dem Widerstand von Lisa: »Wer für öffentliche Gelder ist, verrät die Sache, für die wir hier arbeiten«.

In der Aufarbeitung des Rollenspiels erkannten die Teilnehmer viele Situationen aus ihrer pädagogischen und politischen Tätigkeit wieder. Der Argumentation Lisas gegenüber fühlten sie sich ohnmächtig: Die Mitglieder des Zeitungsteams waren einst angetreten, um die Möglichkeiten journalistischer Freiheit politisch zu nutzen. Dieses Ziel wurde zu ihrer Gruppenmoral. Die Verletzung dieser Gruppenmoral würde den Verlust der Gruppenzugehörigkeit bedeuten, wovor sie Angst hatten. Mit der prinzipiellen Gleichsetzung von Gängelung und öffentlicher Bezuschussung konnte Lisa erheblichen Druck ausüben, denn sie war damit den anderen moralisch überlegen. Letztlich ging es in dem Konfliktgespräch also nicht mehr um die Beziehungen der beteiligten Personen, auch nicht mehr um die Sache, also die journalistische Freiheit, sondern um ein rigides moralisches Prinzip, eine Ideologie. Eine Überprüfung an der »Realität« — in diesem Fall an den Bedingungen, die an die öffentliche Bezuschussung geknüpft waren — konnte nicht mehr stattfinden: die an die Gruppenmoral gekoppelte Ideologie-Bildung verhinderte die Entwicklung neuer Ideen und Lösungsmöglichkeiten, letztlich also die Verarbeitung von Erstmaligkeit.

Mit Ideologiebildung kann man nicht nur andere, sondern auch sich selbst unter Druck setzen, weil kaum jemand die eigenen ideologischen Ansprüche erfüllen kann. Die Ideologie von der »offenen Partnerbeziehung« verhinderte jahrelang, daß sich die Beziehungspartner, die zu mir in die Beratung kamen, ihre Eifersuchtsgefühle eingestanden. Mit der Ideologie von der »Unabhängigkeit von materiellen Gütern« ließ sich ein Klient von seinen Mitmenschen ausbeuten, denn er wollte nicht als geizig und besitzstrebend gelten, und er verlieh sein Auto ebenso großzügig wie seine Arbeitskraft, bis sich die zurückgehaltene Wut unmißverständlich in seinem Magen festsetzte. Mit Ideologiebildung kann man schließlich seinen eigenen Lernprozeß boykottieren: Jede kleine Veränderung, jede anoder aufgelesene neue Idee, jede Bewältigung einer mißlichen Situation kann uminterpretiert werden zu einem wichtigen persönlichen Lernschritt. Die Neigung zur Ideologiebildung macht also auch vor dem Konzept transformativen Lernens nicht halt: es kann zu einem lernverhindernden Ideensystem werden, auf das hin zunächst unpassende Realitätswahrnehmungen umgedeutet werden.

Schismogenese

Das Phänomen der Schismogenese haben wir im Zusammenhang von Batesons Unterscheidung von »GEIST« und »Geist« aufgegriffen (vgl. S. 110).

Es liegt allen »durchdrehenden« Systemen zugrunde und entsteht immer dann, wenn wir glauben, die vollständige Kontrolle über lebendige Prozesse ausüben zu können. Am deutlichsten wird dieses Muster in sozialen Interaktionsprozessen sichtbar: Jede unfruchtbare Auseinandersetzung, jeder Krieg im zwischenmenschlichen oder politischen Bereich läßt sich als Schismogenese darstellen, also als kumulativer Interaktionsprozeß: Je aktiver der Mann in der Partnerbeziehung wird, desto ruhiger wird die Frau (oder umgekehrt), je mehr Bestrafung in der Erziehung erfolgt, desto größer wird der Widerstand gegen die Autorität, je verbissener sich ein Student in eine schwierige Aufgabe hineinbohrt, desto unlösbarer erscheint sie ihm und desto unfähiger fühlt er sich schließlich, die Aufgabe zu lösen usw., immer nach dem Schema »je . . ., desto . . .«. In Lernsituationen ist der Aspekt der Schismogenese oft weniger deutlich erkennbar, aber deshalb nicht weniger wirksam als die Aspekte Erstmaligkeit / Bestätigung und Ideologiebildung. Das wurde uns an folgendem Beispiel klar.

> Heike wird von den anderen Teilnehmern der Ausbildungsgruppe als verschlossen erlebt und von Anja heftig angegriffen: »Mensch, sag' doch mal was über Dich, Du hast dauernd eine Mauer vor Dir, da komme ich nicht 'ran!« Nach diesem Angriff reagiert Heike noch viel kühler als vorher. Anja steigert ihren Angriff, bis Heike wie versteinert dasitzt und gar nichts mehr sagt. Anja möchte, daß Heike offener und persönlicher wird. Ich schlage Anja vor, sich selbst zu verändern, wenn ihr die Situation nicht behagt, anstatt von Heike Veränderungen zu verlangen. »Gut,« sagt Anja nach langem Zögern, »ich habe mich bis jetzt sehr für Dich interessiert. Wenn ich nicht an Dich herankomme, ziehe ich mich von Dir zurück, obwohl mir das sehr leid tut!« Heike erwidert darauf hin mit völlig veränderter, bewegter Stimme, daß sie gar nicht gewußt habe, daß sie so vermauert auf Anja und auch andere Menschen wirke.

In der Aufarbeitung dieser Erfahrung wurde deutlich, daß die Mauer, die Heike um sich bildet, ihr Schutz vor ständig nörgelnden Eltern, Geschwistern und Freunden ist. Mit der Forderung, die Mauer um sich herum abzubauen, löste Anja eben jenes schismogenetische Muster aus, das zum Bau dieser Mauer geführt hatte. Je nachdrücklicher die Forderung an Heike gestellt wird, anders zu sein als sie ist, desto stärker schützt sie sich mit ihrer Erstarrung. Nachdem mir dieser Aspekt von Mustern einmal deutlich geworden war, entdeckte ich ihn ständig wieder, und mir wurde bewußt, daß ich mich selbst oft kräftig daran beteilige, diese Dynamik aufrecht zu erhalten: Meine Bitte oder Forderung, der andere möge sich in dieser oder jener Art und Weise ändern (weil er doch auch selbst so sehr unter seinem Verhalten leide), verstärkt das unerwünschte Verhalten, statt es aufzulösen. Man kann davon ausgehen, daß es im Leben des anderen immer schon genügend Menschen gab, die erfolglos versucht hatten, ihn oder sie in dieser oder jener Weise zu verändern. Offensichtlich war er bisher nicht in der Lage, die Veränderung zu vollziehen, sonst hätte er es wahrscheinlich schon längst getan. Jeder Versuch, den anderen Menschen oder sich selbst in einer bestimmten Weise zu verändern, mündet daher unweigerlich in einer Schismogenese. Das schismogenetische Moment in dieser Dynamik kommt von der Zielgerichtetheit des Veränderungswunsches. Es ist der Versuch, den lebendigen Prozeß in eine ganz bestimmte Richtung zu steuern, ihn letztlich also zu kontrollieren. Und eben diese Kontrolle mißachtet den Unterschied zwischen dem Geist, den wir mit unserem Bewußtsein kontrollieren können, und dem GEIST, der sich unserer Einsicht weitgehend entzieht. Natürlich ist es möglich, gezielte und überprüfbare Veränderungen gewaltsam bei anderen Menschen zu bewirken. Aber es handelt sich dabei nicht um Lernprozesse in unserem Sinn.

Auch wenn ich mir meiner Beteiligung am Zustandekommen der schismogenetischen Dynamik bewußt werde, ist es fast unmöglich, davon abzulassen. Schismogenetisches Verhalten ist tief in unserer Kultur verwurzelt. Es gehört zu unseren kulturell verankerten Verhaltensweisen und allgemein akzeptierten Umgangsformen, sich gegenseitig hochzuschaukeln. Kreativer Umgang mit dieser Dynamik kann also nur bedeuten, daß wir den Prozeß des Hochschaukelns kappen, bevor es zum Zusammenbruch des Systems kommt, d.h. bevor eine kleinere oder größere Katastrophe eintritt. Die Schaukelbewegung zu kappen heißt, innezuhalten (*standing out of the war* — vgl. *Perls u.a.* 1951, 413) und sich Zeit zu nehmen, um den Mustern nachzugehen, die dafür verantwortlich sind, daß wir die alten »Spiele« immer wieder von neuem spielen, obwohl uns ihr Ausgang bekannt ist. Denn bei einem rigiden, Schismogenese erzeugenden Muster können wir relativ genau vorhersagen, wie es weitergeht und wohin es führt. Wenn ein dynamisches Muster dagegen unseren Einstellungen, Verhaltensweisen und Handlungen zugrunde liegt, ist jeweils offen, was als nächstes geschieht.

Zusammenfassung: Muster als Focus des Lerngeschehens

- Muster sorgen für die Kohärenz lebender Systeme. Wir orientieren uns in unseren Wechselbeziehungen an Mustern, und die Verletzung eines Beziehungsmusters durch Verhaltensweisen, die sich mit dem Muster nicht vertragen, verursacht Irritation und Verstörung.
- Muster ermöglichen die Entfaltung immer höherer Komplexität und die wechselseitige Anpassung an evolutionäre Prozesse. Wenn sie erstarren, erzeugen sie Symptome und Widersprüche, an denen wir und unsere Umwelt leiden.
- Die Genese von Mustern erfolgt im Wechselspiel von äußeren Einflüssen und inneren Reaktionen im Erziehungs- und Bildungsprozeß und wird durch gruppenspezifische, gesellschaftliche und kulturelle Normen aufrechterhalten und verstärkt.
- Muster sind Aspekte der Einheit des lebenden Systems und prägen sich im ganzen Organismus aus, im Denken ebenso wie in unseren Wahrnehmungsprozessen, Phantasien, Gefühlsregungen und Körperfunktionen. Sie treten im aktuellen Lerngeschehen in den Strukturen der Erfahrungen, Wahrnehmung und Interaktionen in Erscheinung.
- Das Aufdecken von Mustern kann über die Wahrnehmung und Beschreibung von Strukturen und das ganzheitliche Erfassen dieser Strukturen erfolgen.
- Zum Aufdecken von Mustern im Lernprozeß ist es notwendig, sich auf die Prozesse zu konzentrieren, da die Fixierung auf isolierte Elemente des Prozesses, also auf Inhalte, selbst ein rigides Wahrnehmungsmuster darstellt.
- Die Lernwirksamkeit des Aufdeckens von Mustern erweist sich, wenn sie ganzheitlich erfahren und reflektiert, nicht jedoch, wenn sie nur gedeutet werden und die Lernenden Lösungen für rigide Muster suchen, bevor sie diese sinnhaft erfahren und akzeptiert haben.
- Der Prozeß des Aufdeckens kann erleichtert werden, wenn man Anzeichen für die Dominanz bestimmter Muster in der gegenwärtigen Lebenssituation beachtet, wie z.B. unangemessenes Lachen/Lächeln, Brüche und Widersprüche in Phantasiebildern, Knicke im formalen Denken, und wenn man die Strukturen der Interaktionsprozesse ohne Beschönigung benennt.
- Muster lassen sich mit Hilfe von Kriterien charakterisieren, die darauf

hinweisen, ob die Muster erstarrt sind, Lebendigkeit verhindern und zum »Durchdrehen« der lebendigen Systeme beitragen, oder ob sie dynamisch sind: Erstmaligkeit/Bestätigung weist auf das Maß an Innovationsfähigkeit eines Beziehungssystems hin, Ideologiebildung auf rigide Realitätskonstruktionen und Schismogenese auf das wechselseitige Hochschaukeln bis hin zur Zerstörung.

- Ziel des transformativen Lernprozesses ist es, daß sich die Lernenden rigider Muster bewußt werden, Zugang zum Potential dieser Muster finden und mit ihnen kreativ umgehen lernen, nicht jedoch, daß sie sie vollständig überwinden und die durch rigide Muster hervorgerufenen Probleme auf kontrollierte und vorhersagbare Weise lösen.
- Muster weisen auf existentielle Grunderfahrungen hin. Das Bewußtwerden von Mustern im Lernprozeß ermöglicht die Erfahrung von existentiellen Gemeinsamkeiten zwischen den Lernenden.
- Das Erforschen von Mustern in pädagogischen Lernsituationen kann die Lernenden stark motivieren, der persönlichen Geschichte dieser Muster in weitergehenden, persönlichen Lernprozessen nachzugehen.

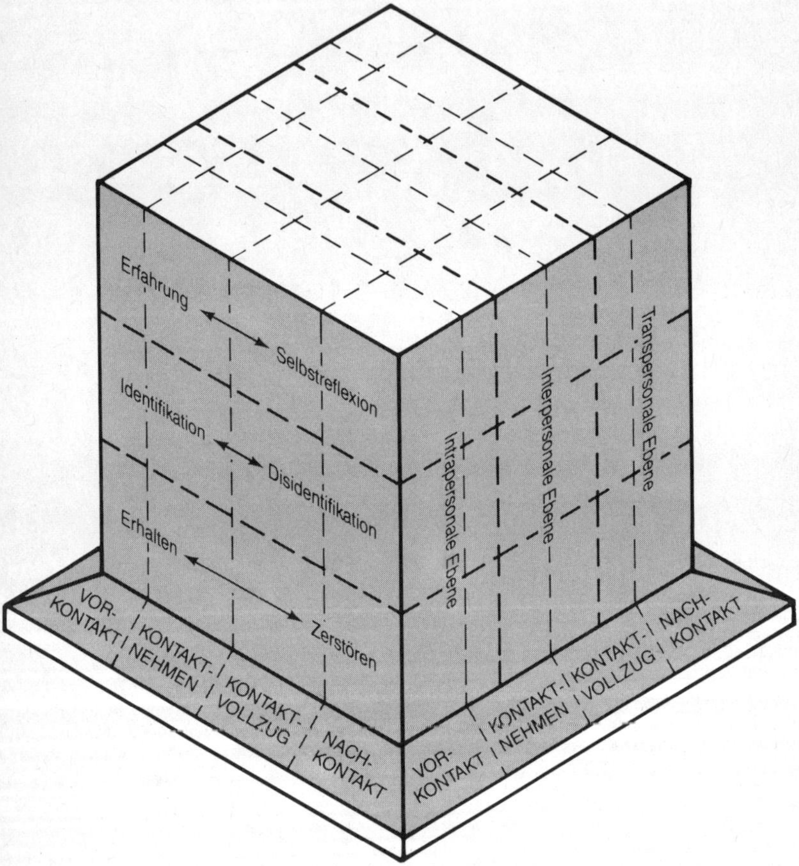
Erfahrung
Selbstreflexion
Identifikation
Disidentifikation
Erhalten
Zerstören
Intrapersonale Ebene
Interpersonale Ebene
Transpersonale Ebene
VOR-KONTAKT
KONTAKT-NEHMEN
KONTAKT-VOLLZUG
NACH-KONTAKT
VOR-KONTAKT
KONTAKT-NEHMEN
KONTAKT-VOLLZUG
NACH-KONTAKT

IV. Teil

Ansätze einer holistischen Didaktik

Der Brandherd

Es gibt
so viele Gründe
alles beim Alten
zu lassen
und nur einen einzigen
doch endlich etwas
zu verändern:
Du hältst es
einfach
nicht mehr aus

Hans-Curt Flemming (1982)

Einführung

In diesem Kapitel will ich die Konsequenzen für eine pädagogische Praxis der selbsterfahrungsorientierten Aus- und Weiterbildung sowie der Beratung und Supervision zusammentragen, die sich aus unserer Untersuchung transformativer Lernprozesse ziehen lassen. Ich orientiere mich bei dieser Zusammenstellung wiederum an den Kategorien, die uns bei der Untersuchung transformativer Lernprozesse hilfreich waren. Zunächst wird es also um Beziehung und Kontaktprozesse im Lerngeschehen gehen, dann werde ich didaktische Anregungen und Anleitungen zur Berücksichtigung der Dimensionen des Bewußtseinsprozesses formulieren, Hinweise zum Aufdecken und Erforschen von Strukturen und Mustern geben und schließlich auf Probleme der Auswertung von transformativen Lernprozessen zu sprechen kommen.

Die Perspektive, aus der ich das Lerngeschehen nun betrachte, ist die des Leiters. Die didaktischen Anregungen gelten vor allem für die Leitung von Gruppen, angefangen von reinen Selbsterfahrungsgruppen über Aus- und Weiterbildungsseminare bis hin zu Supervisionsgruppen von pädagogisch oder beratend Tätigen. Viele dieser Anregungen und Anleitungen beziehe ich auch auf die Beratungssituation mit einzelnen, soweit sich die Beratung nicht nur auf reine Informationsvermittlung zu einem Sachgebiet, sondern auf die Gesamtpersönlichkeiten und deren Probleme und Aufgaben in der Lebenssituation bezieht.

Das didaktische Grundkonzept

Das didaktische Grundkonzept für die Gestaltung von Lernsituationen, die transformatives Lernen ermöglichen und unterstützen, ist mit wenigen Sätzen skizziert:

Die Gruppenleiter und Berater arbeiten in einer tragfähigen Beziehung mit den Lernenden im Kontaktprozeß diejenigen Muster heraus, die die individuelle und soziale sowie gesellschaftliche und ökologische Lebenssituation der Lernenden gegenwärtig am stärksten determinieren. In diesem Prozeß pendeln die Lernenden zwischen Erfahrung, Bewußtwerden dieser Erfahrung und Selbstreflexion. Sie identifizieren sich mit ihnen bisher unbekannten Motiven und Verhaltensweisen, Lebenssituationen und Problemen in ihrer Umwelt, um sie bewußt zu erleben und sich in nichtbewertender Weise von ihnen disidentifizieren zu können. In diesem Prozeß werden vor allem rigide Muster aufgedeckt und charakterisiert, und dabei werden alte Welt- und Selbstbilder in Frage gestellt und/oder zerstört. Der Leiter oder Berater sorgt mit für ausreichende Unterstützung und Bestätigung der am Lernprozeß Beteiligten und für die Konfrontation der Lernenden durch Kontaktangebote in Form von inneren und äußeren Wahrnehmungen, Ideen und Hypothesen. Mit Hilfe von Lernexperimenten können Ansätze neuer Welt- und Selbstbilder schrittweise aufgebaut und neue Verhaltensweisen erprobt werden. In regelmäßigen Abständen und bei Abschlüssen von Lernsequenzen erhalten die Lernenden Anleitung zur Reflexion des Lernprozesses und zur Auswertung von Lernergebnissen im Sinne einer Zwischenbilanz des kontinuierlichen Wandlungsprozesses.

Dieses didaktische Grundkonzept soll im weiteren aufgefüllt und ausgestaltet werden.

10. Kapitel

Die Gestaltung pädagogischer Beziehungen

Vertragsvereinbarungen

Die pädagogische Arbeit wird immer als eine Arbeit *in der Beziehung* betrachtet. Das setzt einen klaren *Vertrag* zwischen den Leitern und Teilnehmern über den Beginn und die Dauer der Beziehung, über die Modi der Aufkündigung der Beziehung, über die Rollenfunktionen von Leiter, Co-Leiter und Assistenten und über die Weiterverwertung der Informationen, die im Lerngeschehen ausgetauscht werden, voraus. Diese Vereinbarungen können von Zeit zu Zeit überprüft und korrigiert werden.

Solche Vereinbarungen treffe ich zu Beginn jedes Seminars und jeder Beratung. Zwar sagt beispielsweise die verbale Erläuterung meines Rollenverständnisses als Leiter anfangs meist nicht viel aus, weil sie notwendigerweise noch abstrakt ist; ich gehe mit dieser Erklärung jedoch eine Verpflichtung ein, an die mich die Teilnehmer zu gegebener Zeit erinnern können. Andererseits verlange ich auch von den Teilnehmern, daß sie Verpflichtungen eingehen, damit der formale Rahmen unserer Zusammenarbeit geklärt ist.

Kontaktprozesse

Das Lerngeschehen kann immer auch als zwischenmenschlicher *Kontaktprozeß* angesehen werden. In der didaktischen Gestaltung eines Seminars oder einer Beratung kann ich mich an den Stufen des Kontaktzyklus orientieren, kann beispielsweise Vorsorge treffen, daß die Beteiligten mit mir und untereinander genügend Vorkontakt haben können, daß Unterstützung gegeben wird zur Focussierung auf Themen, die im Vordergrund stehen (Kontaktnehmen), daß Prozesse des vollen Kontakts nicht willkürlich unterbrochen werden und schließlich, daß genügend Raum für Nachkontakte da ist. Der Kontaktprozeß in der Gesamtgruppe kann immer wieder einmal zum Thema werden, besonders, wenn sich Störungen einstellen, Reaktivität oder Langeweile vorherrschen. Inwieweit die Unterbrechungen des Kontaktprozesses einzelner mit sich selbst und ihren Mitmenschen zum Thema werden können, hängt von der Zusammensetzung der Gruppe und von der Art der Veranstaltung ab. Tiefgehende Einzelarbeit an den Kontaktunterbrechungen muß normalerweise therapeutischen Kontexten vorbehalten bleiben.

Kontaktvermeidung in der Erscheinungsform der *Reaktionsbildung* veranlaßt mich als Gruppenleiter oder Berater meist zum Eingreifen in den Prozeß, falls ich nicht selbst in reaktives Verhalten verwickelt bin. Ich schlage den Teilnehmern vor, für einen Augenblick aus dem Kampf-/Fluchtgeschehen auszusteigen und mit mir Erfahrungen über den Gruppenprozeß auszutauschen und zu reflektieren. Meist stellt sich heraus, daß das Risiko-Niveau in der Gruppe zu hoch und die Basis der Bestätigung zu gering war. Vielleicht habe ich mich und die Teilnehmer durch zu direkte Konfrontationen oder die Anleitung zu Übungen und Aufgaben, die für unseren Kontext zu intensiv waren, überfordert oder Widerstände einzelner Teilnehmer übersehen und auf diese Weise zu einem hohen Angstniveau beigetragen.

Die Teilnehmer sind es oft nicht gewohnt, daß Beziehungsprozesse von einzelnen und der Gruppe direkt angesprochen werden. Sie weichen, selbst wenn es um Beziehungen in der Gruppe geht, sehr schnell wieder auf Sachprobleme aus, bevor die Beziehungssituation auch nur annähernd geklärt ist. Bedingung für solch eine Beziehungsklärung ist es daher, daß alle Beteiligten bereit sind, die Motive ihres Handelns zu erforschen und darzulegen. Dies ist ein ungewöhnliches Anliegen, das viel Widerstand erzeugen kann. In öffentlichen Gesprächen herrscht Sachlichkeit vor, und persönliche Motive sollten keine Rolle spielen. Horst Rumpf weist in eingehenden Analysen nach, daß sich dieses Muster der Kommunikation bis in die Formulierung der Texte in Schulbüchern, z.B. Geschichtsbüchern, nachweisen läßt. Die geschickten Didaktisierungen des historischen Materials durch Quellenzitate, Aneinanderreihung von Aufgaben, Fragen und Informationsfragmenten sollen die Schüler zwar zum eigenen Erarbeiten des Stoffes anleiten, der subjektive Ort und die Motive derer, die diese Texte verfaßt haben, bleiben jedoch im Dunkeln (*Rumpf* 1986). Nachdem ich den Wert des persönlichen, subjektiven Zugangs zu allen pädagogischen Themen für mich erkannt hatte, mußte ich lernen, sehr behutsam vorzugehen, wenn ich an den subjektiven Motiven der Teilnehmer interessiert war, denn die Frage nach diesen Motiven wird oft als Angriff aufgefaßt. Auf dem Hintergrund öffentlicher und schulischer Kommunikationsmuster ist dies verständlich.

Kontextbewußtsein

Eine wichtige didaktische Aufgabe sehe ich darin, den *Kontext*, in dem wir uns in der Lernsituation befinden, immer wieder transparent zu machen. Was bedeutet es beispielsweise im Kontext der jeweils gegenwärtigen Situation, Fehler zu machen, sich ungewohnt zu verhalten, oder etwas auszuprobieren, dessen Ausgang ungewiß ist? Welche Bewertungsgewohnheiten werden in dem jeweiligen Kontext aktiviert? Häufig vermischen die Teilnehmer den gegenwärtigen Kontext mit Kontexten aus der Vergangenheit. *Lern*situationen unterscheiden sich nach meinem Verständnis beispielsweise eindeutig von *Prüfungs*situationen. In einer Prüfung ist es ungünstig, Fehler zu machen (und diese womöglich noch einzugestehen), in der Lernsituation sind die sogenannten »Fehler« eine wichtige, wenn nicht die wichtigste Lernherausforderung. Das bedeutet aber auch, daß sich der Leiter nicht als Prüfer verhalten darf, indem er — wie versteckt auch immer — Noten verteilt. Er würde dann selbst wenig kontextbewußt handeln und sein Vertrauen verspielen. Es trägt umgekehrt genauso zur Verwirrung bei, wenn Prüfungskontexte nicht als solche markiert und transparent gemacht werden, beispielsweise, wenn in einer Ausbildungsgruppe entschieden werden soll, welcher Ausbildungsteilnehmer mit eigenständiger Arbeit in seinem Berufsfeld in verantwortlicher Weise beginnen kann, welcher noch nicht, oder wenn aus vielen Interessenten an einer professionellen Weiterbildung Kandidaten ausgewählt werden sollen, und dies nicht als Selektion — und damit als Prüfungssituation — kenntlich gemacht, sondern freundlich verschleiert wird.

Die Erweiterung des Kontextbewußtseins ist eine wichtige Bedingung für transformative Lernprozesse. In der Lernsituation können verschiedene Kontexte bewußt gemacht werden, beispielsweise die Kontexte der Lernsituation selbst: Ein Rollenspiel stellt einen anderen Kontext dar als ein Gespräch, eine kreative Übung einen anderen als eine Theoriediskussion. Jeder einzelne Moment im Lerngeschehen stellt überdies einen Kontext dar, der sich von den vorhergehenden Kontexten unterscheidet. Oft diskutieren die Teilnehmer über eine bestimmte Aussage, die irgend jemand im Verlauf des Lerngeschehens gemacht und die andere verwirrt, geärgert oder verunsichert hat. Die Art und Weise, wie über diese Aussage diskutiert wird, kann Hinweise auf das Kontextverständnis der Lernenden liefern: Wird nur der sachliche Inhalt der Aussage untersucht, oder wird der Kontext des Augenblicks, die Gefühlsgestimmtheit in der Gruppe, die besondere Beziehung des Sprechers zu anderen usw. mitbedacht? Dabei ergeben sich viele Möglichkeiten für den Leiter, Hinweise auf die Kontexte zu geben, die den Informationsaustausch erst bedeutsam werden lassen.

Mitlernende Leiter

Wenn es sich wirklich um Lernarbeit in der Beziehung handelt, müßte der Leiter mitlernen und dieses auch sichtbar werden lassen. Transformative Lernprozesse sind evolutionäre Prozesse, bei denen alle Beteiligten ko-evolvieren. Diese Art der Beziehung zwischen lebendigen Wesen haben wir als Liebe bezeichnet. Nicht nur der Leiter/Berater hat ja ein Interesse daran, daß seine Lernpartner heiler werden und wachsen, sondern auch den Teilnehmern kann man ein solches Interesse an ihrem Lehrer unterstellen*. Deshalb ist es wichtig, daß der Lehrer deutlich macht, wie und was er im Verlauf des Geschehens lernt und zwar in einer Weise, die für die Beteiligten nachvollziehbar und glaubwürdig ist. Ich freue mich, wenn ich einem Teilnehmer »etwas beibringen« konnte; die Freude an meinem eigenen Lernertrag möchte ich den Teilnehmern daher auch nicht vorenthalten.

---

*Maurice Friedman hat die Bedeutung des Motivs des Klienten, seinen Therapeuten zu heilen, für den therapeutischen Prozeß herausgearbeitet (*Friedman* 1985, 254 ff.). Ich gehe davon aus, daß dieses Motiv auch in pädagogischen Situationen eine Rolle spielt, wenn sich Leiter und Lernende in intensiven Beziehungsprozessen befinden.

Diese Art der pädagogischen Beziehung, in der sich die Personen in ihrer Existenz wechselseitig bestätigen — und sich trotzdem kritisieren können — unterscheidet sich von privaten Liebesbeziehungen, denn sie ist primär an den Kontext der Lernsituation gebunden. Sie unterscheidet sich aber auch von solchen Beziehungen, über die zwar erstaunliche Lernerfolge erzielt werden, die sogar Lernen-III-Erfahrungen durch die Befreiung von rigiden Mustern ermöglichen, über die jedoch das Lernen II nach Bateson, also das Neulernen von Gewohnheiten letztlich nicht überschritten, sondern verfestigt wird. Elemente solcher Machtbeziehungen können in jeder Lerngruppe und jeder Beratung und bei jedem Leiter einmal vorkommen. Entscheidend ist nur, ob sie aufgegriffen und als Lernherausforderung für alle Beteiligten verstanden werden.

11. Kapitel

Die Gestaltung des Prozesses

Anleitung zur Erfahrung und Selbstreflexion

Transformative Lernprozesse werden begünstigt, wenn zwischen bewußten Erfahrungsmöglichkeiten einerseits und der Selbstreflexion dieser Erfahrungen andererseits eine Balance besteht. Diese Balance kann sich in der einen oder anderen Richtung verschieben, je nach dem Typ der Lernsituation. In der Praxis verschiebt sich die Balance natürlich dauernd zugunsten des einen oder anderen Pols. »Chronische« Balanceverschiebungen für längere Zeiträume werden jedoch oft gar nicht mehr als solche empfunden, weil man sich an die einseitige Art des Lernens gewöhnt hat und daher kein Defizit empfindet. Sich nur auf Erfahrung zu beschränken, sei es in einer Gruppe oder Einzelberatung, ist nach den Erkenntnissen, die wir aus den Bewußtseinstheorien gezogen haben, wie auch nach eingehender Untersuchung von Praxisbeispielen ebenso ungünstig wie die Einschränkung auf reine Theorie. In selbsterfahrungsorientierten Gruppen, die keinen inhaltlichen Vorgaben unterliegen und keine Arbeitsergebnisse vorweisen mussen, kann der Akzent auf dem Erfahrungspol der Dimension »Modus der Realitätskonstruktion« liegen, bei themenzentrierten Gruppen, Theorieseminaren oder Projektgruppen auf dem Pol der Selbstreflexion.

In keinem Fall aber dürfte der andere Pol ignoriert werden. Fehlt beispielsweise die bewußte Erfahrung, dann wird die Reflexion und Interpretation abstrakt (und für mich meistens langweilig) und trägt der Erkenntnis nicht Rechnung, daß jede Reflexion auch Selbstreflexion ist, d.h. daß sie auf Subjektivität und Betroffenheit aufruht. Fehlt dagegen die Selbstreflexion und eine zumindest ansatzweise theoretische Verarbeitung, ist die Integration des neu Gelernten in die kognitiven Strukturen der Lernenden erschwert.

Anleitung zur bewußten Erfahrung

Die Intensität der Erfahrungen und ihrer Verarbeitung in der Lernsituation hängt nicht nur von den Rahmenbedingungen eines Seminars oder einer Beratung ab, sondern auch davon, wie geübt und entschlossen die Teilnehmer sind, sich auf solche Erfahrungen einzulassen. Teilnehmer, die sich grundsätzlich weigern, auf die Ebene persönlicher Erfahrungen zu gehen, weise ich darauf hin, daß ich als Leiter nicht auf diesen Aspekt der gemeinsamen Arbeit verzichten werde, ihnen aber das Recht zugestehe, eine Weile lang als »Zaungäste« dabei zu sein, sofern sich andere Teilnehmer nicht daran stören. Manchmal steigen diese Teilnehmer aus der Gruppe aus, meistens bleiben sie und fügen sich nach einiger Zeit konstruktiv in das Lerngeschehen in der Gruppe ein. Für mich hat sich diese Art des Umgangs mit grundsätzlichen Gegnern von »Selbsterfahrung« als sehr viel angemessener erwiesen, als wenn ich versuche, sie von den Vorzügen meines Ansatzes zu überzeugen.

Damit Erfahrungen für den transformativen Lernprozeß wirksam werden können, ist es notwendig, zwischen *Wahrnehmungen* und *Interpretationen* zu unterscheiden. Manchmal schlage ich Teilnehmern oder Klienten vor, nur das zu beschreiben, was sie an mir oder jemand anderem wahrnehmen. Meist stellt sich dies als überaus schwierige Aufgabe heraus, weil jede zweite Äußerung nicht eine Wahrnehmung, sondern eine Interpretation bzw. eine Phantasie ist. Die Aussage »Du spielst ungeduldig mit Deinen Fingern!« beispielsweise unterstellt, daß der Beschriebene ungeduldig ist; dies aber ist nicht wahrnehmbar für einen anderen. Es geht also darum, die Vermischung von Verhalten und Erfahrung aufzulösen: Wir können nur das Verhalten des anderen wahrnehmen, nicht seine Erfahrung. Das Verhalten des einen löst eine Erfahrung beim anderen aus, die sich wiederum im Verhalten des anderen (z.B. in dem, was er über seine Erfahrung sagt) äußern kann. Wahrnehmungen und dadurch ausgelöste Erfahrungen ziehen überdies meist *Phantasien* über den anderen nach sich: 'Du trägst elegante Kleidung (Wahrnehmung), die mir gefällt (Erfahrung); ich schaue dich deshalb gerne an (Verhalten) und vermute, daß Du Deine Kleidung sorgfältig auswählst und Du darin eine Möglichkeit siehst, anziehend auf andere zu wirken (Phantasie), und das wiederum macht mich neidisch auf Dich (Erfahrung) usw.‘

Ich halte diese vielleicht etwas zwanghaft anmutenden Unterscheidungen für sehr wichtig. Sie bieten den Lernenden eine Möglichkeit, sich immer wieder bewußt zu werden, daß wir eigenständige Wesen mit unseren individuellen und einzigartigen Erfahrungen sind, die uns von anderen Menschen trotz aller Gemeinsamkeiten, die wir mit ihnen haben mögen, trennen und letztlich isolieren. Dies ist die Voraussetzung für kontaktvolle Berührung an den Grenzen und die Möglichkeit, aus Machtbeziehungen, bei denen einer den anderen in seinem Sinne verändern will, Liebesbeziehungen werden zu lassen, in denen einer den anderen in seinem Anderssein akzeptiert. Die Vermischung von Wahrnehmung, Verhalten, Erfahrung und Phantasie dagegen führt zum Verwischen der Grenzen, die uns trennen und an denen wir uns berühren können. Sowohl in Partnerberatungen als auch in der Supervision von eng zusammenarbeitenden Teams ist eines meiner wichtigsten Anliegen in der Arbeit, die Beteiligten voneinander *zu trennen*. Oft kreisen die kriegerischen Konflikte, die in Partnerschaften und Teams ausgetragen werden, um Phantasien, die als Erfahrungen oder Verhalten ausgegeben oder dafür gehalten werden, und die es unmöglich machen, den anderen als anders wahrzunehmen und zu respektieren. Diese Verwicklungen und Grenzverwischungen aufzulösen bedarf oft einer sezierenden Kleinarbeit, die zumindest meinen zwanghaften Tendenzen und meiner eigenen Neigung zum Verwischen von Grenzen entgegenkommt, und die sogar sehr spannend sein kann.

Persönliche Erfahrungen können mit nahezu jeder Thematik gemacht werden, die in einer Lernsituation behandelt wird, vor allem wenn sich die Themen auf soziale Prozesse im weitesten Sinn beziehen, von der Entwicklungshilfe bis zur Sterbeberatung, von der Arbeitsorganisation in einer Institution bis zur Umweltzerstörung. Diese Erfahrungsmöglichkeiten liefern — wenn sie herausgefiltert werden — Anknüpfungspunkte für die gemeinsame Arbeit. Nun gibt es zwei Wege, zu persönlichen Erfahrungen vorzustoßen: Man kann sich eine Zeitlang mit Ansichten und Theorien über die Thematik beschäftigen und sie dann mit persönlichen Erfahrungen in Beziehung bringen. Das halte ich jedoch für den schwierigeren Weg. Einfacher ist es, von den persönlichen Erfahrungen auszugehen und sie dann auch abstrakt zu diskutieren und theoretisch zu reflektieren, um schließlich wieder in Erfahrungsprozesse einzutauchen usw.

Ich halte es deshalb für sinnvoller, mit dem persönlichen Erfahrungsbezug einer Thematik anzufangen, weil wir damit das unbekanntere Gelände betreten als bei abstrakten Diskussionen. Bei der Erkundung dieses unbekannten Geländes können die Lernenden sich selbst und andere in ungewohnter Weise kennenlernen und sich der Unterschiede zwischen sich und anderen eher bewußt werden (vgl. auch *Cohn* 1975, 111 ff.).

Allerdings muß die Intensität der Erfahrung vor allem in den Anfangsstadien des Lerngeschehens sorgfältig dosiert werden. Viele der heute auch in der Pädagogik weitverbreiteten Psychotechniken ermöglichen es, die Lernenden zu sehr intensiven Erfahrungen anzuleiten. Das Problematische an zu intensiven Erfahrungen — sowohl für den Prozeß des einzelnen als auch den der Gruppe — besteht nicht nur darin, wieder aufzutauchen, diese Erfahrungen zu reflektieren und ihnen Bedeutung zu geben, um sie integrieren zu können; zu intensive Erfahrungen können auch eine neue Grenzziehung und Abspaltung bewirken. Dies wurde mir beispielsweise in der Zusammenarbeit mit einem Ehepaar, das zu uns in die Beratung kam, bewußt. Die Partner hatten sich in Selbsterfahrungsgruppen kennengelernt und konnten sehr intensiven Kontakt miteinander haben. Im täglichen Umgang waren sie dagegen unbeholfen und gerieten oft in Streit. Die Erfahrungen, die sie in ruhigen Stunden miteinander teilen konnten, waren zu intensiv, als daß sie sie für die Erledigung ihrer Alltagsgeschäfte nutzen konnten. Ihre Lernaufgabe bestand darin, die »Tiefung« ihres gemeinsamen Prozesses zu dosieren und auch »ganz normal« miteinander umzugehen.

Anleitung zur Selbstreflexion

Ich strukturiere also das Lerngeschehen in den meisten Aus- und Weiterbildungs- sowie Beratungskontexten so, daß ich mit den Lernenden von persönlichen Erfahrungen zur Thematik des Lerngeschehens ausgehe und danach erst einen Selbstreflexionsprozeß anleite, um von dort aus wieder in themenbezogene Erfahrungen einzutauchen. Diese Vorgehensweise setzt voraus, daß der Leiter oder/und einzelne Teilnehmer über ein genügend großes Repertoire an wissenschaftlich begründeten Theorieansätzen verfügen, die einerseits plausible Erklärungen für die Erfahrungen, als auch eine Herausforderung für alltagstheoretische Erklärungsmodelle anbieten. Bei der Vorbereitung zur Leitung eines Seminars beschäftige ich mich zwar intensiv mit den gängigen Theorien zur Thematik, aber deshalb steht mir noch lange nicht zu jeder aufkommenden Frage gleich eine passende Theorie zur Verfügung. Ich nehme mir daher als Leiter das Recht heraus, mich zu bestimmten Fragestellungen erst kundig zu machen oder interessierte Teilnehmer damit zu beauftragen. Denn es läßt sich bei dieser Art der Strukturierung des Lerngeschehens ja nicht vorhersehen, welche Theorie oder welche Aspekte einer Theorie zum besseren Verständnis dessen notwendig sein werden, was im Erfahrungs- und Reflexionsprozeß jeweils in den Vordergrund tritt. Das hat aber auch den Vorteil, daß ich *ad hoc* nur das an Theorie beisteuern kann, was ich selbst verstanden und integriert habe und was mir im Bezug zur aktuellen Erfahrung präsent ist. Dem Anspruch auf eine umfassende, neutrale und differenzierte Darstellung von Theorien werde ich damit nicht gerecht. Ein schmales aber persönlich integriertes Theorieverständnis eines Leiters halte ich indessen für lernwirksamer als enzyklopädisches Wissen, das nicht auf subjektiver Erfahrung aufruht und nicht integriert ist.

Gegen die theoretisch fundierte Selbstreflexion von Erfahrungen entsteht bei den Lernenden oft Abwehr, besonders dann, wenn sie intensive und ihnen bis dahin unbekannte Erfahrungen machen konnten. Diese Widerstände können in der Schwierigkeit einzelner begründet sein, sich von den Erfahrungen zu lösen und über sie nachzudenken, weil sie beispielsweise von Eltern, Geschwistern oder in der Schule für dumm erklärt wurden und aufgehört haben, sich zusammenhängende Gedanken zu machen, oder weil sie gefühlsmäßige Erfahrungen idealisieren und sentimental überhöhen; es kann aber auch sein, daß die Präsentation von Theorieansätzen durch mich als Leiter oder durch andere Teilnehmer nicht angemessen ist, daß meine theoretischen Erklärungen abgehoben und ohne erkennbaren Bezug zu meinen bzw. den gemeinsamen Erfahrungen und meiner / unserer Betroffenheit sind. Dieser Widerstand der Teilnehmer darf daher nicht zur Aufgabe meines Anspruchs an auch theoretisch begründete Selbstreflexion führen, wohl aber zur Veränderung der Art und Weise, wie Theorie in das Lerngeschehen eingebracht wird.

Diskussionen über Theorien oder Vergleiche zwischen divergierenden Theorien ohne unmittelbaren Erfahrungsbezug versuche ich zu verhindern. Der Zweck solcher »Theoriediskussionen« besteht meist darin, Theorien gegeneinander abzuwägen oder auszuspielen und logische Widersprüche oder empirische Gegenbeweise zu finden, in der Hoffnung, zu allgemeingültigen Erklärungen zu kommen. Die Funktion von Theorien in Lernsituationen — und nur um diesen Kontext geht es mir hier — sehe ich dagegen darin, daß die am Lerngeschehen Beteiligten zu einem erweiterten Verständnis ihrer Erfahrungen gelangen, das die bisherigen teils bewußten, teils unbewußten Erklärungsmuster aufdeckt, in Frage stellt und erweitert.

Auch für die Gestaltung der Lernsituation selbst bedarf es theoretischer Grundlagen. Für jeden pädagogischen Aufgabenbereich, in dem ich tätig werde, erarbeite ich mir im Laufe der Zeit eine Grundkonzeption. In der fortlaufenden Arbeit geht es mir dann darum, diese grundlegenden pädagogisch-psychologischen Konzeptionen zu erweitern und zu modifizieren. Es kommt also darauf an, daß die jeweilige Grundkonzeption genügend weit ist, daß sie also verschiedene Abstraktionsstufen bei der Selbstreflexion von Lehr- und Lernerfahrungen aufzeigt und verschiedene Ebenen der Selbstverwirklichung berührt. Beispielsweise halte ich die gestaltpädagogischen Theorieansätze für die Ausgestaltung von Aus- und Weiterbildungsgruppen sowie die Gestalttherapie (einschließlich ihrer philosophischen Grundlagen) für die Ausgestaltung von Beratung und Supervision für derartige grundlegende Konzeptionen, in die sich viele psychologische, pädagogische und sogar gesellschaftspolitische Theorieansätze anderer Herkunft integrieren lassen (vgl. *Fuhr* 1987).

Beispiel: Auswertung von Rollenspielen

Das Zusammenspiel von Erfahrungen und Selbstreflexion möchte ich am Beispiel der Auswertung von Rollenspielen noch einmal verdeutlichen. Der Auswertungsprozeß eines von mir angeleiteten Rollenspiels dauert meist sehr viel länger als das Rollenspiel selbst, denn mir geht es zunächst nicht darum, neues Verhalten via Rollenspiel einzuüben, sondern bewußte Erfahrungen zu ermöglichen sowie Strukturen und Muster aufzudecken.

In einer ersten Runde nach dem Spiel teilen die Spieler ihre Erfahrungen mit, die sie in der Rolle gemacht haben. Dies hilft den Spielern, sich wieder von der Rolle zu lösen, besonders dann, wenn sie sich sehr stark mit ihr identifiziert hatten. Dabei ist mir wiederum die Unterscheidung zwischen den eigenen Erfahrungen in der Rolle (Wahrnehmung des Innenraums) und den Wahrnehmungen des Verhaltens der Mitspieler (Wahrnehmung des Außenraums) wichtig.

In einer zweiten Runde teilen die Zuschauer ihre Erfahrungen und

Wahrnehmungen mit, vorzugsweise, indem sie deutlich machen, mit welcher Rolle sie sich zu welchem Zeitpunkt identifiziert haben.

Erst in einer dritten Runde arbeiten wir dann die Strukturen und Muster der Wechselbeziehungen heraus, die in dem Rollenspiel deutlich geworden sind. Die subjektiven Erfahrungen, die wir ausgetauscht haben, und die Wahrnehmung der Interaktionsprozesse fügen sich zunächst zu Strukturen zusammen. Die hinter den Strukturen erkennbaren Muster kommen dann oft erst in Bildern oder Grundgefühlen zum Ausdruck, bis sie schließlich mit einfachen Begriffen bezeichnet werden können. Entscheidend ist es, daß unter den jeweils Betroffenen Einigung über die Bedeutung der Rollenspielsituation, wie sie sich in den Strukturen und Mustern der Wechselbeziehungen ausdrückt, erzielt wird. Jetzt erst werden Theorieelemente von mir angeboten, die einzelne Aspekte der Strukturen und Muster der Wechselbeziehungen verständlicher und durchsichtiger machen können.

Die Teilnehmer haben dann in einer vierten Auswertungsrunde die Möglichkeit zu erkunden, wie jeder Spieler (und die sich mit diesem Spieler identifizierenden Zuschauer) zur Entstehung und Aufrechterhaltung der Strukturen und Muster der Wechselbeziehungen beigetragen hat, und wir können gemeinsam überlegen, welche alternativen Einstellungen und Verhaltensweisen möglich sind, um die als unbefriedigend oder zerstörerisch erkannten Muster zu lockern oder aufzubrechen. Auch hierbei können theoretische Modelle Anregungen geben. In vielen Rollenspielen zu Arbeitssituationen geht es beispielsweise darum, die Symptome der Angst und der Reaktionsbildung zu spüren und die Dynamik der Gruppe sowie die Organisationsstrukturen zu verstehen. Es gilt dann, Verhaltens- und Handlungsweisen zu entdecken, die weniger angstauslösend sind und mehr Sicherheit bieten, damit überhaupt erst einmal ein Kontaktprozeß zwischen den Beteiligten in Gang kommen kann. Einzelne dieser alternativen Verhaltens- und Handlungsweisen können jetzt in einer Wiederholung des Rollenspiels von den ursprünglichen Spielern oder auch anderen Teilnehmern erprobt werden.

Anleitung zur Identifikation und Disidentifikation

Mit der Dimension »Transzendenz der Selbst- und Weltbilder« haben wir auf Aspekte der reflexiven Bewußtseinsprozesse (nach Jantsch) hingewiesen. Sie charakterisieren das unbewußte Eintauchen in die Wirklichkeitserfahrung (Identifikation) einerseits und die Möglichkeit, diesen Wirklichkeitserfahrungen gegenüber Distanz zu gewinnen (Disidentifikation) andererseits. Die wechselweise Identifikation mit und Disidentifkation von abgespaltenen Anteilen des Selbst, sowie problematischen Situationen im zwischenmenschlichen und gesellschaftlichen oder im ökologischen Bereich eröffnen die Möglichkeit zur Transzendenz unserer alten Selbst- und Weltbilder, mit denen wir dann auf eine kreativere, oft spielerische und nicht-bewertende Art und Weise umgehen können, sodaß sich eine Vielfalt neuer Handlungsmöglichkeiten ergibt.

Identifikationsanleitungen

Die didaktischen Möglichkeiten der Anleitung zur Identifikation sind vielfältig und relativ einfach zu handhaben. Es gibt kaum etwas, womit sich der Lernende nicht identifizieren könnte, sofern er es intuitiv als ihm zugehörig ansehen kann, beispielsweise mit anderen Menschen, mit Tieren, Pflanzen und Gegenständen und sogar mit abstrakten Gebilden. Ich will die didaktischen Möglichkeiten der Identifikation an einem Beispiel verdeutlichen.

> Die Teilnehmer der Fortbildungsgruppe sind Entwicklungsexperten verschiedener Fachgebiete. Viele stehen vor der (erneuten) Ausreise in ein Land der Dritten Welt. Wir — eine Leiterin und ein Leiter — schlagen den Teilnehmern vor, sich mit dem Land oder dem geographischen Gebiet auf der Erde zu identifizieren, dem sie sich am meisten verbunden fühlen. In entspannter Haltung stellen sie sich vor, wie ihr Land aussieht, wie es riecht, welche Menschen in diesem Land wohnen, wie das Klima und das augenblickliche Wetter ist usw. Dann fühlen sie sich selbst als das Land und beschrcibe sich. Diese Beschreibungen tauschen wir untereinander aus.
>
> Käthe, einst erfolgreiche Fremdsprachenkorrespondentin und Frau eines Agraringenieurs, erzählt: »Ich bin Nord Sulawesi, eine Insel im Osten Indonesiens. Ich habe zwei sehr unterschiedliche Küstenregionen, eine steile, schroffe und einc sanfte mit Sandstrand. Manchmal toben heftige Winde über mich hinweg, aber ich habe auch sehr ruhige Gebiete. Ich bin sehr abwechslungsreich und auf mir wächst viel. Viele Jahre lang waren die Menschen auf mir unterdrückt und haben versucht, sich zu wehren und unabhängig zu werden ...« Die Frau ist bei dieser Schilderung sehr bewegt und

weint. Wir sprechen mit ihr über ihre gegenwärtige Lebenssituation: Sie fühlt sich in ihrer sozialen Situation im Entwicklungsland und auch in ihrer privaten Beziehung sehr eingeengt, zeigt nur noch ihre schroffen Seiten oder zieht sich von den anderen Menschen in ihre Ruhe zurück, ist aber dabei sehr unzufrieden und kämpft um ihre Selbständigkeit. Da es sich um ein themenzentriertes Seminar handelt, nicht um eine Selbsterfahrungsgruppe, entscheiden wir uns, Käthes Lebensthematik, die sich in ihrer gegenwärtigen Situation wiederholt, nicht weiter gemeinsam zu erforschen. Aber sie greift die Thematik im weiteren Verlauf des Seminars wieder auf, als es um die Probleme der »begleitenden Ehefrau« in Entwicklungshilfeprojekten geht.

Identifikationsanleitungen können — wie das Beispiel zeigt — sehr rasch und in unvorhersehbarer Weise tiefe Gefühle auslösen. Der persönliche und pädagogische Umgang mit Identifikationen kommt einer Gratwanderung gleich. Für einen psychologisch interessierten Gruppenleiter ist die Verführung groß, auch in einem themenzentrierten Seminar oder einer Projektgruppe in einen therapeutischen Prozeß einzusteigen. Manchmal ist das notwendig und angemessen, sofern sich der Gruppenleiter dazu kompetent fühlt, oft sprengt es aber den Rahmen der Lernsituation. Wenn die durch die Identifikation ausgelösten Gefühle nicht in therapeutischer Weise aufgenommen werden können, vertraue ich auf den kreativen Prozeß des einzelnen. Ich arbeite mit dem Teilnehmer nur so weit an seiner persönlichen Problematik, bis er und ich meinen, wieder aufmerksam am allgemeinen Lerngeschehen teilnehmen zu können und bis zumindest der Ansatz einer Möglichkeit zum weiteren Umgang mit der Problematik zu erkennen ist. Erfahrungsgemäß lösen auch Lernerfahrungen, die zunächst bei der Identifikation stehenbleiben, weitreichende Prozesse aus, die an anderer Stelle im Seminar wieder aufgegriffen werden können, oft in einer Art und Weise, daß der Lernende sich zunächst gar nicht bewußt ist, daß er wieder an »seinem« Thema arbeitet.

Der Zweck von Identifikationen besteht ganz allgemein gesagt darin, den Lernenden in Bewegung zu bringen und neugierig zu machen. Gerade deshalb scheint mir bei Identifikationsanleitungen Vorsicht geboten. Identifikationsübungen, wie sie beispielsweise von einigen Gestaltpädagogen (vgl. *Burow u.a.* 1987, 33 ff.) auch für Schulklassen vorgeschlagen werden, sind sehr mächtige Instrumente, die auch Unheil auslösen können. Ich muß als Leiter die Prozesse, die ich durch zunächst sehr schlicht erscheinende Identifikationsübungen auslösen kann, pädagogisch verantworten können. Außerdem will ich respektieren, daß es im Leben eines Menschen Situationen und Aspekte geben kann, mit denen er sich entschieden nicht identifizieren möchte, die er lieber in der Versenkung des Vergessens beläßt als sein Leben völlig durcheinanderzubringen. Als Leiter kann ich nicht entscheiden, ob es für einen Lernenden in der Situation angemessen ist, sich auf eine Identifikation einzulassen. Ich bin auf die Mitverantwortung des Lernpartners angewiesen. Das heißt, daß ich das Einverständnis eines Lernenden zu einer Identifikationsübung voraussetzen und eventuell explizit einholen muß. Das ist mitunter nicht einfach, weil die Beteiligten oft vorher gar nicht wissen, worauf sie sich einlassen.

Ich muß mich mit den Lernenden daher gemeinsam vorantasten. Dafür ist es gut zu wissen, daß es Identifikationen gibt, die sehr nahe gehen können, also beispielsweise Identifikationen mit eigenen Phantasien und Projektionen, mit Teilen des eigenen Körpers oder mit sich selbst in früheren traumatischen Situationen, evtl. auch noch mit Aufgaben, in die man emotional verstrickt ist, wie beispielsweise ein Studium oder ein berufliches Vorhaben. Andere Identifikationsangebote können wir uns eher vom Leib halten, beispielsweise die Identifikation mit einem Kollegen, Vorgesetzten oder auch dem eigenen Partner. In diesen Fällen hat der Lernende immer die Möglichkeit, sich zu sagen, daß er derjenige ja nicht selbst ist, mit dem er sich probeweise identifiziert. Er kann also den Tiefgang der Erfahrung leichter mitsteuern.

Disidentifikationshilfen

Der Prozeß der Disidentifikation läßt sich nicht in gleicher Weise anleiten wie der der Identifikation. Der Leiter kann diesen Prozeß jedoch unterstützen, indem er selbst immer wieder Zugang zu seiner inneren Gelassenheit, zu seinem »Zeugen« findet, und diese Bewußtseinsqualität ohne Überheblichkeit sichtbar werden läßt. Eine weitere Möglichkeit besteht darin, daß er zum spielerischen Umgang mit schwierigen Situationen und Themen anregt. Ich halte allerdings nicht viel davon, mit den Teilnehmern gruppendynamische Spiele durchzuführen, es sei denn, sie ergeben sich unmittelbar aus der Situation heraus. Spielerischen Umgehensweisen mit den anstehenden Themen, die Disidentifikation unterstützen sollen, müssen Identifikationsprozesse vorausgehen und wieder folgen. Sie sind dann eingebettet in den zyklischen Prozeß des Eintauchens und Wiederauftauchens, des Sich-Einlassens und Wieder-Loslassens, den wir mit der Dimension »Transzendenz der Selbst- und Weltbilder« gekennzeichnet haben. Die Art und Weise, wie ich mir die Einführung spielerischer Elemente vorstelle, will ich wiederum an einem Beispiel verdeutlichen.

> Klaus ist Teilnehmer einer Selbsterfahrungsgruppe. »Ich habe heute endlich 'mal ein Problem«, beginnt er, »sonst habe ich ja nicht einmal das.« Er schildert dann einige seiner Entscheidungsschwierigkeiten, die seine Wohnung, seine Partnerbeziehung und seinen Arbeitsplatz betreffen. Als die anderen Teilnehmer einschließlich des Leiterpaares »müde in den Seilen hängen«, weil sie völlig ratlos sind, wie Klaus noch zu helfen ist, sagt er: »Ja, ich weiß, ich bin schwierig. Nicht einmal mein Problem kann ich richtig deutlich machen!«. Die Stille, die folgt, wiegt schwer wie Blei. Die Leiterin hat nun eine Idee: Sie schlägt Klaus und der Gruppe vor, aus der Situation von Klaus das Spiel zu machen: 'Wir finden alles ganz schrecklich auf dieser Welt, trauen uns nichts zu und beklagen auch noch, daß wir uns nichts zutrauen'. Klaus stimmt dem Experiment zu. Es ist verblüffend, wie lebendig die Gruppe plötzlich wird, wie engagiert Klaus bei dem Spiel mitmacht und allmählich Spaß daran gewinnt, seine Verhaltensweise immer noch ein wenig mehr zu übertreiben. Die Erfahrungen, die Klaus und wir mit ihm in diesem Spiel machen, führt zwar vermutlich nicht dazu, daß Klaus seine pessimistische und depressive Lebenseinstellung ändert, aber immerhin können wir nach diesem Spiel mit ihm sehr konstruktiv an einer aktuellen Problematik weiterarbeiten. Ich selbst habe durch diese Erfahrung mein persönliches Spielrepertoire erweitert, denn bis dahin war es mir immer sehr schwer gefallen, einmal richtig zu jammern.

In dieser Art von Spiel gewinnen wir innerlich Abstand von den uns bedrückenden Erfahrungen und Problemen, ohne sie aus dem Auge zu verlieren. Oft sogar treten die Grundmuster unserer Wechselbeziehungen in der Übertreibung und Verfremdung des Spiels deutlicher hervor als in der »Ernstsituation«. Das Erkennen dieser Grundmuster kann bei den Mitspielern wiederum zu einer Erfahrung und einem Identifikationsprozeß führen, der neue Anstöße gibt.

Manchmal finde ich die »Realität« überhaupt nur erträglich, wenn ich sie als Spiel betrachte. Als ich nach einer schrecklichen Sitzung eines Arbeitsteams in sehr niedergeschlagener Stimmung mit einer auswärtigen Kollegin einmal Kaffee trinken ging, schilderte sie mir die gerade erlebte Sitzung als Kabarett-Nummer. Sie brauchte nichts zu verändern, was wir an uns selbst und an anderen wahrgenommen hatten, sie tauschte nur den Bedeutungszusammenhang aus. Wir waren uns rasch über die hohe kulturelle Leistung, die wir gemeinsam vollbracht hatten, einig. Als Überlebensstrategie finde ich diese Umdeutung manchmal sehr wichtig, und in Lernsituationen kann die spielerische Umdeutung ein Moment der Leichtigkeit aufkommen lassen, die uns Zugang zu unserer Kreativität verschafft. Solch eine spielerische Umdeutung kann für transformative Lernprozesse jedoch nur wirksam werden, wenn alle Beteiligten dieser Umdeutung zustimmen, wenn sie »mitspielen« und bereit sind, auch wieder den Ernst, der in dem Spiel steckt, zu akzeptieren und aufzugreifen.

Vermeidungen

Die Prozesse der Identifikation und Disidentifikation bewirken, daß wir uns unserer bisherigen Realitätskonstruktionen bewußt werden und diese überschreiten können, um zu einer umfassenderen Sichtweise von uns selbst und der Welt um uns herum zu gelangen. Dies ist meist mit Unsicherheit und Angst verbunden und löst Schmerzen aus. Daher ist es plausibel, daß Teilnehmer die Identifikation vermeiden wollen, um das Problem in distanzierter Weise zu untersuchen. Im Lerngeschehen äußert sich diese Vermeidung oft dadurch, daß die Lernenden nach Lösungen ihrer Probleme verlangen, bevor sie sich erfahrend und selbstreflektierend mit ihnen befaßt haben. Als Leiter muß ich häufig den Wunsch, gleich Lösungen präsentiert zu bekommen oder zu erarbeiten, frustieren. Die Lernenden sind selbst die besseren Experten, um für ihren Lebens- und Arbeitsbereich angemessene Problemlösungen zu entdecken, sofern sie ihre Potentiale freisetzen und nutzen können. Dies kann durch den Prozeß der Identifikation und Disidentifikation erleichtert werden.

Um der Identifikation auszuweichen, spielen einige Teilnehmer die Betroffenheit, die mit der Identifikation einhergeht, und wenn sie darin geübt sind, ist es manchmal schwer für mich zu beurteilen, ob sie wirklich betroffen sind und sich einlassen oder nicht. Bisher konnte ich keine verallgemeinerbaren Kriterien finden, die mir bei dieser Entscheidung helfen können, sodaß ich auf meine Intuition und die meiner Lernpartner angewiesen bin. In den meisten Fällen wissen die Lernenden selbst am besten, ob sie sich wirklich identifizieren oder nicht, vorausgesetzt, sie können sich die Erlaubnis geben, dies zu wissen. Denn es waren ja eben diese Abwehrstrategien, die ihnen Halt und Sicherheit boten und die aufzugeben ihnen erst möglich wird, wenn sie zumindest eine Ahnung von einer anderen Sicherheit haben, einer Sicherheit, die im Akzeptieren der Unsicherheit aller Kontaktprozesse liegt.

Anleitung zur Unterstützung und Konfrontation

Die Dynamik der Wandlungsprozesse beim transformativen Lernen pendelt zwischen Erhalten und Zerstören. Unter didaktischer Perspektive sind damit die Möglichkeiten zur Unterstützung und Konfrontation der Lernenden angesprochen. Unterstützung kann dazu beitragen, daß die Lernpartner Vertrauen und Sicherheit in ihrer Beziehung zum Lehrenden entwickeln, aber auch, daß sie sich ihrer eigenen Stärken bewußt werden und Zugang zu ihrem Urvertrauen finden. Dies ermöglicht es ihnen, ihre bisherigen Selbst- und Weltbilder in Frage zu stellen, notfalls ganz zu zerstören, ohne von vornherein die Gewißheit zu haben, daß sich wieder neue Orientierungen und Strukturen entwickeln werden.

Balance-Akte

Die wirkungsvollste Unterstützung und Konfrontation zugleich liegt in der pädagogischen Beziehung. Der Lehrende bringt sich als Person und als Experte in die Beziehung zum Lernpartner ein und bestätigt diesen in seinem Person-Sein sowie in seinen Potentialen und Kompetenzen, ohne deren Erscheinungsformen immer vorbehaltlos gutheißen zu müssen. Wenn sich Lernender und Lehrender im Verlauf des Lernprozesses in dieser Weise begegnen können, rückt die Qualität dieser Beziehung in die Nähe dessen, was wir als Liebe (im Gegensatz zu Macht) bezeichneten, die letztlich *die* Unterstützung für alle risikoreichen Wandlungsprozesse ist.

Der Leiter wird im Anfangsstadium des Lerngeschehens oft als großer Retter oder als Zerstörer angesehen. Durch seine Bemühungen, Transparenz zu schaffen, indem er seine Handlungsweisen erklärt, sich verletzlich zeigt und »widerspenstige« Teilnehmer in ihrer Abwehrhaltung respektiert, kann er dazu beitragen, daß er auch in der Sicht der Teilnehmer von seinem Podest herabsteigt und zum Partner im Lerngeschehen wird.

Darüber hinaus kann die Lernsituation aber auch mit didaktischen Mitteln unterstützend und konfrontativ gestaltet werden. Vorwiegend unterstützend können beispielsweise Übungen aus der Tradition der Gesprächspsychotherapie sein: Die Teilnehmer wählen sich einen Partner. Abwechselnd erzählt ein Partner dem anderen etwas über ein zuvor vereinbartes Thema. Der andere Partner hört nur still und aufmerksam zu. Diese Übung kann erweitert werden, indem der Zuhörende die Aussagen des Partners »spiegelt«, d.h. sie in seinen eigenen Worten verkürzt wiedergibt, so, wie er sie verstanden hat. Anleitungen zu unterstützenden Übungen sind auch hinsichtlich des Körperprozesses möglich. Die Übungen fördern beispielsweise die Standfestigkeit und den Bodenkontakt sowie das Gewahrsein der Energieströme im Körper oder lenken die Konzentration auf den Atemrhythmus.

Die Gefahr bei solchen Übungen besteht allerdings darin, daß sie von den Teilnehmern als eine Art angenehmes Beiprogramm verstanden werden, die mit dem eigentlichen Lernprozeß nichts zu tun haben. Diese Gefahr besteht immer dann, wenn diese Übungen nicht in den übergreifenden Lernkontext eingebunden sind, wenn sie also nicht für eine gerade aktuelle Thematik im Lerngeschehen bedeutsam sind (vgl. *Kepner* 1986, 35). Ich ziehe es daher vor, solche Übungen aus dem Prozeß heraus zu planen und vorzuschlagen. Wenn beispielsweise die Thematik in der Lernsituation darum kreist, den eigenen Standort im beruflichen oder privaten Leben zu finden oder zu halten, kann ich den Teilnehmern auch einmal eine Körperübung zum Grundieren oder zum sicheren Stehen anbieten. Geht es dagegen um die Schwierigkeit, Konflikte auszuhalten und zu kämpfen, dann kann eine körperliche Auseinandersetzung mit einem Partner nach fest vereinbarten Spielregeln neue Lernanstöße vermitteln. Jede dieser Übungen kann, auch wenn sie als vorwiegend unterstützend gedacht ist, eine Konfrontation für einzelne Teilnehmer sein, sodaß der Leiter auch hier wieder mit seinen Angeboten an Unterstützung und Konfrontation flexibcl reagieren muß.

Das Ausbalancieren von Unterstützung und Konfrontation steht in engem Zusammenhang mit dem Risiko-Niveau in der Gruppe. Kreative Möglichkeiten stehen den Lernenden am ehesten bei einem hohen Grad der Erregung zur Verfügung, und das Lerngeschehen wird dadurch lebendig und intensiv. Die Erregung kann aber schnell in Angst umschlagen, die den Lernprozeß lähmt und die Beteiligten (einschließlich des Leiters) reaktiv werden läßt. Diese Balance zu halten und immer wieder herzustellen erfordert vom Leiter, daß er sich selbst seiner Ängste bewußt werden und bei erhöhter Erregung »im Prozeß« bleiben kann und sich nicht auf eine distanzierte Zuschauerhaltung zurückzieht, und daß er dafür auch die Unterstützung der Teilnehmer nutzt.

Bedeutungen statt Deutungen

Der Lehrende und Berater kann den Lernenden seine professionell geschulte Wahrnehmungsfähigkeit, seine eigenen Empfindungen und Reaktionen, seine Gedanken und Phantasien und seine Sachkenntnisse anbieten. Auch mit diesem Angebot kann er sowohl unterstützend als auch konfrontierend wirken. Damit dieses Angebot nicht so häufig als Deutung verwendet oder vom Lernenden so verstanden wird, ist es notwendig, daß der Lehrende/Berater seine eigenen Wahrnehmungen, Phantasien und Gedanken als Hypothesen versteht, und sie den Lernenden auch so präsentiert. Mit diesen Hypothesen kann man im Lerngeschehen in ähnlicher Weise umgehen wie ein Forscher. Es ist also nicht so wichtig, wie gut die Hypothesen mit Erfahrungen aus der Vergangenheit begründet werden können, sondern ob sie für den gegenwärtigen Moment im Lerngeschehen nützlich und stimmig sind. Diese Hypothesenprüfung ist ein gemeinsamer Prozeß zwischen Lehrenden und Lernenden, in welchem nicht nur rational-logische Mittel, sondern auch Intuitionen genutzt werden. Wenn ich beispielsweise die Hypothese über ein rigides Muster, in dem der Lernende gefangen ist, formuliere, kann es geschehen, daß dies starke Emotionen auslöst. Diese können darauf hindeuten, daß die Hypothese zutrifft und einen wichtigen Punkt beim Lernenden angesprochen hat, daß sie also Bedeutung hat. Es kann sich aber auch um die Reaktion auf eine Verletzung handeln, die ich mit meiner Hypothese als Deutung ausgelöst habe. In jedem Fall ist daher eine gemeinsame, ausdrückliche Prüfung der Hypothesen notwendig.

Zeitrhythmen

Wir haben die Dynamik der Wandlungsprozesse in die Nähe organismischer Prozesse gerückt, bei denen nicht nur die neurale Kommunikation (z.B. über Sprache und Denken) eine Rolle spielt, sondern auch die metabolische Kommunikation des kreativen Prozesses (z.B. über Stoffwechsel). Transformative Lernprozesse sind daher keine »Lernschnellwege« (*Rumpf* 1972). Sie haben ihren eigenen, oft verzögerten Zeitrhythmus. Während der Verstand mit ganz anderen Dingen beschäftigt sein kann, arbeitet der kreative Prozeß im Anschluß an eine bedeutsame Konfrontation weiter und findet dann irgendwann seinen Ausdruck, oder es kommt zu einem Quantensprung, der sich in einer plötzlichen Einsicht, nach der der Lernende lange vergeblich gesucht hatte, äußert (vgl. *Brander* u.a. 1985). Diese Prozesse sind weder bei mir selbst noch bei anderen in überschaubarer Weise mit pädagogischen Mitteln zu steuern; ihnen kann jedoch in zweierlei Weise Raum geboten werden:

- Der Leiter gibt den Lernenden immer wieder genügend Zeit, ihre Ideen, Einfälle und Gefühle zu entdecken und ist dabei mit seiner Aufmerksamkeit präsent. Dies wird von den Lernenden meist als sehr unterstützend erlebt.
- Im Lerngeschehen entsteht immer wieder einmal Chaos: alle reden durcheinander, springen von einem Thema zum anderen, niemand weiß, wo es langgeht. Wenn sich die Beteiligten eine Zeitlang dem chaotischen Geschehen ausgeliefert haben, kommt der Zeitpunkt, an dem es notwendig ist, aus der Verwirrung auszusteigen und Distanz zu gewinnen. In dieser disidentifizierten Haltung ist es dann leichter möglich, die auch im Chaos immanente Ordnung zu entdecken, die eine Neuorientierung ermöglicht. In diesen Phasen des Lerngeschehens ist der Zeittakt deutlich ruhiger und langsamer, es gibt Zeiten erfüllten Schweigens und Phasen, in denen jedes Wort, das gesprochen wird, eine besondere Bedeutung erhält. Dieser im Lerngeschehen sehr konstruktive Prozeß kann jedoch leicht durch einen hektischen, auf schnelle Ergebnisse fixierten Gruppenleiter unterbrochen oder gar verhindert werden.

Offene Gestalten

Wenn sich aus dem Chaos wieder eine neue Ordnung entwickelt, die Erregung in der Gruppe ihren Focus und ihren Ausdruck gefunden hat und sich die Beteiligten wieder in Ruhe aus den gemeinsamen Lernerfahrungen zurückziehen und lösen, wird die Gestalt des Kontaktzyklus geschlossen. Aber oft verlaufen Sitzungen nicht so schön ausgewogen und rund. Meine eigene Fixierung auf Lernergebnisse kann dann dazu führen, daß ich als Gruppenleiter versuche, die offene Gestalt in einem Gewaltakt doch noch kurz vor Ende einer Sitzung schließen zu wollen. Der gemeinsame Lernprozeß wird dadurch nicht unbedingt gefördert. Im Verlauf einer kontinuierlichen Zusammenarbeit bleibt manche Situation immer wieder einmal offen, bleiben wir auch am Ende einer Sitzung oder Lernphase im Chaos oder in einer Sackgasse hängen, ohne einen Ausweg und eine Neuorientierung zu erkennen. Alte Vorstellungen sind jetzt in Frage gestellt und Neuorientierungen fehlen. Die Sitzung endet in Unsicherheit*. Dies ist für mich nicht *per se* eine Katastrophe, da ich darauf vertraue, daß der autonome Lernprozeß der Beteiligten innerlich weiterarbeiten kann, daß wir das ungelöste Problem mit in den Alltag nehmen, um dann vielleicht mit einer Klärung — oder der erneuten Bereitschaft zu einer Klärung — in die Lernsituation zurückzukehren. Den Teilnehmern fällt es anfangs meist sehr schwer, ohne fertige Ergebnisse, ohne Lösung eines Problems nach Hause zu gehen und sich dabei bewußt zu werden, daß es eigentlich überhaupt keine Problemlösungen gibt, sondern nur eine dynamische Problematik, die uns immer wieder von neuem herausfordert, aber die nie »erledigt« ist, daß also der Wandlungsprozeß des Zerstörens und Erhaltens nicht ein einmaliger Lernakt, sondern ein Prinzip lebendigen Geschehens ist.

Verweigerung und Trennung

Für mich als Gruppenleiter geht von den Widerständen, die die Teilnehmer gegen die Dynamik der Wandlungsprozesse mobilisieren, die größte Herausforderung aus. Es fällt mir schwer, die selbstorganisationstheoretische Erkenntnis pädagogisch einzulösen, daß es Widerstände eigentlich nicht gibt. Das, was ich als Widerstand wahrnehme, ist eine Funktion des lebenden Systems, ohne die es seine Kohärenz einbüßen würde. Demnach können Lernende, die mir oder dem Konzept des transformativen Lernens gegenüber Widerstand leisten, mein Lern- und Kontaktangebot eben nicht annehmen; eine strukturelle Koppelung unserer verschiedenartigen, autonomen Systeme ist in diesem Kontext nicht möglich. So betrachtet sind Widerstände von Lernenden, die besonders stark durch die Dynamik des Erhaltens und Zerstörens ausgelöst werden, nichts anderes als eine

*Laura Perls nannte dies in einem Workshop die *holy uncertainty,* die zum Lebendigen führt. Die *holy certainty* dagegen führt zur Inquisition.

Herausforderung für mich, meine Versuche einer strukturellen Koppelung zu überprüfen, andere Methoden zu wählen oder die Konfrontation und Unterstützung anders zu balancieren.

Wenn ich nach meinem fünften oder zehnten Versuch, den anderen zu einem gemeinsamen Lernprozeß zu gewinnen, scheitere, reißt mir manchmal die Geduld oder ich entscheide mich bewußt, keine neuen Anstrengungen mehr zu unternehmen. Das kann bedeuten, daß ich mich von einem Mitlernenden auch einmal trennen will. Ich bemühe mich, immer wieder neu zu begreifen, daß diese Trennung nicht deshalb notwendig ist, weil der andere »nicht lernfähig« oder »zu gestört« ist, sondern weil wir keine Möglichkeit der Begegnung an unseren Grenzen gefunden haben, der Lernkontext für den Lernenden nicht angemessen war und unsere Energie erschöpft ist. Zu dieser Auffassung und Haltung komme ich oft erst, nachdem ich meine Wut und Verachtung gegenüber dem anderen auch zugelassen und in einer erträglichen Form geäußert habe. Dann ist es manchmal möglich, mich in Würde von diesem Lernpartner zu trennen. Nicht selten liegt dann gerade in dieser Trennung das Moment der Begegnung, nach dem wir die ganze Zeit über gestrebt hatten.

12. Kapitel

Muster-Lehre

Didaktische Orientierung durch Muster

Der Focus des Lerngeschehens richtet sich immer wieder auf die rigiden Muster der Wechselbeziehungen, die Symptome und Widersprüche hervorbringen. Dieser Focus gibt dem Leiter und seinen Lernpartnern eine wichtige Orientierung für die didaktische Planung und für mögliche Vorgehensweisen und Methoden. Das Erforschen von rigiden Mustern hat die Funktion, Komplexität zu reduzieren, und erfüllt damit eine wichtige Bedingung für transformative Prozesse. Die Wechselbeziehungen im Individuum-Umwelt-Feld sind so komplex und vielschichtig, daß sich die Lernenden weder mit der verwirrenden Vielfalt dieser Wechselbeziehungen insgesamt identifizieren, noch sich disidentifizierend damit umgehen könnten.

Um uns in der komplexen Realität — oder was wir dafür halten — zurechtzufinden, reduzieren wir ständig Komplexität. Wir beschreiben komplexe Ereignisse beispielsweise mit Hilfe einfacher Kategorien und finden eingängige Erklärungen über mögliche Ursachen und Wirkungen. Damit erfassen wir nur einen Bruchteil des lebendigen Geschehens. Es geht im Lerngeschehen also nicht darum, *ob* wir dort Komplexität reduzieren sollen — denn das tun wir ohnehin — sondern *wie* wir zu einer für Wandlungsprozesse sinnvollen Reduktion gelangen. Dazu können wir unser Wissen über die Funktionsweisen lebender Systeme heranziehen, wonach die »innere Ordnung« des Organismus für Kohärenz und Kontinuität des Lebendigen sorgt. Durch das Aufdecken von Mustern können wir Aspekte dieser »inneren Ordnung« erfassen und komplexe Realität in einer Weise vereinfachen, daß sie für den transformativen Lernprozeß wirksam wird. Überdies weisen Muster auf das hin, was die Lernenden in den tieferen Schichten ihrer Existenz über alle individuellen Unterschiede hinweg verbindet und einen gemeinschaftlichen Lernprozeß möglich werden läßt.

Muster können auf allen Ebenen und in allen Bereichen der Selbstverwirklichung ausfindig gemacht werden. Sowohl die innerpersönlichen Prozesse folgen bestimmten Mustern, als auch die Interaktionen des Individuums mit seinem Umfeld, sei es mit dem unmittelbaren sozialen, dem gesellschaftlichen und politischen oder dem ökologischen Umfeld. Und in jeder dieser Ebenen und Bereiche der Selbstverwirklichung lassen sich Muster von verschiedenen Stufen der »Tiefung« ausweisen, je nach dem Grad der existentiellen Betroffenheit und der Bedeutung des Musters für die gesamte Lebenssituation der Lernenden. Die Aufgabe des Leiters besteht darin, die Stufen der Tiefung mitzusteuern und dafür zu sorgen, daß die Lernenden auch immer wieder einmal »auftauchen« und sich um eine Integration der Lernerfahrungen in den Alltag bemühen. Wenn sich die Teilnehmer auf einer Ebene oder in einem Bereich der Selbstverwirklichung festbeißen, indem sie beispielsweise immer wieder auf ihre Probleme in den Partnerbeziehungen oder den Schwierigkeiten mit ihren Chefs zu sprechen kommen, ist es die Aufgabe des Leiters, sie darauf hinzuweisen und Anregungen für das Einbeziehen der jeweils angrenzenden Ebenen und Bereiche zu geben, also beispielsweise den Konflikt mit dem Vorgesetzten auch einmal als individuelle Problematik oder als ein Problem der Arbeitsorganisation und der Rollenfunktionen in der gesamten Institution zu betrachten.

Zugänge zu Mustern

In themenzentrierten oder aufgabenbezogenen Gruppen oder Beratungen kann über die jeweilige Thematik des Lerngeschehens ein Zugang zu Mustern eröffnet werden. Mit den Themen, die vom Leiter oder den Teilnehmern eingebracht werden, sind auch die Ebenen und Bereiche der Selbstverwirklichung, um die es zunächst geht, markiert. Das Thema »Arbeitsschwierigkeiten im Team« deutet beispielsweise auf den zwischenmenschlichen Bereich hin, das Thema »Friedenspädagogik« auf den gesellschaftlichen Bereich und das Thema »Arbeitsüberlastung« auf die intrapersonale Ebene. Es ist letztlich gleichgültig, auf welcher Ebene oder in welchem Bereich wir mit unserer Muster-Suche einsetzen. Letztendlich müssen alle Ebenen der Selbstverwirklichung im Verlauf eines längerfristigen Lernprozesses angesprochen werden. Die vorgegebene oder gewählte Thematik verführt jedoch dazu, auf der zunächst angesprochenen Ebene zu verharren. In themenzentrierten oder aufgabenorientierten Lerngruppen werden beispielsweise die intrapersonalen Aspekte häufig ausgeklammert, in Selbsterfahrungsgruppen dagegen die gesellschaftlichen und ökologischen.

Es gibt verschiedene methodische Zugänge zum Entdecken jener Muster, die Widersprüche hervorbringen und an denen wir leiden. Welchem dieser Zugänge man folgt, hängt von der Vorliebe und Kompetenz des Leiters ab, ob er beispielsweise lieber im Gespräch arbeitet oder mit kreativen Medien und Rollenspielen, und natürlich auch von den Wünschen der Teilnehmer. Jede menschliche Ausdrucksform läßt sich als Struktur von Wechselbeziehungen beschreiben; die Brüche und Widersprüche in diesen Ausdrucksformen können auf erstarrte Muster hinweisen. So können Gespräche, Projektarbeiten in Kleingruppen, Rollenspiele, Simulationen, Mal- und Schreibübungen, Körperwahrnehmungen und Phantasiereisen genutzt werden, um rigiden Mustern auf die Spur zu kommen. Bedingung ist allerdings, daß diese didaktischen Methoden in den Lernprozeß der Gruppe eingebettet sind. Dadurch wird die Chance erhöht, daß wirklich diejenigen Muster angesprochen werden, die für die Lernenden aktuell bedeutsam sind.

Prozeßwahrnehmung

Um Muster überhaupt erkennen zu können, müssen die Lernenden den Prozeß wahrnehmen und sich von inhaltlicher Fixierung lösen können. Dies stößt auf erhebliche Schwierigkeiten, und daher müssen die Lernenden immer wieder zur Wahrnehmung von Prozessen angeleitet werden. Dem Leiter bieten sich dazu folgende Möglichkeiten:

- Er kann die Aufmerksamkeit auf den *kollektiven Beziehungsprozeß* in der Gruppe lenken: 'Wie verhielten wir uns zu Beginn des gemeinsamen Lernprozesses, welche Ängste hinderten uns, aufeinander zuzugehen, wie hat sich die Vertrautheit oder Skepsis zwischen den Beteiligten entwickelt, werden latente Konflikte angesprochen oder vermieden, wie können wir das Gruppenklima (beispielsweise in Analogie zu einem Wetterbericht) jetzt beschreiben usw.?

- Er kann den *Beziehungsprozeß eines einzelnen mit der Gruppe* zur Sprache bringen: Welche Rolle spielt er/sie am Anfang, welche jetzt, wie reagiert die Gruppe darauf, wie haben sich seine/ihre Beziehungen zum Leiter und zu einzelnen Teilnehmern entwickelt usw.?
- Er kann den *Beziehungsprozeß zwischen sich selbst und der Gruppe* ins Zentrum der Aufmerksamkeit rücken: Wie wurde er früher gesehen, wie jetzt, was in seinem Verhalten gegenüber der Gruppe hat sich verändert und wie haben sich die Einstellungen der Teilnehmer zu ihm und seine Einstellungen zur Gruppe gewandelt usw.?
- Er kann den *Prozeß der inhaltlichen Arbeit* mit den Teilnehmern betrachten: Welche Reaktionen haben Inhalte und Aufgaben bei den Teilnehmern zunächst ausgelöst, wie hat sich die Thematik entfaltet, verzweigt oder verengt, wie haben sich die Schwierigkeiten der Aufgaben verändert, wie ist aus einem zunächst langweiligen Thema ein spannendes und aus einem spannenden ein langweiliges geworden usw.?
- Und schließlich kann er mit den Lernenden den ganz *aktuellen Prozeß* der Empfindungen, Gefühle, Phantasien und Gedanken bei jedem einzelnen in der Wechselbeziehung zu den anderen bewußt machen.

Distanz und Verfremdung

Wenn solche Prozesse in ihren Strukturen bewußt wahrgenommen und beschrieben werden, kann man anschließend auf die Suche nach Mustern gehen. Es ist allerdings meist notwendig, erst einmal Distanz zu dem, was uns unmittelbar beschäftigt und betrifft, herzustellen, ohne dabei den Kontakt zu den Erfahrungen zu verlieren. Diese Distanz macht es leichter, den Prozeß zu überschauen und nicht nur an einzelnen Ausschnitten hängenzubleiben. Solange ich beispielsweise unmittelbar in ein Gespräch verwickelt bin, ist es mir kaum möglich, den Verlauf des Gesprächs, den Wandel der Thematik und die Gewohnheiten, die sich in der Beziehung zu meinem Gesprächspartner herausbilden, zu erfassen. Das kann ich nur, wenn ich immer wieder innehalte und mich vom Geschehen einen Augenblick lang distanziere, denn ich kann nicht gleichzeitig im Prozeß sein und diesen reflektieren. Das, was vorher als amorphes Chaos erschienen sein mag, zeigt in der Distanz plötzlich eine Struktur, die dynamische ebenso wie erstarrte Muster deutlich werden läßt. Manchmal hilft es, dieses Auf-Distanz-Gehen ganz wörtlich zu nehmen: Beispielsweise stehen die Teilnehmer, die sich in einem Sprach- und Gefühlswirrwarr verfangen hatten, auf und schauen sich aus einiger Entfernung an, wie sie auf den Stühlen sitzen und miteinander umgehen.

Eine zusätzliche Hilfe zum Aufdecken von Mustern kann darin bestehen, daß man die erlebte Situation nicht nur aus der Distanz auf sich wirken läßt, sondern auch noch verfremdet (vgl. *Portele* 1987b, S. 152 ff.). Bei der Betrachtung einer Diskussion oder eines Rollenspiels beispielsweise kann man »den Ton abdrehen« und nur auf die Gestik und Mimik achten; oder auch umgekehrt: man schließt die Augen und hört nur auf die Stimmen, wobei man sich vorstellt, jede einzelne Stimme sei ein Instrument. Oder man kann sich das Ganze als ein Marionettenspiel vorstellen. Den wahrgenommenen Prozeß kann man sich auch als eine Melodie oder ein Musikstück phantasieren: Welche Grundstimmung drückt diese Musik aus, wie beginnt und endet sie, ist sie voller Spannung oder eintönig, wo sind die Brüche und Dissonanzen in der Tonfolge? Solche Verfremdungen sprechen unseren kreativen Prozeß an. Die Grundzüge des Geschehens werden in übertriebener Weise — ähnlich wie in einer Karikatur — hervorgehoben. Wir gewinnen auf diese Weise dem ernsten Geschehen oft eine spielerische Seite ab und können uns dessen bewußt werden, daß wir es sind, die sich ihre Realität so gestalten, und daß wir folglich die Möglichkeit haben, sie zu verändern.

Muster-Charakterisierung

Nachdem die Lernenden die Muster der Austauschprozesse erforscht und erkannt haben, können diese Muster auf ihren wesentlichen Kern reduziert werden. Diese Reduktion kann das entscheidende Aha-Erlebnis auslösen, weil die Funktionsweise des lebendigen Systems der Wechselbeziehungen in ihrer Dynamik und ihren Brüchen und Widersprüchen schlagartig deutlich wird. Dies ist ein Weg, den Lernenden die Möglichkeit zu versperren, alte Gewohnheiten durch neue (im Sinne von Lernen II nach Bateson) zu ersetzen und sich stattdessen der Kontexte der Kontexte (im Sinne von Lernen III nach Bateson) bewußt zu werden. Die Aufgabe des Leiters besteht darin, Sprach- und Übersetzungshilfe bei der Charakterisierung der Muster zu leisten: Er benennt die Muster mit einem Begriff oder einem Satz, einer Geste oder einem Symbol, und er leitet die Teilnehmer dazu an, selbst einfache Repräsentationen der erkannten Muster zu finden und auszudrücken.

Bei der Charakterisierung von rigiden Mustern können die Kriterien Erstmaligkeit/Bestätigung, Ideologiebildung und Schismogenese Hilfe leisten. Ein aufgedecktes Muster kann also daraufhin untersucht werden, inwieweit die am Zustandekommen und Aufrechterhalten des Musters Beteiligten Erstmaligkeit zulassen und verarbeiten, inwieweit sie Realitätswahrnehmungen ausblenden, um eine Ideologie aufrechtzuerhalten, und wie sich die Komponenten im Prozeß der Wechselbeziehungen gegenseitig hochschaukeln und dadurch in einen Teufelskreis geraten.

Manche Gruppenleiter und Berater verfügen über eine bewundernswerte Fähigkeit, Muster sehr schnell und treffend herauszuarbeiten (auch wenn sie vielleicht einen anderen Begriff als »Muster« wählen würden). Oft genügt ihnen ein Satz eines Klienten oder Teilnehmers, eine Geste oder die besondere Kleidung und die Sitzordnung in einer Gruppe, um einem relevanten Muster auf die Spur zu kommen. Für den transformativen Lernprozeß kann das Aufdecken von Mustern aber nur dann wirksam werden, wenn es im Kontaktprozeß erfolgt, wenn die Muster Betroffenheit auslösen, sich die Lernenden mit diesen Mustern identifizieren können und der Erschütterung Raum gegeben wird, die das Erkennen eines rigiden Musters auslöst. Der Lernende kann oft nicht mehr folgen, wenn der Leiter sehr schnell auf ein mögliches Muster aufmerksam wird. Der Kontaktprozeß wird unterbrochen und die Unterstützung und Bestätigung, die für diesen Prozeß notwendig sind, fehlen. Die Muster können dann nur noch kognitiv erkannt und hingenommen werden und fördern möglicherweise die Tendenz, sich und andere zu analysieren statt ganzheitlich zu erleben. Außerdem besteht Gefahr, daß bei den Lernenden ein Ressentiment gegen den Leiter und diese Art des Lernens überhaupt entsteht, weil sie sich in dem Prozeß des Aufdeckens ihrer Muster nicht als Personen wahrgenommen und respektiert fühlten.

Oft wird der Leiter mit dem Wunsch der Lernenden konfrontiert, das einmal entdeckte rigide Muster so rasch wie möglich loszuwerden: Sie wollen keine »Ausbeuter« mehr sein, wollen nicht mehr auf ihr »Recht zu existieren« verzichten, wollen mit Arbeitskollegen nicht ständig in Rivalitätskämpfe oder in kriegsähnliche Auseinandersetzungen mit ihren Chefs geraten. Da existentiell bedeutsame Muster meist eine lange Geschichte haben, sind sie zu einem Bestandteil unserer Identität geworden und werden durch kulturelle Gewohnheiten gestützt. Sie lassen sich also nicht so leicht auswechseln wie die Kleidung oder Wohnung. Ziel des transformativen Lernprozesses kann es nicht sein, solche Muster restlos aufzulösen. Der Leiter kann jedoch dazu beitragen, daß sich die Lernenden mit diesen Mustern versöhnen, daß sie diese »fixierten Gestalten« als eine für sie einmal notwendige Überlebensstrategie akzeptieren und allmählich lernen, bewußt, flexibel und kreativ mit diesen Mustern umzugehen.

13. Kapitel

Auswertungen und Diagnosen

Kriterien für transformatives Lernen

'Habe ich und meine Lernpartner nun transformative Lernprozesse vollzogen oder nicht?' Diese Frage würde ich aus mehreren Gründen gerne eindeutig beantworten können:

● Es besteht die Gefahr, daß wir einer neuen Lernideologie aufsitzen und uns eine Realität konstruieren, über die wir uns nur noch mit »Eingeweihten« verständigen können, und die sich im übrigen einer breiteren Überprüfung und Kritik entzieht. Dies ist die Gefahr des Pseudo-Lernens, auf die sowohl Freire wie auch Bateson eindrücklich hingewiesen haben (vgl. S. 120 und S. 125).

● Wer einen transformativen Lernprozeß *bewußt* erlebt hat, fürchtet sich weniger vor der nächsten existentiellen Lernherausforderung und kann sich leichter darauf einlassen.

● Durch das Bewußtsein von transformativen Lernprozessen kann die Stufe des »Lernens über Lernen II«, also des Lernens III nach Bateson, unabhängig von der Begleitung und Unterstützung durch einen »Meister«, erreicht werden.

Doch der Wunsch nach einer eindeutigen, objektiv überprüfbaren Diagnose wird sich vermutlich nicht erfüllen lassen. Es ist schon schwierig genug, Heilungsprozesse eindeutig auszuwerten, denn je nach den Kriterien kann ein therapeutischer Prozeß als mehr oder weniger erfolgreich eingestuft werden. Ist der vorher 'kranke' Mensch jetzt wieder funktionsfähig, kann er Beziehungen aufnehmen und Aufgaben im privaten und beruflichen Bereich erfüllen? Fühlt er sich selbst wieder gesund und leistungsfähig?

Solche Fragen sind selten mit 'ja' oder 'nein' beantwortbar, denn die Einschätzungen können sich bestenfalls an plausiblen Indizien, nicht jedoch an »harten« Kriterien orientieren. Außerdem werden solche Einschätzungen von den Interessen der Diagnostierenden stark mitbestimmt. Im Bereich der fachlichen Qualifizierung von Lernenden ist es etwas einfacher, Lernerfolge zu messen, Wissensbestände und Fertigkeiten zu überprüfen. Doch die jahrzehntelange Erforschung und Diskussion um die Leistungsbeurteilung und Notengebung zeigt, daß eine objektive, eindeutige Beurteilung der Erfolge auch da nicht möglich ist. (vgl. *Böhmer* 1979).

Viel schwieriger ist es nun noch, die Erfolge von Lernprozessen zu überprüfen, die Wandlungsprozesse und persönliches sowie gemeinschaftliches Wachstum auslösen sollen. Andererseits möchte ich die Einschätzung, ob ein Lernprozeß in diesem Sinne erfolgreich war und ob eine didaktische Konzeption in diesem Sinne wirkungsvoll ist, nicht dem subjektiven Urteil allein überlassen. Trotz der Fragwürdigkeit aller Erfolgskriterien für transformative Lernprozesse will ich einige Hinweise für ihre Auswertung geben. Ich möchte Anhaltspunkte dafür finden, ob und welche Art von Wandlungsprozessen stattgefunden haben könnten. Solch eine Auswertung hat vor allem die Funktion, daß der Leiter den Prozeß mit den Lernenden zusammen reflektieren und geeignete Möglichkeiten des Weiterlernens aufzeigen kann.

Im Prozeß sein

Verhaltensänderungen lassen sich durch viele Psychotechniken herbeiführen, sie können auch sinnvoll und notwendig sein. Verhaltensänderung allein ist den Prinzipien transformativen Lernens zufolge jedoch kein hinreichendes, manchmal sogar ein irreführendes Kriterium für den Erfolg. Unter dem Aspekt transformativen Lernens ist das Entscheidende vielmehr, ob der Lernende im Prozeß des Wandels ist, und ob er diesen Prozeß auch nach Beendigung einer Beratung oder Supervision, eines Aus- oder Weiterbildungskurses eigenständig weiterführen kann.

Wie groß die Verwirrung allerdings bei dem Versuch einer Einschätzung dessen, ob ein Lernender 'im Prozeß ist', sein kann, zeigt folgendes Beispiel:

> Klaus arbeitet seit etwa drei Jahren mit uns zusammen in einer Selbsterfahrungsgruppe und nimmt auch an unserer Supervision

für Gruppenleiter teil. Er arbeitet sehr bemüht mit und meldet uns häufig zurück, daß er viel von uns lernen würde. Unerwarteterweise steigt er eines Tages aus der Selbsterfahrungsgruppe aus. Die Begründungen, die er für seinen Schritt angibt, überzeugen niemanden in der Gruppe: Er hätte jetzt so viel gelernt, daß er einmal etwas anderes machen möchte. Wir glauben ihm zwar, daß sich für ihn vieles verändert hat, aber wir selbst konnten keinen Wandlungsprozeß mit ihm erleben. Wir gewinnen schließlich den Eindruck, daß uns Klaus ausgebeutet hat. Er schaute sich unsere Methoden und Techniken in der Gruppenarbeit ab und wendet sie jetzt in seinem Alltag in einer Weise an, die er selbst als sehr erfolgreich bezeichnet.

In einem Nachgespräch ein halbes Jahr später erklärt uns Klaus, daß die Gruppe für ihn nicht unterstützend genug gewesen sei, als daß er die anderen an seinem Lernprozeß hätte teilhaben lassen wollen. Wieder erzählt er uns, wieviel sich in seinem Leben gewandelt habe. Er habe sich beispielsweise aus seiner fünfjährigen Partnerschaft gelöst, weil er keine Verständigung mit seiner Partnerin mehr erreicht hätte; er und seine Freundin seien aber jetzt, zwei Monate nach der Trennung, gute Freunde geworden.

Trotz meiner Einschätzung, daß Klaus sich und uns etwas vormacht, habe ich keine überzeugende Möglichkeit zu beurteilen, ob er in einem Prozeß transformativen Lernens ist oder nicht. Sicher bin ich mir nur in meiner Einschätzung, daß ich mit Klaus nicht in Kontakt gekommen bin, daß sich die Qualität meiner Beziehung zu ihm während der drei Jahre unserer Zusammenarbeit nicht wesentlich verändert hat: sie ist weder intensiver noch klarer geworden. Aber woher weiß ich, ob Klaus nur mit mir oder den Teilnehmern der Selbsterfahrungsgruppe andauernde Kontaktschwierigkeiten hatte, mit anderen Menschen dagegen nicht?

Beziehungswandel

Der Wandel der Beziehung eines Lernenden zu mir und zu anderen Beteiligten ist dennoch geeignet, gute Hypothesen darüber, ob ein Lernpartner im Prozeß des Wandels ist oder nicht, zu gewinnen.

Ein erstes Kriterium ist die *Dauer der Beziehung*. Transformative Lernprozesse brauchen Zeit, und so benötigt auch der Wandel von Beziehungen einen Zeitraum über mehrere Monate und Jahre, um sichtbar werden zu können. Natürlich ändert sich die Beziehung zwischen mir und den Teilnehmern eines Blockseminars schon im Laufe einer Woche ständigen Zusammenseins. Ob sich allerdings wirklich ein Wandel in der Qualität unserer Beziehung vollzogen hat, läßt sich nach diesen kurzen Zeiträumen bestenfalls erahnen. Ich werte es daher schon einmal als eine beiderseitige Leistung, wenn die Lernpartner eine Beziehung zum Leiter und anderen Teilnehmern über mehrere Monate und Jahre aufrechterhalten und sich damit auch den Krisen und Einengungen in diesen Beziehungen stellen.*

In zweiter Linie ist dann der *Wandel in der Qualität der Beziehung* wichtig. Haben wir ein Vertrauensverhältnis zueinander entwickelt, kennen und achten wir unsere Grenzen, können wir uns gegenseitig Kritik oder Anerkennung geben und diese auch annehmen, und wie verzerrt ist unsere Beziehung? Solche und ähnliche Fragen können helfen, den Beziehungsprozeß einzuschätzen und auch zu bewerten, wobei dieser Auswertungsprozeß sehr rasch auch zu Verletzungen führen kann, die den weiteren gemeinsamen Lernprozeß beeinträchtigen oder sogar langfristig behindern.

Die Beziehungsauswertung kann auch eine Trennung zur Folge haben. Wenn die Bilanz mit dem Lernenden gemeinsam so ausfällt, daß wir uns nicht erreichen können, daß der gegenwärtige Kontext der gemeinsamen Arbeit nicht günstig für uns ist und ich vielleicht nicht der richtige Lehrer für ihn bin, dann ist es möglich, eine »erfolglose« Beziehung ohne allzu bitteren Nachgeschmack zum Abschluß zu bringen. Die klare, gemeinsam getragene Entscheidung zur Trennung kann dann sogar das Anzeichen für einen wichtigen Wandlungsprozeß sein, in dem sich beide Lernpartner befinden.

Ich möchte jedoch nicht leichtfertig zu dem Entschluß kommen, die gemeinsame Beziehung aufzukündigen. Mir fallen drei Gründe ein, die eine solche, auch stark von meiner Intuition getragene Entscheidung stützen können:

---

*Vgl. Laura Perls' Verständnis von *commitment*, des Sich-Einlassens auf einengende Situationen als Herausforderung an die eigenen Kräfte und Möglichkeiten für den Wachstumsprozeß (*Perls, L.* 1985)

● Die betreffenden Lernpartner sind häufig *reaktiv*. Sie fühlen sich von mir oder anderen sehr leicht angegriffen, auch wenn für Außenstehende kein Angriff registriert werden kann. Sie schlagen oft zu, wenn auch nicht handgreiflich, oder ziehen sich in Schweigen und Trotz zurück. Ich kann mich bemühen, diesen Lernenden möglichst viel Unterstützung zukommen zu lassen — vorausgesetzt ich habe genügend Interesse und Sympathie für diese Teilnehmer* — und kann verschiedene Lernwege vorschlagen. Wenn es uns auf Dauer nicht gelingt, aus diesem Reaktivitätskarussell herauszukommen und die Ängste, die sich hinter unserem reaktiven Verhalten verbergen, anzusprechen, gibt es noch die Möglichkeit eines Stillhalteabkommens oder die Vereinbarung einer friedlichen Koexistenz. In dieser Phase unserer Beziehung werden sich jedoch kaum intensivere Lernprozesse vollziehen können.

● Der *Kontakt* zwischen dem Lernenden und den anderen Beteiligten wird immer wieder an der gleichen Stelle *unterbrochen*. Zwar unterbrechen alle Menschen in unserer Gesellschaft sehr häufig ihre Kontaktprozesse; ich meine jedoch diejenigen Teilnehmer oder Klienten, mit denen die Beziehungspartner immer wieder an der gleichen Stelle hängenbleiben. Beispielsweise ist es leicht, mit ihm oder ihr in Vorkontakt zu kommen, auch noch Anfänge des Kontaktnehmens sind gut möglich, dann aber bricht der Kontakt regelmäßig ab; oder ein Lernpartner vermeidet grundsätzlich den Nachkontakt und läßt mich nach einer gemeinsamen Kontakterfahrung plötzlich stehen. Sofern es nicht möglich ist, an diesen Stellen weiterzukommen, rate ich therapeutische Unterstützung an, da wir in einer pädagogischen Lerngruppe, die den Anspruch hat, transformative Lernprozesse zu ermöglichen, vermutlich nicht viel voneinander profitieren können.

● Ein dritter Grund für eine notwendige Revision der pädagogischen Beziehung ist es, wenn es den Lernpartnern nicht gelingt, aus einer durch *Übertragung und Gegenübertragung* verzerrten Beziehung herauszukommen. Wenn sich ein Teilnehmer mir gegenüber auch nach Jahren der Zu-

*Sympathie mag für manche ein fragwürdiges Kriterium eines Pädagogen für die Bereitschaft zur Zusammenarbeit mit den Lernenden sein. Ich habe aber die Erfahrung gemacht, daß es sich nicht auszahlt, meine Antipathie gegen einen Teilnehmer oder Klienten zu leugnen. Manchmal entwickelt sich erst aus einer eingestandenen Antipathie heraus das Maß an Sympathie, das für einen gemeinsamen transformativen Lernprozeß erforderlich ist.

sammenarbeit noch immer wie ein braver Schüler verhält und ich mich immer wieder dazu verführen lasse, ihn als solchen zu behandeln, ist es höchste Zeit, daß wir in unserer Beziehung eine grundlegende Änderung vornehmen. Dabei ist es zunächst einmal gleichgültig, wer mehr »Schuld« an dieser verzerrten Beziehung trägt. Entweder wir müssen unsere Beziehung beenden oder uns Hilfe von Dritten holen. Ein partnerschaftlicher Lernprozeß kann in solch langfristig verzerrten Beziehungen nicht gedeihen.

Lebenswandel

Transformative Lernprozesse müssen sich irgendwann und irgendwie auch im Verhalten, in der Art, wie die einzelnen von den Mitmenschen wahrgenommen werden und wie sie ihr Leben gestalten oder wie Arbeitsgruppen und Gemeinschaften sich entwickeln, auswirken. Das, was sich in diesen Dimensionen verändert, kann ein Hinweis auf tiefgehende Lernprozesse sein, muß es aber nicht. Dennoch kann die Beachtung solcher Veränderungen mithelfen, den Lernprozeß auszuwerten und Orientierungen für neue Lernaufgaben zu geben.

Ob sich Wandlungsprozesse bei einem Menschen vollziehen oder nicht, kann sich z.B. an seiner Stimme auswirken. Die Stimme eines Menschen, die als durchgehend monoton und leise aufgefallen war, wird lebendiger und reichhaltiger in ihrer Ausdruckskraft, oder eine abgehackte und aggressive Sprechweise wird weicher und flüssiger. Ebenso können die Art, wie sich ein Mensch kleidet und wie sich sein Stil, sein Gang und seine Bewegungen wandeln, oder wie sich eine Gruppe einrichtet und ihre Umgebung gestaltet, Hinweise liefern. Auch Symptome, die jahrelang immer wieder aufgetaucht waren und nun wegbleiben, können Anhaltspunkte geben; oder auch, inwiewcit die Lernenden langfristige Beziehungen eingehen und aufrechterhalten können und versuchen, ihre Arbeitssituation so umzugestalten, daß sie die Arbeit mehr befriedigt, oder ob sie mit ihrem Geld besser umgehen können. Von Zeit zu Zeit nehmen wir also eine gemeinsame Betrachtung der Lebensumstände vor, denn sie können Anhaltspunkte dafür liefern, ob wir einen konstruktiven Weg eingeschlagen haben, oder ob wir vielleicht auf einem Irrweg sind und steckenbleiben. Dabei wird sich kaum noch unterscheiden lassen, welche Einflüsse welchen Lebensveränderungen zuzuschreiben sind und welche Rolle der gemeinsame Lernprozeß dabei hat. Trotzdem lassen sich Schlüsse ziehen, ob die gemeinsamen Lernanstrengungen eher geschadet bzw. wenig genützt haben, oder ob sie mit dazu beitrugen, entscheidende Veränderungen in Gang zu setzen, die auch von den Lernenden selbst und ihren wichtigen Beziehungspartnern positiv beurteilt werden.

Auswertungen als Bestandteil des Lernprozesses

Häufig werden in selbsterfahrungsorientierten Aus- und Weiterbildungsseminaren und Beratungen Fragebögen zur Erhebung der Lernerfolge und zur Rückmeldung an die Leiter verwendet. Solche Auswertungsinstrumente setze ich — wenn möglich — nicht mehr ein. Das, was mir Teilnehmer oder Klienten über ihren eigenen Lernprozeß und über mein Leiterverhalten und die Art der Gestaltung der Lernsituation in direktem Kontakt mitteilen, hat sehr viel mehr Bedeutung für mich als eine schriftliche Äußerung. Ich kann darauf achten, welche Reaktionen die Rückmeldungen bei mir auslösen, wie glaubwürdig mir eine Aussage erscheint, und ich kann sie mit den Lernenden zusammen besprechen. Die Auswertung eines gemeinsamen Lernprozesses ist ja nicht nur eine prüfungsähnliche Situation, bei der wir uns letztlich gegenseitig »Noten« erteilen, sie ist auch eine Möglichkeit, sich gegenseitig »Geschenke« für den je individuellen Beitrag zum Lerngeschehen zu machen. Diese Geschenke können aus Erfolgsmeldungen und Bestätigungen ebenso bestehen wie aus einer differenzierten und treffenden Kritik. Ich sehe nicht ein, daß ich mir diesen Austausch von Geschenken entgehen lassen soll, um stattdessen ausgefüllte Fragebogen zu lesen.

Diese Evaluationen des gemeinsamen Lernprozesses und die Prüfung, ob und wie transformative Lernprozesse in Gang gesetzt worden sind, ist ein wesentlicher Bestandteil des Lerngeschehens. Ich scheue mich nicht, dieser Aufgabe ganze Sitzungen zu widmen, sei es zu Beginn einer neuen Lernphase, wenn wir uns lange Zeit nicht gesehen haben, oder zum Abschluß einer Lernsequenz von mehreren Sitzungen, und immer wieder einmal zwischendrin, wenn es sich thematisch anbietet. Aber diese Evaluationen sind immer nur die ersten Schritte, die entscheidende Auswertung geschieht im Alltag außerhalb der Lernsituation.

Übertragung auf den Alltag

Ein Seminar, eine Arbeitsgruppe oder eine Beratung, in der intensive Lernprozesse erlebt werden, stellt eine Ausnahmesituation dar. Zwar gehe ich davon aus, daß in dieser Ausnahmesituation *strukturell* nichts anderes geschieht als im gewöhnlichen Alltag, daß also die Kontaktunterbrechungen, die rigiden Muster oder die Einschränkungen unserer Realitätswahrnehmungen, aber auch die Lebendigkeit von Kontaktprozessen und die aufregende Dynamik des Aneignens neuer Erkenntnisse in der Lernsituation in ähnlicher Weise vorkommen können wie in anderen Lebenssituationen, aber ihre Erscheinungsformen und der Umgang mit ihnen in der Lernsituation unterscheiden sich deutlich von denen im alltäglichen Geschehen. Die Ausnahmesituation bewirkt beispielsweise, daß sich Teilnehmer von Gruppen oder Einzelberatungen noch Jahre nach einer intensiven Lernerfahrung ganz exakt an einzelne Begebenheiten, an Details von Gesten und Mimiken und an einzelne Sätze, die gesprochen wurden, zurückerinnern können. Der Ausstieg aus solchen »herausgehobenen« Kontexten und der Einstieg in das Alltägliche ist eine schwierige, wenn nicht die schwierigste Lernaufgabe: Wie können wir das, was wir in der Lernsituation bewußt erfahren haben, was wir uns an neuen Perspektiven und Möglichkeiten erarbeitet haben, in das Alltagsgeschehen einbringen?

Lernende, die erstmals an einem längeren Kurs oder einer längeren Beratung teilnahmen, in denen transformative Lernprozesse in Gang gesetzt und unterstützt wurden, werden in ihrer »alten« Welt oft als fremd und wie Wesen von einem anderen Planeten erlebt. Die Lernenden selbst stellen fest, daß die direkte Umgehensweise, die Intensität der Kontakte, der Zeitrhythmus und die Genauigkeit, mit der einzelne kleine Begebenheiten im Kurs betrachtet und gemeinsam ausgeleuchtet wurden, sowie die Vielfalt kreativer Ausdrucksmöglichkeiten im alltäglichen Leben wenig Raum haben. Wenn die Lernenden mit den Verhaltensweisen und Einstellungen, die sie in der Lernsituation erworben haben, auf andere zugehen, lösen sie nicht selten Befremden und Erschrecken aus. Jetzt ist die Gefahr am größten, daß der Lernende wieder in die alten Muster und Gewohnheiten zurückfällt und die Lernerfahrungen als nette Episode in sein Album der Erinnerungen einsortiert. Er oder sie wollte nach dem Seminar alles ändern und stößt damit auf alle nur erdenklichen Schwierigkeiten und Ablehnungen.

Noch schwerwiegender kann es sein, wenn sich die Lernenden plötzlich bewußt werden, wie kontaktarm unsere alltägliche Kommunikation ist, wie wenig sinnhaft die Tätigkeiten oder wie eingeschränkt die Sichtweise ihrer Freunde ist. Diese Fixierung auf das »Negative« kann den Blick für das »Positive«, das es ja auch im Alltag gibt, verstellen und tiefe Verstörung oder Arroganz auslösen. Mit der Zeit passen sich die Lernenden jedoch an den alltäglichen Kontext an, die alten rigiden Muster werden wieder etabliert, aber sie sind jetzt noch unkenntlicher geworden, weil sich ihre Erscheinungsweise geändert hat. Neigte jemand beispielsweise zur Überheblichkeit, weil er das beste Auto besaß oder glaubte, über die besten Methoden zu verfügen, um ein Projekt in Angriff zu nehmen, so kann es sein, daß er seinen Projektmitarbeitern gegenüber toleranter wird oder aufs Fahrradfahren umsteigt. Jetzt hält er alle Autofahrer für Umweltverbrecher und glaubt sich in seiner Fähigkeit zur Toleranz den anderen überlegen. Das Überlegenheitsmuster ist geblieben, auch wenn sich seine Erscheinungsform geändert hat und für die Mitmenschen vielleicht etwas erträglicher geworden ist.

Die Konfrontation mit der Alltagswirklichkeit kann im Lerngeschehen selbst didaktisch nur ansatzweise vorweggenommen werden. Die Auswertung von Lernerfahrungen auf ihre Übertragbarkeit hin kann in Gesprächen und Rollenspielen oder Simulationen in der Lernsituation selbst erfolgen. Aber diese Auswertung kann bestenfalls Hinweise geben und Warntafeln aufleuchten lassen. Einige solcher Warntafeln, die ich für mich selbst und meine Lernpartner immer wieder einmal beschrifte, lauten:

- Versuche nicht, nach einer transformativen Lernerfahrung alles ändern zu wollen!
- Bewege Dich nach einer intensiven Lernerfahrung im Alltag wie auf einer Reise in ein fremdes Land und nutze die Erstmaligkeit der Eindrücke, um Dir dessen, was ist, bewußt zu werden, ohne es abzuwerten!
- Suche Dir in Deinem Alltag Partner, die Deinen Lernprozeß unterstützen können, da dieser immer erst begonnen hat und nie abgeschlossen ist!
- Wenn Du etwas verändern willst in Deinem Leben, setze da an, wo Du am wenigsten Mißerfolge befürchtest; beginne mit ganz kleinen Schritten und laß die großen Schritte von selbst geschehen!

Zusammenfassung: Prozeßauswertung

Die Evaluation von transformativen Lernprozessen ist ein unverzichtbares Element pädagogischen Handelns. Diese Auswertungen sind als Zwischenbilanzen in einem kontinuierlichen Prozeß zu verstehen, die die Motivation zum Weiterlernen erhöhen und Orientierungshilfen für Entscheidungen über den künftigen Lernweg bereitstellen können. Die Überprüfung von Lernergebnissen hat vor allem die Bedeutung, auf die Richtung und Qualität des *Prozesses* aufmerksam zu machen.

Obwohl eine objektivierende Auswertung nicht möglich ist, gibt es Kriterien und Indikatoren für die Auswertung transformativer Lernprozesse, die der Unterstützung und Korrektur intuitiver Einschätzungen dient. 'Sind die Lernenden mit anderen Menschen und mit ihrer Umwelt *im Prozeß des Wandels*?', 'Wie haben sich ihre *Beziehungen* zum Leiter und zu den Mitlernenden im Laufe der Zeit gewandelt?' und 'Welche *Veränderungen in der Arbeits- und Lebenssituation* der Lernenden lassen sich erkennen?' — dies sind beispielsweise Fragen, die mit Hilfe von mehr oder weniger zuverlässigen Indikatoren beantwortet werden können.

Die Auswertungen des individuellen und gemeinsamen Lernprozesses erfolgen im Kontaktprozeß; sie bedürfen jeweils der gemeinsamen Überprüfung und Differenzierung. Auf diese Weise kann die Gefahr von Verletzungen und Fehlurteilen gemindert werden.

Die wichtigste Auswertung transformativer Lernerfahrungen findet in der Konfrontation mit dem Alltag statt. Der Transfer und die Integration der Lernerfolge in den Alltag kann in der Lernsituation ansatzweise vorweggenommen werden, um die Gefahren der Isolation und der Resignation gegenüber dem eigenen Potential zur Veränderung von Lebensumständen zu mindern.

Transformative Lernprozesse können nie abgeschlossen und abschließend ausgewertet werden, solange wir mitverantwortlich für uns selbst und die lebendige und lebenserhaltende Gestaltung unserer Welt sein wollen.

Literaturverzeichnis

Bateson, G.: Von den Strukturen hinter den Strukturen. In: *Psychologie heute* 11 / 1978, S. 57 - 64

Bateson, G.: *Ökologie des Geistes.* Frankfurt 1981

Bateson, G.: *Geist und Natur.* Frankfurt 1982

Bauriedl, Thea: *Beziehungsanalyse.* Frankfurt 1984

Bendit, R. / Heimbucher, A.: *Von Paulo Freire lernen.* München 1977

Berendt, J.E.: *Nada Brahma — Die Welt ist Klang.* Reinbek 1985

Berman, M.: *Wiederverzauberung der Welt.* München 1984

Berne, E.: *Was sagen Sie, nachdem Sie »Guten Tag« gesagt haben?* Frankfurt 1983

Böhme, G.: *Anthropologie in pragmatischer Hinsicht.* Frankfurt 1985

Böhmer, Maria (Hrsg.): *Lernerfolgskontrolle.* Königstein 1979

Bohm, D.: *Die implizite Ordnung.* München 1985

Boyd, D.: *Swami Rama.* München 1983

Brachel, U.v. / Oser, F.: Kritische Lebensereignisse und religiöse Strukturentransformationen. Hektogr. Forschungsbericht. Pädagogisches Institut der Universität Freiburg 1986.

Brander, S. u.a.: *Denken und Problemlösen.* Opladen 1985

Bresch, C.: *Zwischenstufe Leben. Evolution ohne Ziel?* Frankfurt 1980

Bünte-Ludwig, Christiane: Gestalttherapie — Integrative Therapie. In: Petzold, H. (Hrsg.): *Wege zum Menschen.* Band 1. Paderborn 1984

Burow, O.A. u.a.: *Gestaltpädagogik in der Praxis.* Salzburg 1987

Castaneda, C.: *Reise nach Ixtlan.* Frankfurt 1976

Cohn, R.: *Von der Psychoanalyse zur Themenzentrierten Interaktion.* Stuttgart 1975

Copei, F.O.: *Der fruchtbare Moment im Bildungsprozeß.* Dissertation. Leipzig 1930

Dell, P.F.: *Klinische Erkenntnis.* Dortmund 1986
Derman, B.: Namen-Therapie. In: Markus, E. (Hrsg.): *Weiße Indianer.* Hamburg 1981
Dieckmann, J.: *Jesus als Lehrer für transformative Lernprozesse.* Magisterarbeit. Göttingen 1986
Dörner, K. / Plog, Ursula: *Irren ist menschlich. Lehrbuch der Psychiatrie / Psychotherapie.* Rehburg / Loccum 1984
Dörner, D. u.a. (Hrsg.): *Lohausen. Vom Umgang mit Unbestimmtheit und Komplexität.* Bern etc. 1983
Duerr, H.P.: *Traumzeit. Über die Grenzen zwischen Wildnis und Zivilisation.* Frankfurt 1985
Enomiya-Lassalle, H.M.: *Leben im neuen Bewußtsein.* München 1986
Fatzer, G.: Lebendiges Lernen. Humanistische Pädagogik und ihre Ursprünge. In: Lumma, K. / Knüdeler, B.: *Medien für kreative Gestalt-Arbeit in Beratung, Therapie und Weiterbildung.* Eschweiler 1984
Fatzer, G.: *Ganzheitliches Lernen.* Paderborn 1987
Feild, R.: *Ich ging den Weg des Derwisch.* Frankfurt 1981
Feild, R.: *Das Siegel des Derwisch.* Köln 1984
Feldenkrais, M.: *Die Entdeckung des Selbstverständlichen.* Frankfurt 1985
Ferguson, Marilyn: *Die sanfte Verschwörung.* Basel 1982
Freire, P.: *Pädagogik der Unterdrückten.* Reinbek 1973
Freire, P.: *Erziehung als Praxis der Freiheit.* Reinbek 1977
Freire, P.: *Der Lehrer ist Politiker und Künstler.* Reinbek 1981
Freud, Anna: *Das Ich und die Abwehrmechanismen.* München 1973
Friedman, M.: *The Healing Dialogue in Psychotherapy.* New York 1985 (deutsch: Der heilende Dialog in der Psychotherapie. Köln 1987)
Fuhr, R.: Müssen Schulbuchtexte langweilig sein? In: *Die Deutsche Schule* 9 / 1971, S. 588 - 595
Fuhr, R.: Unterrichtsplanung — ein Managementproblem. In: *Schulmanagement* 4 / 1972, S. 67 - 69
Fuhr, R.: Praxisprobleme der Curriculumentwicklung am Beispiel einer Gesamtschule. In: *Westermanns Pädagogische Beiträge* 10 / 1975, S. 542 - 550
Fuhr, R.: *Das didaktische Modell Werkstattseminar.* Göttinger Monographien zur Unterrichtsforschung. Nörten-Hardenberg 1979 (a)
Fuhr, R.: *Handlungsspielräume im Unterricht.* Königstein 1979 (b)

Fuhr, R.: Lehrerfortbildung zwischen Professionalisierung und entschultem Lernen. In: *Die Deutsche Schule* 11 / 1980, S. 668 - 775
Fuhr, R.: Lebendiges Lernen. Gedanken zu einem neuen Lernparadigma. In: Lumma, K. / Knüdeler, B. (Hrsg.): *Medien für kreative Gestaltarbeit.* Eschweiler 1984
Fuhr, R.: Didaktisches Handeln in außerschulischen Feldern. In: Lenzen, D. (Hrsg.): *Enzyklopädie Erziehungswissenschaft.* Band 3: Ziele und Inhalte der Erziehung und des Unterrichts. Stuttgart 1986
Fuhr, R.: Gestalt versus Gestalttherapie — eine irreführende Alternative. In: *Gestalttherapie* 1 / 1987, S. 11 - 16
Fuhr, R. / Clemens - Lodde, B.: Humanisierung des Lehrens und Lernens in der Hochschule. In: *Zeitschrift für humanistische Psychologie* 3 / 1980, S. 9 - 14
Fuhr, R. / Kayser, B.: *Individuell unterrichten.* Braunschweig 1979
Fuhr, R. / Kayser, B.: Lehrerkompetenzen in der Curriculumentwicklung. In: Hameyer, U. u.a. (Hrsg.): *Handbuch Curriculumforschung.* Weinheim 1982
Fuhr, R. u.a.: *Soziales Lernen, innere Differenzierung, Kleingruppenunterricht.* Braunschweig 1977
Fuhr, R. u.a.: Lernen in der Begegnung mit der Dritten Welt. In: *Die Deutsche Schule* 1 / 1984, S. 68 - 80
Fuhr, R. / Westermann, R.: Von der Hochschulreform vergessen: Die Lehrfunktionen. In: Banahl, U. (Hrsg.): *Didaktik für Hochschullehrer.* Blickpunkt Hochschuldidaktik 65. Hamburg 1981
Gendlin, E.: *Focusing. Technik der Selbsthilfe bei der Lösung persönlicher Probleme.* Salzburg 1981
Gremmler, Martina: Das Konzept forschenden Lernens nach Paolo Freire in Theorie und Praxisbeispielen. Magisterzwischenprüfungsarbeit. Göttingen 1983
Groddeck, G.: *Das Buch vom Es.* Frankfurt 1979
Groddeck, G.: *Krankheit als Symbol.* Frankfurt 1983
Grof, S.: *Topographie des Unbewußten.* Stuttgart 1983
Gronemeyer, Marianne: Konsens und Eigensinn. Vortragsmanuskript. Göttingen 1986
Habs, G. / Klimpel, L.: Die Magie der Schmerzen. In: *Psychologie heute* 3 / 86, S. 23 - 33
Hargens, J.: Die Wirklichkeit: Wahrheit oder Illusion. In: *Psychologie*

heute 4 / 1987, S. 48 - 63
Hartmann-Kottek-Schröder, Lotte: Gestalttherapie. In: Corsini, R.J. (Hrsg.): *Handbuch der Psychotherapie.* Weinheim 1983
Heinze, Th. / Thiemann, F.: Kommunikative Validierung und das Problem der Geltungsbegründung. In: *Zeitschrift für Pädagogik* 2 / 1982, S. 635 - 642
Hendricks, G. / Roberts, T.B.: *The Second Centering Book.* New York 1977
Herrigel, E.: *Zen in der Kunst des Bogenschießens.* o.O. 1983 (23. Aufl.)
Holl, H.G.: *Das lockere und das strenge Denken.* Essays über Gregory Bateson. Weinheim 1986
Jaffe, D.T.: Self-Renewal: Personal Transformation Following Extreme Trauma. In: *Journal of Humanistic Psychology* 4 / 1985, S. 99 - 124
Jantsch, E.: Die Geburt der Freiheit im Schnittpunkt von Sein und Werden. In: Duerr, H.P. (Hrsg.): *Versuchungen.* Frankfurt 1980
Jantsch, E.: *Die Selbstorganisation des Universums.* München 1982
Kakuska, R. (Hrsg.): *Andere Wirklichkeiten.* München 1984
Katzenberger, P.: Verfolger, Retter oder Opfer — das Drama-Dreieck. In: *Gruppe und Spiel* 2 / 1984, S. 9 - 21
Keen, S.: *Die Lußt an der Liebe.* Weinheim / Basel 1984
Kepner, J.K.: *Body Process.* A Gestalt Approach to Working with the Body in Psychotherapy. New York 1987 (deutsch: *Körperprozesse.* Köln 1988)
Klafki, W.: Das pädagogische Verhältnis. In: Klafki, W. u.a.: *Funkkolleg Erziehungswissenschaft.* Band 1. Frankfurt 1970
Klüver, J.: Kommunikative Validierung — einige vorbereitende Bemerkungen zum Projekt »Lebensweltanalyse von Fernstudenten«. In: Hermeneutische lebensgeschichtliche Forschung. Band 1. Hektographierter Forschungsbericht. Hagen 1984
Köpchen, J.: Ganzheitliche Medizin. Eine Übersicht. In: Bloch, J. / Maier, W. (Hrsg.): *Wachstum der Grenzen.* Frankfurt 1984
Kopp, S.B.: *Kopfunter hängend sehe ich alles anders.* Düsseldorf / Köln 1982
Künzli, A.: *Die Angst als abendländische Krankheit — dargestellt am Leben und Denken Soeren Kierkegaards.* Zürich 1948
Kurtz, R.: *Körperzentrierte Psychotherapie.* Essen 1986
Laing, R.D.: *Phänomenologie der Erfahrung.* Frankfurt 1967

Lange, E.: Sprachschule für die Freiheit. Ein Konzept konfliktorientierter Erwachsenenbildung. In: *Evangelische Kommentare* 5 / 1972, S. 204 - 209
Lilly, J.C.: *Das Zentrum des Zyklon.* Frankfurt 1976
Lowen, A.: *Angst vor dem Leben.* München 1981
Lumma, K. / Knüdeler, B. (Hrsg.): *Medien für kreative Gestaltarbeit.* Eschweiler 1984
Macy, Joanna R.: *Dispair and Personal Power in the Nuclear Age.* Philadelphia 1983 (deutsch: *Mut in der Bedrohung.* München 1986)
Markl, H.: Wie unfrei ist der Mensch? Von der Natur in der Geschichte. In: Markl, H. (Hrsg.): *Natur und Geschichte.* München etc. 1983
Maslow, A.H.: *Die Psychologie der Wissenschaft.* München 1977
Maslow, A.H.: Lernerfahrungen aus den Gipfelerlebnissen. In: *Zeitschrift für transpersonale Psychologie* 2 / 1983, S. 131 - 146
Masters, R. / Houston, J.: *Phantasiereisen.* München 1984
Maturana, H. / Varela, F.: *Der Baum der Erkenntnis.* Bern 1987
May, R.: *Antwort auf die Angst.* Frankfurt 1984
May, R.: *Freiheit und Schicksal.* Frankfurt 1985
May, R.: *Die Erfahrung »Ich bin«.* München 1986
Müller, A.M.K.: Technik — Krisenverstärker oder Überlebensfaktor? — Einige Erwägungen zu einer überlebenszentrierten Technologie. In: *Wuppertaler Hefte* 5 & 6 / 1984, S. 9 - 32
Muschg, A.: *Literatur als Therapie?* Frankfurt 1981
Nietzsche, F.: *Jenseits von Gut und Böse.* München 1981
Peccei, A. (Hrsg.): *Zukunftschance Lernen.* Club of Rome: Bericht für die achtziger Jahre. München 1980
Pelletier, K.R.: *Unser Wissen vom Bewußtsein.* München 1982
Perls, F.: *Gestalttherapie in Aktion.* Stuttgart 1974
Perls, F.: *Gestaltwahrnehmung.* Frankfurt 1981
Perls, F.: *Das Ich, der Hunger und die Aggression.* Stuttgart 1982
Perls, F. u.a.: *Gestalt Therapy.* New York 1951
Perls, F. u.a.: *Gestalt-Therapie. Lebensfreude und Persönlichkeitsentfaltung.* Stuttgart 1981 (a)
Perls, F. u.a.: *Gestalt-Therapie. Wiederbelebung des Selbst.* Stuttgart 1981 (b)
Perls, Laura: Opening Address: 8th Annual Conference on the Theory and Practice of Gestalt Therapy — May 17, 1985. In: *Gestalt Journal* 1 / 1985, S. 3 - 6

Portele, G.: Gestalttheorie, Theorie der Autopoiesie und Gestalttherapie. In: *Gestalt Theory* 4 / 1985, S. 245 - 259
Portele, G.: Gestalt-Theorie, Gestalt-Therapie und Theorien der Selbstorganisation. In: *Gestalttherapie* 1 / 1987 (a), S. 25 - 29
Portele, G.: *Autonomie, Macht, Liebe.* Buchmanuskript zur Veröffentlichung. Hamburg 1987 (b). (Erscheint in Frankfurt 1988)
Prengel, Annedore (Hrsg.): *Gestaltpädagogik.* Weinheim / Basel 1983
Pribram, K.H.: Worum geht es beim holographischen Weltbild. In: Wilber, K. (Hrsg.): *Das holographische Weltbild.* Bern etc. 1986
Protin, A.: *Aikido.* München 1977
Psychologie heute Redaktion (Hrsg.): *Grenzerfahrungen.* Weinheim / Basel 1984
Richter, H.E.: *Der Gotteskomplex.* Reinbek 1986
Riemann, F.: *Grundformen der Angst.* München / Basel 1981
Rosenfeld, U. / Pfeifer, D.: »Ich lach' mich tot«. Zur Sprache des Lachens. In: *Psychologie heute* 4 / 1986, S. 21 - 27
Roszack, Th.: *Das unvollendete Tier.* Reinbek 1985
Rumpf, H.: Lernschnellwege. In: Flügge, J. (Hrsg.): *Pädagogischer Fortschritt?* Bad Heilbrunn 1972
Rumpf, H.: Irritationen — Unvertraut werdende Welt. In: *Zeitschrift für Pädagogik* 6 / 1985, S. 745 - 759
Rumpf, H.: *Belebungsversuche.* Weinheim / München 1987
Rumpf, H.: *Mit fremdem Blick.* Weinheim / Basel 1986
Russell, P.: *Die erwachende Erde.* München 1984
Sader, M.: *Rollenspiel als Forschungsmethode.* Opladen 1986
Siems, M.: *Der Körper weiß die Antwort.* Reinbek 1986
Speck, J.: Martin Buber. In: Speck, J. (Hrsg.): *Geschichte der Pädagogik des 20. Jahrhunderts.* Band 1. Stuttgart etc. 1978
Steiner, C.: *Wie man Lebenspläne verändert.* Paderborn 1982
Tart, Ch.T.: *Transpersonale Psychologie.* Freiburg 1978
Tart, Ch.T.: Bewußtseinszustände und zustandsspezifische Wissenschaften. In: Walsh, R.N. / Vaughan, Frances (Hrsg.): *Psychologie in der Wende.* Bern etc. 1985
Tausch, R. und Anne-Marie: *Erziehungspsychologie.* München 1977
Thiemann, F.: *Schulszenen.* Frankfurt 1985
Vaughan, Frances: Transpersonale Psychotherapie — Kontext, Inhalt und Prozeß. In: Walsh, R.N. / Vaughan, Frances (Hrsg.): *Psychologie*

in der Wende. Bern etc. 1985
Vester, F.: *Denken, Lernen, Vergessen.* München 1978
Vogel, Ch.: Biologische Evolution, Kultur und Geschichte. In: *Informationen der Universität Göttingen.* November 1984, S. 14-18
Wagenschein, M.: *Natur physikalisch gesehen.* Didaktische Beiträge zum Vorrang des Verstehens. Braunschweig 1975
Wagenschein, M.: *Erinnerungen für morgen.* Weinheim / Basel 1983
Watts, A.: *Zeit zu leben.* München 1979
Watts, A.: *Der Lauf des Wassers.* Frankfurt 1983
Watts, A.: *Weisheit des ungesicherten Lebens.* Bern / München 1981
Watzlawick, P. u.a.: *Menschliche Kommunikation.* Bern usw. 1969
Werder, Lutz von: *...triffst Du nur das Zauberwort.* München / Weinheim 1986
Wetering, J. van de: *Der leere Spiegel.* Reinbek 1981
Wetering, J. von de: *Ein Blick ins Nichts.* Reinbek 1985
Wilber, K.: Two Modes of Knowing. In: Walsch, R.N. / Vaughan, Frances (eds.): *Beyond Ego.* Los Angeles. 1980
Wilber, K.: A Developmental Model of Consciousness. In: Walsh, R.N. / Vaughan, Frances (eds.): *Beyond Ego.* Los Angeles 1980
Wilber, K.: *Halbzeit der Evolution.* Bern etc. 1984 (a)
Wilber, K.: *Wege zum Selbst.* München 1984 (b)
Willi, J.: *Die Zweierbeziehung.* Reinbek 1975
Willke, H.: *Systemtheorie.* New York 1982
Wilson, R.A.: *Der neue Prometheus.* Basel 1985
Wilson, R.A.: Timothy Learys 8 Stufen des Bewußtseins. In: Psychologie heute 1 / 1986, S. 60-67
Zeuner, Susanne: »Ich bin höflich, du bist mutig, er ist witzig...« Gestaltpädagogische Praxis in der Hauptschule. In: *päd extra* 12 / 1983, S. 35-39
Zeuner, Susanne: Gestaltpädagogische Ansätze im Rahmen des geschichtlichen Projektunterrichts in der Hauptschule. In: *Geschichte in Wissenschaft und Unterricht* 9 / 1987, S. 553-566
Zinker, J.: *Gestalttherapie als kreativer Prozeß.* Paderborn 1982
Zinnecker, J. (Hrsg.): *Der heimliche Lehrplan.* Weinheim / Basel 1975
Zukav, G.: *Die tanzenden Wu-Li Meister.* Reinbek 1985

Personen- und Sachregister

James I. Kepner

Körperprozesse

Ein gestalttherapeutischer Ansatz

»Ich empfehle Jim Kepners Werk als einen bedeutenden Beitrag zur Psychotherapie und zur Gestalttherapie im Besonderen.« — Joseph C. Zinker

»James Kepner, den ich seit seiner Kindheit kenne, hat ein Buch geschrieben, welches für Studierende ein Lehrbuch und für praktizierende Psychotherapeuten ein anregendes Nachschlagewerk zu werden verspricht.« — Laura Perls

Im traditionellen Sinne betont die Psychotherapie den »psycho« Aspekt der Therapie-Gedanken, Ideen, Erinnerungen, Assoziationen, Träume ... — und vernachlässigt den »körperlich / leiblichen« Aspekt, was zwangsläufig zur cartesianischen Spaltung des Menschen zurückführt. James Kepner geht von dem holistischen Ganzheitsbild des Menschen aus und formuliert eine umfassende Darstellung der Integration sogenannter Bewußtseins-orientierter Therapien und verschiedener Körper-orientierter Ansätze, wobei ihm die Gestalttherapie als theoretische, methodische und philosophische Grundlage dient. Für alle, die ihre Arbeit hauptsächlich im Bereich der »Psyche« sehen, eröffnet dieses Buch neue Perspektiven der Einbeziehung leiblicher Existenz in den therapeutischen Bezugsrahmen; für jene, die bereits das Körperlich / Leibliche in ihrer Arbeit berücksichtigen, bietet Kepners ganzheitlicher Ansatz eine Basis sowohl für neue Erkenntnisse als auch für weitere Forschung.

Zum Autor:
Dr. James I. Kepner hat umfangreiche Ausbildung in mehreren Körper-orientierten Ansätzen genossen und seit 15 Jahren praktiziert und lehrt er Gestalttherapie. Dr. Kepner ist Mitglied des Ausbilderteams am »Gestalt Institute of Cleveland« und in privater Praxis als klinischer Psychologe und Psychotherapeut tätig.

Maurice Friedman

Der Heilende Dialog in der Psychotherapie

»Ich empfehle dieses Buch all jenen, deren Anliegen die zwischenmenschliche Begegnung ist ...« Lyman C. Wynne

Maurice Friedmans besonderes Anliegen in diesem Buch ist, der Art und Weise nachzugehen, wie Heilung durch Begegnung im psychotherapeutischen Dialog zustande kommt. Jede Form von Therapie lebt in größerem oder geringerem Maß von der Begegnung zwischen Therapeut / in und Klient / in, aber nur wenige Theorien haben die Begegnung — das was sich »dazwischen« ereignet — als zentrale und nicht als untergeordnete Quelle der Heilung begriffen. Der Autor zeigt auf, welch weitreichenden Einfluß Martin Bubers Konzepte des Dialogs, der Bestätigung und der Grundwörter Ich-Du und Ich-Es auf verschiedene Psychotherapieschulen ausübten. Friedman stellt eine Reihe bedeutender Psychotherapeuten / innen vor und setzt sie mit den Grundannahmen ihrer Schulen in Bezug, insofern als sie sich unmittelbar auf das Heilen durch Begegnung und Bestätigung auswirken.

Zum Autor:
Maurice Friedman lehrt seit über 30 Jahren an mehreren Universitäten der USA Philosophie, Religion, Psychologie und zeitgenössische Literatur. Er ist Autor mehrerer Bücher wie: »Martin Buber - The Life of Dialogue« (1960), »Martin Buber's Life and Work« Vol. I, II + III (1982—84), »The Confirmation of Otherness« (1983), »Revealing and Observing the Human« (1984) und hat mehr als 150 Aufsätze zum Existentialismus, zur Philosophie und Psychologie geschrieben.

Erving Polster

Jedes Menschenleben ist einen Roman wert

aus dem amerikanischen von Brigitte Stein

In diesem Buch sucht Erving Polster, die technischen Modalitäten der Psychotherapie mit der Erkenntnis der Heilwirkung zu verbinden, die sich für Menschen ergibt, wenn sie erfahren, wie außerordentlich interessant sie sind. Als Modell für diese Verbindung dient dem Autor die von ihm postulierte Verwandtschaft zwischen Psychotherapeuten und Schriftstellern, deren Gemeinsamkeit er in einem empathischen Erforschen des menschlichen Verhaltens und Bewußtseins sieht. Polster zeigt, wie Psychotherapeuten einen Sinn für das Drama im Leben jedes Menschen eher entwickeln können, wenn sie dieses Modell anwenden. Demnach sind sie dann in der Lage, die Lebensgeschichte jeder Person zu verfolgen, die einzigartigen Charakteristika und Ereignisse zu entdecken, den mikrokosmischen Beitrag, den das Leben jeder Person enthält zu erkennen und die Klienten durch den unumgänglichen kreativen Weg problematischer Erfahrungen hindurch zu begleiten. Sich auf seine Erfahrung als Psychotherapeut beziehend, beschreibt der Autor einige Wege, die die Integration der literarischen Perspektive und der psychotherapeutischen Methodik fördern. Sowohl die Schriftsteller als auch die Psychotherapeuten laden uns dazu ein, das Buch des eigenen Lebens aufzuschlagen und die Wunder, die es enthält, zu bestaunen.

Zum Autor :
Seit seiner »Lehre« in den frühen 50er Jahren bei Fritz und Laura Perls, Paul Goodman, Paul Weisz und Isadore From hat Dr. Erving Polster einen eigenständigen und bedeutenden Beitrag zur Weiterentwicklung und Verbreitung der Gestalttherapie geleistet. Er ist Mitbegründer und ehemaliger Leiter des »Gestalt Institute of Cleveland«, Mitverfasser des Klassikers »Gestalttherapie, Theorie und Praxis der integrativen Gestalttherapie« und Autor zahlreicher weiterer Publikationen. Gegenwärtig ist Erving Polster Co-leiter des »Gestalt Training Center - San Diego« und lehrt klinische Psychologie in »The School of Medicine at the University of California, San Diego«.